El plan maestro

Javier Sierra

El plan maestro

Planeta

Obra editada en colaboración con Editorial Planeta – España

Ilustraciones de interiores: © Àlvar Salom
Iconografía: DAU, Grupo Planeta
Composición: Realización Planeta

Bajo el sello editorial PLANETA M.R.
Avenida Presidente Masarik núm. 111,
Piso 2, Polanco V Sección, Miguel Hidalgo
C.P. 11560, Ciudad de México
www.planetadelibros.com.mx

Primera edición impresa en España: febrero de 2025
ISBN: 978-84-08-29696-6

Primera edición impresa en México: abril de 2025
ISBN: 978-607-39-2387-3

Impreso en los talleres de Corporación en Servicios
Integrales de Asesoría Profesional, S.A. de C.V.,
Calle E # 6, Parque Industrial
Puebla 2000, C.P. 72225, Puebla, Pue.
Impreso y hecho en México / *Printed in Mexico*

El buen maestro no es quien te da el conocimiento,
sino quien te enseña a encontrarlo.
En recuerdo de Antonia Kerrigan y Matías Díaz Padrón.
Y con gratitud para Carlos Revés.
Tres maestros.

«El arte evoca el misterio sin el cual el mundo no existiría».

René Magritte (1898-1967)

«Debería ponerse a la entrada del museo una advertencia. ¡Cuidado con los guías invisibles! El museo está lleno de ellos, por todos los rincones».

Juan Rof Carballo (1905-1994)

«Saber mirar es una forma de inventar».

Salvador Dalí (1904-1989)

«Lo increíble es la verdad».

Lema de la revista mexicana *Duda* (1971-1992)

Doce años después de *El maestro del Prado*

—

La memoria es una maldita trampa. Nunca he estado tan convencido de ello como ahora. Los antiguos griegos la personificaron en Mnemosine, hija de Urano y Gea, dioses del cielo y de la tierra, y madre de las nueve musas protectoras de todo arte y ciencia verdaderos. Hoy menospreciamos su aspecto mitológico, pero los humanos llevamos milenios construyendo nuestra identidad sobre ella, dejando que nos defina por dentro y por fuera. De hecho, hemos naturalizado tanto su gobierno que rara vez reflexionamos sobre si los recuerdos que la integran están bien construidos, si se han contaminado de medias verdades o, aún peor, de mentiras inculcadas por maestros que nos confundieron.

Ni siquiera la invención de la escritura ha evitado que la pervirtamos. Aunque, ahora que lo pienso, quizá sea la actual omnipresencia de la palabra impresa lo que justifique el desdén que sentimos por construir bien nuestras vivencias y conocimientos. Habitamos una época extraña en la que, en vez de fijar los recuerdos a nuestros cerebros, preferimos confiarlos a un disco magnético o a una enciclopedia virtual. Y, en la decadencia que produce esa externalización, nos resulta indiferente que nuestras experiencias contengan errores, que estas sean fruto del azar o que en ellas haya intervenido algún plan meticulosamente construido por terceros para guiarnos. Para manipularnos.

Yo me resisto a dejarme devorar por semejante leviatán. Sigo cuidando mi memoria. Lo hago a diario, con cada acción.

De hecho, mi interés por mantenerla a salvo no solo está presente en mis obligaciones como escritor, sino que se ha convertido en una obsesión. De algún modo, ella es la que ahora impulsa el repaso que necesito hacer de ciertos acontecimientos que vi con mis propios ojos y de los que dudo a veces. Hechos que protagonicé, otros que investigué, y que he mezclado en estas líneas hasta hacerlos converger en el relato que aquí presento.

Los sucesos que voy a exponer sucedieron a principios de 2013, al poco de dar a imprenta unas memorias incompletas en las que reconstruí algo que viví en Madrid, siendo un recién llegado a la Facultad de Ciencias de la Información. Terminé de escribirlas frustrado, incapaz de identificar a un extraño interlocutor que hasta en cinco ocasiones me asaltó en las salas de pintura del Museo del Prado para darme unas lecciones de arte que nunca solicité. El mismo que, tras confiarme su visión de ciertas obras maestras, desapareció sin dejar rastro, haciéndome vacilar de mi cordura.

Sé que todo aquello fue real. Sucedió. También que me llenó de dudas. ¿Por qué me escogería un perfecto desconocido para contarme *aquello*? ¿Por qué se fue nada más hacerlo? ¿Y por qué elegiría esa manera de enseñarme a mirar una obra de arte, apareciéndoseme en cualquier rincón del museo durante algunos días, invitándome a descifrar mensajes ocultos en las pinturas, en vez de empujarme de un modo racional hacia su belleza y dejarme varado en ella, como casi todo el mundo hace?

Pitágoras, el más esotérico de los filósofos de la antigüedad, dijo una vez que «el comienzo de la sabiduría es el silencio». ¿Fue eso lo que quiso inculcarme como lección final, sin palabras, aquel individuo?

Mis cinco encuentros con ese *maestro* —no sé qué otra palabra puede definirlo mejor— me convertirían, años después, en autor de novelas como *La cena secreta* (2004) o *El fuego invisible* (2017). Y yo, completamente ciego, he pasado décadas preocupado tan solo por saber si lo que vi fue un fantasma —como aquel Belfegor que desde hace tiempo dicen que se deja ver por las salas del Louvre— o un ser humano de carne y hueso.

¡Qué torpe fui!

Ahora comprendo que solo los que nos dejan una cicatriz en la memoria viven para siempre. No tienen que venir necesariamente del más allá ni ser criaturas con capacidades sobrenaturales, aunque puedan atesorarlas. Simplemente, habitan entre nosotros.

Mi habitante particular siempre desprendió un aura especial. Dijo llamarse Luis Fovel. «Doctor Luis Fovel», precisó. Era un tipo alto, entrado en años, con pelo canoso, rictus severo y una mirada capaz de atravesar a cualquiera. En las ocasiones en que me salió al paso, lo hizo con el mismo abrigo de paño antiguo, a veces apoyado en un bastón con empuñadura de plata y esbozando una sonrisa contenida, casi forzada, como de *Gioconda*. Con sutileza me guio por una selección de obras cargadas de significados velados. Según él, esas pinturas formaban parte de un *arcanon* —«un canon o lista de arcanos»— tan secreto y frágil que hacía del arte una suerte de pasarela a un mundo invisible, poblado de espíritus, arquetipos y símbolos. Quizá todo sea lo mismo. Quién sabe. El caso es que esa lista la atesoraba un grupo que llevaba siglos dosificándosela a los humanos y de la que no me dio otra referencia. Luis Fovel jamás reveló si el colectivo al que pertenecía tenía un nombre ni tampoco dijo dónde podría encontrarlo.

Hace tres décadas, cuando aquello ocurrió, yo era tan inocente que, llevado por la emoción de sus revelaciones, pospuse para otro momento la tarea de averiguar algo más sobre «ellos». Fui un crédulo. No me di cuenta de que lo ignoraba todo sobre aquel desconocido y su sociedad de *guardianes del arte* y que, por tanto, era imposible calibrar el verdadero valor de sus lecciones. Pero el doctor Fovel hablaba con palabras tan envolventes que pronto mi necesidad de conocer su identidad quedó relegada a un segundo plano. De hecho, no fue hasta pasado un tiempo, al querer escribir sobre él, que me empeciné en confirmar su existencia.

Pero fue imposible.

Todas mis averiguaciones se estrellaron contra un muro. Ni una sola cita en libros de arte, ni una alusión en revistas especializadas o en actas académicas. Los expertos me miraban con conmiseración cuando les preguntaba y en el Museo del Prado se reían en voz baja de mi ocurrencia.

Hubo un momento en que sentí que Mnemosine me había dado a beber de las aguas del Leteo, el río del olvido. Ante mi falta de avances, llegué a pensar que aquel doctor había sido solo un tropiezo de mi imaginación. La idea creció tentadora, cómoda, y terminé convirtiéndola en literatura. Sin embargo, tras la publicación de *El maestro del Prado* —una especie de «libro-vida», al estilo de Proust— tuve que reabrir el caso. La causa fue el aluvión de cartas de lectores que recibí en los meses siguientes a su lanzamiento. Mi libro, escrito por alguien que no era un experto en arte ni lo pretendía, se tradujo al inglés, pero también al polaco, al rumano, al ruso e incluso al japonés, y las misivas con pistas que hablaban de encuentros similares al mío en todo el mundo comenzaron a amontonarse en mi escritorio. Fueron centenares. Todas hablaban de apariciones interrumpidas, a menudo más efímeras aún que las de Fovel, que presentaban un patrón imposible de pasar por alto. Por lo general, un extraño se acercaba a un joven o a un niño en un lugar público, se ganaba su confianza mediante conversaciones sobre arte o historia y, tras deslumbrarlo con descubrimientos impensables, se desvanecía para no volver a aparecer jamás.

Aquello escondía una especie de lógica. Un patrón. O eso pensé. Todo cumplía una pauta inadvertida que avivó —y de qué manera— mi interés por reencontrarme con el maestro. Pero yo no era ya un adolescente y me iba a costar resintonizar con la inocencia que quizá me había conectado con el doctor Fovel.

Un pequeño detalle, común a cada incidente, confirmó la necesidad de reabrir el caso: todos los «forasteros misteriosos» a los que se referían mis lectores —por usar un término acuñado por primera vez por Mark Twain en 1908, y evitar otros más equívocos como *espíritu, visión* o *fantasma*— mencionaron de manera explícita la existencia de un listado de obras maestras de la pintura que actuaban como puertas. Y aunque ninguno, que yo sepa, recurrió específicamente al término *arcanon* usado por *mi* visitante, ese concepto del *arte como umbral* sobrevoló cada una de sus lecciones. Al aludir a *puertas,* se referían a aquellas composiciones que pintaban lo invisible al ojo humano y que empujaban a nuestra conciencia a aceptar que coexistimos con mundos sutiles. Explicaban, además, que por esa razón la historia de la pintura está tan llena de criaturas imposibles. Pero también de geometrías, acaso geografías, que trastornan nuestra percepción y la alteran hasta hacernos ver lo que normalmente está oculto a los sentidos.

Por desgracia, esos «forasteros» cumplían a rajatabla con la constante que me había llevado a repudiarlos durante años: se desintegraban siempre en cuanto parecían a punto de entregar la llave de los umbrales. Como si ellos mismos formaran parte de los mundos a los que prometían llevarnos y les resultara *físicamente imposible* entregárnosla de verdad.

«El comienzo de la sabiduría es el silencio», me martilleaba Pitágoras.

Hace doce años no pude imaginar que tan desapercibida y universal actividad docente era algo orquestado eones atrás. Ahora lo sé. Los indicios que he acumulado fueron llegando poco a poco. Todo comenzó el día en el que, olvidado ya el desconcierto en el que me sumió la desaparición de Luis Fovel, decidí pasar un verano —el de 2013— recorriendo cuevas rupestres en el norte de España. Allí, escuchando a los guías que me llevaron al interior de algunas grutas con pinturas fechadas hace entre sesenta y quince mil años, oí por primera vez hablar de lo que quiero contar en este libro. Aunque también fue entonces, entre Madrid, Florencia, París y Ciudad de México, donde se sucedieron otros incidentes que he tratado de reconstruir dentro de una línea cronológica coherente y que están íntimamente asociados a esta historia.

Ahora, al fin, tras encajar las piezas, creo haber atisbado el verdadero y antiguo *plan* de esos maestros. Su *plan maestro.* Un diseño que me veo impelido a narrar como actor y observador a la vez. El esfuerzo de levantar una obra con esa doble mirada ha sido ímprobo y me ha obligado a ensamblar fragmentos de memorias propias y ajenas de un modo poco convencional en literatura.

Esta es, pues, la más osada de cuantas historias he dado a imprenta.

1

—¡Atención! Cuando entremos, caminaremos en fila india, de uno en uno. Está prohibido llevar mochilas ni nada que pueda dañar las paredes. La cueva es muy estrecha. ¿Lo habéis entendido?

El tono de Sandra era imperativo. La chica tendría veintipocos, melena rubia recogida en trenza y una galaxia de pecas expandida por los mofletes. Vestía el forro polar rojo que el Gobierno de Cantabria proporcionaba a sus guías. Si no se hubiera dirigido a nosotros con aquel aplomo, habría pensado que ese era su primer trabajo. Quizá era una estudiante de doctorado. O ingeniera forestal en prácticas. El caso es que nos soltó su retahíla en un tono tan grave que no me cupo duda de que se sentía la guardiana del lugar. Y eso me gustó.

—¡No se os ocurra tocar ni llevaros nada de ahí dentro! —gritó en tono amenazante—. ¡Es un delito tipificado contra el patrimonio!

Sandra nos recibió a mi familia y a mí al final de un camino sin asfaltar. No la habíamos visto al reservar las entradas en el centro de interpretación esa mañana, pero tampoco nos importó. Estábamos de vacaciones y cualquier cosa nos parecía bien. La chica llegó a la hora impresa en los *tickets*. Lo hizo en un todoterreno blanco, desprendiendo efluvios de lavanda y con un *walkie-talkie* colgado de la cintura que pitaba de cuando en cuando. Recuerdo que nos saludó tasando con escepticismo lo que tenía delante: un matrimonio joven con dos niños pequeños equipados con mochilas de Bob Esponja, gorras de visera y calzado deportivo, como si fueran jugadores de un equipo de fútbol escolar.

Entonces enarcó una ceja antes de hacernos otra advertencia:

—La cueva de Hornos de la Peña no es amable. Os lo habrán avisado, ¿verdad?

Mi mujer y yo nos miramos antes de asentir.

—Estupendo —resopló—. Hay que atravesar unas grietas estrechas. Recorreremos un tramo en cuclillas, junto a unas estalactitas de cien mil años que no se pueden ni rozar. Será incómodo.

—¿Incómodo? ¿Cómo de incómodo?

—Es un sitio húmedo. Os mojaréis los pies. No veréis más allá de vuestras narices y deberéis pedir a los críos que vayan siempre por delante. Aunque, si creéis que pueden alterar o romper algo, será mejor que se queden fuera. ¿Está claro?

Los pequeños se alarmaron ante la perspectiva de quedarse fuera.

—Creo que no nos hemos presentado —sonreí, buscando suavizar aquella hosca bienvenida—. Somos Eva, Martín, Sofía y Javier. Acabamos de llegar de Madrid. Y prometemos portarnos bien. ¿Verdad, niños?

Los pequeños, que tenían los ojos tan abiertos como yo, confirmaron mis palabras con un tímido movimiento de cabeza.

Eva explicó a Sandra que estábamos allí de vacaciones y que yo tenía un interés especial en el arte rupestre. Mi mujer también le dijo que yo pretendía escribir un libro sobre las cuevas, pero a la chica no le impresionó. Sandra Vázquez Rey —leí su nombre completo en la identificación que llevaba prendida del pecho— se limitó a escucharla. Seguramente éramos su primera visita del día y tenía demasiadas cosas en la cabeza como para empatizar con una familia de la gran ciudad que no tenía ni idea de cómo manejarse en una caverna.

Martín acababa de cumplir ocho años. Sofía, casi siete. Habíamos alquilado un viejo molino en Puente Viesgo, a menos de quince minutos de allí, y aspirábamos a pasar el mes explorando las principales atracciones de la zona. El norte montañoso de España era el único refugio seguro para los bochornos de agosto y, aunque la visita a Hornos parecía una excursión más, mi mujer y yo éramos conscientes de que recorrer un recinto catalogado como Patrimonio de la Humanidad por la Unesco era elevar nuestras aventuras a otro nivel. ¿Qué iba a hacerle? Había pasado un año fuera de casa por culpa de la promoción de mi última novela y me había comprometido a darles un verano inolvidable. Lo que quizá no esperaban era que *inolvidable* significara empujarlos hasta una gruta lóbrega y angosta, perdida en mitad de un risco, a seiscientos kilómetros de casa, con una ogro por cicerone.

Los niños plantearon un alud de dudas.

—¿Es muy estrecha?

—¿Hay murciélagos, papá?

—¿Y escorpiones?

—En las cuevas viven abejas, Sofía.

—¿En serio?

Las dudas de los pequeños arreciaron como balas en un tiroteo.

—Disculpa, no será muy profunda, ¿verdad? —preguntó Eva, preocupada.

Empezaba a comprender por qué le había insistido en que lleváramos calzado cómodo. Pero Sandra, lejos de disipar sus temores, añadió otro a su lista: bajo tierra haría más fresco y los chicos podrían enfriarse.

—Te voy a matar. Esto se avisa… —me susurró con un puntapié Eva.

No era para tanto. Nuestra excursión iba a ser distinta a las que habíamos hecho hasta entonces. La edad que tenían Martín y Sofía era perfecta para mi plan. Su mirada incólume todavía era *culturalmente libre,* con una capacidad para asociar conceptos que no había sido domesticada del todo por la educación. Y esa era, precisamente, la clase de valor que pensaba probar aquella mañana.

En efecto: yo tenía un plan *secreto* para aquel viaje. Era una idea que había nacido meses antes de los libros de arte paleolítico acumulados en mi despacho. Las horas de lectura me habían hecho incubar un experimento para el que no quedaba ya mucho tiempo. Tal vez solo aquel verano. Y es que, en alguno de aquellos volúmenes, había leído que los menores de ocho o nueve años —como mis hijos, vaya— eran el mejor aliado posible para visitar una gruta con pinturas y entenderla.

No sabría decir si fue Jean Clottes,[1] el gran experto francés en el paleolítico, o quizá algún colega suyo, el que lo dijo: «Los niños tienen un instinto innato para reconocer arte en una pared prehistórica». Según ellos, cualquier pequeño de corta edad es mucho más capaz que un adulto medio a la hora de discernir trazos o sombras con significados en las rocas de una gruta rupestre. Los niños son capaces de interpretar todo lo que a nosotros nos pasa inadver-

1. Jean Clottes, *La prehistoria explicada a los jóvenes.* Paidós. Barcelona, 2008.

tido. Su cerebro es más plástico, está más alerta y posee la inteligencia de dar sentido a cualquier raspadura, detalle o hendidura banal en un muro. Pero lo que resulta aún más asombroso es que consiguen que los adultos terminen viendo lo mismo que ellos, como si tuvieran la capacidad de despertar en terceros una forma de percepción que se olvida con la edad.

No es magia, leí. Se trata del mismo mecanismo psicológico que nos lleva a reconocer rostros en las nubes o figuras en los posos del café. Con el tiempo, dejamos de verlas, pero, si alguien nos reconecta con ese saber, lo recuperamos en el acto.

¿Tendrían ese superpoder mis hijos?

La duda no podía divertirme más.

¿Serían aquellos dos mocosos capaces de encontrar imágenes grabadas hace miles de años, salvajemente erosionadas por milenios de humedad y abandono, en la cueva a la que nos dirigíamos? ¿Me ayudarían a descifrar sus misterios?

Naturalmente, preparé mi experimento con la complicidad de Eva. Ella, bailarina devenida en economista, había pasado casi dos décadas enseñando ballet en Málaga a niñas pequeñas y había desarrollado una formidable capacidad para relacionarse con ellas. De hecho, fue quien me animó. Incluso me dio la clave para bautizar aquel proyecto. Convinimos en llamarlo operación Vultus, 'mirada' en latín. «Vas a observarlos mientras *miran*, ¿no es eso?», me dijo.

Lo que no preví fue que aquella joven con aires de general que nos recibió en Cantabria fuera a adelantársenos en nuestro experimento.

—Sofía, Martín..., ¡atentos!

Ajena a nuestro Vultus, Sandra les tendió unos cascos

de plástico amarillo, como de albañil, que los convirtió en dos pequeños champiñones.

—¿Estáis preparados?

—¡Listos! —corearon tocándose la cabeza, divertidos.

—Pues vamos.

Al minuto, los cinco ascendíamos por un camino que escalaba hasta un cortado de piedra orientado a poniente. A esa hora temprana, estábamos solos. Ninguna señal marcaba el lugar al que nos dirigíamos. Caminábamos pegados a una barandilla de madera, solo unos pasos por detrás de nuestra guía, por un suelo cubierto de ramas que crujían bajo nuestros pies como si masticáramos *chips*. El aire olía a moho, y a lo lejos se percibía el fragor del río Tejas, tan potente que nos obligó a levantar varias veces la vista hacia un valle verde y espacioso, infinito.

—¡Qué bonito es esto, papá! —se extasió Sofía.

Vencimos la pendiente y dejamos atrás el bosque. Fuera ya del cobijo de los fresnos, en una explanada repentina y al abrigo de un talud, tropezamos con una puerta de hierro encastrada en la roca. Sandra se detuvo frente a ella, revisó el enorme arco de piedra que la cubría a modo de dintel natural y se volvió hacia los champiñones con una propuesta insólita.

—Muy bien, niños... Antes de pasar al interior, me gustaría comprobar si estáis preparados para convertiros en pequeños prehistoriadores. —Sus ojos centellearon mientras localizaba la llave de la cancela en el puñado que se sacó como de la nada—. Decidme, ¿podéis ver algo aquí?

La guía hizo un vago gesto hacia la pared de roca que teníamos delante. No parecía gran cosa. Eva y yo la escrutamos sin ver más que un corte cubierto de musgo.

—¿Qué se supone que debemos...?

Sandra nos hizo callar.

—Chissst. No. Ustedes no. Los niños.

Entusiasmados, los niños la examinaron, curiosos. Durante unos segundos, no despegaron su mirada de la pared. Me sorprendió la facilidad con la que entraron en el juego, aunque mi sorpresa fue aún mayor cuando, de pronto, la pequeña dio un respingo y señaló con el índice algo que estaba justo por encima de su cabeza.

—¡Mira, papá! ¡Ahí!

¿Estaba Sandra sometiéndolos al mismo examen al que yo…?

—¡Es un caballo grande! —añadió.

—¡Y está muy gordo! —matizó su hermano, pisándole las palabras.

—¡Y flota!

—¿Flota? —se extrañó Sandra.

—Pues claro. —Sofía señaló los cuartos traseros del equino—. Mira las patas de atrás. Caen hacia abajo, como si no tuviera un suelo en el que apoyarse. ¡Ese caballo está volando!

Eva y yo, atónitos, nos encogimos de hombros, todavía incapaces de distinguir nada. La roca estaba vacía, total y absolutamente vacía. ¿Un caballo volador? ¿Pero dónde?

—¡Muy bien, chicos!

Solo cuando el gesto de nuestra anfitriona dibujó en el aire aquel contorno ecuestre de caderas enormes y cuello corto, distinguimos algo. Los niños tenían razón. Aquello parecía cosa de magia. Allí, en mitad de lo que parecía un cortado desnudo, había una forma. Era una silueta gris, apenas perceptible. Alguien la había trazado alrededor de una protuberancia de la piedra que encajaba con la panza del animal y que era prácticamente invisible. Al acercarnos, vimos que la figura no estaba pintada, sino raspada, y que las incisiones no eran toscas ni pobres, sino muy precisas, y que perfilaban un animal de enormes caderas, ingrávido, en mitad de la nada.

Una visión.

—*Vultus, vultus* —me susurró Eva, conteniendo la risa—. ¡Y no somos capaces de ver ni un bulto!

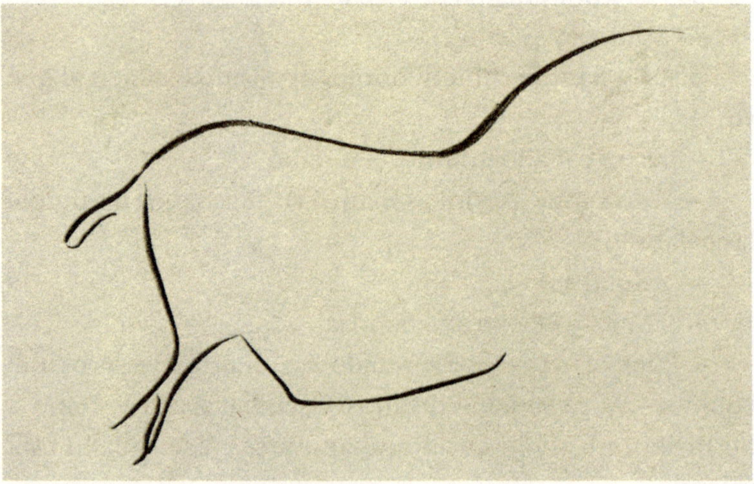

Caballo en el exterior de la cueva de Hornos de la Peña. Cantabria. Aproximadamente dieciocho mil años.

—A ver, ¿hacia dónde creéis que mira ese caballo, chicos? —Sandra, que estaba justo delante de nosotros, volvió a interpelar a los pequeños sin extrañarse ni por un segundo de su agudeza visual—. ¿Qué pensáis que quiere decirnos?

—¡Está volando hacia la cueva! —reaccionó Martín.

—*Quiede que entermos* —precisó Sofi, con los últimos coletazos de su graciosa lengua de trapo.

La chica les golpeó con suavidad la parte superior de los cascos.

—¡Muy bien! Sois unos observadores excelentes —aplaudió Sandra—. Descubrir un caballo prehistórico aquí, a la entrada de una caverna, es algo muy especial, ¿sabéis? Y me parece que Sofía tiene razón: podría ser una antigua señal para decirnos que estamos a las puertas de una cueva con más criaturas flotantes en el interior.

—¿Y por qué flotan? —indagó Martín.

—Pues porque son mágicas. Las pintaron hace entre quince y cincuenta mil años. Si queréis, podemos pasar a verlas y...

—¿Eso es de la época del abuelo? —interrumpió la niña.

—¡De mucho antes! —rio la guía mientras las pecas revoloteaban por sus mofletes—. En la época del abuelo del abuelo del abuelo del abuelo...

—Oh, ¿de verdad?

—Los hombres que vivieron aquí rara vez representaban nada a la entrada de sus santuarios. Por eso creemos que esta imagen es una especie de *señal,* una *invitación.*

—Una invitación —repetí fascinado por el tono de cuentacuentos que, de pronto, había adoptado Sandra.

—Quién sabe —se encogió de hombros—. Quizá con ella nos están diciendo que, si seguimos a este ejemplar, descubriremos cómo volar nosotros también.

No la entendí. Pero entonces la guía dejó de mirarme y, agachándose a la altura de los niños, añadió:

—Qué, ¿entramos? ¿Os atrevéis o no?

2

Todos los días, a los casi cien mil museos oficiales que hay repartidos alrededor del mundo acceden un millón y medio de personas. Eso supone más de quinientos millones de visitantes al año. Los hay de todo tipo: grandes, minúsculos, públicos, familiares, civiles, militares, diocesanos, de empresa, plantados en la cima de montañas y hasta en las profundidades del mar. Pero, de todos ellos, el Louvre de París ocupa el lugar más especial. Se abrió en 1793 en el antiguo palacio de los reyes de Francia y enseguida se convirtió en el símbolo del acercamiento de la belleza y la cultura al pueblo.

El padre Luc Durand lo visitaba a menudo.

Esa mañana, más o menos a la misma hora a la que mi familia y yo nos internábamos en la oscuridad de la cueva de Hornos, aquel hombre espigado y elegante apretaba el paso hacia su icónica pirámide de acceso. Rebasó las Tullerías y distinguió el distribuidor de aquel laberinto de quince kilómetros de galerías y ciento sesenta mil metros cuadrados. Se palpó el bolsillo del pantalón para asegurarse de que llevaba encima todo lo que necesitaba.

A Luc Durand el Louvre le apasionaba tanto como le repelía. Aunque era un sacerdote riguroso, quizá algo chapado a la antigua, amante de un orden desaparecido hacía tiempo, debía reconocer que el museo que dominaba el primer distrito de París era la institución más respetada de Francia. Solo lamentaba que hubiera servido para que los intelectuales de la Revolución francesa llevasen doscientos años demonizando su fe, acusándola de extinguir los logros humanísticos del mundo clásico y convirtiendo sus iconos sagrados en meros objetos de exhibición.

—*Perinde ac cadaver*—susurró en latín al descender por las escaleras automáticas de la pirámide de cristal, rumbo al recibidor del museo.

«Disciplinado como un cadáver».

Por supuesto, nadie lo oyó pronunciar la frase que enarbolaban los jesuitas para recordarse la obediencia ciega que debían a sus superiores.

Durand, un nativo de Orleans de cincuenta y seis años, era, por encima de todo, alguien fiel a la cadena de mando. A su árbol genealógico se asomaban el papa Gregorio XI y dos ministros de la democracia. Había estudiado Teología, Psicología e Historia del Arte en la Sorbona y en la Sapienza. La disciplina aprendida en esos frentes permeaba hasta su forma de caminar.

—*En avant*—se dijo.

Pero aquel sacerdote era, sobre todo, un hombre con una misión. De hecho, a menudo hablaba de ella en sus homilías. No era un predicador cualquiera. Su turno en la cercana catedral de Notre Dame cerraba las misas de la jornada cuando muchos turistas apuraban esa hora para echar un último vistazo a aquella maravilla gótica mientras lo oían oficiar de fondo. Durand solía mirarlos desde el púlpito sintiendo pena por ellos. Los veía como víctimas de un mundo cada vez más alejado de lo sagrado, zombis a los que, con un poco de suerte, unas palabras fuertes sobre la vigencia del sentido trascendente del arte sacro y la necesidad de entender un templo como Notre

Dame en el contexto de la fe podría ayudar a despertar y salvar sus almas.

Lo que nunca hubiera imaginado era que un *youtuber* de dieciséis años iba a poner sus sermones en el punto de mira de las redes sociales. El mes anterior, el chico se había colado en la catedral y había grabado un vídeo de sus filípicas que habían visto ya más de dos millones de personas. «Que los museos devuelvan sus pinturas religiosas a los templos», lo tituló haciéndose eco de una de las frases más repetidas del padre Durand. Aquello fue como si abriera la caja de Pandora. «La Iglesia de París amenaza a los grandes museos». «¿Se puede rezar en el Louvre?». «El saqueo de la fe». Durante dos semanas, y en pleno verano, no dejaron de aparecer titulares como esos. Las noticias políticas escaseaban y no hubo comentarista o líder de opinión que no se hiciera eco de una polémica tan absurda. Con todo, la cifra creciente de visualizaciones del vídeo tuvo un efecto colateral inesperado: terminó llamando la atención de su obispo, que, lejos de amonestarlo, le pidió que grabase uno propio con sus ideas, más elaborado, para aprovechar la ola y ser tendencia. La desorientada cristiandad del siglo XXI necesitaba de prescriptores como él.

«El arte es religión», pensó en titular su respuesta. Y qué mejor que buscar en los tesoros del Louvre el apoyo a su argumentario.

Con esa idea, Durand descendió al vestíbulo del museo. Había elegido su *clergyman* de temporada para la ocasión: camisa negra de Hugo Boss con alzacuellos, una discreta cruz de plata y unos zapatos *derby* blancos que le conferían su estudiado aire de dandi.

Tras superar el control de seguridad, se dirigió al ala Richelieu.

Antigüedades de Oriente Próximo,
Mesopotamia e Irán.
5000 a. C.-700 d. C.

Lo último que pretendía era grabarse con las piezas icónicas del museo como fondo. Ni *Gioconda,* ni cuadros napoleónicos ni Poussins. Daría su primer sermón 2.0 en una sala más sobria. Y la hora que había elegido era la perfecta para ello. Las hordas de japoneses que en ese momento asaltaban las tablas del Renacimiento tardarían todavía un rato en alcanzar los leones alados de Khorsabad. Muy cerca, en la sala 230, descansaban los cachivaches de antes de Cristo que necesitaba.

«Aquí es», suspiró.

Al padre Durand le reconfortó haber calculado bien. El dédalo de columnas blancas, vitrinas y leones de piedra distribuidos sin orden aparente en la sección *d'antiquités* todavía estaba vacío. El eco de pasos contra los suelos de mármol lo confirmaba, aunque esa impresión estaba a punto de resultar equívoca.

Allí había alguien más.

Fue una sensación fugaz. Un pálpito. Luc Durand tardó apenas un segundo en reaccionar.

No lo supo porque viera a nadie, sino porque lo presintió como se percibe la alta tensión cuando se camina junto a un transformador de veinticinco mil voltios.

Dubitativo, miró en todas direcciones hasta que lo encontró. En efecto, un anciano estaba en un rincón de la sala. Era un hombre menudo que debía de haber entrado antes que él y que tenía la mirada perdida en un expositor escondido en alguno de los extremos del recinto.

Normalmente no se habría fijado en alguien así, pero algo en aquel intruso lo atrajo: era un varón que debía de rondar los noventa años, de aspecto saludable, bien vestido y con una melena canosa peinada a raya. El anciano había llegado allí antes que él, con el museo recién abierto. Supuso que podría ser un antiguo conservador con acceso privilegiado o quizá un profesor jubilado con todo el día por delante para pasarlo a su aire. Sin embargo, lo que más le sorprendió fue que se hubiera detenido frente a la pieza que él deseaba grabar.

«Ya es casualidad», se dijo.

Era la vitrina número cuatro. Y aunque Luc Durand le concedió un tiempo para que se moviera mientras colocaba el móvil en el soporte, enseguida advirtió que aquel tipo no tenía intención de apartarse de allí.

Dos minutos después, al sacerdote se le acabó la paciencia.

—Disculpe, señor —lo abordó por detrás—. ¿Sería tan amable de...?

—Ah, vaya. Al fin —el viejito no levanto la mirada del expositor y, en un francés que le sonó antiguo, tirando de voz ronca, interrumpió su frase—. ¿Sabía que llevo esperándolo un buen rato?

Por un instante, Durand creyó no haberlo oído bien.

—¿Perdón?

El anciano se volvió hacia él. El religioso redobló su sorpresa.

—Sí, padre. Me ha oído perfectamente. Ya ve. Creí que alguien como usted madrugaría un poco más.

Durand no supo qué decir. Tal vez había visto su imagen

reflejada en el cristal y lo había confundido con algún otro cura. O puede que estuviera ante alguien con un problema de memoria. O de salud mental. ¿O ambos? Pero las opciones se desvanecieron al sumergirse en aquellos ojos líquidos. En su expresión detectó una insolencia calculada, una energía impropia de un hombre tan mayor, y quiso salir de dudas.

—Mucho me temo que no nos conocemos, *monsieur*...

—*Monsieur* Belfegor —precisó, como si esperara que el apellido le dijese algo. De hecho, lo dejó flotando en el aire, aguardando alguna reacción—. ¿Qué? No diga que tampoco ha oído hablar de mí. ¡Qué desastre, padre! ¡Qué desastre!

Luc Durand apretó los labios. Estaba perplejo.

—Debería haber visitado el museo el pasado mes de marzo —prosiguió el anciano—. Habría disfrutado con una exposición fotográfica. Son muy raras en la casa. La titularon «Los fantasmas del Louvre». Veintitrés fotomontajes de salas y obras de este museo iluminadas con los rostros de sus viejos espíritus... Casi todos imaginarios, claro. Ya sabe cómo son los artistas.

—¿Y por qué habría de interesarme algo así? —Se encogió de hombros, confiando en que ahora aquel descarado se moviera de su posición y despejara el ángulo desde el que pretendía grabarse.

—Bueno... En esa muestra habría conocido la historia de los Belfegor y ahora no tendría problemas en saber quién soy. Nos habría ahorrado las presentaciones. Usted, por lo que parece, ha venido aquí en busca de viejos diablos. ¿O me equivoco?

Esta vez Durand lo radiografió con la mirada. ¿Quién era aquel anciano? Aunque parecía muchísimo mayor que él, su cara no presentaba casi arrugas. Tenía una piel saludable, sin manchas, y dedos de pianista. Vestía una impecable *blazer* Breuer color crema y camisa blanca sin corbata. Daba la impresión de ser alguien despreocupado, como esos millonarios retirados que se pasan la vida de crucero en crucero en busca de alguien que aguante sus batallitas. Y esa energía... Esa energía lo tenía atónito.

—¿Qué le hace pensar que busco demonios, *monsieur* Belfegor?

—Oh, no. No se avergüence, se lo ruego —lo atajó—. La mayoría viene aquí solo a eso. Y no piense que he adivinado nada.

—Ah, ¿no?

—Vamos, padre. Es muy obvio —dijo echándose a un lado.

La vitrina a la que Durand intentaba acceder exhibía un famoso amuleto asirio de bronce con la efigie de una extraña criatura alada. Era una pieza del siglo VIII antes de Cristo. William Friedkin, el director de *El exorcista,* una de las películas de terror más taquilleras de todos los tiempos, la había convertido en un icono mundial al reproducirla a escala humana en la primera escena de su cinta. Aunque de eso hacía ya muchos años, aquel objeto seguía ejerciendo un magnetismo fascinante en los turistas. Se trataba de un pequeño ídolo. Un dios del viento. Una de las piezas maestras de la colección. Tal vez a aquel nonagenario le había extrañado ver a un sacerdote vestido como el expulsor de demonios de la ficción merodear alrededor de semejante objeto. Ese espíritu era uno de los tesoros más insólitos del museo. Uno entre tantos. Pero también —y en eso, extrañamente, no había errado Belfegor— la pieza con la que el padre Durand había decidido empezar su vídeo.

—Usted, que es hombre de cierta madurez intelectual —retomó el viejito sin atisbo de ironía—, recordará una serie de la televisión francesa de los sesenta en la que un fantasma llamado Belfegor aterrorizaba a los vigilantes de seguridad del Louvre.

—Ahora que lo dice…

—Era una mierda —sonrió—. Sin embargo, poca gente sabe que esa serie y el folletín que la inspiró bebieron de un relato de Maquiavelo. ¡Del gran Maquiavelo, nada menos! ¿Lo sabía?

Durand, atónito, negó con la cabeza.

—No sé de qué me extraño —rezongó divertido—. Ya nadie se acuerda de esas cosas. Lo que sí sabrá es que ese relato, *El archidiablo Belfegor,* fue un texto humorístico, una chanza. Es la historia de un demonio enviado a la Tierra a espiar a los humanos. Un infiltrado del mismísimo Satanás.

—No sé qué ve de gracioso en eso. —Lo miró Durand, serio.

Belfegor aparcó su sonrisilla.

—Tiene razón, padre. No es algo gracioso *per se.* Pero importa su historia, su alusión a esa clase de enviados descritos por Maquiavelo, infiltrados que nos observan desde dentro cumpliendo órdenes de una jerarquía superior e invisible. No son una mera invención literaria y usted debería saberlo mejor que nadie.

—¿Yo?

—Vamos, padre. Usted parece culto. Esos intrusos han existido, existen y existirán. Todas las culturas hablan de ellos. Y un religioso, que naturalmente cree en los ángeles, no puede ponerlo en duda…

Los ojillos del anciano brillaron, astutos. Durand estaba estupefacto.

—No comprendo por qué me cuenta usted todo esto, *monsieur* Belfegor. Si me permite, yo…

—No sea tan modesto, padre —lo retuvo, poniéndole la

mano en el pecho—. Usted sabe de qué le hablo. ¿Acaso la Biblia no cuenta que Abraham hospedó en su tienda a tres ángeles tan humanos como nosotros? Y, dígame, ¿qué son los demonios sino ángeles caídos en desgracia? Admito que el texto sagrado no da demasiados detalles sobre las cosas de las que hablaron el patriarca bíblico y su familia en aquella jaima, pero se afana en aclarar que sus visitantes eran de carne y hueso, que aceptaron su invitación a sentarse a la mesa e incluso que, más tarde, fueron objeto de acoso sexual en la cercana Sodoma. ¡Ángeles y éxtasis sexual! Imagínese lo humanos que parecían.

—Eso es el Génesis, capítulo 18 —gruñó, apartándole la mano de la solapa—. Es la teofanía de Mambré, pero no es más que un…

—En lo que quiero que se fije, padre, es en que se trata solo de la enésima descripción de una clase de visitantes que aparecen una y otra vez a lo largo de la historia —dijo Belfegor con énfasis—. ¿Se ha dado cuenta de que irrumpen solo cuando desean confiar a los humanos lecciones importantes? Aunque pueda parecérselo, tales historias no son una mera cuestión de fe. Los antropólogos contemporáneos llaman «maestros instructores» a la clase de deidades que surgen de la nada en momentos difíciles y que entregan a la humanidad información valiosa. Los encontrará en todas partes. Son los que en los mitos más antiguos enseñaron a nuestros antepasados a arar la tierra, a domesticar animales, a seleccionar el trigo y el maíz, a construir con adobes, a mirar las estrellas y a reconocerlas…

—¿Y por qué cree que deberían interesarle esas historias paganas a un sacerdote católico, *monsieur* Belfegor? ¿Pretende hacerme creer que usted es uno de ellos? ¿Es eso?

A Belfegor no le arredró la ironía.

—Crea lo que le plazca, por supuesto. Pero sé lo que usted planea y, antes de que lo haga, quiero abrirle los ojos...

Una mueca se dibujó en el rostro de Luc Durand.

—Vaya por Dios —resopló incrédulo—. ¿Así que ahora también sabe lo que voy a hacer?

—Oh, *bien sûr,* padre —asintió el anciano observando el paloselfi que sostenía en su mano derecha—. Antes de que grabe a estos diablos y cuente una historia equivocada sobre ellos, déjeme explicarle por qué estas piezas son importantes para comprender a esos dioses maestros.

—No sé si tengo tiem...

—Dígame —lo atajó—: ¿ha oído hablar alguna vez del amuleto de la conspiración?

El padre Durand, desprevenido, se encogió de hombros. La mano del anciano que antes lo había retenido se orientó entonces hacia una placa de bronce que descansaba junto al familiar diablo de *El exorcista.* No sabía cómo parar aquello.

—¿Reconoce esto, padre?

Lo que Belfegor señalaba era una lámina de bronce de unos diecisiete centímetros de lado, grabada por ambas caras. Una mostraba una historia contada en pequeñas imágenes dispuestas en tres hileras sostenida por una suerte de león que se asomaba por encima. El resto del exótico felino podía verse grabado en el reverso del amuleto.

—La figura grande en el anverso, en la parte inferior, representa a Lamashtu, una peligrosa diablesa asiria —se arrancó Belfegor—. Es la esposa del demonio que sujeta la plancha. Se llama Pazuzu.

El nombre le devolvió a *El exorcista.* En la primera escena de la película aparecía aquel monstruo con cabeza de león,

Amuleto de la conspiración o *Placa del infierno.* Anónimo (ca. 1700 a. C.). Museo del Louvre, París.

patas de águila, alas de rapaz, cola de escorpión y pene de serpiente. Una prefiguración perfecta del Mal.

—*C'est magnifique,* ¿no le parece? —dijo Belfegor, satisfecho de haber atrapado la atención de su interlocutor—. Me alegra que lo recuerde. Placas así se utilizaban a modo de fetiches contra toda clase de males. Aunque lo que me interesa no son esos demonios. En lo que quiero que se fije es en los personajes que aparecen en el anverso de la plancha. ¿Los ve?

Resignado, Luc Durand se ajustó las gafas que llevaba en el bolsillo de la camisa para contemplar la reliquia. Una escena del segundo renglón de la plancha representaba a dos hombres cubiertos por un «traje de pez»; tal vez dos criaturas míticas que parecían observar a un varón tumbado en una cama. Gesticulaban de un modo extraño mientras, a sus espaldas, otras dos criaturas de cabeza felina parecían enzarzadas en una pelea.

—¿Sabe quiénes son esos? —Los señaló—. Son *apkallus* sumerios, padre. Dos de los siete sabios que, según la mitología mesopotámica, fueron enviados al mundo por el dios Enki para entregar la cultura a los humanos. ¿Le suena?

—Mitología —refunfuñó—. Me habla usted de creencias paganas…

El anciano ignoró la protesta, prosiguiendo con su explicación.

—Si se fija bien, observará que uno de ellos parece impartir una lección a la persona que está tumbada, mientras que los dos demonios leonados que tiene detrás discuten sobre cómo impedirlo. El bien contra el mal. La eterna historia. Quizá se trate de una enseñanza que entregan al humano en sueños. Por eso está en una cama. ¿Se da cuenta?

—Tal vez… Hummm —farfulló.

—Si hay algo que no entiende, no se quede con la duda, pregúnteme, por favor.

Durand, inseguro, se apartó de la vitrina, devolviendo las gafas a su funda.

—Ahora que lo dice, lo haré. En realidad, no sé por qué me está explicando usted todo esto. No le conozco de nada y, sin embargo, se ha dirigido a mí para mostrarme esta insignificancia. Lo que quiero que me explique, *monsieur* Belfegor, es qué quiere de mí.

La pregunta hizo que el rostro del viejito se iluminara.

—Bueno… —respondió, acariciándose el mentón con un gesto divertido—. Digamos que he creído necesario advertirle de que ha vuelto el tiempo en el que el mundo debe escuchar de nuevo a estos viejos maestros. Los leones siguen acechándonos, ¿sabe? Y alguien debería contarlo.

—No sé si le entiendo.

—Es fácil. Usted ha venido a este lugar para contarle una historia al mundo, así que quizá quería prevenirle sobre esta guerra, la más antigua de todas, y sobre las bondades de los viejos maestros instructores... Usted ya nos conoce —siseó.

No fue un siseo normal. Fue como un viento extraño. Un soplo casi sobrenatural.

En una fracción de segundo, sin que el padre Durand tuviera opción de replicar, vio como aquel anciano empezaba a transformarse delante de sus ojos. Su rostro se volvió plano, ensanchándose como de la nada. Sus cabellos se volvieron púas, su piel se cubrió de escamas brillantes, unas aletas rasgaron la espalda de su chaqueta, mientras algo parecido a unas branquias asomaban del cuello.

El sacerdote hubiera querido santiguarse. No pudo.

—P-pero... —Se aturdió.

Entonces notó que los ojos de Belfegor se clavaban en los suyos. Los sintió a apenas dos centímetros. En una fracción de segundo habían dejado de ser normales. ¡Eran ojos de pez! Se encontraban fuera de sus cuencas, húmedos, fríos, como si hubieran duplicado su tamaño. Su iris, el más turbio y oscuro que había visto jamás, empezó a moverse de un modo que no era humano.

—¿Q-quién... es usted? —el grito no pudo salir de su garganta.

El padre Durand sintió que perdía el equilibrio.

—¿Q-quién...?

Intentó gritar de nuevo, pero un zumbido sordo y desagradable le atravesó los tímpanos, paralizándolo. Todo comenzó a oscurecerse. La sala del Louvre pareció precipitarse dentro de un pozo. A Belfegor —o lo que quiera que fuese— se lo tragó la negrura. Notó que sus párpados se cerraban al tiempo que ese zumbido como de olla a punto de explotar crecía hasta convertirse en un lamento agónico.

Y, por un instante, sin tiempo para sentir miedo o pensar en huir de allí, su mente dudó si todo aquello no estaría desbordándose de las piezas milenarias que acababa de ver en las vitrinas.

«¿Qué diablos…?».

Pero Luc Durand tampoco concluyó aquel pensamiento.

Al sacerdote se le cayó la cámara de las manos. Sintió que las piernas le flaqueaban. El estómago se le encogió y la razón se le ofuscó como el mismo Museo del Louvre, como su intención de grabar un vídeo para YouTube e incluso como aquel inoportuno anciano convertido en pez que debía de estar mirándolo con sus ojos saltones. Todo se fundió con la nada.

Nada.

Vacío.

Solo un zumbido.

Cuando Durand reaccionó y logró reunir las fuerzas necesarias para volver a abrir los ojos…, no sabía dónde estaba.

«Dios».

Aquello no era el Louvre. Y no estaba vestido.

Apretó los puños hasta sentir las uñas clavadas en las palmas de sus manos.

Había vuelto a tener otra vez aquel maldito sueño.

3

—

La visión de un caballo ingrávido a la entrada de la cueva de Hornos de la Peña me recordó algo en lo que casi nadie repara nunca: alguien debe enseñarnos el arte, la lengua, las señales de tráfico, los símbolos religiosos, las banderas y, en definitiva, cualquier código de comunicación para que lo comprendamos. Ninguno es obra de la naturaleza. No existe un *lenguaje natural*. Todos los que conocemos han sido diseñados antes por alguien y necesitan de maestros que los enseñen.

Parece una obviedad, pero no lo es.

Puede que nuestra mente sea capaz de inventar algo tan complejo y genial como un sistema de signos, pero su comprensión colectiva depende de que haya alguna Sandra que nos anime a estudiarlos y que vigile su aplicación.

¿Hubo alguien así, una especie de maestro del arte, en la época en la que se grabó aquella suerte de Pegaso sin alas? ¿En qué momento un grupo humano que no estaba familiarizado con el uso de imágenes, que probablemente nunca había visto una antes, adquirió la destreza necesaria para ejecutarlas y darles un sentido único? ¿Y cómo podríamos deducir hoy, a una distancia de mil generaciones, el propósito con el que las concibieron o la naturaleza de los que les enseñaron a hacerlas?

Ninguna de estas era una pregunta menor. Lo que se

adquiere por aprendizaje conforma la cultura. Y esta —debo insistir en ello— siempre necesita de alguien que la transmita.

—Conque… los que han hecho ese caballito vivían en cuevas, ¿no? —Martín, que siempre lo miraba todo con sus pupilas oscuras del tamaño de las de los dibujos japoneses de anime, me sacó de aquellas cavilaciones.

Sandra, que trataba de encender una linterna a su lado, sacudió enérgicamente la cabeza.

—Oh, ¡no, no! —Reaccionó—. Menudo error, chicos. Los paleontólogos odiamos que digan eso. Casi todo el mundo cree que nuestros antepasados vivían ahí dentro. Y aunque es verdad que hace un siglo llamábamos «cavernícolas» a los prehistóricos, en realidad las gentes del Paleolítico habitaban en refugios de madera o en tiendas hechas con pieles de animales. Las cuevas les imponían tanto como a nosotros.

La linterna se encendió.

—¿No tenían casa? —preguntó Sofía, preocupadísima.

—Cariño —sonrió, acariciándole la cabeza al tiempo que empujaba la cancela, que chirrió de un modo espantoso—, las cuevas eran importantes, pero no eran viviendas. En realidad, eran algo así como santuarios a los que iban de vez en cuando. Sus iglesias. Sitios para reunirse. O para celebrar algo. Y, como sabéis, nadie vive en un templo. ¡Ni en una discoteca!

—¿Y *po* qué *pintaon* ese caballo en una *ilesia?* —insistió Sofi señalando la pared que estábamos dejando atrás.

—No está pintado, cielo. Y lo de la iglesia no es seguro. Fíjate bien. —La guía desvió hábilmente la pregunta—. Ese animal ha sobrevivido porque lo grabaron con una punta de sílex. Las pinturas que encontraréis dentro son algo distintas: suelen estar en las partes más escondidas, al fondo de las galerías. Como si sus creadores no quisieran que nadie las viera. Y eso es un gran misterio: ¿para qué pintaron tanto, durante tantos miles de años, a veces emborronando o cubriendo figuras más antiguas con otras nuevas, en un lugar donde casi nadie podía disfrutar de ellas?

—¿Eso es un *miterio?*—siguió interesándose, extrañada.

—Lo es. Y a lo mejor a vosotros, que parecéis muy espabilados, se os ocurre cómo resolverlo. ¿Vamos dentro?

Noté que la niña se quedaba pensativa. Habían dado solo dos pasos dentro del corredor de acceso y ya notaban que allí el ambiente era distinto. No era solo por el cambio de luz, sino por el modo en el que las palabras empezaban a rebotar contra la piedra y devolvían su eco. En la retaguardia, los escruté con curiosidad.

Una nube oscureció el rostro de mi hija.

—¿Estás bien? —le preguntó Eva, también pendiente de lo que sucedía.

—No sé si *quieo etrar,* mamá —susurró mirando preocupada hacia la puerta que acabábamos de dejar atrás.

—Estaré contigo todo el tiempo. Tranquila, no tengas miedo.

—No *teno mieo.*

—Ah, ¿no? ¿Y esa cara?

—Es por mis zapatillas, mami. —Bajó la mirada a los pies—. Son nuevas y no *quieo* que se manchen.

Sofía movió sus piernecitas con gracia, presumiendo de las deportivas rosas con lentejuelas que le habíamos comprado al acabar el curso.

—¿Sabes? —sonrió su madre con toda la dulzura que fue capaz de reunir. Sabía que, si no lograba convencerla, la operación Vultus podría irse al traste—. Papá necesita tu ayuda aquí dentro y si te manchas las zapatillas, él te comprará otras. No puedes dejarlo solo.

—¿Como cuando necesitaba que lo *ayuáramos* a *encotrar* quesos en el Museo del *Prao*?

—Exacto. —Amagó una risa—. Justo así.

El truco funcionó. La niña se vino arriba. Y yo con ella.

Eva tenía razón. Necesitaba toda la ayuda de Sofía. Lo de los quesos fue la excusa que usé para llevarlos a ver cuadros la primera vez… ¡y se acordaban! Ahora eran más mayores y el tema, más serio. Me habría gustado explicarle a Sofía que la prehistoria es un colosal rompecabezas que precisaba de una imaginación en libertad como la suya, pero no era el momento. Tampoco le aclaré que lo que me atraía de aquel lugar que amenazaba sus preciosas zapatillas era el periodo de tiempo al que pertenecía. Un pasado vastísimo, de decenas de miles de años, moteado por la convivencia de varias especies de bípedos inteligentes que no habían sido capaces de legarnos un solo relato escrito de lo que hicieron, lo que temían o lo que les preocupaba. Sofía ignoraba que la invención de la escritura, tal y como la conocemos hoy, se produjo hacía *solo* cinco milenios, ni que hasta aquel tiempo tan cercano en la escala de la historia ningún *homo* había sido capaz de inmortalizar sus pensamientos, anhelos, normas o leyes en un soporte perdurable más allá de su muerte.

¿O sí? ¿Y si el Pegaso de Hornos, los puntos y las rayas sin descifrar de las cuevas cántabras o la miríada de animales y formas que habían ido catalogándose desde el siglo XIX en todo el mundo formaran parte de una clase de escritura que solo una imaginación como la suya podía interpretar? ¿Y si en algún momento, gracias a alguien tan inesperado como ella, tropezáramos con una piedra de Rosetta que nos permitiera *leer* esos rastros? ¿Y qué nos dirían sobre ellos? ¿Y sobre nosotros?

Sentí desazón al pensarlo.

—¡*Teno* una idea! —exclamó la pequeña, olvidándose de nosotros y tirando del forro polar de nuestra guía—. ¡A lo mejor *econdían* sus dibujos *poque* les daba *vegüenza* que los vieran!

—¿El qué, Sofía? ¿Las pinturas?

Sus ojillos centellearon ante la estupefacción de Sandra.

—O quizá huían de algo —terció su hermano, muy serio, tratando de no quedarse atrás—. De un *mounstruo,* por ejemplo.

—O no *queían* que nadie borrase sus *diujos*...

—Eso es una tontería, Sofi —gruñó Martín.

—¡Tonto tú!

Si recuerdo tan bien aquello es porque creo que esa fue la primera vez que los niños escucharon hablar de misterios a alguien que no fuese su padre. También fue la primera vez en la que el misterio no estaba agazapado en las páginas de uno de los cuentos con los que los dormía cada noche, sino en el mundo real. Aquella cueva era una boca inmensa que estaba a punto de tragárselos y la contemplaban con temor. A su edad, yo hice un hallazgo parecido que me deslumbró. Fue el día en el que descubrí que los mayores no lo sabían todo y sentí que las preguntas de los niños tenían sentido. ¿Por qué los planetas son esféricos? ¿Qué hacen los abuelos en el cielo? ¿Por qué no nos llaman nunca? ¿Podrían estar escondidos en alguna estrella? Mis padres se encogían de hombros con cada interrogante y evitaban responderme. De hecho, sus silencios me empujaron a interesarme por las fronteras del espacio y la vida extraterrestre. Esto lo hice no solo porque ese parecía un terreno ajeno al conocimiento de los adultos, sino también porque cualquier pregunta relativa a aquellos campos siempre resultaba oportuna. Del espacio caí de bruces en los interrogantes sobre la muerte y las creencias en el más allá, el origen de la vida o la filosofía, y empecé a intuir que el arte se había inventado para representar esas cosas, utilizando argucias como los caballos flotantes.

El arte había irrumpido para hacernos pensar sobre esas preguntas que nadie sabía cómo responder.

Para eso estábamos allí.

Un libro en mi equipaje proponía un novedoso punto de partida con el que acercarnos al porqué de la invención del arte. Era un trabajo en el que se argumentaba que uno de los mayores enigmas de las representaciones prehistóricas era, precisamente, «por qué la gente del Paleolítico superior hacía imágenes en cuevas profundas y oscuras»[2] y no en lugares donde cualquiera pudiera verlas a la luz del día. Su autor, David Lewis-Williams, catedrático del Rock Art Research Institute de Johannesburgo e impulsor de una teoría neuropsicológica para interpretar las pinturas paleolíticas, estaba convencido de que la actitud de ocultación del primer arte «debió de haber sido social»; que debieron de existir «presiones duraderas» (sic) que empujaron a aquellas gentes a incursionar en lugares siniestros, sin luz, peligrosos, para ejecutar sus obras, admirarlas en privado y hacerlas admirar por terceros, *por alguna buena razón,* en pequeños grupos de elegidos. Y también que debieron de contar con algún «potenciador» de la conciencia en clave

2. David Lewis-Williams, *La mente en la caverna,* p. 68. Akal. Madrid, 2004.

de música, sugestión hipnótica o substancias psicotrópicas para entenderlas y asimilarlas. El arte, desde esa perspectiva, nació como algo tan secreto, tan sagrado y tan vivo que debía protegerse y administrarse con sumo cuidado.

Pero ¿por qué el hombre moderno ha perdido esas nociones y hoy apenas lo contemplamos como un entretenimiento estético?

Hornos de la Peña tenía la respuesta.

Sandra y yo nos miramos. Los dos sabíamos lo que estábamos a punto de ver en *nuestra* cueva. Nos aguardaban unos corredores angostos, jaspeados por brillos de cuarzo, tan húmedos y lóbregos que nos obligarían a reptar hasta una *sala* con hornacinas naturales en las que alguien, doscientos o trescientos siglos atrás, había dejado impresa toda una constelación de animales ingrávidos. Entre ellos, por cierto, flotaba una de las escasas serpientes representadas en la era de las cavernas. Y también algo más. Si mis notas no fallaban, en el corazón de aquella gruta descansaba una de las representaciones más antiguas que se conservan de un ser humano. Una especie de Adán. Nuestros ancestros dedicaron miles de años a pintar animales, rayas, manchas y manos sobre rocas, pero se demoraron mucho, muchísimo, en autorretratarse.

¿Por qué?

Aquel antropomorfo era mi verdadero objetivo en Hornos.

—¡Chicos! ¡No os quedéis atrás! —oí a Sandra desde la oscuridad. Su voz retumbó imperiosa.

Yo iba cerrando la fila que formábamos los cinco.

—*Teno mieo,* papá... —Sofi dio un paso atrás, buscó a tientas mi mano y la apretó, impresionada por la negrura.

—Y yo —remató Martín, ahogando un escalofrío que casi le descabalgó el casco—. ¿Y si nos ataca un lobo?

El pasillo había adquirido una forma animal, como si acabáramos de desembocar en las tripas de un enorme leviatán. Las linternas de los cascos se paseaban nerviosas por superficies cada vez más extrañas. Al oír la queja de los críos, Sandra retrocedió por el esófago de piedra, se acuclilló hasta situarse a la altura de Martín y le prometió que allí hacía al menos cien años que no habitaba bestia alguna; que desde que se encontraron las pinturas en 1903 se habían obstruido todos sus accesos para que ninguna alimaña pudiera esconderse en las sombras.

—Además… —sonrió elevando el haz de su linterna al techo—, deberíais saber que muchas de estas cuevas con pinturas fueron descubiertas por niños tan valientes como vosotros. Y por sus mascotas.

—¿Por sus *macotas*? ¿En *seio*? —Las coletas rubias de Sofía se sacudieron graciosas a pocos centímetros de su nariz—. ¿Qué *macotas*?

Sandra era genial. Llevaba el mismo peinado que mi hija y casi parecía su hermana mayor.

—¡Ah! ¿No habéis oído hablar nunca de un perro llamado Robot?

Martín aparcó el miedo al oír aquello. En esa época disfrutaba con películas de ciencia ficción y soñaba con construirse un R2-D2 que vendían por piezas en los quioscos.

—¿Cómo va a llamarse Robot un perro?

—Uy… —sonrió Sandra—. Pues es la mascota más famosa de la paleontología, chicos.

Los niños la miraron sin terminar de creérselo.

—¿Y por qué es famoso Robot?

—Porque se cayó en un agujero parecido a este y al rescatarlo Marcel, su dueño, vio por primera vez una de las cuevas pintadas más bonitas del mundo. Se llama Lascaux. Está en Francia.

—Lascaux, claro —murmuré erudito a sus espaldas—. Eso se encuentra en la Dordoña, a mil kilómetros de aquí...

—Robot fue un perro listo, Sofía —me ignoró Sandra, concentrándose en la pequeña—. Era un chucho no muy grande, con manchas en el lomo, al que le encantaba correr detrás de los conejos. Vivía en Montignac, un lugar que casi no aparece en los mapas. Una tarde de septiembre, en plena Segunda Guerra Mundial, olisqueó algo cerca del viejo castillo del pueblo y en un despiste de su dueño, que era un crío como vosotros, se metió detrás de unos arbustos y se cayó dentro de la montaña.

—¿Se hizo daño?

—Sí —suspiró con dramatismo—. Se hizo bastante daño. Robot empezó a aullar como un loco. Debió de torcerse una patita al precipitarse por la sima. Imagínatelo. Sus ladridos retumbaban en aquel agujero y Marcel, agobiadísimo, tuvo que arreglárselas para bajar hasta donde estaba para sacarlo de allí.

—Menos mal...

—Sin embargo —prosiguió Sandra—, algo llamó su atención cuando llegó abajo: el hoyo lo dejó en mitad de un largo pasillo y el perro ladraba a la oscuridad como si lo avisase de algo. Marcel, temblando como vosotros, encendió el mechero que llevaba encima y se adentró por el túnel... ¿Imagináis qué encontró?

Los dos champiñones sacudieron horizontalmente la cabeza, como si se tratase de una coreografía.

—¡Un caballo, chicos! ¡Y otro! ¡Y otro más allá! Aquellas paredes rugosas y húmedas estaban cubiertas de fabulosos dibujos de animales. Preciosos. Enormes. Robot les ladraba. Eran tan rojizos y brillantes que parecían recién pintados.

—¿Y qué pasó con Robot? —indagó Sofi.

—Se hizo muy popular. Gracias a su aviso, Marcel corrió hasta el pueblo para buscar a sus amigos, y unos días más tarde bajó al mismo lugar con tres de ellos para explorar la gruta. Se quedaron tan impresionados con lo que vieron que avisaron a un profe del colegio, un arqueólogo aficionado llamado Léon Laval, que enseguida comprendió que aquellos muchachos habían hecho un descubrimiento sensacional. ¡El hallazgo del siglo…!

—Fue el perro —precisó Martín.

—Sí, el perro…

—Es curioso que siempre hagan estos descubrimientos los niños, ¿no te parece? —musité antes de que empezaran a discutir.

Sandra me guiñó un ojo.

—Ah, claro, eso lo dices por *el otro,* ¿verdad? —matizó con cierto retintín, enfatizando el tono de su pregunta y dejando que sus palabras retumbaran dentro de la cueva.

—Hablamos de Altamira —aclaré mirando a los niños, que habían visitado con nosotros el lugar días atrás—. Esa fue la primera gruta con pinturas prehistóricas que se encontró y está a solo media hora de aquí. ¿Os acordáis? Y la primera que vio los dibujos que escondía fue una niña casi de vuestra edad.

—Se llamaba María —añadió Sandra—. Tenía ocho años cuando su padre se la llevó a buscar huesos y se dio cuenta de que el techo estaba lleno de bisontes.

—Creyó que eran toros —precisé—. Unos toros de hace treinta y cinco mil años.

—¿Y cómo los descubrió? —preguntó Martín, mirándome con esa mueca de ansiedad que conocía tan bien, mientras oteaba con desconfianza el oscuro techo que nos cubría—. ¿También se le cayó un perro dentro?

—¡Pues algo así! —rio Sandra—. Fue otro cachorro el

que tropezó con la cueva de Altamira, casi diez años antes. Sin embargo, nadie vería los bisontes hasta 1879. Si aquella niña aún viviera, podría ser la abuela de vuestra abuela.

—¿Cómo es posible que nadie viese los bisontes? No tiene sentido —musitó Eva entre dientes, que había seguido atenta nuestra conversación.

—Oh... Eso tiene una explicación. —Sandra se volvió hacia ella—. En aquella época nadie imaginaba que pudiera haber pinturas en las cavernas. Los adultos sencillamente no miraban los techos de las galerías. Cuando María se percató de lo que había allí, nadie pensó que pudieran ser tan antiguas. Altamira estaba llena de huesos y objetos del Neolítico, que ya eran muy apreciados por los coleccionistas..., ¡y no los relacionaron!

—¿Nadie lo hizo?

—Alguien sí, Eva —aceptó Sandra, enfocándola con la linterna—. El padre de la pequeña. Don Marcelino Sanz de Sautuola y Pedrueca fue un abogado con posibles, un hombre culto que recorrió muchas grutas de la zona en busca de artefactos prehistóricos. Él fue el primero que informó sobre las pinturas y también el primero en deducir que eran muy viejas. «Prediluvianas», dictaminó. La mentalidad de aquella época no podía admitir que los hombres de las cavernas tuvieran un intelecto tan desarrollado como para *inventar* el arte. Sanz de Sautuola murió antes de que el mundo reconociera su hallazgo.

—¡Que el *decubrimiento* fue de María! —reclamó Sofía.

—¡Y del perro! —la secundó Martín, justiciero.

—Sí, por supuesto, chicos —concedió Sandra—. Aunque os gustará saber que ella no fue la única pequeña que descubrió cosas importantes. ¡Los niños sois muy inteligentes! Dicen que fue un chaval que llevaba agua a los buscadores de tesoros del Valle de los Reyes, en Egipto, el que encontró el primer escalón que conducía a la tumba de Tutankamón. Y yo me lo creo.

—Bueno…, Mozart compuso su primer minueto a los cinco años —la interrumpí—. Es difícil saber por qué hay tantos niños asociados a esta clase de revelaciones. Quizá… —titubeé—, tal vez tengan una sensibilidad especial, instintiva, para descubrir lo que está oculto.

Sandra me dio la razón.

—Bueno, eso habéis podido comprobarlo cuando Martín y Sofía han visto el caballo de la entrada. Los niños lo perciben todo siempre a la primera.

4

Bzzz. Bzzz. Bzzz.

Aún no se había despertado del todo Luc Durand cuando su teléfono móvil volvió a vibrar. La mesilla de noche tembló hasta arrancarlo de sus ensoñaciones.

De mala gana, el sacerdote alargó el brazo, tanteó el espacio entre el móvil y la libreta que lo acompañaba a todas partes y pulsó el botón de respuesta.

—Hola… ¿Señor Durand?

La voz de una mujer emergió dubitativa al otro lado de la línea. Aturdido, notó como pronunciaba su nombre de un modo extraño. Con un acento duro. Extranjero.

—*Oui, c'est moi.* ¿Quién es? —cambió de idioma, vacilante.

—Le llamo de la Fundación Amigos Museo del Prado —dijo alguien en español—. Espero no haberle molestado.

Durand se incorporó. No estaba en su residencia de París ni en el Museo del Louvre rodeado de diablos sumerios, sino en la habitación de un buen hotel. Cortinas de cretona. Sábanas de algodón de seiscientos hilos. Paredes enteladas. Aire acondicionado y televisión de ciento veinte pulgadas. Aunque el último sueño todavía retumbaba en su cabeza, enseguida recordó en qué ciudad se encontraba. Era Madrid. Había llegado la noche anterior en un vuelo de

Air France porque tenía una cita importante en el Prado ese mediodía. Su oficina había pedido que un experto en pintura flamenca —el mejor, a ser posible— lo acompañase a la sala de los Boscos a examinar un pequeño detalle en uno de ellos que lo tenía profundamente obsesionado.

—¿Es por la visita a la colección? —se espabiló. Su acento castellano estaba algo oxidado, pero hiló correctamente la pregunta.

—Sí. Así es, señor.

—¿Ocurre algo?

—Oh, no se preocupe. Todo está en orden. Solo queríamos informarle de que el profesor Einar ha adelantado su agenda para hoy y podría atenderle antes. Si eso le viniera bien, por supuesto.

—¿Antes? *Quand?*

—En media hora.

Luc Durand se levantó de la cama para pulsar el botón de la persiana eléctrica del balcón. Echó un vistazo afuera. Estaba nublado y parecía haber refrescado en la ciudad durante la noche. Su hotel se ubicaba en la plaza de las Cortes, a solo cinco minutos a pie del museo, así que hizo un cálculo rápido de lo que le llevaría arreglarse y llegar hasta allí y confirmó la cita. Solo se perdería el desayuno.

—*Parfait.* Estaré en sus instalaciones en treinta minutos, señorita —dijo con su encantador acento extranjero.

A la hora prevista, Ángela Qiao, la eficaz responsable de Relaciones Institucionales de la pinacoteca, lo esperaba en la puerta de los Jerónimos con estudiada sonrisa —ni excesiva ni impostada— y unas carpetas con el logo del museo bajo el brazo que incluían una credencial de acceso ilimitado al recinto.

Durand se fijó lo justo en ella. Era una joven de rasgos asiáticos, de unos treinta años, tez pálida, ojos grandes, cuerpo delgado («huesudo», pensó) y una crucecita de oro asomando por el discreto escote de una elegante blusa rosa de manga corta. Su aproximación formal le complació. De algún modo, su empaque le recordó a los modales de su sobrina Amélie, que ese año había terminado sus estudios de Medicina.

—Viene usted muy bien recomendado, *monsieur* Durand —se presentó Qiao mientras le tendía una mano frágil y cuidada y lo invitaba a atravesar los postes de cinta extensible que cerraban el acceso al museo.

El sacerdote había elegido un traje azul marino para la ocasión. Su camisa celeste sin corbata disimulaba su filiación religiosa, aunque Qiao sabía con quién estaba hablando. No era la primera vez que el museo madrileño y la Santa Sede tenían contacto e intercambiaban compromisarios. De hecho, en los últimos años, visitas como aquella se habían intensificado dada la procedencia eclesiástica de sus últimas adquisiciones. La joven, que parecía haberse caído de uno de los deliciosos cuadros del pintor budista Tang Wei Min, sabía que Roma gustaba de enviarles «mirlos blancos» como Luc Durand. Sin embargo, aquel le pareció distinto. No tenía intención de examinar los almacenes ni el laboratorio de restauración. Había insistido en estudiar algo de la colección principal. Y eso, que ella recordara, no había sucedido antes.

Sin cruzar palabra, se encaminaron hacia la sala en la que ya los esperaba el profesor Jon Einar.

A esa hora, los primeros turistas se arremolinaban en el recibidor de entrada buscando a sus guías o haciéndose con planos y explicaciones del edificio. Todos parecían perdidos. Durand, no. A Ángela Qiao le pareció que olfateaba la mezcla única de aromas que se cruzaban en las galerías

—olores a barniz, libro viejo, madera recién pulida y desinfectante de limón— y dejó que se orientara a sus anchas. Se dirigieron a la sala 56A, en una de las alas de la planta baja. A esa hora, por raro que pareciera, esa estancia la ocupaba un solo hombre.

Jon Einar.

De lejos, el inquilino de la sala de los Boscos aparentaba no haber superado los cuarenta años. Debía de ser por su espalda recta y su cabello rojizo abundante o porque aguardaba sentado en un *trono* de neumáticos angulados como los que utilizan los jugadores de baloncesto en silla de ruedas. El caso es que su americana de lino verde pistacho y su equipamiento deportivo subrayaban esa impresión de juventud. El padre Durand lo observó con interés. Tenía la mirada absorta en los cuadros que lo rodeaban, como si se hubiera extraviado en el centro de un laberinto de imágenes tan grotescas como su atuendo. Jon Einar, incapaz de recurrir a los dos vigilantes que desviaban al primer público de la mañana hacia otras estancias, garantizó a Durand una intimidad total.

—¿Puedo pasar?

Qiao asintió brindándole acceso con un gesto.

El sacerdote dio unos pasos al frente y su ocupante, al escucharlos sobre el mármol, pareció salir del ensueño.

—Vaya, buenos días. —Se volvió hacia él, levantando un brazo para saludarlo.

—Buenos días.

—No sé por qué me lo había imaginado de mi quinta, padre —añadió para su sorpresa—. Ángela no me dijo que usted era…

—¿Un viejo?

—Oh, por favor, no quería decir eso. Nuestra anfitriona es pura prudencia.

—Bueno, usted debe de ser el *professeur* Einar —respondió, tendiéndole la mano—. Espero no haber echado por tierra tan pronto sus expectativas.

El hombre de la silla de ruedas sonrió.

—En realidad, no tenía ninguna. Ya sabe: «La expectativa es la raíz de todas las decepciones».

—William Shakespeare.

—Excelente. —Aplaudió complacido—. Nos entenderemos bien.

A Luc Durand le llamó la atención que aquella especie de vikingo refinado, de pómulos sonrosados y mandíbula cuadrada, utilizara un lenguaje más propio de un diplomático que de un experto en arte. Su tono contrastaba con su estilismo. Sus iris azules desprendían un magnetismo tan intenso que el detalle de estar condenado a una estructura ortopédica de aluminio quedaba en un segundo plano.

Einar notó enseguida *esa* clase de mirada.

—Oh, comprendo —murmuró, adivinando la perplejidad de su interlocutor—. Tengo los huesos descalcificados. Soy un hombre de cristal.

La metáfora conmovió al sacerdote.

—*Excusez-moi, professeur,* yo...

—No se disculpe, míreme cuanto quiera, por favor. Obsérveme bien. Pero piense que esta condición tiene sus ventajas: de entrada, puedo llegar a ser más veloz que cualquier humano y no solo en los desplazamientos. Y soporto..., ¿cómo dicen ustedes, padre...? Soporto mi cruz con cristiana resignación, cultivando la inteligencia para compensar mis carencias. Espero poder demostrárselo.

—Ejem...

Una tosecilla impostada se coló entonces entre ellos.

—¿Podríamos comenzar nuestra reunión, caballeros? Padre. Jon...

Qiao acababa de dar por concluidas las presentaciones, entregándoles las carpetas que llevaba consigo. Eran unos dosieres de tapas azules, no muy gruesos. Al hojear el suyo, el padre Durand halló el currículo de Jon Einar y una foto suya, con otro atuendo imposible, posando frente a un escenario tras el que se leía en grandes letras blancas «Royal Academy of Arts». La examinó de un vistazo y enseguida le quedó claro que el hombre que le había propuesto el Prado no era exactamente la autoridad en Jheronimus van Aken que había solicitado su equipo. Su biografía era la de un experto en semiótica del arte, con trabajos publicados sobre autores tan dispares como el Bosco o Monet, especialista en surrealismo y autor de un ensayo —«polémico», decían los papeles— titulado *El arte no es nada. El arte lo es todo,* que la ficha mostraba con uno de los autorretratos de la pintora mexicana Frida Kahlo en la cubierta.

—Curiosa portada —masculló Durand izando ese folio, mientras su interlocutor estudiaba también su ficha.

—Me alegra que le guste, padre.

—No he dicho eso —lo cortó.

—Bueno. Dudé mucho qué título dar a mi libro. Es un trabajo teórico, ¿sabe? En él discuto todo lo que se ha dicho durante siglos sobre el arte.

—¿Llega a alguna conclusión? —la pregunta sonó escéptica.

—Por supuesto, aunque dudo que le guste.

—*Essayez.*

—Desde el materialismo, todo el arte es explicable. La pintura, la música o la literatura son fruto exclusivo de nuestras mentes. Los *sapiens* somos una especie que tiende a confundirlo todo: mezclamos instinto con emociones y lo justificamos con esa palabra ambigua y polisémica en la que todo cabe: *ars, artis.* Yo defiendo que no hay nada de espiritual, visionario o sublime en generarlo. Todo en él es el fruto lógico de nuestra percepción. El arte no cura; no existe un efecto Mozart ni tampoco la cromoterapia nos salva de un cáncer. El arte no es mágico ni trascendente *per se.* Tampoco nos eleva a una esfera superior si antes no hemos dejado en suspenso la razón y permitimos que los sentidos nos engañen. En suma, es una suerte de sugestión que solo nos conmueve cuando nos hipnotiza. El arte, padre, es el mayor engaño creado por el hombre después de las religiones.

—Ya veo… —murmuró Durand, echándole una mirada reprobatoria a Ángela Qiao, que los observaba imperturbable a dos pasos de ambos, con cara de no haber roto un plato en su vida—. Al menos, *professeur,* sale usted muy favorecido en las fotos.

La ironía del jesuita no hizo mella en el joven Jon Einar. Impertérrito, curioseó los recortes de periódico que Ángela le había entregado en la misma carpeta. Eran entrevistas publicadas en importantes suplementos dominicales. En todas, el profesor aparecía con un rostro de querubín que, ahora, tras escucharlo, resultaba de lo más equívoco.

—Habrá observado que no hay muchas fotos mías, casi ninguna de cuerpo entero —lo interrumpió con malicia—. Como usted comprenderá, dedicándome a la crítica de arte, tengo alma de esteta y no me gusta posar en silla de ruedas.

—Lo entiendo, sí.

—En cuanto a usted —resopló, escrutando su dosier—, tampoco pasa inadvertido en ambientes académicos, si me permite decírselo, padre Durand. Me admira que alguien que trabaja para el Vaticano, tan cerca de las materias inmutables, lleve una vida tan atareada. Tan… mundana.

—*Dieu est omniprésent, professeur.* Dios está en todas partes y exige cada vez más a sus pastores —se defendió.

A Einar le gustó que no se escondiera. Estimó que su anfitrión rondaría los sesenta; su pelo apenas clareaba y no había encanecido del todo. La llamativa ausencia de arrugas permitía adivinar una vida sin demasiadas preocupaciones, la de un hombre consagrado al estudio y a la lectura.

—¿Puedo añadir algo antes de que entremos en materia? —se lanzó tras concluir su peritaje—. He viajado desde Brujas en cuanto el Prado me hizo partícipe de su interés, padre, por ver los Boscos. El museo ha insistido en que fuera yo quien lo atendiese, pese a que el pintor neerlandés no es mi única especialidad.

—El profesor es un experto en simbolismo, como ustedes pidieron.

Ángela Qiao, en tono más formal, pensó en los ochocientos euros que le iba a costar al museo la habitación del Ritz donde habían alojado a su experto más las dietas de aquel día y buscó su lado más profesional para sacarle partido al gasto. Jon Einar era también un viejo amigo de sus años de universidad, pero se guardó aquel detalle.

—¿Sabe qué, padre? El profesor Einar combina su trabajo con psicología e historia del arte y del pensamiento científico . El director del museo ha pensado que sería el hombre perfecto para su consulta.

—*Oui, oui.* No lo dudo. Entonces, iremos al grano... —concedió, acariciando el informe—. Verá, profesor, me encuentro investigando la naturaleza de un *icône très particulière.* Forma parte de un trabajo en el que llevo algún tiempo implicado y del que debo rendir cuentas a mis superiores.

—¿Busca un icono en el Bosco? —dijo sin poder morderse la lengua—. ¡Sorpréndame! Ese hombre fue el gran creador de símbolos del Renacimiento.

—Si estoy en lo cierto, el Bosco empleó en sus pinturas imágenes que documentaba de multitud de fuentes.

—Correcto, sí.

—Por ejemplo, cuando diseñó sus famosos infiernos se inspiró en un relato de la Europa del *fin du 15ème siècle* que se conoce como *La visión de Tundal. Les visions du chevalier Tondal.* En mi gremio conocemos bien esa clase de narraciones. Era la típica parábola del pecador al que el Altísimo concede el privilegio de viajar al más allá sin pasar *par la mort* para que, a su regreso al mundo de los vivos, pueda dar cuenta de los horrores que sufren los condenados.

—Ah, esas antiguas y adorables historias con moraleja...

—En su travesía —lo ignoró—, Tundal ve *monstres* que describirá *dans tous les détails:* bocas inmensas que devoran almas, humanos custodiados por insectos gigantes, híbridos espantosos que supuran pestilencias y toda suerte de criaturas nacidas solo para infligir *douleur,* que inspiraron al artista.

—Todo eso es correcto, padre, pero el maestro de Bolduque no solo se empapó de cuentos populares o del folclore local para pintar sus diablos —matizó Einar, señalando la impresionante tabla del *Jardín de las delicias* que tenían a solo dos pasos de ellos.

El tríptico, de casi tres metros de alzada, acababa de ser separado de la pared por los conservadores para que los turistas pudieran contemplar también sus puertas pintadas en tonos cenicientos.

—Fíjese en la imagen de Dios que aparece en el exterior de esa obra, en la grisalla —dijo, moviéndose hacia la trasera de la tabla—. ¿Lo ve? Es el calco exacto del Dios que aparece en uno de los grabados de *La crónica del mundo* de Hartmann Schedel, un humanista de Núremberg autor de un incunable impreso en 1493, diez años antes de que el genio pintara este jardín. Y eso por no hablar de todas las especies vegetales que reproduce y que tampoco son exactamente imaginarias.

Las miradas de Luc Durand, Ángela Qiao y Jon Einar confluyeron en un punto de la primera tabla del tríptico, al otro lado de donde estaba aquel Dios barbudo, concentrándose en la parte inferior del Edén. Lo que el profesor deseaba mostrarles estaba justo a la altura de sus ojos.

—Padre, observe… ¿Ve ese árbol del paraíso, carnoso y seductor, junto a Adán y Eva? —Einar señaló una suerte de arbusto de formas redondeadas moteado de unas hojas cóncavas que parecían pequeñas antenas parabólicas—. Si obvia las flores y los racimos que penden de él, es un drago canario: una especie endémica del archipiélago. Nunca creció en la Europa continental. El Bosco no pudo ver uno jamás… y, sin embargo, ahí está.

—¿Está seguro de eso, *professeur*? Si no me equivoco, en 1500, la fecha de esta tabla, Canarias todavía era *terra incognita*.

—Eso es *casi* cierto —matizó—. Mire ese drago. El Bosco no lo eligió por su estética, sino porque, aunque ahí no lo distingamos, la savia de esos árboles es roja y, cuando se cortan, parece que sangran. Y la sangre, como bien sabe, es el rasgo fundamental de la religión cristiana. Fue una elección *material* para transmitir un mensaje *espiritual*.

—¿Y cómo podía conocer ese detalle un pintor que no vio nunca *l'Atlantique* ni pisó el archipiélago canario?

—Cuando el Bosco lo pintó, los españoles apenas habían puesto un pie en las islas. Prácticamente nadie había documentado un árbol como ese, pero el pintor de 's-Hertogenbosch sabía de él. Yo apuesto a que fue en un grabado y no en una visión sobrenatural ni nada parecido. Se han dicho muchas tonterías sobre las habilidades místicas de

Tríptico del Jardín de las delicias. El Bosco (1500-1505).
Museo del Prado, Madrid.

Grisalla de las puertas exteriores del *Jardín de las delicias*.

este artista, pero sus composiciones funcionan más como un reloj de precisión que como el producto de un alucine o una revelación.

Durand torció el gesto al oír aquello.

—¿Puedo ser sincero con usted? Su interés por clasificar y cosificar todo resulta algo… *énervant.*

—Mi campo es la ciencia. El suyo, el misterio. Mi propuesta es que el Bosco descubrió los dragos en una estampa de Martin Schongauer, el mejor grabador de Alemania, impresa veinte años antes de su pintura —sentenció—. Aunque también pudo haberlo visto en el *Liber chronicarum,* del mismo Schedel, donde ya figuraba ese árbol junto a Adán y Eva en el paraíso.[3] ¡El maestro debió de tener acceso a una impresionante biblioteca!

El padre Durand no lo cuestionó.

—Una lección magnífica, *professeur.* —Dio dos palmadas al aire. Después de todo, pensó, tal vez fuera el experto que necesitaba—. Pero ¿sabe?, no es ese el icono que me interesa examinar con usted. ¿Podríamos acercarnos a otra pintura de esta sala *pour voir*?

El padre Durand le pidió permiso para empujar su silla hasta el segundo tríptico de la sala. Las ruedas se detuvieron frente a un cuadro de un tamaño sensiblemente menor que el *Jardín de las delicias,* pero tan magnífico y complejo como aquel. Los conservadores del Museo del Prado lo habían emplazado en un lateral de la estancia, junto a una de sus puertas de acceso a las obras, y estaba peor iluminado que el resto de los Boscos.

—¡Oh! —La mirada azul de Einar relampagueó—. *El carro de heno.* Tiene usted buen gusto, padre. Muchos turis-

3. Peter Mason, *El drago en el Jardín del Edén.* Iberoamericana Vervuert. Madrid, 2018.

tas no se detienen siquiera a mirarlo, deslumbrados por el fulgor del *Jardín de las delicias*...

—Pero es tan intrigante o más que aquel.

—Sin duda —asintió sin despegar la mirada de sus pinceladas—. ¿Sabía que esta fue la última gran obra en la que trabajó el Bosco antes de morir? Mis colegas y yo creemos que en ella recogió todas sus inquietudes religiosas y su buen hacer como pintor.

—«Inquietudes religiosas» —Luc Durand repitió aquel diagnóstico calibrando cada sílaba—. Me sorprende que ahora recurra a ese término, *monsieur* Einar, después de descartar al Bosco como un visionario.

—¿No está de acuerdo?

—*La vérité c'est ce que je ne sais pas si* definiría a este pintor como *religioso moi-même.*

Los ojos de Jon Einar se abrieron, expectantes. Le hizo gracia cómo pronunció *religioso,* arrastrando la erre hasta convertirla en una ge áspera. Enseguida se detuvo en lo que ese tono implicaba. Ningún historiador del arte había puesto en duda nunca el carácter moralizante de las tablas del Bosco, y mucho menos un cura. En la que tenían delante se distinguía un cortejo de reyes, obispos y nobles liderando a una legión de campesinos que —según las interpretaciones canónicas— no eran sino una metáfora de la humanidad. Bailaban, se zarandeaban, rogaban al cielo e incluso morían sin ver que sus miserables vidas eran contempladas desde lo alto por Nuestro Señor, que flotaba entre las nubes. No se sabía gran cosa de la vida del pintor que había pergeñado aquella turbamulta y se daba por hecho que militó en una importante cofradía de su ciudad. Fue un hombre de fe. Y así se lo hizo saber al sacerdote.

—*Un homme de foi*—repitió Durand—. ¿Está usted seguro de eso, *professeur*? Veo el cielo y el infierno claramente

El carro de heno. El Bosco (ca. 1516). Museo del Prado, Madrid.

representados en estas tablas, comprendo la intención de pintar una escena universal con la humanidad transitando por la creación…, pero ese carro de heno enorme, ocupando casi toda la tabla central, me resulta… *déconcertant.*

—No sé si le sigo, padre.

Durand dio un par de pasos hacia la tabla, trazando una parábola con el brazo izquierdo alrededor de su centro geométrico.

—Coincidirá conmigo en que la Biblia no contiene un pasaje explícito que podamos asociar a esta imagen —dijo—. Naturalmente, algunos versículos del libro de los Salmos recurren al heno como *métaphore* de lo efímero de la vida, pero no hay nada tan complejo como esto.

—«No te impacientes por los malvados…, porque, como el heno, presto se agostarán»[4] —recitó el holandés de memoria.

Qiao los miró sin decir nada.

—Exacto, esa es la cita, *professeur.* —Sonrió el padre Durand.

—Coincido con usted en que un versículo tan insípido como ese no justifica una escena tan elaborada. Pero tampoco lo hace el texto de Isaías cuando, aludiendo a lo efímero de la materia, dice que «toda carne es heno y toda gloria como las flores del campo».[5]

—Entonces, ¿estamos de acuerdo en que *El carro de heno* no es una obra religiosa, *professeur*?

—Emmm… —titubeó—. Podría admitir que el Bosco se inspiró en un dicho popular para pintarla y no en la Biblia. Pero, conociendo su gusto por la información, se documentó en alguna parte. Existe un proverbio flamenco,

4. Salmo 37.
5. Isaías 40, 6.

muy popular en la época, que dice: «El mundo es como un carro de heno y cada uno coge lo que puede...».

—¿Apuesta a que esa fue la fuente de la obra? ¿Un *adage*, un dicho?

—No sería la primera vez que el Bosco recurre a ellos —respondió Einar, serio—. En el infierno del *Jardín de las delicias* hay un «hombre árbol» y una oreja gigante que creemos tomó de un famoso grabado alemán que decía: «El campo tiene ojos, la madera oídos». El Bosco miraba el mundo de un modo muy distinto a como lo hacemos usted o yo. Y esa capacidad le permitía beber del saber popular para llevarlo al plano de la fe.

El joven profesor levantó su mirada azulada hacia Durand, que se había acercado a un palmo del *Carro* para admirarlo con más detalle, e insistió en su hipótesis inicial: aquel fastuoso carro cargado de cereal se fundamentaba en alguna referencia material, aunque también fuera una bella metáfora. El heno podía ser una alusión velada a lo tangible que tienta y pervierte la condición humana. Incluso una denuncia de cómo nuestra especie, tras su creación en el Paraíso, ha perseguido lo físico hasta acabar en el infierno que pintó en la tabla de la derecha.

—La condena es el destino inevitable del ser humano —dijo, mirándola—. ¿O acaso tiene usted una idea mejor, padre? Porque no acierto a entender adónde quiere llevarme.

—Quizá a una interpretación que nunca ha oído antes... —respondió en voz baja mientras examinaba el modo en el que el Bosco había pintado cada hebra de forraje.

—Le diré algo, padre Durand —dijo, a la defensiva—: todas las composiciones del Bosco son deliberadamente complejas. Están pensadas para arrastrar al debate a quienes las contemplan. Por eso llevan cinco siglos inspirando toda clase de disparates. No digo que su interpretación lo sea, entiéndame, pero…

—*Vous avez la raison* —lo interrumpió mientras daba un par de pasos atrás para señalar algo en la parte frontal del carro—. Fíjese ahí, *professeur*. Observe ese grupo de diablos que están tirando del carro. ¿Se ha detenido alguna vez en ellos?

Su gesto abarcaba un grupo de figuras deformes entre las que destacaba un varón de aspecto macilento con ramas brotándole de los brazos, o un tipo con cara y ojos de roedor, tocado con una cofia, que camina cerca de una vaca con cuernos de ciervo, o un individuo con morro de pez espada.

—Oh, esos… —asintió apartándose un mechón rojizo de la cara—. Son muy famosos. Los típicos espantos del Bosco.

El hombre-pez de *El carro de heno*. El Bosco (ca. 1516).
Museo del Prado, Madrid.
Obra completa en la página 65.

—Hay uno en particular que *m'irrite* —prosiguió Durand—. Es el *icône* del que le hablaba antes y que quisiera que me ayudase a interpretar: se trata de ese extraño pez con piernas, el que parece compartir cuerpo con un humano de rostro *bizarre.* ¿Sabe qué es?

Por delante del hombre con cabeza de ratón caminaba una suerte de pez con extremidades humanas, con el cuerpo sujeto a una soga.

—Pues claro. —Lo ubicó sin vacilar—. Se han publicado artículos enteros sobre él tratando de darle un sentido: que si se inspiró en la ballena de Jonás, que si es una burla al símbolo del pez de los primeros cristianos, que si…

—Ya, ya. Pero lo que me interesa es averiguar por qué ese tritón lidera la marcha de *l'Humanité* en la tabla. Es obvio que, en el lugar que ocupa y con la cuerda alrededor del lomo, está tirando del *carro del mundo.* También lo es que de él emana algo *profondément* perturbador. Fíjese en sus extremidades. Se confunden con la figura que está detrás. De hecho, en un primer vistazo, cuesta decidir a quién pertenecen.

Einar se llevó una mano al mentón, como si quisiera exprimirlo. Ángela lo contempló en silencio, inclinada con su blusa rosa sobre el diablo, con cara de no haberse detenido nunca antes en él.

—Bueno —dijo al fin el profesor, como si de pronto le incomodara tanta atención—, tal vez se trate solo de un juego, padre. Una especie de prueba a la sagacidad para quien lo observe. El Bosco fue muy aficionado a ellas. Una suerte de «adivine de quién son esas piernas». Nada más.

—Yo creo que son del pez —replicó.

—¿Cómo?

—Que las piernas salen del pez. *Ce poisson possède des pattes!*

—Una broma del Bosco —quiso zanjar Einar, de repente visiblemente incómodo, tras alejarse unos centímetros de la imagen—. Nada más.

—¿En serio? ¿Y si le dijera, *professeur,* que esa cosa evoca algo que tiene más de cuatro mil años de antigüedad y que, en tiempos del Bosco, era *absolument impossible* que nadie la conociera en Europa?

Einar giró la silla hacia él, atónito.

—Eso no puede ser —murmuró.

—Comprendo su *stupéfaction,* pero ¿sabía que los sumerios adoraron a una saga de siete hombres-pez que les enseñaron a cultivar, a domesticar animales e incluso a contar o a escribir, y gracias a los cuales su pueblo dejó de ser *primitif*?

—¿Los... sumerios? No le sigo.

Una leve sonrisa se dibujó en el rostro del religioso.

—Parece cosa de locos. Soy consciente de que, en el siglo XVI, cuando se pintó esto, nadie sabía una palabra de sumerios. Hasta que los ingleses empezaron a excavar en Nínive en el XIX, esa civilización era una incógnita total. Sin embargo, ahí tiene usted un *parfait exemple* de hombre-pez sumerio...

Einar enarcó sus cejas, incapaz de disimular una sombra de preocupación en la mirada. Ángela lo notó incómodo.

—Comprenda que es una analogía un tanto arriesgada, padre Durand —replicó, yéndose aún más atrás con su silla.

—O quizá no. ¿Quiere que le cuente mi hipótesis?

—Por favor, le escucho —aceptó.

—*Très bien.* De aquellos semidioses de la antigua Mesopotamia decían, literalmente, que tiraban de la civilización del mismo modo que ese engendro tira del carro del mundo ahí. Para aquel pueblo, los dioses eran seres anfibios que salían del mar, vestían trajes de escamas y se aplicaban en enseñarles todo lo que hoy consideramos básico: cazar, pescar, pintar, cantar, estudiar las estrellas... Los llamaron *apkallus,* «los espíritus sabios». ¿Y sabe qué? Conocemos incluso el nombre de su líder: Oannes. Casi como *Johannes,* el Bautista, en *la langue* del Bosco. Pero lo más curioso, *professeur* —añadió sin pararse a tomar aire ni a valorar la cara de asombro creciente de su interlocutor—, es que las civilizaciones que sucedieron a Súmer, como la egipcia, hablaron también de ellos. Los faraones los llamaron *Shemsu Hor,* los «seguidores de Horus». Los representaban con un ojo que era capaz de verlo *tout.* En la India tuvieron a Visnú, una *divinité* que salió de la boca de un pez. Hasta los griegos versionaron a esos educadores llamándolos «los siete sabios» y asimilándolos, más tarde, a los siete antiguos sabios griegos.

Jon Einar se mesó la cabellera roja, abrumado. Antes de replicar, se quedó un instante en silencio, como si necesitara encajar todo aquello.

—¿Y usted cree que esos dioses eran... *buenos?* —no se le ocurrió nada menos estúpido que preguntar.

—¿Benignos, dice? —Los hoyuelos del padre Durand se marcaron de repente en su rostro, rejuveneciéndolo—. Los relatos que hablan de ellos coinciden en que nos arrancaron del bienestar que da la *ignorance,* pero nos llevaron a problemas de otro tipo. Fueron como el Prometeo griego. O la serpiente del paraíso. Nos dieron la ciencia, la conciencia y el conocimiento de nuestras limitaciones. Por eso no sé si *bueno* es el término *le plus approprié* para definirlos.

—¿Qué cree que puedo aportarle yo en torno a ese icono? —le preguntó cada vez más atónito—. ¿Por qué ha mandado llamar a un experto si usted ya parece tener sus respuestas? ¡Yo no sé nada de hombres-pez!

—Verá, *professeur:* estoy finalizando un estudio sobre los maestros instructores de la Antigüedad y quería asegurarme de que en Flandes también habían oído hablar de ellos.

Pedí a este museo un experto en simbología, alguien capaz de relacionar *iconographies* de épocas diferentes —respondió mirando a Ángela Qiao—, y me han conducido hasta usted. Si tengo razón, el siglo del Bosco fue uno de los más prolijos en la representación de esos *apkallus*. Y eso, si usted me da su aprobación, quisiera añadirlo lo más documentadamente posible a mi informe.

—Maestros instructores… —masculló.

—Es un término *totalement scientifique, professeur.* —«Uno que usó el hombre de mi sueño», pensó también al decirlo—. De hecho, se trata de una definición común en antropología. Se me ha pedido que entregue al Instituto Pontificio de Arqueología Cristiana un trabajo sobre esos desconocidos y sospecho que *la plus ancienne représentation* fue esa iconografía de hombres-pez. Aparecieron a las orillas del Éufrates hace tres mil años, aunque con posterioridad se desprendieron de ese disfraz y se presentaron como seres de carne y hueso. Como usted o como yo.

Durand no se detuvo a tasar el gesto de asombro con el que la adorable Ángela Qiao los miraba desde hacía un buen rato. Seguramente le costaba entender que un especialista con las credenciales de aquel francés culto y formado, un intelectual al servicio de la Iglesia, pudiera tomarse en serio algo tan peregrino y fuera de lugar como el absurdo dibujo de un pez con patas.

—Acuérdese de los ángeles que visitaron a Abraham, *professeur* —añadió Durand indiferente, sin despegar su mirada de la tabla del Bosco—. En la Biblia, esos mensajeros no eran gente alada ni con escamas, sino hombres que aparecieron de repente y avisaron al patriarca sobre su futuro previniéndole sobre el plan de Dios de destruir Sodoma y Gomorra. Mi hipótesis es que se trata de la misma clase de instructores de los que hablaban los sumerios.

—Pero son historias demasiado antiguas. Nadie puede tomárselas como un hecho histórico —protestó Einar, removiéndose incómodo en su silla.

—Se equivoca, *professeur*. Por increíble que parezca, sus visitas han seguido ocurriendo hasta prácticamente nuestros días. ¡Ningún cuento se repite casi palabra por palabra a lo largo de miles de años, más aún en culturas diferentes!

Un brillo de sorpresa en la mirada azul de Einar destelló en la sala.

Ángela se aferró a la crucecita que llevaba al cuello.

—¿Está seguro de eso? —se le escapó.

El sacerdote se volvió hacia ella:

—Quizá haya oído hablar alguna vez de los encuentros que un cuáquero del siglo XIX llamado Joseph Smith mantuvo con uno de esos *instructeurs*, que le entregó un libro con la historia de la humanidad, presente y futura, escrito sobre hojas de oro. Los mormones surgieron de ese encuentro. O quizá recuerde a los misteriosos «Mahatmas» que se manifestaron a los teósofos de principios del siglo XX para confiarles *leçons de spiritualité*. Todos ellos fueron descritos como visitantes reales, físicos, quizá capaces de moverse en el tiempo y de desaparecer una vez entregado su mensaje. Suena extraño decir esto en la era de los supercomputadores, *je comprends*... Pero las irrupciones de esos maestros se cuentan por centenares a lo largo de la historia y se dan entre pueblos y gentes que no tuvieron contacto alguno entre sí. ¡No puede ser una coincidencia...!

El doctor Einar emitió una tosecilla. Parecía que le resultaba molesto tragarse todo aquello.

—Entonces, dígame, padre: ¿cree usted que hombres-pez como ese se han dejado ver hasta nuestros días?

La pregunta hizo que los tres cruzaran la mirada sobre la figura que tenían delante. Luc Durand desvió la suya hacia un san Antonio casi surrealista que estaba colgado a sus espaldas. Qiao, muda, sintió un leve escalofrío al ver que su experto la atravesaba con la mirada, como si le pidiera que se significara en aquella partida.

—Hoy ya no llevarían ese disfraz, *bien sûr* —se les adelantó el sacerdote—. Pero nada me gustaría más que encontrarme mañana con ellos y presentárselos… —suspiró.

—¿Ya no se manifiestan como en los tiempos bíblicos? ¿Quizá nuestra especie no merece su ayuda? ¿Y no será —añadió Einar estirando la ironía hasta hacerla parecer absurda— que no los vemos porque estamos en la Edad de la Razón y esos mitos ya no satisfacen a nadie?

El sacerdote se tensó al oír la palabra *mito.* Ángela y él lo advirtieron. Se miraron. Pero antes de que Jon Einar pudiera hilar el argumento con el que dar por concluida aquella conversación, a Qiao le vino algo a la cabeza. Fue como un relámpago. Un recuerdo extraño y lejano. Y como si el silencio que había acumulado durante tanto rato necesitara romperse, intervino con algo inesperado:

—Emmm… —carraspeó—. Ahora que lo dicen, caballeros, no sé si es del todo exacto eso de que no ha habido encuentros recientes con esos instructores —susurró tímida, sorprendida ella misma por lo que estaba a punto de decirles—. Tal vez hayamos pasado por alto un incidente de hace no mucho tiempo, uno que ocurrió precisamente aquí.

Los dos se volvieron hacia ella.

—¿Qué quiere decir, señorita?

—No han oído hablar nunca del maestro del Prado, ¿verdad?

5

Cada vez que una noticia en la prensa menciona a un niño que ha hecho un descubrimiento arqueológico en algún lugar del mundo —y son más frecuentes de lo que parece—, me acuerdo de Escolástica Morales. La pequeña Esco tenía la misma edad que María Sanz de Sautuola cuando, veinte años antes del hallazgo de Altamira, tropezó con uno de los mayores tesoros ibéricos en un erial. Lo suyo, sin embargo, pasó a la historia como una simple casualidad y hoy su tropiezo no lo recuerda casi nadie.

Todo ocurrió cerca de Toledo, cuando Escolástica cruzó aquel descampado. Viajaba a pie con su madre, María Pérez, su padrastro, Francisco Morales, y un burro cargado de enseres, en el lluvioso verano de 1858. La siega acababa de dejar pelados los campos y la niña necesitaba a toda costa un escondite donde orinar. Nerviosa, sorteó el barrizal que habían dejado las tormentas de esos días hasta dar con un lugar apropiado: un murete en medio de la nada.

Dicen que, en ese momento, la Esco advirtió un agujero en el suelo. Era un hoyo raro. Parecía la boca de un cántaro. Curiosa, enseguida intuyó que aquello podía esconder algo. Husmeó el boquete para asegurarse de que no fuera el nido de una serpiente e introdujo el brazo hasta el fondo. Aquello era profundo... y había algo rugoso al final. Al tirar, extrajo lo que parecía un arete ennegrecido por el tiempo. Enseguida vendría otro. Y otro más. Palpando con creciente interés, pronto emergieron coronas, cruces y toda clase de objetos que su familia, alborozada, corrió a lavar al riachuelo más cercano.

«¡Es un tesoro!», pensaron.

En cuestión de días el hallazgo de Escolástica derivaría —por mor de joyeros, marchantes y traficantes de antigüedades— en un expolio que enfrentaría durante años a España y Francia. Quizá por eso hoy casi nadie habla de ello. Pronto se supo que las piezas recuperadas por la pequeña formaban parte de un ajuar real visigodo escondido en tiempos de Táriq ibn Ziyad, quien encabezó la conquista musulmana de la península ibérica hacía mil años.

Aquello fue solo el principio. Si lo que los expertos dedujeron era cierto, el Tesoro de Guarrazar —como se lo llamó— se ocultó al tiempo que otro, todavía en paradero desconocido y que incluía la mítica mesa, espejo o tabla de Salomón a la que el rey de Israel se asomaba a diario para contemplar los confines del universo.

—¿Sigue todavía allí?

—Yo así lo creo.

—¿De *vedad,* papá? ¿Se puede ver el *univeso* en un espejo? —me interrogó Sofía en lo más profundo de la cueva de Hornos.

El aire había cambiado. La atmósfera se había vuelto más densa que en el exterior y nuestras zapatillas pisaban un suelo encharcado muy parecido al que debió de hollar la Esco en aquel remoto día de un verano ya olvidado.

—Claro que sí, cielo —le respondí, convencido.

—¿Y tú cómo lo *saes?*

Miré a la niña, divertido, y hurgué en el bolsillo hasta

encontrar mi teléfono móvil. Le mostré la foto de una galaxia que llevaba como salvapantallas.

—Mira, Sofi, el espejo de Salomón debió de ser algo así.

—¡*Peo* papi! —protestó incrédula al ver la espiral de la NGC 4414 en la constelación de Coma Berenices.

—¿Qué pasa? Esto es un objeto pulido que se abre al mundo y que te muestra lo que quieres ver, ¿no? Igualito que la mesa de Salomón.

Mi hija observó el *smartphone* preguntándose por qué le tomaba el pelo de esa manera, mientras Sandra nos hacía señales con la linterna para que avanzásemos de una vez.

—¡Papá! ¡Los *antiuos* no tenían móvil! —refunfuñó poniendo los brazos en jarras.

Nos reímos los cinco.

Estábamos solos. Las normas del Gobierno de Cantabria no permitían visitas numerosas. Tampoco es que hubiera una gran demanda de peticiones para recorrer la cueva. Hornos era territorio exclusivo para aficionados muy leídos: un lugar descubierto a principios del siglo XX por un vecino de Santander deslumbrado por el polémico hallazgo de Altamira y que había decidido recorrer aquellas sierras en busca de nuevas pinturas. Lo suyo, en su momento, fue una corazonada. Otra más en la crónica arqueológica española. Aquel hombre creyó que debían de existir otras grutas con arte prehistórico y tuvo la fortuna de dar con ellas. En Hornos halló la más especial, pero en Monte Castillo tropezó con una *catedral* y en Covalanas con todo un rebaño de ciervas paleolíticas en sus paredes. Aquel tipo, Hermilio Alcalde del Río, tuvo algo más que suerte. Tenía instinto. Solo unas semanas antes de que descubriera nuestra cueva, los *toros* de Altamira se reivindicaron como auténticos. En Hornos de la Peña, el *cazapinturas* y su amigo, el padre Lorenzo Sierra Rubio, director del colegio religioso en Limpias, habían hallado abundantes representaciones de cabras, rebecos, ciervos, uros y caballos. Eran dos avispados. De un solo vistazo dedujeron que aquellos animales habían sido domesticados, porque mostraban unas finas líneas alrededor del cuello que identificaron como bridas.[6] Pero lo que más me interesaba de ellos era que don Hermilio había sido también el primero en fijarse en la figura «en actitud de súplica o impetración»[7] que yo quería estudiar: lo llamó «el antropomorfo».

—¡Es aquí! ¡Venid! —el grito retumbó en el silencio del lugar.

Sandra señaló una depresión en la pared con su haz de luz. Nos acercamos.

—Es aquí —señaló—: el sanctasanctórum del lugar.

Nuestra guía dijo aquello en un tono reverencial.

—¿Lo ves? Ahí está tu *amigo* —añadió, volviéndose hacia mí.

Lo ubiqué enseguida. Acabábamos de abrirnos a una sala que tendría el tamaño de un salón de baile. El antropomorfo descansaba en el rincón más alejado de la estancia, protegido tras una tela metálica que parecían haber arrancado de un gallinero.

—Es para que nadie lo toque —nos informó Sandra al ver que me había cambiado la cara.

Húmedo y brillante, el antropomorfo daba la impresión de que su remotísimo creador acababa de siluetearlo sobre aquella pared uliginosa.

6. Hermilio Alcalde del Río. *Las pinturas y grabados de las cuevas prehistóricas de la provincia de Santander*, p. 45. Blanchard y Arce, Santander, 1906.

7. Alcalde del Río, *op. cit.*, p. 51.

—Qué feo es… —barboteé—. Y es más grande de lo que suponía.

Eché mano del pequeño cuaderno de notas que llevaba en el bolsillo y comencé a emborronarlo. Su aspecto era tosco y su rostro recordaba al de un sapo. Lo habían grabado de un solo trazo, sin titubeos, haciendo gala de una precisión que dejaba entrever que aquella no era la primera vez que representaban algo así. Intenté copiarlo varias veces, pero se me resistió. Muchos años antes, en Perú, me pasó algo parecido cuando fracasé al intentar reproducir los geoglifos gigantes de Nazca. Aquellos también habían sido hechos con una sola e ininterrumpida línea por un individuo anónimo. Manché cinco o seis páginas sin lograr que mis garabatos reprodujeran la fuerza colosal de aquel ser.

—Vaya, ¿tanto te interesa esa cosa? —susurró Sandra con burla.

Asentí.

Apoyado en una especie de cola, el antropomorfo de Hornos presentaba un aspecto vagamente fetal. Su rostro no era humano y se resolvía en una suerte de pico. Un trazo incipiente revelaba también un pene, pero la roca estaba tan desgastada en ese punto que solo era una suposición. Lo que más me inquietó, no obstante, fue que desde su cavidad parecía observarnos de reojo.

—Este bicho tiene, por lo menos, quince mil años —murmuró Sandra mientras lo iluminaba para realzar su contorno—. Y no es pintura, ¿sabes? Está grabado con los dedos sobre la arcilla de la pared.

—Una imagen digital —bromeé.

—Una imagen de una extraordinaria firmeza. No hay signos de vacilación —replicó, sin captar la chanza—. El trazo es constante y profundo. Si te fijas, se encuentra en la

El antropomorfo de Hornos de la Peña (de hace aproximadamente quince mil años), según un calco de Henri Breuil.

única parte de la cueva que parece una hornacina. Obviamente, no es casualidad. Debió de ser una figura especial.

—¿Y por qué especial? —indagué—. ¿Se sospecha que pudiera ser la representación de un ser sagrado? ¿Una especie de divinidad prehistórica? ¿Un…?

—Bueno, bueno… —Sandra lanzó un aspaviento al aire para detener mis insinuaciones—. Algunos antropólogos lo reducen a un simple mono, aunque reconozco que aquí nunca los hubo. Otros, en cambio, vemos en él a una especie de hombre pájaro a punto de echarse a volar.

—O una rana…

—No sabría decir.

—Pero esa ambigüedad contrasta con el resto de las criaturas de la cueva, tan detallistas, ¿no os parece? —observó Eva con acierto.

—Quizá sea obra de unas manos diferentes. Más torpes. Y probablemente más antiguas.

Yo no estaba tan seguro de que el antropomorfo fuera un mal dibujo. Al rostro le sobraba carácter. No era simple. Sus brazos extendidos insinuaban unas extremidades hábiles. En algún lugar había leído que el *retrato* de Hornos se correspondía, en efecto, con un hombre venido del cielo; una especie de *maestro* al que veneraron por haber traído cosas buenas a aquella comunidad. Según esa hipótesis, tan aventurada como cualquier otra, lo grabaron cerca de representaciones de serpientes y bestias para recordar que con sus enseñanzas había logrado imponerse a todas ellas; que las había civilizado.[8]

—¿Y por qué solo hay una figura así en toda la cueva? —pregunté.

—Porque entonces dibujar un ser humano era algo tabú.

—¿Tabú? ¿Qué es un tabú, papá? —dijo Martín, intrigado. Los niños se habían colocado detrás de nuestras linternas y nos escuchaban en silencio.

—Algo prohibido, hijo.

Sandra aprovechó la interrupción de Martín para concretar algo más su respuesta:

—Durante años hemos creído que estas imágenes tenían una función mágica. Si representaban un ciervo era porque creían que la pintura los ayudaría a dominar a ese animal. Pero si optaban por un humano, esa magia se podría volver contra cualquiera de los individuos de su clan y por eso evitaron hacerlo. Dibujar hombres sería algo así

8. Al final recordé dónde había leído sobre aquello. Fue en Juan G. Atienza, «El misterio de los hombres-pájaro», *Revista Supermente*, número 1 (1979).

como jugar a ser dioses y eso siempre nos ha dado mucho miedo.

—Entonces, ¿por qué se saltarían aquí su línea roja?

—Buena pregunta —respondió como si esperara esa objeción—. Quizá el antropomorfo fue alguien ajeno a esa influencia. Tal vez un chamán, un jefe local, por ejemplo, o una especie de maestro. Incluso podría ser un anciano cubierto con la piel de un animal totémico; algo antinatural que sí podía ser representado.

—¿Qué quieres decir con *antinatural*? —Me extrañó oír ese término en ese contexto.

—Que no era común, Javier. Quizá solo sea un *invento.* No hay antropomorfos así, con pico, en otras cuevas de la región. Y las raras veces que aparecen, lo hacen en la parte más inaccesible de las cavernas, como aquí. Este es el ejemplar de un maestro paleolítico más perfecto que conozco.

En la penumbra, hablando en voz cada vez más baja, impresionados por la magnificencia del lugar, su repetida mención a un remoto «maestro» hizo que sintiera un estremecimiento. De pronto, no pude evitar relacionar aquel *mono erguido* con ciertas representaciones del dios egipcio Thot, decenas de miles de años posterior al antropomorfo de Hornos. Thot, dios de la sabiduría e inventor de la escritura, creador de la cultura humana, también fue un *maestro divino.* Una criatura miles de años más reciente que la que tenía frente a mí y que a menudo fue representada como un simio con los brazos extendidos, dirigiéndose al sol naciente.

Sandra me habría tomado por loco si le hubiera contado aquello.

—¿Y se sabe qué quieren decir esas marcas bajo el antropomorfo? —indagué, tratando de esquivar aquel pensa-

Thot como babuino, dios de la luna y escriba de los dioses (de hace aproximadamente tres mil seiscientos años).

miento, señalando otro grabado en forma de cuadrícula a los pies del ser.

—¡Hace usted demasiadas preguntas, señor Sierra! —protestó divertida la guía—. Parece un crío...

—Pero ¿se sabe o no se sabe? —insistí.

—¿Saberse? En este campo nadie está seguro de nada. Esas marcas, por ejemplo, han aparecido en cuevas aún más antiguas. Quizá se trate de algo sencillo, de un objeto común, como una red. Tal vez aquel hombre salía a pescar y elaboró un arte de pesca hoy desaparecido. Puede incluso, dejándonos llevar por la fantasía, que enseñara a hacerlo así a la comunidad que lo representó.

—¿Tenían redes en la prehistoria?

—Lo ignoramos. No hemos recuperado ninguna. Pero eso no quiere decir que no existieran.

—¿Y no podríamos preguntarle todo eso a tu maestro, papá? —nos interrumpió Martín como si aquellos dos adultos fueran incapaces, que lo éramos, de resolver aquello.

—Eso, eso. A tu maestro, papi.

Fue la primera vez que vi a Sandra poner expresión de sorpresa.

—¿Su… maestro? ¿Qué maestro?

—¡Cuéntaselo, papá!

—Sí, por favor. Andaaa.

—¿Qué maestro? —repitió Sandra.

—Vale, vale… —me quejé levantando los brazos por aquel atraco—. Pero podría ser con unos refrescos y a la luz del día, ¿no creéis?

Sandra y Eva aceptaron encantadas.

6

—... y eso es todo lo que puedo decirles sobre ese asunto.

Diez minutos tardó Ángela Qiao en explicar todo lo que sabía del maestro del Prado a sus huéspedes.

El profesor Einar siguió sus palabras con extraño deleite. Durand lo sorprendió mirándola con gesto de asombro, como si le extrañara no haber oído nunca antes de sus labios aquella historia y le pareciera más creíble que sus sospechas sobre los hombres-pez de la Antigüedad. Era como si el pelirrojo se hubiera encontrado a la Sibila de Cumas acurrucada en su oráculo y aguardara a que le revelara alguna verdad trascendental. Aunque llevaba un buen rato presumiendo de hombre escéptico y frío, aquella fascinación era irracional. Se intuía. Hasta el padre Durand —insensible, por lo general, a esos quehaceres— notó que algo pasaba entre ellos. Ángela Qiao, cómplice, había dosificado su relato sobre el maestro del Prado atendiendo a sus reacciones. Lo hizo con estudiada complacencia, deteniéndose en detalles sobre su porte señorial, su voz profunda, sus gestos benignos o su mirada «capaz de atravesar el océano de los siglos». Todo aquello tenía que ser fruto de una ensoñación. La encantadora Qiao no podía haberse cruzado —al menos, no lo había admitido— con aquel profeta misterioso, y estaba dejándose llevar por una fantasía más propia de lectora de novela romántica que de una profesional del mundo del arte con su trayectoria.

Pero hubo algo en aquella explicación que lo escamó. Fue el padre Durand quien reparó en un detalle: Qiao había inyectado en cada palabra una intención misteriosa, como si aceptara que, en efecto, existía un espíritu guardián vagando entre las pinturas del museo.

—¿De veras cree que hay un fantasma en el Prado? —le preguntó para salir de dudas.

La mujer, en lugar de aclarar su postura, insistió en que a principios de los noventa un hombre «como surgido de la nada» se acercó a un estudiante de Periodismo y, en aquella misma sala, le reveló la existencia de un grupo de sabios que había inventariado aquellos cuadros del museo que servían de puerta a otra realidad. Según el fantasma, esas obras eran una suerte de potenciadores de estados alterados de conciencia frente a las que un espectador sensible podía llegar a aprehender la realidad de un modo más intenso.

—¿Pero saben qué es lo más raro de este asunto? Que después de su revelación desapareció sin dejar rastro. Exactamente igual a como hacen los ángeles de la Biblia cuando cumplen con su misión —concluyó, buscando la aprobación de Durand.

El sacerdote, reticente, no dijo nada. Sin embargo, se fijó en cómo Qiao introdujo aún un último elemento en su relato.

—El periodista al que le sucedió es un buen amigo.

—¿Y le cree?

—Total y absolutamente, padre.

Algo en la forma de reafirmarse sorprendió a los dos hombres. Sus palabras no eran un mero salto de fe ni el respaldo cariñoso a un colega. Parecía que Ángela, en el fondo, era conocedora de algo que no quería contarles; algo que la obligaba a tomarse aquella historia al pie de la letra y a dosificarla con cuidado.

—Nadie desaparece por completo de la noche a la mañana, Ángela —objetó Einar, escrutándola con sus ojos azules, con una severidad que sonó fingida.

Qiao, que no quería polemizar con sus invitados, se limitó a encogerse de hombros.

—Tal vez el maestro esté escondido en la sala 13 esperando a que alguien lo encuentre, profesor —respondió con cierto candor, mirando divertida a uno y otro lado de aquella estancia sin ventanas.

—¿Qué es la sala 13? —Durand y Einar se miraron desconcertados.

—Oh, disculpen... —Qiao sonrió—. Es una broma interna de la casa.

—*Mais qu'elle est cette chambre?* —insistió el sacerdote.

—El Prado, como tantos otros espacios públicos, no dispone de una sala con ese número. ¿Lo sabían? El trece es una cifra horrorosa, mucha gente le tiene ojeriza. Aquí, como en la National Gallery de Londres o en el Louvre, se pasa de la sala 12 a la 14. Es algo en lo que casi nadie se fija salvo que, en este lugar, la sala 12 es el corazón mismo de nuestra colección, el lugar donde guardamos *Las meninas,* y la ausencia de una sala 13 resulta muy evidente.

—Vaya, veo que España aún no ha perdido las viejas supersticiones de los tiempos del duque de Alba.

—Nosotros preferimos hablar de tradición, Jon —lo corrigió Ángela, recordando que ese escepticismo hacia España era algo común entre historiadores de los Países Bajos.

—No la culpo —concedió el profesor Einar, ácido—. La Ilustración tardó mucho en llegarles.

Ángela percibió que sus músculos se tensaban.

—Verá, aunque en Madrid evitamos el número trece en cuestiones tan banales como las líneas de autobuses públicos, en realidad es una práctica bastante europea. No creo que sea culpa del Siglo de las Luces. ¿Alguno de ustedes ha visto alguna vez un Renault 13? No lo hay, y es una marca francesa, *ilustrada* —La pulla no le pasó desapercibida a Einar—. En esta casa, créanme, no somos especialmente supersticiosos, pero hace ya tantos años que se eliminó ese número de los planos que nos da cierto reparo renumerar las salas ahora.

—Triscaidecafobia —sentenció Durand.

—Rousseau, el filósofo, ya lo dijo —secundó irónico Einar—: «La única costumbre que hay que enseñar a los niños es que no se sometan a ninguna».

—La única costumbre aquí es que los turistas pregunten por «la trece» como si ocultáramos una sala secreta.

—¿Y lo hacen? —Luc Durand usó el tono más inocente de su repertorio para rebajar aquel conato de discusión—. ¿Tienen *une chambre mystérieuse*?

—Oh, por supuesto que no, padre —zanjó Ángela recuperando su encantadora sonrisa—. Aunque admito que a principios del siglo XIX sí tuvimos algo similar. Fue una estancia en la que guardábamos obras eróticas y contrarias a la moral imperante. Imagínese. Estaba cerrada con llave y solo podía ser visitada por artistas de renombre o por los reyes.

—*Mais ce n'était pas vrai.*

—No, ninguna tuvo ese número. Por eso bromeamos con que el maestro podría vivir ahí, nada más. Aunque eso no quita que algunos de nuestros vigilantes se sientan observados en estos pasillos. Es como si algo o alguien estuviera contemplándolos desde las paredes, como si de veras hubiera algo que morase dentro de los cuadros.

—Otra bonita fantasía del museo, supongo.

—O puede que no, padre —saltó Einar, como si de repente quisiera defender a Qiao y hacerse perdonar la grosería con la que había resuelto su comentario sobre las supersticiones—. ¿Sabe? Incluso las fantasías más salvajes podrían llegar a explicarse racionalmente si se investigaran a fondo. A veces basta con detenerse a pensar sobre ellas con cierta... perspectiva.

—No sé si lo comprendo.

—Yo tampoco —se sumó Ángela.

El holandés se acarició entonces la cabeza como si acabara de sobrevenirle un recuerdo importante.

—Ahora que has mencionado lo de sentirse observados desde las paredes, Ángela, déjenme contarles algo que quizá interese. Es un detalle del Bosco que, tal vez, podría justificar científicamente esa sensación. ¿Me lo permite, padre?

—Claro —concedió Durand.

Einar se aferró a las ruedas de su silla y, con una ágil maniobra de muñecas, se impulsó hasta acercarse de nuevo al *Jardín de las delicias.* Los neumáticos chirriaron sobre el suelo pulido. El profesor se situó a dos metros de las tablas, se alineó con el eje central de la pintura y pidió a sus acompañantes que hicieran lo propio.

—Ángela Qiao. —Los ojos de Einar se clavaron con malicia en su anfitriona—. Apuesto a que esta es una de las salas del museo donde los vigilantes se sienten más observados. ¿Me equivoco?

Ángela titubeó, temiéndose alguna trampa.

—No, no te equivocas —aceptó al fin—. ¿Cómo lo sabes?

El pelirrojo se volvió hacia el sacerdote.

—Verá, padre: antes, al escucharle hablar del ojo que todo lo ve como uno de los símbolos arcanos por los que se reconoce a sus misteriosos maestros, he recordado un efecto que Jheronimus van Aken incorporó deliberadamente a este *Jardín de las delicias.* Es uno tan espectacular como desconocido y que podría explicar todos esos sucesos de «presencias» o «sensaciones» que nos ocupan.

—¿Qué efecto?

—Lo que voy a mostrarles todavía no tiene un nombre académico como tal, si es eso lo que pregunta, pero yo lo llamo la «segunda visión». Les mostraré cómo funciona.

Un par de leves movimientos de muñeca le bastaron para alinear la silla con el centro geométrico de la tabla. Se atusó la camisa, se acomodó contra su respaldo de cuero e irguiendo la espalda, clavó su mirada al frente.

—Ahora, por favor, conserven la calma y observen —anunció con el tono propio de un director de pista de circo. Solo faltó el redoble.

El profesor cerró los ojos, inhaló y exhaló todo el aire que pudo y volvió a repetir la operación hasta en dos ocasiones. Antes de repetir el proceso, pidió a sus sorprendidos acompañantes que lo imitaran y que acompasasen sus respiraciones acompañándolas con otro enérgico abrir y cerrar de ojos.

—Hasta que les duela —ordenó teatral.

—Pero, *professeur…* —protestó el padre Durand.

—Parece una técnica *New Age* —se sumó Qiao.

—*Et ce n'est pas?*

—No, padre.

El sacerdote receló. ¿Por qué aquel hombre, que había presumido de escéptico desde que lo saludó, actuaba ahora como un prestidigitador?

Ajeno a sus reservas, Einar continuó:

—Para que esto funcione, necesito que se relajen, que me concedan un poco de su atención y concentren su mirada en la parte superior de la tabla central. No les voy a pedir que hagan nada que no pudiera lograr alguien hace quinientos años. Y ahora —resopló—, depositen toda su atención en el lago de la parte superior del *Jardín*, en la fontana azul del centro. ¿La localizan?

Durand y Ángela Qiao asintieron. La región del cuadro que les indicaba era la más despoblada de humanos de toda la composición; un paisaje onírico difícil de describir, construido sobre unas estructuras carnosas, totalmente irreales.

—Fijen su mirada en el surtidor azul —prosiguió—, pero olvídense de todo lo que les hayan contado anteriormente. Contémplenlo solo como una forma. Una silueta. Entrecierren los ojos si es necesario. Y cuando hayan conseguido abstraerse y separarla de cualquiera de los nombres que puedan darle, intenten verla como si fuera algo *biológico*.

—¿Biológico? —se extrañó Ángela, que todavía abría y cerraba sus ojos con fuerza.

—Sí. Como una pupila grande y clara que estuviera a punto de parpadear.

Qiao y el padre Durand no replicaron.

—Hagan un esfuerzo adicional. Entrecierren los ojos —insistió— y traten de no mirar el paisaje de un modo frontal. ¿Lo distinguen ya?

Luc Durand dio un paso atrás y obedeció las instrucciones al punto. No era algo que le hiciera sentir cómodo, pero decidió seguirle la corriente.

—¿Qué? ¿No? —insistió Einar impaciente, con la mirada clavada también en el cuadro—. ¿Sienten la presencia del cíclope? ¿No perciben la fuerza de un ojo gigante?

Y, aguardando dos segundos antes de rematar su pauta, añadió:

—Una vez sientan que hay un ojo de cíclope escondido, ya no les será difícil confundir el lago del *Jardín* con el mismísimo ojo de Dios. La fuente es un iris colosal que ya nunca les abandonará. Eso, Ángela, es lo que *mira* a los vigilantes cada vez que pasan por aquí. Lo que ellos perciben de modo inconsciente. ¡El ojo de Dios! ¡Un cíclope divino!

Qiao arqueó una ceja.

—No sé si…

Era la primera vez que le pedían que no contemplase directamente un cuadro, sino que lo hiciera tratando de intuir formas por encima de lo representado. Su cerebro se resistió cuanto pudo, pero al cabo de un instante algo cambió su percepción. Los contornos que había acotado el holandés comenzaron a desdibujarse dando paso a otra cosa, sutil y enérgica. La mente del sacerdote, quizá más veloz que la suya, terminó también de procesar el truco. Sin forzar, distinguió lo que aquel tipo tan presuntuoso les había anunciado: un tremendo y omnipresente globo ocular azul clavado en la parte superior del cuadro.

—¡Santo Dios! —acezó, llevándose la mano a la boca—. ¡Pero si es un ojo! ¡Un ojo enorme!

—Emocionante, ¿eh? Pues es ciencia. Puro dominio de la percepción humana.

—¿Cómo… cómo has descubierto esto? —La voz de Qiao se aguzó de la emoción.

—Ojalá el propio Bosco pudiera aclararnos de dónde sacó este efecto, aunque sospecho que lo hizo con toda intención. El pintor quiso representar el ojo que todo lo ve, la mirada del Todopoderoso, pero no de un modo obvio, sino sutil. Mágico. Quiso abrumar a sus contemporáneos creando una sensación que fuera más allá de lo pictórico y que reflejase lo que él creía que era Dios: algo patente e invisible a la vez.

—Lo dice *très sûr.*

—Bueno —sonrió—, Eckhart de Hochheim, el maestro Eckhart, un dominico alemán un siglo anterior a Van Aken, padre del misticismo especulativo, escribió algo que podría explicar con bastante rigor este mecanismo: «El ojo con el

Tabla del Paraíso del *Jardín de las delicias*. El Bosco (1500-1505).
Museo del Prado, Madrid.
Obra completa en página 61.

El ojo que todo lo ve. Detalle del *Jardín de las delicias.*

que veo a Dios es el mismo ojo con el que Dios me ve a mí». Ahí lo tiene. *Voilà,* padre.

En ese momento, Ángela Qiao mudó el gesto. Había estado decenas, cientos de veces frente a aquella pintura, acompañando a guías, a expertos y a grupos de todo tipo, incluso al propio Einar en alguna ocasión, y aunque había escuchado toda clase de interpretaciones y curiosidades sobre el cuadro, jamás había visto nada como aquello. O, mejor, sentido.

—No lo puedo creer… —dijo atónita—. Lo veo. ¡Veo el ojo!

Los dos hombres sonrieron.

—¿Y qué te parece? —le preguntó Einar.

—No entiendo por qué nadie me ha hablado antes de esto —vaciló con la voz entrecortada, sin poder apartar la mirada de la obra.

—Ni de esto ni de tantas otras miradas ocultas en los cuadros, Ángela. Este no es el único caso de segunda visión que conozco, créeme.

—¿Hay más? —se echó a temblar.

Luc Durand los miró desconcertado. ¿A quién tenía delante exactamente? ¿A un científico o a un mago?

—¿Que si hay más? —sonrió—. ¡Hay muchos más!

Aquel profesor devenido de pronto en taumaturgo les explicó entonces que los juegos de segunda visión fueron, en realidad, un ejercicio discreto que se practicaba entre ciertas élites del mundo antiguo. Con la orientación correcta —a menudo amparada tras pomposos ritos de iniciación—, se alcanzaba una forma de ver el arte que solo podía compartirse con otros adeptos. Algo parecido, dijo, fue lo que vio Jim Morrison, el mítico vocalista de The Doors, cuando visitó el *Jardín* en 1971, justo antes de suicidarse.

—El chico rebelde del *rock* no supo gestionar el horror de sentirse observado por un cuadro —les explicó—. En su último viaje a Madrid creyó que algunas obras estaban vivas. ¡Vivas! Y no pudo soportar el pánico que aquello le causó.

Entonces añadió que el mismísimo Salvador Dalí, el máximo exponente del surrealismo español, practicó también la segunda visión frente al Bosco, y justo allí, en la sala donde se encontraban, fue donde aprendió a introducirla en su propia pintura. Después, la incorporaría a la construcción de su Teatro-Museo Dalí en Figueres, en el extremo noreste de España.

—¿Y quién enseñó a Dalí a ver ese ojo? —indagó Qiao, cada vez más atónita, consciente de que sin Einar no habría percibido aquel efecto ni en un millón de años.

—Ángela: la historia del arte está sembrada de miradas que apelan al instinto y no a la razón. No es que me agrade especialmente hablar de esto, pero creo que Dalí llegó a decir de este don que «saber mirar es una forma de inventar».[9]

El holandés remató aquella mañana su revelación con algo menos subjetivo. Al parecer, un tiempo antes de ponerse manos a la obra con el *Jardín de las delicias,* el propio Bosco ensayó su concepto del ojo omnisciente en otra de sus obras maestras, la *Mesa de los Pecados Capitales,* una tabla que, por caprichos de la historia, se encontraba justo en aquella misma sala, la 56A, a solo unos pasos de ellos. Ángela también la conocía bien. O eso creía. Sobre aquella mesa se había dicho de todo: desde que fue una pintura devocional para exaltar miedos propios de beatas supersticiosas, hasta que su singular composición la convertía en

9. Salvador Dalí, «La fotografía, pura creación del espíritu», *L'Amic de les Arts,* 1927.

una especie de «mandala occidental», un círculo mágico capaz de inferir una transformación profunda y espiritual a quien la contemplara con frecuencia.[10] Y aunque el holandés reconoció que esa clase de creencias le traían sin cuidado, él mismo parecía haber entrado en éxtasis ligando una tabla con otra en un discurso tan locuaz como provocativo.

Los tres se acercaron a examinarla.

—¿Saben? —los increpó, girándose hacia la pieza—. Nadie está seguro de cómo llegó este *speculum peccatoris* a El Escorial. Ingresó en la colección de Felipe II de un modo discreto, sin alusiones de para quién la pintó el Bosco.

—¿Perdón? ¿*Speculum*... qué? —lo interrumpió Qiao.

Había cierta cautela en su pregunta. Solo tres años antes, un autodenominado Proyecto de Investigación y Conservación impulsado desde Holanda había intentado apartar al Bosco de la autoría de la *Mesa* y concedérsela a algún oscuro seguidor suyo. El escándalo salpicó las portadas de las revistas de arte.

—Bueno —carraspeó Einar, ajeno a esas reticencias—, es evidente que lo que tienen delante no es un cuadro al uso. Deben entenderlo como un espejo simbólico que, al ser contemplado, nos recuerda las cosas que debemos evitar en la vida. Créanme si les digo que el rey apodado «el Prudente» siempre lo tuvo entre sus favoritos. Hay incluso quien defiende que llegó a colgar la *Mesa* sobre su lecho, justo en la parte interior del dosel de su alcoba, como si fuera una suerte de recordatorio íntimo de la debilidad del alma humana.

10. Juan Rof Carballo, médico erudito en arte de finales del siglo XX, llamó a la *Mesa de los Pecados Capitales* «el duende máximo» del museo, una obra premonitoria de una época —la nuestra— que ha perdido todo interés por el espíritu y lo espiritual. En Juan Rof Carballo, *Los duendes del Prado*, pp. 149 a 154. Espasa Calpe. Madrid, 1990.

—Pero dígame, *professeur:* ¿hay algún hombre-pez en esa tabla? —preguntó Durand, asomado a la composición como si acabara de salir del hechizo de Einar y hubiera recordado qué lo había llevado hasta allí.

La pintura no estaba colgada de una pared, sino en horizontal, sobre cuatro patas. Su atípica disposición en la sala los había obligado a inclinarse sobre ella. Al sacerdote le llamó la atención que representara una circunferencia de tamaño considerable, con un Cristo en el centro que los miraba: era otro ojo de Dios cuartelado en siete escenas que representaban la envidia, la ira, la soberbia, la lujuria, la pereza, la gula y la codicia. Cuatro círculos menores, situados en las esquinas, completaban la composición representando la muerte, el juicio final, el infierno y la gloria eterna.

—¿Un hombre-pez, dice? —Einar se apartó un mechón de pelo de la cara, sorprendido por la perseverancia de su anfitrión—. Me temo que no, padre.

—*Quel dommage!*

—Pero fíjese en las fulguraciones que irradian del Cristo central hacia las escenas con los pecados capitales. Todas ellas conforman un iris que está examinando su alma en este mismo momento…

—*Oui.* Lo veo.

—No lo ve, padre: Él lo ve a usted. No hay que imaginar mucho. Basta con saber algo de latín y leer la inscripción que el Bosco insertó alrededor del ojo, justo debajo de Nuestro Señor («cave, cave, deus videt») para comprender el significado la pintura.

—«Cuidado, cuidado, Dios te mira» —tradujo Durand del tirón—. *C'est incroyable.* El ojo del Padre…, otra vez.

—¿Y se ha fijado en las dos filacterias que lo flanquean?

El sacerdote se inclinó de nuevo, sin dejar de asentir, sobre la tabla.

Mesa de los pecados capitales. El Bosco (ca. 1500-1510).
Museo del Prado, Madrid.

—Lea y tradúzcanos, si es tan amable.

—«Porque son un pueblo que no tiene ninguna comprensión ni visión» —pronunció despacio—. «Si fueran inteligentes, entenderían esto y se prepararían para su fin».

—No se corte. Continúe con la siguiente, por favor.

Luc Durand se inclinó nuevamente sobre la tabla para estudiar la segunda cinta, escrita también en caracteres latinos. Se sacó las gafas del bolsillo de la americana para examinarla:

—*C'est un texte* sacado del Deuteronomio: «Esconderé de ellos mi rostro y veré cuál será su fin»[11]—recitó.

—Como ya habrán deducido —retomó Einar—, el Bosco ensayó con esta obra antes de desarrollar el concepto de la segunda visión del *Jardín*. Lo suyo fue una investigación inédita para su época. No me extraña —añadió, buscando a Ángela esta vez— que el maestro del que nos has hablado sintiera tanta fascinación por las obras de este artista.

—Esa idea de la segunda visión es muy... *provocante* —dijo el padre Durand, encontrando la palabra justa, mientras se guardaba otra vez las gafas—, aunque *je ne comprends pas* cómo puede esto ayudarme en mi trabajo.

—Lo que quiero que comprenda es que Jheronimus van Aken fue un artista con dobleces, más científico que espiritual. Una especie de Da Vinci. Y como deseo ayudarle en su tarea, padre, le mostraré algo que le va a interesar... —dijo.

Einar giró sobre el eje de su silla y regresó a la cercanísima tabla del Paraíso, en el *Jardín de las delicias*. Moverse por el Bosco era como saltar de una pesadilla iconográfica a la siguiente. Ningún otro museo del mundo podía presumir de tener reunidos tantos espantos, y de semejante calidad, en una sola habitación. Aquella densidad resultaba abrumadora. No era solo que todas las obras del pintor de Bol-

11. Deuteronomio 32, 20.

duque estuvieran preñadas de símbolos, es que cada centímetro cuadrado de sus composiciones los contenía.

Sin demora, se acercó tanto a la parte inferior del Paraíso que Ángela estuvo a punto de llamarle la atención. Se había colocado a solo un palmo de la tabla y se había sacado del bolsillo una lupa del tamaño de un reloj de pulsera que paseó sin cuidado por encima. Durand, que estaba a su espalda, pudo distinguir el craquelado de la pintura a través de la lente.

—Sí, en efecto… Aquí. *C'est là.*

Einar se detuvo junto al lago de aguas oscuras que descansaba bajo la célebre escena en la que un Adán tumbado al lado de Dios ve por primera vez a Eva. Aunque aquello, evidentemente, era el Jardín del Edén del Génesis, el Bosco se había cuidado de añadirle una charca nauseabunda que no se mencionaba por ninguna parte en la Sagrada Escritura. Era una ciénaga de criaturas repelentes que contrastaban con el resto de la composición, de suaves colinas, hierba fresca y exóticas montañas sembradas de frutales.

—¿Qué? ¿Se ha dado cuenta ya? —tanteó al sacerdote.

—¿De qué he de darme cuenta, *professeur*? —replicó este, algo molesto ante el nuevo envite del holandés.

—Padre, usted ha llegado aquí pidiéndome que interpretara el hombre-pez del *Carro de heno.* Y acaba de preguntarme si en la *Mesa de los Pecados Capitales* había algún otro ejemplar. Le he dicho que no. Pero creo que le gustará saber que sí existe un personaje ictiforme en este *Jardín.* Me gustaría convencerle con ello de que se trata de algo del imaginario del pintor, nada más.

Luc Durand examinó la laguna, extrañado de que aquel joven le hablara de otro hombre-pez. Sobre todo, después de que pareciera haberlo tomado por un pobre chiflado cuando surgió el tema. A su lado, Ángela se inclinó también sobre la tabla, arrodillándose junto al plinto que la sostenía.

No tardaron en dar con lo que el holandés les invitaba a buscar.

—*Mon Dieu!* Pero si tiene un libro en las manos… —murmuró Durand.

En efecto, una curiosa criatura cubierta por un hábito negro de manga corta y cola de pez sostenía un pequeño breviario abierto por el centro. Era, claramente, otro hombre-pez.

—Me he acordado de él, padre, porque el libro que tiene entre las manos es el único objeto creado por el hombre

El pez lector. Detalle del *Jardín de las delicias,* tabla del Paraíso.
El Bosco (1500-1510). Museo del Prado, Madrid.
Obra completa en página 61.

que figura en esa tabla del *Jardín de las delicias*. Un ejemplar único, artificial, en el Paraíso. Quizá solo una crítica a la intelectualidad, ¿no le parece?

El padre Durand se volvió entonces hacia el profesor, ignorando el tono displicente del último comentario.

—*C'est extraordinaire!* ¿Se dan cuenta? —se encendió. Para él, aquello era todo un hallazgo—. El Bosco ha situado en la parte del cuadro en la que se da vida al género humano a una criatura con los antiquísimos atributos de los dioses instructores de Mesopotamia. El tomo ha de ser el símbolo de sabiduría.

—Bueno… —sacudió la cabeza Einar—. En Holanda a esta figura la llamamos *die monnik (vis)*, el pez-monje. Este, además, luce un pico de ave. Un ave que lee y surge de las aguas. Un sinsentido.

Pero el sacerdote no acusó el tono despectivo de su interlocutor. El recuerdo del hombre que le había hablado por primera vez de los hombres-pez, en sueños, estaba quemándolo por dentro.

—Quién pudiera preguntarle por este curioso lector al maestro del que nos has hablado antes, ¿verdad, Ángela? —añadió el holandés con sorna, como si hubiera esperado un momento como ese para evocar otra vez al maestro del Prado y como si, en el fondo, esperara que todo aquello quedara en nada.

Qiao, discreta, calló.

7

Aquella mañana, a más de cuatrocientos kilómetros de Madrid, en agosto, con una nubosidad bulbosa y una atmósfera cada vez más cargada, comprendí que la insistencia de los niños para que confiase a Sandra mis encuentros con el maestro del Prado era solo culpa mía. Antes de nuestra excursión, mientras preparábamos la operación Vultus en el desayuno, les conté su historia. Fue la primera vez que lo hice. El desencadenante fue un fallo en mi agenda. Mientras devoraban su leche con sobaos atendí una entrevista telefónica sobre *El maestro del Prado.* Había olvidado anotarla, así que cuando el móvil sonó me sorprendió en la mesa con ellos. Ese día, justo ese día, me oyeron hablar de lo mucho que me obsesionó el extraño «profesor de arte» que un día, siendo muy joven, me abordó frente a los cuadros de Rafael. Recuerdo que en la entrevista lo definí como un «maestro sin escuela», una especie de «fantasma» que se me aparecía cada vez que ponía un pie en el museo. Y, claro, fue inevitable que, al colgar, me pidieran más explicaciones.

«Papá, ¿quién es ese maestro?», «¿Lo conocemos nosotros?», «¿Qué cosas te enseña?», «¿Sigues viéndolo, papá?».

Iluso de mí, creí que Martín y Sofía todavía eran demasiado pequeños para hablarles de Fovel. Y pensé que, si les daba demasiados detalles, el relato los asustaría. Estaban en esa edad en la que todavía los atemorizaban los extraños.

Sin embargo, contra todo pronóstico, no se impresionaron en absoluto cuando les conté que aquel «doctor» no fue exactamente una aparición como las del *Cuento de Navidad,* de Charles Dickens. Fovel no se parecía al espíritu de Jacob Marley ni yo era un Ebenezer Scrooge de la vida disgustado con mi existencia. Mi maestro nunca arrastró cadenas al caminar ni sus ropas eran trasparentes.

Aquella mañana, animado por su interés, les confié también mis sospechas de que Fovel pudiera ser un «viajero en el tiempo» que se moviera por la historia con nombre falso. Para mi sorpresa, eso les pareció un detalle menor. Y tenían razón. Después de todo, lo importante eran sus conocimientos, no su verdadera identidad.

La gran revelación del doctor Fovel fue enseñarme que el arte es un umbral que nos permite asomarnos a otros mundos tan reales como el nuestro. El arte es un espejo mágico, un reflejo universal que, de alguna manera, ha impregnado nuestros genes desde la noche de los tiempos y emerge en los sueños y en nuestras obras creativas como mensajes de esos mundos. Solo nos falta una llave, una palabra mágica, un pasaporte, para atravesar esa puerta y descubrir lo que se oculta tras ella.

En Cantabria, hablándoles en voz alta de todo esto, esa idea se me antojó un anhelo tan viejo como las pinturas rupestres. Aunque no estaba seguro de que los niños pudieran entenderlo del todo, les expliqué que esa llave es nuestra propia percepción; una herramienta que se pule al utilizarla mediante la práctica de una «segunda visión». Lo curioso de ese mecanismo es que, una vez que lo accionas, ya no puedes dejar de usarlo. Su empleo te empuja a un mundo de infinitas particularidades, de percepciones psíquicas que se agudizan progresivamente y que prueban algo alucinante: nosotros, como especie, somos mucho más que seres de carne y hueso anclados a lo físico. Disponemos de un mecanismo de captación superior que trasciende lo que recibimos de nuestros sentidos. Esos mundos suprasensoriales son tan reales como los que transitamos a diario con nuestra conciencia *normal*. Por eso la conmoción del arte no es atribuible a nada mecánico. El arte te arrebata, te cambia el eje de coordenadas, te eleva y te deposita a los pies de un mundo sublime, perfecto, como si fuera un torbellino.

De algún modo, *lo que nos provoca el arte demuestra, de modo experimental, que el alma existe*.

En aquellas conversaciones, Fovel me advirtió finalmente de algo que me costó explicar a los niños: en la cultura de internet, en la era de la inteligencia artificial y los vuelos espaciales, ese arte *viejo*, original, tan antiguo como el hombre, estaba siendo arrinconado solo hacia lo estético. Lo intuitivo, al no poder empaquetarse ni venderse, está cayendo en desuso. Y, por primera vez en cien mil años, nuestra especie ha decidido valorar la expresión artística casi exclusivamente por sus formas y no por lo sublime que provoca en quien la contempla. De algún modo, la sobreexposición contemporánea a estímulos artísticos —inédita en la historia de la humanidad— está anestesiando nuestra capacidad de éxtasis. Ya no vemos el arte como algo sagrado, sino vulgar. Y eso nos está empobreciendo.

¿Quizá fue por eso que Fovel me asaltó? ¿Ocultaban sus lecciones una llamada de atención, tal vez de socorro, ante un futuro en el que el arte amenazaba con adormecer su inmenso poder transformador? ¿Fue esa su motivación al elegir a un joven desprevenido en las salas del museo?

Sentados en La Casuca de San Felices de Buelna, un coqueto restaurante de mesas de madera y manteles de papel, meca de los gastrónomos del cocido montañés, le solté todo aquello a Sandra otra vez. Y quizá por eso, por repetir la historia de nuevo, no me guardé nada.

No me preocupó reconocer que la desaparición del doctor Fovel, tras solo cinco encuentros con él en el Prado, me había afectado durante años. Ni tampoco parecerle un loco al describir la estupefacción que me produjo el posterior hallazgo, en los registros de la Real Biblioteca del Monasterio de El Escorial, de la firma de aquel maestro en fichas de los años 1902, 1918, 1934, 1949, 1952, 1970 y 1990,[12] casi como si fuera una especie de inmortal capaz de saltarse el imperio de los años. Todo eso sucedió, puedo jurarlo. En los noventa, cuando seguí los pasos de mi interlocutor entre archivadores y papeles viejos, uno de los agustinos encargado de los legajos del lugar, el padre Castresana, me puso tras aquella extraña evidencia. ¿Cómo podía una misma persona haber dejado su autógrafo en desideratas separadas por casi un siglo? ¿No era eso una prueba más que evidente de su naturaleza espectral?

De hecho, fue esa la vez que estuve más cerca de resolver el misterio. Pero cuando, en mitad de mis averiguaciones, el padre Castresana falleció, me sumí en un desconcierto tan grande que suspendí la investigación. Su muerte me persiguió. Me dijeron que le había fallado el corazón durante una homilía; que sintió una punzada en el pecho justo cuando alzaba el sacramento al cielo y que se desplomó sobre el altar. No les creí. Me pareció demasiado oportuno que su latido fallara cuando estábamos tan cerca de desvelar la identidad de Fovel. Y me entró miedo.

La última pista con la que el agustino iluminó el caso fueron unos versos escritos a mano por Fovel y escondidos

12. Veáse *El maestro del Prado*, capítulo 16, «Jaque al maestro».

en el forro de un viejo libro de astrología. Los encontró por casualidad en la última obra que había tomado prestada de la biblioteca del monasterio. Tropezó con ellos el día antes de su fatídica misa. A Castresana le parecieron un mensaje en clave escrito para quien se propusiera localizarlo en el futuro, y con esa intención me los confió. Eran unas estrofas que encerraban una pista.

Por desgracia, tampoco obtuve ningún resultado destacable de ellas, nada. Por eso decidí compartirlas en bruto con mis lectores, confiando en que alguno pudiera retomar mi investigación donde la dejé.

Aquella mañana, se las recité de memoria a Sandra:

No me persigas.
Tengo la llave.
Mi nombre anhelas
ignorando su clave.

Guardo los cuadros
desde el inicio.
Entre ellos, aclaro,
está mi principio.

Aunque revientes
seguiré desgarrando
con uñas y dientes
el velo nefando.

Bosco, Brueghel, Tiziano,
Goya, Velázquez, Giordano.
Todos han ido en pos
del gran deseo mundano.

Afronta la muerte.
Arranca tus vendas.
Confía en la suerte
y haré que comprendas.[13]

«¿Tu maestro no se llamaría Juan Gómez Soubrier, por casualidad?».

Alberto Chicote, quizá el chef más famoso de España, fue de los primeros en reaccionar a la publicación de mi libro. Me telefoneó nada más acabar de leerlo. «Tu escrito me ha recordado a Soubrier», dijo. «Nunca he conocido a nadie que pudiera interpretar las pinturas del Museo del Prado como él. Era crítico de arte, gastrónomo, escribía… En fin, un sabio en toda regla. ¿Fue él?».

Chicote me dejó cavilando. Le pedí detalles sobre aquel experto del que nunca había oído hablar. En cuanto me los dio, lo descarté. No. No fue él. En 1987 Soubrier había publicado una obra que tituló *Museo del Prado: una visita enamorada.* La examiné. Su visión del arte no era la de Fovel. Su foto de autor tampoco se correspondía con el hombre maduro de mirada inquisitiva que tenía apuntalado en la memoria.

La de Chicote fue solo la primera pista que seguí entonces. En cuestión de semanas terminé recogiendo decenas de indicios de otros lectores deseosos de colaborar. Algunos fueron muy ocurrentes. Marisa Monleón, una estudiante de Bellas Artes de Sevilla, llegó a descomponer el apellido del maestro buscando un código cifrado en él. Nunca nos conocimos en persona, aunque intercambiamos bastantes correos electrónicos. Uno de sus intentos la llevó a traducir el nombre de Fovel al latín, la lengua franca de los grandes pintores del Prado. Transformado en *Fovellius,* lo

13. Véase *El maestro del Prado,* p. 300.

atomizó en un anagrama que la llevó al lema *Vellus Fio,* algo así como «conviértete en vellocino». «¿Y si Fovel escondiese una alegoría del cordero?», sugirió Marisa. «¿Y qué es el cordero para la cultura cristiana en la que se desarrollan la mayoría de los cuadros del Prado, sino una de las muchas formas de Jesús de Nazaret? ¿Se ha planteado usted que su maestro fuera *el Maestro*?».

Guardé aquel rastro, algo intimidado. La suya era una sugerencia que no me hizo sentir cómodo.

Pero Marisa no fue la única en apuntar en esa dirección. Otra lectora, María Martín, mujer de fe, me hizo ver desde Bogotá que las obras de arte seleccionadas por el maestro tenían un solo personaje que se repetía: Dios. Discutí que su teoría fuera válida en tablas como el retrato *El cardenal,* de Rafael o *La historia de Nastagio degli Onesti,* de Botticelli. En ambas, Fovel se había detenido a desgranar sus secretos y resultaban de lo más mundanos. Sin embargo, María sostuvo su argumento con convicción. Lo divino, dijo, era el hálito que se percibía tras cada obra del *arcanon.* Esa presencia celestial se encontraba en cada una de las pinturas que me mostró. En el caso del retrato, un cardenal no dejaba de ser alguien al que se le presumía un estatus entre lo divino y lo humano; y en las tablas del *Nastagio* la composición carecería de sentido si no se aceptaba que sus personajes estaban movidos por los hilos de Dios. «Recuerde que Nastagio maldice al Todopoderoso por su suerte y que este reacciona creando la escena que pintó Botticelli»,[14] apuntó en el último mensaje que tengo en mis archivos. De nuevo evité ese camino.

Fue una tercera lectora, Irene Ascaso, de Zaragoza, la que me puso en un sendero más racional… dentro de lo

14. Véase *El maestro del Prado,* pp. 120 a 141.

que cabe. «¿Crees que fue cosa de la suerte que encontraras el acertijo del maestro Fovel en un libro de astrología?», me interrogó por correo electrónico. Ascaso era una excelente analista de mis libros; se los había leído todos varias veces y sabía muy bien que yo no creo en el azar. Que aceptar que todo aquello era fruto de una carambola equivalía a rendir nuestra capacidad de análisis, conformarnos con nuestra ignorancia, dejarnos abrazar por la pereza de quien prefiere asumir la casualidad como algo natural sin atreverse a abrirle el pecho a la realidad para ver qué esconde. Irene se había estudiado mis trabajos previos, como *La ruta prohibida*,[15] en el que hablaba de cómo Velázquez pudo haber pergeñado *Las meninas* como un talismán astrológico para favorecer a la familia real de Felipe IV, y me invitaba a profundizar en esa conexión.

«El arte», me recordó, «ha estado siempre vinculado a las estrellas. ¿O ya lo has olvidado?».

15. Publicado por esta misma editorial. Planeta, 2007.

8

—

Los buenos museos se comen el tiempo de sus visitantes. Son monstruos silenciosos que parecen dormidos, pero que atraen a los humanos del mismo modo que lo hacen las plantas carnívoras. Al principio muestran sus mejores flores y después hipnotizan a sus víctimas mientras las devoran.

Eso fue lo que les pasó a Durand, Einar y Qiao en aquel encuentro de agosto. Habían pasado tres horas en la bloqueada sala 56A del Prado, aislados del exterior, sin darse cuenta de que los Boscos, tras espiarlos con sus ojos *secretos,* empezaban a zampárselos por las manillas de sus relojes de pulsera.

—¡Diez minutos para la una! —interrumpió el profesor en mitad de una conversación que había derivado hacia la simbología del pez en el cristianismo primitivo. Acababa de echar un vistazo a su Omega Seamaster.

El sacerdote y Ángela Qiao se extrañaron, pero les sucedió lo mismo. ¿Había pasado ya la mañana?

Ninguno daba crédito.

—Padre Durand —se recompuso Einar, acariciándose la melena mientras trataba de no parecer descortés—: no sé si quiere preguntarme algo más para su informe, pero deberé dejarlos enseguida. Me temo que se ha agotado el tiempo de nuestra reunión.

El sacerdote llevaba un rato contemplando la tabla de *La Adoración de los Magos,* intentando discernir por qué había un cuarto monarca en aquella escena, semidesnudo, con cara de chiflado y mofletes de borracho, que no mencionaban ni los apócrifos más imaginativos.

—No se preocupe, *professeur* —respondió amable, levantando la mirada de su propio minutero y tendiéndole la mano, como si de verdad no le importara que su cita fuera a acabarse—. Me ha sido usted *très utile,* créame. Si necesitara consultarle algún detalle, le escribiré a su correo electrónico. ¿Le parece bien?

—*Bien sûr, monsieur* —le estrechó la mano, cortés.

El hombre de la silla de ruedas buscó entonces algo en el interior de su arrugada americana de lino y le tendió una tarjeta de visita con el membrete del College of Europe de Brujas. El sacerdote le correspondió con otra, mucho más sobria. Apenas una cartulina gris, sin nombre, con un número de teléfono impreso en el dorso en letras doradas.

—Muy bien, señores —dijo Qiao, aliviada—. Ahora, si me hacen el favor, los acompañaré a la salida.

—Un momento, señorita —objetó el padre Durand—. Me gustaría tener más tiempo, pasar un rato más entre Boscos, a solas, si no les importa. La cita estaba fijada hasta las dos. *N'est ce-pas, mademoiselle?*

—Sí, pero... —titubeó—. Habíamos adelantado la hora de la reunión y pensábamos abrir esta sala al público en cuanto termináramos. No sé si es conveniente que...

—Concédame unos minutos a solas con estas maravillas, *s'il vous plaît* —insistió—. Solo unos minutos. No creo que vuelva a tener una oportunidad como esta.

Un segundo tardó Ángela Qiao en valorar su petición. Estaban en una sala pública, dos vigilantes del museo aguardaban en cada una de las puertas de acceso y ella apenas emplearía unos minutos en despedir al profesor y regresar de nuevo a recogerlo.

—¿Por qué no? —sonrió—. En ese caso, me disculpará si acompaño al profesor Einar a la puerta. Le recogeré a usted después.

—*Vous êtes très gentile, mademoiselle* Qiao. La esperaré aquí.

Einar y Ángela abandonaron la estancia en dirección a la sala de las musas del Prado. Al profesor le sorprendió la turba de turistas que deambulaban entre susurros contemplando cuadros y esculturas griegas. No había sido consciente de su presencia hasta ese momento. Esa gente llevaba, como ellos, toda la mañana entre aquellas mismas paredes, evitando el bochorno de un exterior que parecía anubarrado y triste. Raro para ser agosto. A esa misma hora, y a tan solo unos metros más allá de las paredes del museo, los termómetros digitales de las marquesinas de las paradas de los autobuses urbanos informaban de temperaturas incompatibles con la vida. Respirar era tragar fuego y ahora estaba a punto de abandonar su cápsula salvífica por el asfalto.

Einar tragó saliva.

—¿Crees que le habrá servido de alguna ayuda lo que hemos hablado? —musitó al girar hacia la zona del guardarropa, ya casi en la boca del edificio, a una Ángela Qiao que taconeaba a buen paso.

—¿Cómo dices? —se sorprendió.

—Te pregunto si crees que el padre Durand habrá encontrado lo que busca.

—Lo de la segunda visión le ha fascinado, estoy segura —respondió Ángela con una sonrisa, recordando la cara de sorpresa del sacerdote—. Y a mí.

—Me refería a lo de esos maestros que está documentando —precisó—. Lo que nos has contado del fantasma de este museo también le ha impresionado vivamente. Lo he notado. Pensaba que te conocía.

—Oh, ¿eso crees?

Einar percibió un tímido rubor en Qiao del que se dispuso a sacar partido.

—Ya veo que no, Ángela. Aunque podríamos aprovechar estas visitas a Madrid para sacar tiempo y hablar un poco más.

La de Qiao fue una reacción casi imperceptible; un tic banal que hizo que Jon levantase la mirada buscando la suya.

—Quizá no debí contar esa historia. Puede que no haya sido muy profesional.

—Lo has contado muy bien. Con mucha propiedad —le dijo—. Si yo hubiera estado allí y hubiese visto a ese intruso con mis propios ojos, no lo habría hecho mejor.

—Pero no lo vi… —replicó sin convencimiento alguno.

—Oh, claro. Si yo lo hubiera visto diría exactamente eso.

Ángela Qiao bajó la mirada sin querer responder.

9

Como Ángela, yo también me guardé algo que no le conté a Sandra. Algo que solo ahora me atrevo a poner por escrito y que quizá ayude al lector a entender mejor el porqué de mi interés en la operación Vultus, en los antropomorfos de las cuevas y en llegar al fondo del asunto del maestro del Prado. Por increíble que parezca, las tres cosas tenían algo en común: un incidente de mi infancia sobrevenido en otra tarde de agosto, a las afueras de Teruel, en un olvidado rincón del noreste de la península ibérica.

Tenía diez años cuando ocurrió. Mi familia y yo pasábamos los meses de calor en una casita que mi padre había levantado con sus manos en Castralvo, una pedanía ubicada a apenas tres kilómetros de donde vivíamos el resto del año. La vivienda estaba ubicada en una parcela dividida en dos partes, que lindaba con un pequeño barranco. Allí discurría la rambla en la que mi hermano Jorge y yo criábamos renacuajos en diques de barro. La casa era nuestro paraíso de los fines de semana y el único lugar de vacaciones que podíamos permitirnos.

El tiempo transcurría lánguido durante las semanas de calor. No había mucho que hacer y nuestra agenda se construía sobre actividades que nos inventábamos a diario. Mientras Jorge vigilaba un par de hormigueros junto a la caseta del perro, yo grababa la música de la radio en casetes reciclados. Tuvimos, eso sí, la suerte de no ser los únicos niños de la zona. En los primeros días de cada verano nos organizábamos para tener nuestra propia liguilla de fútbol o para recorrer los paisajes circundantes con las bicicletas de montaña que nos habíamos procurado. Nuestras diversiones eran de lo más silvestres. Recorríamos las trincheras sembradas de metralla que había dejado la guerra civil española, donde a veces recogíamos latas de sardinas oxidadas de los ranchos de los soldados o recolectábamos restos de artefactos explosivos que malvendíamos al chatarrero del pueblo. También nos gustaba colarnos en casas abandonadas, en las que no era raro tropezarse con útiles de labranza que hoy podrían venderse como antigüedades. El campo turolense, áspero, arcilloso y sencillo, nos ofrecía sorpresas sin fin.

Un día buscábamos fósiles con Guillermo, uno de nuestros vecinos más entendidos. Su hijo Willy era de la pandilla. Otro día, en cambio, improvisábamos arcos y flechas con restos de obras que nos dejaban en el chalé de los herreros —lo llamábamos así y no recuerdo bien por qué—. El caso es que una de las tardes del verano de 1982, el del mundial de fútbol y el mismo en el que estrenaron la serie *Cosmos,* de Carl Sagan, en Televisión Española, emprendimos algo distinto. Se nos ocurrió recoger la crónica de nuestras aventuras en un periódico que escribiríamos cerca del arroyo de los renacuajos. Nuestra gacetilla era una hoja de cuaderno que llenábamos a diario y a dos columnas y que escribíamos con la caligrafía del mejor de nosotros. Jorge solía encargarse de las noticias deportivas, Pedro hacía las veces de creador de pasatiempos, Ángel nos contaba alguna leyenda de la zona —como la de la lamia que vivía en la Fuente de la Meona— y yo dirigía aquel contubernio obligándolos a todos a escribir el resumen de la jornada antes de acabar el día.

El *incidente* tuvo lugar una de aquellas tardes. La redacción al completo discutía qué noticia llevar a portada cuando Pedro —que era el chico fuerte de la pandilla, de mirada dura y pelo rebelde— se quedó mirando, confundido, más allá del arroyo, a la colina que se levantaba cerca de su casa.

—¿Quién es ese? —dijo señalando la cima del cerro.

Había inquietud en su voz. Dejamos los bolígrafos y los colores para ver qué le había llamado tanto la atención. Lo que Pedro miraba tan asustado estaba a no más de cien o ciento cincuenta metros de nosotros y lo ubicamos sin dificultad. Justo en el borde del cerro se asomaba una figura imponente. Era una silueta oscura. Tenía los brazos tan largos y tan rectos que parecían tubos que le caían por debajo de las rodillas. Su cabeza era pequeña en relación al cuerpo, y su envergadura —quizá por efecto de la perspectiva y del sol— era la misma que la de los postes de tendido telefónico que recorrían esa línea del horizonte.

—¡Es un gigante! —exclamó Willy, el redactor jefe.

—¡Mirad cómo se mueve! —añadió Jorge, no sin espanto.

Fue su forma de desplazarse lo que nos asustó. Aquel coloso sombrío, de contorno redondeado y silueta parecida a la del mítico Klaatu que aterrizó desde el espacio exterior en la película *Ultimátum a la Tierra,* pareció fijarse entonces en nosotros. Dimos un brinco. Después de mirarnos sin saber qué hacer, la *cosa* se ¿deslizó? —no encuentro otra manera de decirlo—, hasta el filo del barranco. Inclinó su espalda alargando su cabeza hacia donde estábamos y terminó por darse la vuelta hasta desaparecer, etéreo, tras el horizonte.

Nos quedamos sin saber qué decir. Durante un par de minutos, Pedro, Jorge, Ángel, Willy y yo aguardamos en silencio a que aquello volviera a asomarse. Por suerte, no lo hizo, y aliviados porque esa cosa no hubiera dado media vuelta, disolvimos la reunión sin escribir el diario de la jornada.

—¡Ni una palabra de esto a mi madre! —dijo Pedro, asustadísimo.

Pero todos lo comentamos en la cena aquella noche y a ninguno nos hicieron el menor caso.

—Diles algo a los niños, Cándido —dijo mi madre a mi padre.

—Seguramente fue un cazador —gruñó.

—Pues eso, chicos. Nada.

Mi hermano Jorge decidió olvidar el suceso al día siguiente, justo cuando fuimos a inspeccionar nuestra piscifactoría de batracios. Y los demás evitaron mencionar de nuevo «lo del gigante» después de que sus padres se rieran de la ocurrencia. Sin embargo, yo subí a aquel cerro dos días después porque necesitaba encontrar pruebas de que lo que habíamos visto era real. Busqué las huellas de aquel intruso en el borde de la pendiente y también alguna traza de su «nave» —que no dudaba que debía de haber aterrizado cerca—, pero no encontré nada. Ni marcas, ni surcos de sus piernas arrastrándose sobre el pedregal, ni un pasto quemado o un metal derretido.

Nada.

El episodio habría caído en el olvido de las cosas que perdemos al crecer, junto con el don que trataba de reconstruir con la operación Vultus, de no ser por una conversación que mantuve años más tarde con el escritor Juan Eslava Galán. A Juan lo conocí en una entrega de premios a finales de los años noventa, cuando yo todavía trabajaba como redactor para una revista mensual y él era uno de los novelistas de moda, ganador del Premio Planeta y amenísimo tertuliano en radios y eventos literarios. Un día, conversando con él sobre recuerdos curiosos de la infancia, me contó algo que lo avivó todo. A él le sucedió cuando solo tenía seis años, en Arjona, su pueblo natal, allá por la década de los cincuenta.

En tierra de olivos, me contó, las almazaras de aceite se instalaban siempre a las afueras de los pueblos. Su casa estaba cerca de una de ellas. Un día, en una explanada que llamaban el Paseo Nuevo, también al atardecer, él y una amiga suya, Anita, interrumpieron el pillapilla al ver en la carretera una figura extraña. «Diría que era un hombre, pero no sabría decírtelo con seguridad porque estaba a contraluz y no le vimos la cara», me dijo. «Nos llamó la atención porque su silueta era grande, robusta, y desprendía unas líneas cortas de color que enmarcaban su figura, una figura completamente oscura. Era grande. Mucho más que cualquier hombre».

—¿Y nunca supisteis qué o quién fue?

Juan se encogió de hombros.

Yo sonreí, pensando que era una de sus bromas. En ese tiempo, guardaba en una carpeta un buen montón de entrevistas que aquel escritor al que admiraba había dado a periódicos de media España. Su novela galardonada con el Planeta de 1987, *En busca del unicornio,* se había convertido en un éxito de ventas y, como en ella hablaba de un «caballo con cuernos», pensé que lo del gigante le venía en realidad al pelo para su escritura.

—Que no, que te juro que no lo soñé ni me lo inventé —me dijo muy serio.

Y entonces le pedí más detalles.

—Aquel gigante estaría a unos treinta metros de nosotros y Anita y yo, asustados, comenzamos a correr. En la huida, echamos la vista atrás hasta en un par de ocasiones y vimos que aquello empezaba a seguirnos..., ¡pero no movía las piernas! Simplemente se deslizaba.

Aquel último detalle, claro, me escamó. A Juan le pasó en 1954 lo mismo que a mí en 1982. Incluso la reacción de su familia fue calcada a las de Pedro, Ángel, Willy o la mía propia.

—Anita y yo llegamos a mi casa muy excitados y contamos lo que nos había pasado, pero no nos hicieron ni caso. Más tarde fuimos a la de Anita, que entonces era la jefatura local de Falange, y su madre, que era la cuidadora del edificio, nos echó a escobazos pensando que queríamos tapar alguna trastada con aquella historia.

¿Fueron nuestros encuentros, separados por casi tres décadas, fruto de esa capacidad especial de ver que tienen los niños? ¿Quizá la misma que les hace fácil encontrar siluetas y formas en las cuevas? ¿Estaba ahí la explicación? ¿O quizá había otra cosa —un delirio, un falso recuerdo, una enfermedad— tras las huidizas aproximaciones de aquellos *forasteros* que ambos habíamos padecido?

El remate final para estos recuerdos llegó de la mano de otro escritor que llegué a conocer bien, J. J. Benítez. El autor de la saga *Caballo de Troya,* sembrada de relatos de viajeros del tiempo desplazados a la época de Jesús, había reconocido en una interviú para la revista *Enigmas* que él desapareció de su casa durante unas horas, también a los seis años de edad, al ser abordado por otra silueta, en sus palabras «altísima, gigantesca», que «iba vestida con un uniforme o mono muy oscuro, negro» y que lo condujo a una especie de cueva donde lo invitó a tumbarse en un hueco con luces en el que perdió el conocimiento.[16] Lo suyo sucedió en 1952 en Ur-

16. Iker Jiménez, «J. J. Benítez, a fondo», *Revista Enigmas,* número 18, mayo de 1997.

dax, Navarra, muy lejos de Arjona,[17] pero, en esencia, ¡era la misma historia!

Benítez llegó aún más lejos que nosotros, sometiéndose a hipnosis para reconstruir su memoria. No logró, sin embargo, recomponer las tres horas que estuvo desaparecido en Urdax, aunque salió con la impresión de que aquella figura alta y negra —que en ningún momento le dijo ni una palabra— se acercó a él «para prepararlo».

Nunca he sabido qué pensar de esto. Por alguna secreta razón, tres niños que más tarde se convertirían en escritores de obras de intriga y misterio habían tenido encuentros parecidos con una suerte de antropomorfos que no dejaban de evocarme al que yo había hecho ver a mis hijos en la operación Vultus.

A mí tampoco me habló aquel gigante. Pero el instinto me decía que el hombre con el que me tropecé en el Prado tenía un poco —o, más bien, mucho— de él.

17. Más tarde el propio Benítez daría cuenta detallada de sus recuerdos en el arranque de su libro *Sólo para tus ojos,* Planeta, 2016.

10

—Entonces, ¿quieres que te pida un taxi, profesor?

Ángela Qiao formuló su pregunta con la mirada perdida en los nubarrones que se habían acumulado en el cielo de Madrid. Era casi la hora de comer y hacía un calor de hornillo antiguo. La calle parecía estar a punto de desaparecer en una negrura tan densa y amenazadora como fuera de lugar.

—¿Un taxi? —repitió Jon Einar taciturno, calibrando aquella atmósfera—. No, no será necesario, gracias. Todavía tengo algo que hacer antes de mi vuelo.

—¡Pero que te vas a empapar! —vaticinó Qiao, alarmada.

—Voy aquí cerca, no te preocupes.

—Te traeré un paraguas —insistió.

El profesor sacudió la cabeza, deteniéndola con un gesto.

—¿Sabes qué, Ángela? —Carraspeó para aclararse la garganta—. Más que un paraguas preferiría que me contases lo que antes te callaste en el museo.

—¿Cómo dices?

Un repentino sonrojo tiñó los pómulos de porcelana de Qiao.

—Lo de antes, Ángela. Cuando hablaste de ese maestro del Prado —insistió, satisfecho ante su reacción—. Entiendo que no hayas querido contarle al padre Durand lo que tu corazón esconde, pero yo no soy un sacerdote que vaya a juzgarte por tus pecados. Soy un viejo amigo… ¿Me dirás qué te guardaste frente a los Boscos?

—¿Pero de dónde has sacado que yo…?

Einar tomó un brazo de Qiao y tiró suavemente de ella obligándola a inclinarse hacia su silla de ruedas.

—Es por cómo mencionaste a ese maestro —le susurró a solo un palmo de distancia, con una firmeza que la sorprendió—. Tú también lo viste y, por alguna razón, prefieres no hablar de ello. ¿Me equivoco?

Ángela Qiao intentó zafarse, sin éxito.

—Claro que no me equivoco —se reafirmó Einar—. Créeme: es una lástima que me ocultes algo así. ¿No sabes que los secretos terminan hiriendo siempre a quien los guarda? Son como un ácido: por mucho que los escondas en un lugar seguro, acaban corrompiéndolo todo. Solo es cuestión de tiempo.

—Pero…

—¿Crees en la providencia, Ángela? ¿Crees en el destino? —la interrumpió de nuevo—. Yo sí y pienso que si alguna vez te encontraste con él debió ser por algo o para algo. El universo no deja nada al azar, aunque a menudo no comprendamos sus razones. Si hoy te has vuelto a cruzar conmigo, y ha salido este tema en mitad de una conversación profesional, es porque ese destino te está dando la oportunidad de librarte de tu secreto. Piénsalo. Te prometo que guardaré discreción y que te sentirás aliviada.

Einar dijo aquello con un convencimiento irresistible, casi dulce. Lo hizo sin pestañear, como el ojo que todo lo ve; como si de pronto le fuera la vida en aquella anécdota más que en cualquier otra cosa de la que hubieran hablado o pudieran hablar nunca.

—Callar es morir en vida, Ángela —remató Einar con solemnidad.

Fue esa última frase la que la hizo decidirse. Qiao, tratando de deshacer el nudo que se le había instalado en la garganta, se colocó tras él, lo volteó hacia el museo y lo empujó con decisión hacia la cafetería.

—Está bien, tú ganas —suspiró.

—No, ganas tú.

—¿Tienes tiempo para un aperitivo? —preguntó sin esperar respuesta, mientras lo guiaba hacia un pequeño patio acristalado que se abría entre la tienda de recuerdos y la sala de las musas del Prado.

—¿No te echará de menos el padre Durand?

—¿Rodeado de Boscos? Lo dudo.

Qiao echó un vistazo a la cafetería y se dirigió al rincón más alejado de su platea al aire libre. Se acomodó en una de las butacas de metal que encontró vacías. El respaldo aún quemaba, pero no se quejó. Jon Einar notó que aquella joven estaba librando una pequeña batalla en su interior y trató de tranquilizarla.

—Lo último que pretendo es incomodarte, —El holandés la tomó de las manos.

—Lo sé. —Se recompuso—. Es solo que…

Qiao no se apercibió del estudiado aplomo con el que su viejo amigo la empujaba a hablar ni tampoco de lo rara que resultaba la presión que sentía en el pecho y que casi le impedía respirar. Tampoco se detuvo a analizar que iba a contarle a un amigo que aparecía y desaparecía de su vida de forma tan caótica como aquel algo tan personal como lo que le subía ya por la garganta. Pero el torbellino que circulaba por su cabeza la convenció de que debía quitarse aquello de encima.

—Fue al día siguiente de morir mi madre, ¿sabes? —empezó—. No sé si lo sabes, pero ella trabajó como restauradora en este museo mucho antes que yo.

—¿Falleció?

—Hace cinco meses.

—Oh, lo siento.

—Por desgracia, se fue muy rápido por culpa de un cáncer de pulmón. Iba a jubilarse este mes de agosto. Nunca supe por qué no me dijo lo avanzada que estaba su enfermedad.

—Para protegerte. Todas las madres lo hacen.

—Su muerte fue..., bueno..., una sorpresa desagradable. —Una lágrima enturbió momentáneamente su mirada—. ¿Sabes lo que es quedarse sin nadie? No estaba preparada. Mamá y yo vivíamos juntas y éramos como dos buenas amigas.

Einar se ensombreció.

—No pretendía incomodarte. Lo siento.

—No, no lo has hecho, profesor. De hecho, tienes razón: callar es morir en vida —prosiguió, secándose con cuidado los ojos—. Comprendo que no es bueno evitar ciertas cosas, pero todo lo de mi madre ha sido tan repentino y cruel que no me he recuperado aún. La misma mañana en la que me entregaron sus cenizas decidí venir a llorarla aquí, al museo. Te parecerá una tontería, y te ruego que no lo tomes como una frivolidad, pero ella me contaba a veces que algunas de las ilustres retratadas de estas salas se habían convertido en sus mejores amigas. Casi todas fueron pintadas por Goya. Decía, como si fuera lo más normal del mundo, que era capaz de hablar con las majas, con la duquesa de Alba, con la reina María Cristina o con María Isabel de Braganza... Y ese día decidí venir a consolarme a su lado, como si esperara que fueran a decirme algo que mitigase mi dolor.

—No es ninguna frivolidad, Ángela —concedió Einar comprensivo—. Yo hubiera hecho lo mismo.

—¿Sí?

El profesor asintió.

—¿Y qué pasó? Porque algo te sucedió entre esos cuadros, ¿no es así?

—Bueno... —Tomó aire, alisándose la bonita blusa rosa que llevaba—. Yo... yo sabía que había un hombre misterioso rondando los lienzos de este museo. El último libro que tuvo mi madre en la mesilla de noche fue *El maestro del Prado* y recuerdo lo entusiasmada que estaba con él. Mamá hablaba a todas horas de ese hombre fantasmagórico, Luis Fovel, y de lo mucho que le gustaría tropezarse con alguien así. De hecho, una semana antes de fallecer me había convencido de que lo leyera. Era muy persistente.

—¿Y lo hiciste?

—Por supuesto. Terminé tan impresionada con el acertijo en verso del final que hasta lo aprendí de memoria: *No me persigas. Tengo la llave. Mi nombre anhelas, ignorando su clave...*

—¿Un acertijo, qué acertijo?

—El autor del libro encontró unos versos de Fovel escondidos en el forro de un tratado de astrología, en la Real Biblioteca de El Escorial. Supuso que escondían algún tipo de mensaje sobre su naturaleza, tal vez sobre su misión, pero nunca logró descifrarlos. Lo curioso es que rimaba a algunos pintores del museo, entre ellos Goya: *Bosco, Brueghel, Tiziano. Goya, Velázquez, Giordano.*

Qiao se detuvo un segundo tras ver el cambio de actitud de Jon Einar al escucharle recitar aquellas rimas. Su mirada se perdió al fondo de la cafetería, como si las sopesara una a una.

—¿Estás bien? —le preguntó.

—Oh, sí, sí —respondió, saliendo de sus pensamientos—. No es nada.

—Para que no te preocupes por mi salud mental, te diré

que ninguno de los retratos famosos de Goya me habló. —Sonrió tímida Qiao, volviendo a su experiencia—. Pasé un buen rato delante de María Luisa de Parma y de la guapísima condesa de Chinchón y no pasó nada. Pero, en esos días, el museo albergaba una pequeña exposición de tondos y tablas menores del pintor y pensé que quizá podría encontrar allí a alguna de las *amistades* de mi madre y hallar consuelo en ellas. Ya sabes. Son cuadros de pequeño formato y de uso particular, algunos muy queridos para el artista aragonés. Otra tontería....

—Tontería, ¿en qué sentido?

De repente, Einar la miró como alarmado. Qiao notó que algo de lo que acababa de decir lo había hecho sentir incómodo.

—Pero fue otra cosa lo que encontraste, ¿no? —preguntó, intrigado.

—En realidad, Jon, fue esa «otra cosa» la que me encontró a mí.

—No sé a qué te refieres.

—Me llevé un buen susto, ¿sabes? Ese día me quedé hipnotizada delante de un medallón que Goya pintó para el palacio de Manuel Godoy, el primer ministro del rey Carlos IV.

—¿Un medallón?

El profesor suspiró. Por un momento pensó que Qiao se había detenido delante de *Tobías y el ángel.*

—¡Un medallón...! —repitió aliviado.

—Sí —confirmó Qiao, algo sorprendida por aquella reacción—. Era una alegoría de la diosa Agricultura. Nada del otro mundo.

—Pensé que era un cuadro...

—No, no. Bueno, sí. Pero era una obrita menor. Yo entonces estaba estudiando la *Iconología,* de Cesare Ripa, y me había interesado por los sentidos últimos que algunos pintores daban a sus trabajos siguiendo las indicaciones de ese tratado. Supongo que tú ya lo sabes, pero Goya estudió a Ripa, el gran experto en emblemas de todos los tiempos, con el mismo detalle con que antes lo habían hecho Velázquez o Tintoretto. De él aprendió que la diosa Agricultura se representaba desde el Renacimiento como una mujer vestida de verde con una corona de espigas, sujetando un zodiaco. También solía aparecer con un arbolillo en las manos y un arado en los pies. Todos esos elementos estaban en el pequeño cuadro de Goya. La mujer era graciosa, con la mirada perdida en el horizonte. Me quedé un rato frente a ella, como embobada, hasta que, de pronto, lo entendí: Goya había añadido a su Agricultura un elemento que nunca formó parte de esa alegoría... Seguro que mi madre lo habría detectado antes.

—¿Otro elemento? ¿A qué te refieres? —preguntó más relajado, como quien ve alejarse una tormenta.

—Un hombre —aclaró—. ¡Añadió un hombre!

—Ya…

—Junto a la Agricultura podía distinguirse a un varón joven con pelo ensortijado y barba que sostenía un cesto de frutas y que miraba embelesado a la mujer. Nunca había visto una imagen como esa. La Agricultura era una divinidad femenina, no tenía ningún sentido pintarla con un hombre al lado.

—¿Y…? —se encogió de hombros como pidiendo que avanzase.

—Y, bueno, de repente, mientras lo miraba y trataba de descifrarlo, alguien me tocó el hombro. Un señor de cierta edad, pelo entrecano y mirada tan intensa… Me paralizó. Me saludó muy educado y me llamó por mi nombre. Después, señalando el cuadrito, me dijo algo extraño: «¿Se ha dado cuenta? Yo soy él».

Einar se sobresaltó, poniéndose otra vez en tensión.

—¿Te dijo eso? ¿Que él era el hombre pintado en el cuadro? ¿El de barba?

—Te parecerá una estupidez, Jon, pero me dio la impresión de que decía la verdad. Me fijé mejor y era él, sin duda. Tenía los mismos rasgos que el joven del cuadro.

—Aunque más maduro, imagino —masculló.

—Sí, exacto. Casi me caí de espaldas cuando dijo que se llamaba Fovel, como el maestro del libro de mi madre. Más aún cuando me felicitó por haber llegado hasta esa pintura y haberlo encontrado. ¡Pero fue él quien me encontró!

Einar frunció el ceño al oírla decir aquello.

—No quiero ofenderte, pero ¿te encontrabas bien? Quizá el trauma de la pérdida hizo que vieras algo que no era real. Acababas de leerte el libro y...

—Todo fue completa y absolutamente real, Jon —lo atajó—. Tan real como que tú y yo estamos hablando aquí y ahora. Pero aún pasó algo más.

—Ah, ¿sí?

—Fovel hizo algo todavía más extraño. Comenzó a murmurar estrofas del acertijo que cerraba *El maestro del Prado,* repitiéndolas una y otra vez. Eran esos versos pegadizos que te han gustado: «Bosco, Brueghel, Tiziano. Goya, Velázquez, Giordano». —Qiao cerró los ojos para darle más énfasis al recuerdo—. Luego, Fovel añadió una cosa que me sorprendió mucho: «Los pintores son una secuencia».

—Una secuencia —repitió Einar.

—Una clave. Como los números de la cerradura de una caja fuerte, y añadió algo sobre *El maestro del Prado* que todavía no he olvidado.

—¿Algo aún más raro que lo de la secuencia?

—Dijo que ese libro expuso demasiado los secretos de

los tres primeros artistas, «Bosco, Brueghel, Tiziano», y que al dejar al descubierto los códigos de sus obras atrajo a muchas personas hasta ellos.[18] Gente que, sin un guía, se quedó a las puertas de abrir algo potencialmente perturbador.

Los ojos de Einar brillaron de fascinación.

—¿Abrir qué?

—¡El arte, Jon!

—¿Y algo más?

—Sí. Recuerdo, incluso, sus palabras exactas: «Ahora te toca a ti completar la secuencia que el libro dejó a medias... Deberías empezar por Goya».

El holandés se quedó perplejo.

—¿Dijo eso?

—Tal y como lo dijo, y discúlpame si parece muy raro, fue como si pronunciar ese verso, «Goya, Velázquez, Giordano...», fuera a servir para que yo abriese o encontrase algo. ¡Todo fue terriblemente ambiguo, Jon! —exclamó.

—... Y supongo que no volviste a verlo después de aquello, ¿verdad?

—Nunca. Te lo juro. De hecho, me costó asimilarlo. Durante semanas fui incapaz de poner en orden lo que me dijo aquel señor que parecía haberse caído de un tondo de Goya y separar lo que me pasó de lo que había leído en ese dichoso libro. Llegué a pensar que el dolor por la muerte de mi madre me había provocado alucinaciones.

—Entonces —susurró—, ¿nunca se lo has contado a nadie?

—Solo a Javier Sierra. Al autor del libro. De hecho, se lo expliqué hace poco. Él fue el primero en atreverse a hablar públicamente de las apariciones de Fovel. Y ahora, también

18. En efecto, *El maestro del Prado* da cuenta ampliamente de los secretos de esos pintores (nota de la editora).

a ti. Necesitaba intercambiar impresiones con alguien que lo hubiera tenido enfrente para confirmar que fue el mismo hombre, el mismo fantasma que yo vi.

—¿Y te creyó?

—Por supuesto. ¿Por qué no iba a hacerlo?

—Reconoce que es una historia un poco extraña.

—Lo peor… —dudó Qiao, desoyéndolo—, lo peor ha sido que, desde entonces, me he obsesionado con esos tres pintores: Goya, Velázquez y Giordano. He buscado cuadros que pudieran relacionarse entre sí, que contaran algo que completara las ideas del libro o en los que encontrara retratado otra vez a Fovel o a algún hombre que se le pareciese. Llegué a pensar que, si lo hacía, tal vez el maestro volvería a aparecérseme.

—Eso también es algo extraño.

El tono sombrío con el que deslizó su juicio no le pasó desapercibido a Ángela.

—Déjame mostrarte el medallón de la Agricultura y verás por qué te lo digo… —repuso, extrayendo una tableta del bolso y tecleando algo en la web del museo.

Una imagen indiscutiblemente goyesca apareció en la pantalla.

—¿Qué quieres que vea, exactamente? —indagó Einar, asomándose al dispositivo.

—¿Distingues la rueda zodiacal en el fondo de la escena?

Una banda dorada, con un signo de Libra bien visible sobre la cabeza del *Fovel joven,* emergía entre los añiles del lienzo, como si trazara un sendero sobre aquel cielo.

—Sí, por supuesto —asintió Einar.

—Pues créeme: no debería estar ahí —resopló Qiao, como si le molestara el diseño astrológico—. En su *Iconografía,* Ripa indicó con claridad que la Agricultura tiene que

La Agricultura. Francisco de Goya (1804-1806).
Museo del Prado, Madrid.

sostener el zodiaco en sus manos. Esa era la forma que tenían en el Renacimiento de transmitir que esta se rige por el paso de las estaciones y es cíclica. Sacárselo de las manos y colocarlo en el cielo podía transmitir un mensaje equívoco a quienes observaran la obra.

—Ahora no sé si te sigo, discúlpame…

—En este tondo, Goya da a entender que la Agricultura está sometida al imperio del cosmos y no al revés. En su época se pensaba que los humanos habían logrado comprender tan bien los cielos que los habían sometido a su voluntad, haciéndolos trabajar para ellos. La razón había triunfado sobre los dioses. Pero aquí se insinúa lo opuesto.

—La soberbia humana es infinita —sentenció Einar.

—Pero no la de Goya, Jon. Aquí hay algo raro. El pintor no solo ha desposeído a la Agricultura de su control sobre los cielos, sino que ha incluido en ellos una inscripción en árabe que parece decir: «En el nombre de Alá». ¡Y Goya era ateo!

—¿En el nombre de Alá? ¿Dónde dice eso?

Ángela amplió una zona del firmamento del medallón en la que se distinguían unos trazos. Le pidió a Einar que los memorizara y a continuación buscó esa expresión en lengua árabe. El resultado, بسم الله, se parecía mucho al dibujo del artista.

—¿Y por qué habría de pintar algo así en un emblema de la Agricultura? —se extrañó Einar.

—El padre Durand y tú habéis estado hablando de dioses instructores y eso me ha dado una idea. Alá es llamado también «Allah al-Hadi, el guía» o «Allah al-Hakim, el sabio». Muchos nombres de Dios aluden a su trabajo como maestro de los hombres. Incluirlo sobre la Agricultura y dentro de la rueda del zodiaco debe forzosamente significar algo. Goya no lo habría pintado por capricho en un lugar tan visible para el palacio de Godoy. Y mucho menos habría pintado a Fovel justo debajo.

—A no ser que Fovel fuera uno de esos dioses, ¿no?

En ese momento, un potente trueno retumbó en el pequeño patio acristalado que los acogía. Una vaharada de aire húmedo los interrumpió mientras una fina lluvia de gotas frías empezaba a colarse entre ellos.

Ángela echó un vistazo al reloj de su teléfono móvil.

—Dios mío. ¡Son casi las dos! —exclamó, recordando de pronto que había dejado solo a Luc Durand.

Einar sonrió.

—Tienes cosas que hacer, lo sé, y yo todavía estoy a tiempo de llegar a mi siguiente cita.

—Pero…

—No hace falta que me prestes un paraguas —sonrió—. Tampoco necesito un taxi. Ya te he dicho que me esperan cerca de aquí. Creo que te he robado ya suficiente tiempo, Ángela. Aunque me alegro. Ahora ya te has librado de ese secreto.

—¿Así de fácil?

—Así de fácil, querida.

11

—

Ahora lo sé. Mi olvidado tropiezo con el gigante de Teruel tuvo un impacto mayor del que nunca, hasta ese momento, había estado dispuesto a admitir. Durante años, como sucede con esta clase de experiencias, dejé dormir aquellas imágenes en el último rincón de mis recuerdos, sepultándolas como si fueran un sueño. Era uno de esos asuntos que sonrojan solo con evocarlos y que ni siquiera me atreví a compartir en las mesas de Navidad con los míos. No callé solo por pudor. En realidad, me incomodaba tener que dar demasiadas explicaciones a mis padres y a mi hermano sobre por qué una anécdota así me interesaba de repente, tantos años después. ¿Y si no la recordaban? Pero ¿cómo no iban a hacerlo? Además, ¿tan raro era que viera en aquella memoria el prólogo de lo que de adolescente viviría en el Prado? ¿Acaso no fue ese gigante otro «forastero misterioso» en mi vida? ¿Quizá incluso el mismo con el que tropecé en Madrid?

Traté de examinarlo todo bajo la lupa de la razón.

¿Desde cuándo me cercaban esos visitantes? ¿Era eso algo que pasaba a más personas?

Le di muchas vueltas y, al final, buscando un suelo firme sobre el que poner pie, tuve que admitir que el gigante de Teruel se me presentó en un momento de particular importancia psicológica: justo en el tránsito de la infancia a la adolescencia, cuando la mente de los niños se separa para siempre de su visión mágica del mundo y se sumerge en la racional. Justo ahí, en el entorno de los diez u once años, es cuando la lógica toma el control y ahoga *esa* forma de ver el mundo, primitiva y emocional, en la que todo cabe.

Antes de que se produzca semejante mutación, para el niño todo está interconectado. No existe un mundo exterior y uno interior. El mundo es uno. Y en él, cualquier cosa es posible… y real.

En la recuperación de mi recuerdo hubo, no obstante, algo que no he logrado quitarme de la cabeza. Un detalle cronológico. Una de esas *coincidencias* —me cuesta usar el término— que nunca me parecen fruto del azar, sino parte de alguna clase de *plan*. Y es que, cuando regresó la memoria del gigante, mis hijos estaban a solo un paso de su propio momento de tránsito, a un segundo de perder su pensamiento mágico y ser dominados por la racionalidad. Estaban a punto de perder su inocencia infantil.

La *coincidencia* apareció solo unas semanas antes de nuestras vacaciones en Cantabria, y por esa razón, entre inquieto y meditabundo por lo que se les venía encima, tomé la decisión de pergeñar la operación Vultus.

Fue Eva, tan providencial como de costumbre, la que me dio el impulso que necesitaba. En sus años de profesora de ballet había tenido ocasión de tomar contacto con las teorías del biólogo y pionero de la psicología evolutiva Jean Piaget. Sus ideas —muy extendidas hoy entre la comunidad educativa— llevaban décadas condicionando los planes de estudio en Occidente. Ofrecían una aproximación ordenada a la evolución del cerebro humano. Su principal aporte fue clasificar por edades y logros nuestro progreso cognitivo.

Según Piaget, durante nuestro primer mes de vida el cerebro solo se centra en actividades reflejas —la succión del pecho de la madre, la prensión con los dedos, la deglución de alimento...—. Enseguida, nuestras capacidades van despertándose y en los meses siguientes ya somos capaces de poner a prueba nuestros sentidos, tomando conciencia de sus limitaciones. Es en ese periodo cuando aparecen las primeras anomalías: a veces, como bebés, percibimos cosas que los adultos no ven. Nuestra mirada es capaz de detectar *algo* o a *alguien* en la habitación, junto a la cuna, o detrás de nuestros seres queridos. Nuestra mirada se fija en *eso* invisible mientras reímos, lloramos o reaccionamos, buscando interactuar con ello. Piaget redujo esas visiones al desarrollo biológico del cerebro. Pero ¿lo son?

Mi experiencia con el gigante me obligaba a reconsiderarlo.

Lo que describen algunos niños a edades tempranas no difiere demasiado de lo que puede encontrarse en la literatura sobre sibilas, videntes u oráculos. Es como si esos inadaptados hubieran conservado una parte de su cerebro infantil y recurrieran a ella para experimentar esa especie de trances.

Piaget llevó su clasificación aún más lejos. Todo parece sencillo en ella. Incluso Albert Einstein dijo de su teoría que «es tan simple que solo podría haberla pensado un genio». Para el padre del constructivismo aplicado a los *errores* en el aprendizaje de los niños es alrededor de los dos años cuando el pequeño comienza a interpretar su entorno, desarrollando una fuerte capacidad simbólica. Aparecen el lenguaje y la memoria de los actos pasados, pero aún no distingue con claridad entre el «mundo exterior» y el «interior». Esas observaciones —y las que Piaget enunciará en las siguientes etapas de la evolución del niño— llevan años apuntalando la idea de que, entre los dos y los cuatro años, los chiquillos interpretan el mundo de forma incorrecta, viéndolo solo desde sí mismos. Para ellos todo está vivo y es posible interactuar con ese todo. Entre los cuatro y los siete se alcanza la «prelógica». Los niños empiezan a buscar la razón de las cosas. Y, hasta los doce, la búsqueda de esas razones se mezcla con una visión animista del universo y con la imbatible idea de que cada cosa que nos rodea está conectada por lazos sutiles y nos habla.

Para un niño, nuestros sueños son verdad. Son parte de ese universo o gran ser vivo al que pertenecemos. Y a esa edad nos resulta biológicamente imposible hacer distinciones entre lo real y lo psíquico.

Luego... Luego llega el apagón.

A la edad en la que vi a mi gigante, un niño ya es capaz de apreciar la diferencia entre el mundo onírico y la vigilia. La realidad se fractura dentro de nosotros. Es un momento de gran revolución interior. En ese instante se esfuman también los amigos invisibles. Los padres —abducidos por la razón— ven en los gestos, discusiones y risas con esos amigos solo un mal pasajero de sus hijos. Ese es asimismo el tiempo de los ángeles de la guarda. Para los adultos apenas son una muleta a la que los pequeños recurren para no pasar miedo, pero ignoran que para ellos son una realidad absoluta, tan real como la familia o los compañeros de pupitre. Su desgracia es que un día, por la presión constante del mundo racional, terminarán esfumándose.

Martín y Sofía estaban muy cerca de perder esa magia, y yo quise aprovecharla. Los amigos invisibles y los ángeles estaban a punto de abandonarlos. Y Vultus iba a ser la última oportunidad para poner a prueba su visión, conectándola con las expresiones artísticas que nos habían dejado gentes que vivieron en la infancia de la humanidad.

¿Estaba loco por intentarlo?

Cuando le conté mi plan a Eva, me sorprendió con una pregunta que no esperaba.

—¿Te acuerdas de Pali, Javier?

Pali era un apelativo cariñoso de *palo*. Un palo. Una rama de roble gruesa, sin corteza, recta como un bastón, que Sofía encontró en el parque cuando tendría tres o cuatro años. La niña se encariñó tanto con aquella vara que se pasó meses llevándosela a todas partes. Hablaba con ella. Le canturreaba sus melodías favoritas. La sentaba a su lado para ver la tele e incluso la abrazaba en la cama.

—Claro… —Asentí, recordando las mil fotos divertidas que le tomamos—. Hace mucho que no lo veo. ¿A qué viene eso? ¿Se ha perdido?

—No, no es eso. Es que acabo de darme cuenta de que nunca te conté algo sobre Pali.

Estábamos en la cocina de casa cuando surgió aquella conversación. Eva apuraba un té mientras la tele sonaba de fondo con su habitual perorata de intrascendencias.

—Sofía no encontró a Pali —añadió.

—Ah, ¿no?

—No —Eva levantó la mirada de la taza y la clavó muy seria en mí—. Se la dio un hombre en el parque. Un desconocido.

Quise quitarle hierro al comentario. En los columpios a los que íbamos no era extraño que otros padres se nos acercaran e interactuaran con los niños. No había nada raro ni preocupante en eso. Sin embargo, el tono que empleó Eva dejaba entrever otra cosa.

—Entonces no le di importancia, perdóname… —prosiguió, apurando la taza—. Estábamos en los toboganes que dan al Niño Jesús, ya sabes, el Hospital Infantil Universitario. Esa es una explanada grande, sin sitios en los que esconderse. El caso es que Sofía se plantó ante mí con *su* Pali en las manos, risueña, diciéndome que era su nuevo mejor amigo y que acababa de regalárselo un ángel.

—¿Dijo... «un ángel»? —arqueé las cejas.

—Sí, a mí también me extrañó. Me pareció algo intrascendente, pero...

—¿Qué hiciste?

—Mirar por todas partes, claro. Sofi lo decía tan convencida que creí que alguien se había dirigido a la niña en un descuido, pero allí no había nadie.

—¿Y te dijo algo más?

—Bueno, entonces pensé que era un juego de los suyos y le seguí la corriente. Le pregunté cómo era ese ángel tan generoso y me dijo algo bastante peculiar, pero lo había borrado de mi mente. Por eso te lo cuento ahora.

—¿Algo raro?

—Que el ángel era un señor normal, mayor, con el pelo peinado hacia atrás como el abuelo.

—Un ángel no es un señor normal —protesté.

—Ya, claro. Le pregunté si su ángel tenía alas, como los de las figuritas del Belén, y dijo que no. Que era un señor con abrigo. Nada más.

—¿Y cómo supo que era un ángel?

—Vete a saber. Pero ahora que has dicho que los niños son capaces de ver cosas que los adultos no podemos, me ha venido a la cabeza. Sin más.

Asentí.

—Entonces, ¿te parece bien que organicemos la operación Vultus? Igual nos llevamos una sorpresa.

—Claro. Será nuestro juego del verano.

Aquel día, por culpa de Pali y de un ángel con abrigo y sin alas, acordamos poner en marcha nuestro experimento en Cantabria. Quisimos saber qué eran capaces de ver nuestros hijos.

12

El redoble sostenido de una nueva tronada cruzó el cielo de Madrid justo en el momento en el que el profesor Einar dejaba atrás la puerta de los Jerónimos, arrebujándose en su americana de lino de color pistacho. Las primeras gotas de lluvia amenazaban con arruinársela. Su encuentro con el padre Luc Durand en el Museo del Prado había terminado hacía ya un buen rato y necesitaba tomar el aire después de escuchar lo que, casi sin querer y por pura intuición, había arrancado a Ángela Qiao.

El aire estaba cargado de electricidad y la atmósfera galvanizada lo excitó. Siempre lo hacía. En algún lugar le habían prevenido sobre las tormentas de verano en España, pero no pensó que fueran tan ionizantes. Echando un vistazo al cielo calculó que tendría tres o cuatro minutos antes de que los nubarrones descargasen con furia todo lo que llevaban dentro. Sin mirar a su espalda, impulsó su silla hasta el extremo del edificio Villanueva y cruzó en un suspiro el paso de peatones que lo separaba del hotel donde siempre lo alojaba el Prado.

A esa hora el Ritz estaba tranquilo.

—Buenas tardes, señor Einar. Bienvenido —lo saludó amablemente un botones con camisa blanca, sombrero de copa y pajarita que le abrió la puerta bajo la filigrana de forja que la protegía.

—Se viene una buena, ¿eh? —gesticuló él con lentitud,

señalando al cielo, mientras un nuevo trueno hacía temblar los cristales del recibidor.

—En Madrid llueve poco, señor, pero esta tormenta parece que va a ser épica. Hace bien en ponerse a cubierto.

Einar le dio la razón con un leve gesto de cabeza, pero antes de desaparecer acertó a preguntarle algo:

—¿No sabrá usted, por casualidad, si ha llegado la visita que estaba esperando?

—Oh, sí. Disculpe, señor. Lo esperan en el bar desde hace media hora.

El holandés dejó atrás las alfombras de la recepción, sorteó con agilidad las lámparas de bronce y las cómodas de mármol y, alejándose del olor a diluvio, se acercó hasta la única mesa ocupada del lugar.

Un hombre leía un periódico junto a una copa de coñac. Los titulares eran los de siempre: la evolución de la cacería de Edward Snowden por sus filtraciones de datos secretos de los Estados Unidos, el cáncer de Dustin Hoffman o los sempiternos casos de corrupción de la política española. Quien los estudiaba tenía la piel blanca, casi albina, y su peinado apenas lograba cubrir un cráneo poderoso encajado en un cuello de atleta. El sujeto frisaría en los sesenta. Einar se percató de que había dejado un bastón de puño nacarado y una gabardina color crema algo pasada de moda, extendida sobre una de las sillas, y junto a ambos enseres, un libro de portada horrenda en la que solo acertó a intuir unos ojos que sobresalían de un fulgor extraño. Sonrió. Todo aquello era su *marca*.

Se reconocieron en el acto: dos varones con problemas de movilidad y mirada acerada se escrutaron sin rastro alguno de condescendencia.

—¡El profesor Julián de Prada! —exclamó el holandés, deteniéndose a su lado.

—¡Jon Einar, mi mejor alumno! —respondió este, reaccionando al chirriar de sus ruedas y levantándose para abrazarlo.

—Cuánto tiempo sin verte.

—Casi un siglo —suspiró Einar.

Pidieron un jerez para el recién llegado, que se arrimó a la mesa lacada que los separaba.

—Siento no ser portador de buenas noticias. —Jon Einar se arrancó en un tono diferente al que había usado minutos antes en la cafetería del museo. Ahora estaba más serio, más rígido. Se podría decir que era casi otra persona—. Me temo que tus viejos temores se confirman, querido amigo: se ha reabierto la búsqueda del maestro. ¡Y de qué manera!

Las pupilas oscuras de su amigo se dilataron.

—¿Del maestro? ¿Te refieres a Fovel?

Einar asintió disgustado.

—Imagino que no les habrás dicho nada, ¿verdad?

—Solo he respondido a sus preguntas técnicas. De Fovel, ni una palabra.

—Excelente.

—Pero la conservadora que nos ha acompañado acaba de reconocerme que ella también lo ha visto.

—¿Ángela Qiao? ¿Tu amiga?

Jon Einar asintió. Los ojos del hombre de tez pálida se abrieron de par en par.

—¿Estás seguro?

—Completamente, Julián. ¿Tú lo sabías?

—No.

—Yo tampoco. No te imaginas lo difícil que ha sido mentirles y parecer alguien ajeno a este asunto.

—Sabía que lo harías bien.

—Lo peor, mi adorado profesor, es que Ángela sabe de ti por ese dichoso libro de *El maestro del Prado.* En el museo lo conocen todos, me temo. Y también fuera de él, en otros círculos.

—¿Qué quieres decir?

—Hoy, por ejemplo, delante de mí ha logrado interesar a un enviado de la Santa Sede.

Julián de Prada no pareció darle importancia al detalle. Sin embargo, se removió en su silla como si acabara de recordar algo:

—El señor X, así me llamaban en esas páginas, Jon. Esa novelita estuvo a punto de arruinar mi reputación —masculló con desprecio—. Su autor me describió como si fuese un delincuente solo porque defiendo que hay que desterrar la visión mágica del arte que algunos, después de dos siglos de razón y ciencia, se empeñan en recuperar.

—Desterrar de cara a la opinión pública —precisó.

—Sí, claro. Como tú, desde tu tribuna de profesor universitario que interpreta el arte desde el materialismo y lo desacraliza —sonrió De Prada, cínico.

—Pues casi hemos vencido, querido. Esta es una época de escépticos. Ya nadie se fija en el lado mágico del arte. Salvo excepciones, como Ángela, diría que nuestro secreto está a salvo.

El hombre de la tez pálida se inclinó sobre su copa y, despacio, apuró un trago.

—¿Tú crees? Yo no sería tan triunfalista —lo corrigió—. Los movimientos de ruptura que vivió la pintura en el siglo XX tras la irrupción de la fotografía y las vanguardias la alejaron de su costumbre secular de representar lo que no vemos, pero todo parece estar cambiando. El interés por lo mágico vuelve. Ya no sé si la visión materialista del *arte por el arte* durará mucho más. Los críticos ya no tienen la influencia de antes. Es increíble, pero los humanos son adictos a lo sobrenatural.

—¿Sabes? —Einar tosió levemente, tras dar un primer

sorbo al jerez—. Acabas de recordarme nuestros seminarios en Essen. Han pasado casi treinta años y sigues hablando exactamente igual que entonces.

—Creer en lo mágico abre expectativas peligrosas, querido Jon, y el materialismo es lo único capaz de neutralizarlas. Por eso lo usamos. Pero nos hemos confiado pensando que el arte antiguo había sido superado. Sin embargo, en plena era de internet, todo vuelve a mirarse con ojos mágicos. Es como este libro —dijo tomando de la silla de al lado el volumen que Einar había visto al llegar y acariciándolo suavemente. Era un tomo de cubierta dorada, con un rostro que parecía emerger como de un haz de rayos—: la portada apela a algo imposible, pero, por alguna razón, en vez de provocar rechazo, atrapa al que lo ve. Hay una verdad sutil en ella imposible de ocultar. Es algo que te atrae. Eso es el viejo arte. Y es nuestro campo de batalla.

Jon no logró distinguir el título de aquella obra, que Julián colocó bocabajo junto al periódico.

—Los museos, con esas inabarcables colecciones de pinturas mágicas, o las cavernas con sus imágenes chamánicas, deberían estar vacíos... ¡Y cada vez están más llenos! —lamentó—. Por eso es necesario silenciar de una vez por todas historietas como la de Fovel y ahuyentar a las masas de esa contemplación mística, individualista, del arte. Estamos en la era de lo colectivo y, para los que pensamos con razón y orden, lo colectivo es el futuro.

—Gruñes como Goya cuando ponía títulos a sus grabados, quejándose de las supercherías del pueblo.

Las cejas del señor X se arquearon al oír aquello.

—Por cierto, ahora que mencionas al genio y a sus *Caprichos,* no los habrás llevado a sus salas en el Prado, ¿verdad?

—No hemos salido de los Boscos.

De Prada pareció aliviado.

—¿Pero aún temes a Goya, querido amigo?

—Temo que alguien se detenga frente al cuadro que no debe y su mente genere una paradoja que no debería producirse bajo ninguna circunstancia. Bastante tuvimos ya con el poemita de Fovel, lanzando a sus seguidores a acercarse a las obras del maldito visionario aragonés en busca de pistas de su paradero.

—Ya, ya… —Tragó saliva—. No te gustará saber que Fovel mostró a la conservadora un tondo goyesco donde él aparece retratado junto a una alegoría.

El rostro de Julián de Prada enrojeció de pronto.

—¿Quién? ¿Le dijo eso Fovel a tu amiga? ¿Estás seguro?

—Tranquilo. A ti lo que te preocupa es que no se acerque nadie a *Tobías y el ángel.* Y ese cuadro no ha sido visto con los ojos de los que recelas…

—Eso sería un desastre. Es uno de los lienzos más poderosos del maldito *arcanon* de Fovel.

—En Essen nos hablaste de él, aunque casi no recuerdo por qué le tenías tanta fobia.

—Fue el que me marcó cuando ese desgraciado y yo nos conocimos, hace ya tanto… Frente a él me explicó por primera vez quién era yo y qué había venido a hacer aquí. Deberías acordarte.

—¿En serio? No sabía que tú hubieras conocido también al maestro del Prado. —Apuró un tragó de jerez, reacomodándose en su silla—. Nunca lo contaste en tus clases.

Una mueca enigmática relampagueó en el rostro del señor X.

—Hay tantas cosas que no comparto como estrellas hay en el cielo, querido. Pero ya que me preguntas por esta en particular, no tengo inconveniente en referírtela… ¿Quieres?

13

—¿Arte y estrellas? ¡Tienes que oír esto, Javier!

En Cantabria, Sandra atendía mi perorata mientras nuestra mesa de café se iba cubriendo con las cartas y los apuntes que había ido añadiendo a mi carpeta de pistas. El día estaba despejado y la temperatura era tan fresca que evitamos sentarnos a la sombra para no congelarnos. Eva acababa de echarse un chal de lana sobre los hombros y nos miraba sabiendo que nos íbamos a enredar en una pesquisa que podría durar horas. La joven que acabábamos de conocer en Hornos no pestañeaba. Su brusquedad inicial era ahora un entusiasmo que se traducía en un sinfín de preguntas y sugerencias, cerca de donde los niños trataban de rescatar un cráneo de dinosaurio de plástico de un bloque de escayola. Pali, estático, nos miraba a todos desde un rincón. Y yo a él.

—¿Te acuerdas de la cueva que descubrió Robot? —el enésimo interrogante de Sandra sonó a exclamación.

—Lascaux —asentí.

—Conozco una cosa de ese lugar que vincula la observación de estrellas con el arte prehistórico. A lo mejor te sirve de algo. ¿Sabes qué es un uro?

El cambio de tercio me sorprendió.

—¿El gran toro de la prehistoria? ¿El mayor herbívoro de la era glacial?

—Muy bien —aplaudió—. Era un bicho enorme. A menudo superaba el metro ochenta de alzada y tenía unos cuernos largos y puntiagudos. La cueva de Lascaux está repleta de ellos. Alguien impresionado con su porte, el doble de grande que cualquiera de nuestros toros, lo dibujó por todas partes a tamaño real hará unos diecisiete mil años…

Eva, que nos observaba apurando uno de sus tés, nos miró divertida, aguardando mi reacción. Iba a ser difícil que Sandra me pillara en un renuncio hablando de cuevas, debió de pensar.

—Conozco los toros de Lascaux —confirmé—. ¡Son muy famosos! En Francia los pusieron a competir en belleza con los bisontes de Altamira y les dieron una extraordinaria difusión. Creo que a los franceses les molestó que tuviéramos bisontes y ellos no. El descubrimiento de esa cueva les vino de maravilla para endomingarse… ¡Como si *Francia* o *España* fueran conceptos que tuvieran algún sentido hace treinta mil años y hubiera que estudiarlos por separado!

—Bueno, yo no iba por ahí… —matizó mordiéndose el labio mirando de reojo a Sofía cantar victoria por haber recuperado el cráneo de la escayola—. Lo que me interesa de esos animales es que el *artista* que los pintó eligiese una bóveda natural cuyas paredes parecen nubes congeladas.[19] ¿La has visto alguna vez?

La pregunta me incomodó.

—No, la verdad —admití de mala gana.

—Es como ver el cielo bajo tierra, como si entraras en un paraíso olvidado y, suspendido entre cúmulos y cirros, te encontraras con un toro gigante que parece cuidar de una gran manada. Allí lo llaman «el gran toro». Es como un

19. Así los llama también el poeta polaco Zbigniew Herbert en su obra *Un bárbaro en el jardín*. Acantilado. Barcelona, 2010.

dios. Mira, déjame que te lo muestre —dijo mientras abría el navegador del móvil y tecleaba algo en la barra del buscador—. Es este.

Detalle de la sala de los toros. Lascaux, Francia.
Aproximadamente diecisiete mil quinientos años de antigüedad.

Sandra puso en valor una imagen en la que se veían dos enormes uros pintados, el uno sobre el otro, con las cornamentas levantadas hacia el cielo, como si se pelearan por golpear la esfera parda que flota entre ambos. Incluso en la pantalla, los animales transmitían una impactante sensación de fiereza. Habían sido bocetados sobre un fondo ocre que los dotaba de un relieve y de un movimiento que ni siquiera la baja resolución de la foto echaba a perder.

La rubia pecosa nos pidió que intentáramos fijarnos en los detalles mientras iba ampliando las áreas de la fotografía en las que, al menos yo, no había reparado nunca. La roca era irregular y abultada alrededor del pecho de los bóvidos. Me llamó la atención que estuvieran moteados de lunares grandes y negros; también que el dibujo transmitiera una idea inequívoca de acción. De carrera.

—Ahora fijaos en el toro del centro, por favor. —El dedo de Sandra se movió con rapidez sobre la imagen, ampliándola un poco más. Eva dejó a un lado su taza y se acercó a la pantalla del móvil todo lo que pudo—. El contorno del ojo, el detalle anatómico del hocico y el cuidado que concedió el artista a las astas es extraordinario... Al natural, tiene más de dos metros de envergadura. ¿Lo veis? Pero lo más relevante son esos seis puntos que se advierten sobre el lomo del animal. ¡Ahí!

Sandra señaló lo que parecían unas pequeñas manchas sin importancia.

—Estaba preguntándome qué podrían ser... —admitió Eva—. ¿Son restos de pigmentos? Parece que hay más sobre la piel del toro, ¿no? ¿Significan algo?

—Ahora viene lo interesante: un cosmólogo estadounidense, Frank Edge, y una de mis bibliotecarias en la universidad, Francisca Abreu, llegaron a la conclusión de que esos puntos son la representación más antigua que existe de las «siete hermanas».[20] [21]

Mi mujer me miró cómplice. Desde que nos conocimos, habíamos compartido muchas noches de observación de estrellas juntos y conocía muy bien esa denominación.

—¿Las «siete hermanas»? ¿Te refieres a las Pléyades?

20. Frank Edge, «Taurus in Lascaux». *Griffith Observer*, n.º 61. Septiembre de 1997.

21. Francisca Abreu Martín-Cano, *Claves astronómicas del arte y la religión prehistóricos.* Conferencia en la Biblioteca Pública de Zaragoza, 8 de febrero de 1999. Herrero Artes Gráficas Zaragoza, 1999.

Yo también me incorporé.

—¿Crees que representan estrellas? ¿Y por qué solo hay pintados seis puntos si son siete en el cielo?

—Dejadme que os lo explique. —Sonrió, feliz de haber captado nuestra atención—. En el cielo nocturno de hace diecisiete mil años, la constelación de las Pléyades se situaba cerca de uno de los asterismos más populares del firmamento.

—¿Qué es un *asterismo,* papá? —interrumpió Martín con la cara y las manos blancas de polvo de escayola. El dinosaurio ya casi estaba montado.

—Un momento, hijo...

—No, no pasa nada. —Sandra se inclinó hacia donde jugaba el niño, ayudándolo a encajar un pequeño fémur de tiranosaurio en su lugar—. Un asterismo es uno de esos conjuntos de estrellas que asociamos en nuestra mente con un objeto o un animal. Como el Gran Carro, que es la Osa Mayor, la Lira u Orión, el cazador, por ejemplo.

—Ah, vale —dijo volviendo a sus quehaceres—. Como esos pasatiempos en los que unes los puntos con líneas y te sale un dibujo, ¿no?

La guía rio el gracejo con el que el pequeño aceptó su explicación y continuó con su discurso:

—Obviamente los asterismos son solo imágenes mentales, pero llevan miles de años transmitiéndose de padres a hijos, generación tras generación, de boca a oreja —dijo—. Todas las culturas, no importa lo primitivas o modernas que sean, los tienen. En el caso de Lascaux, el asterismo se esconde en los cuernos del toro. Sus astas ocupan la misma posición relativa en la cueva que las estrellas en el signo de Tauro. Ese toro es una representación de Tauro.

—Pero eso querría decir que... —anticipé.

—... Que ese mural, el más importante de Lascaux y

uno de los conjuntos de pintura rupestre más importantes del mundo, tiene una lectura astronómica, sí. También que estamos ante el mapa estelar más antiguo creado por el ser humano. Al menos, que sepamos.

—¿Y por qué llamamos a las Pléyades las «siete hermanas» si son solo seis? —dijo Eva mientras rodeaba con el dedo las manchas que flotaban entre los cuernos del toro.

—Esa es una buena pregunta —sonrió Sandra—. Las Pléyades son llamadas así en todos los rincones del planeta. En un vistazo rápido, hoy solo podemos ver seis estrellas. La única explicación que se me ocurre es que, en la más remota prehistoria, mucho antes incluso de los pintores de Lascaux, hubiera siete astros en ese cúmulo tan particular del cielo y que el nombre de las siete hermanas sea una especie de fósil lingüístico que ha llegado hasta nosotros, de cuando las Pléyades tuvieron siete estrellas.

—Ah, pero ¿las tuvieron?

—Hace unos cien mil años, sí. Tal vez más, incluso.

—Pero no se conoce ningún relato oral que haya perdurado cien mil años... —objeté.

—Yo no estaría tan segura. Dos americanos, los hermanos Norris,[22] demostraron con cálculos astronómicos que en esa fecha era posible ver siete estrellas en el cúmulo de las Pléyades. Esa fue la época en la que los primeros *homos* abandonaron África... Sus descendientes podrían haber conservado el nombre, perpetuándolo en la tradición oral, aunque decidieran pintar exactamente lo que veían.

—¿Y no cabe otra explicación?

—Lógica, no. El gran *toro* de Lascaux fue dibujado, junto

22. Ray P. Norris y Barnaby R. M. Norris, «Why are there Seven Sisters?», capítulo en *Advancing Cultural Astronomy*, pp. 223 a 235. Springer Verlag. Berlín, 2021.

con una decena de ejemplares, en una gran bóveda que allí se conoce como la Rotonda. Es como un *cielo interior.* Si lo hubieran situado en una pared cualquiera, al nivel de nuestros ojos, la hipótesis estelar sería más difícil de sostener.

—Pero está en lo alto, claro.

—Así es. Todavía hoy necesitamos volver el rostro hacia arriba, igual que sucedería si buscáramos las Pléyades fuera de la gruta.

—Aun así, parece una conexión algo forzada.

—No creas —me atajó—. No se trata *solo* de que esos puntos fueran pintados en la misma posición que las Pléyades respecto a los *cuernos* de Tauro, con su número exacto de estrellas, sino que el ojo del gran uro está situado e-xac-ta-men-te en la misma posición que ocupa en el cielo Aldebarán, el astro más brillante de la constelación.

—¿Estás segura de eso? —dijo Eva sin poder disimular su entusiasmo.

—¡Pero es que todavía hay más! —exclamó, ampliando la foto de Lascaux al máximo—. Alrededor del ojo del toro hay otros puntos. ¿Los veis?

—Perfectamente —asentimos.

—En el cielo, alrededor de Aldebarán, al igual que sucede en esos puntos de la caverna, se despliega el cúmulo de las Híades. Astronómicamente, es el más cercano a la Tierra. Se encuentra a unos ciento cincuenta años luz de nosotros. Al artista debió de resultarle tan llamativo en el Paleolítico superior como a nosotros hoy. Por eso lo representó en esa posición... y por eso lo asociaron al Toro. ¡Todo encaja bastante bien!

—¿Pero para qué querría nadie, hace diecisiete mil años, pintar la constelación de Tauro en el techo de una caverna? —preguntó Eva. Estaba tan acostumbrada a ponerme contra las cuerdas cada vez que le contaba algo así que escucharla dudando de una tercera persona no me sorprendió.

—¿Cómo que para qué?

—A aquella gente le bastaba con salir de la gruta y contemplar las estrellas. Pintarlas bajo tierra parece bastante raro —argumentó.

—Tiene sentido —aceptó Sandra, recostándose sobre su silla de madera y dejando el móvil sobre la mesa—. Pero que los antiguos representaran el cielo dentro de una cueva nos está diciendo que su visión de las cavernas era muy diferente a la que hoy tenemos de ellas. Existe una hipótesis que lo explicaría todo, aunque igual es una locura… Es de un amigo.

—Estupendo —la animó—. Cuéntanosla. ¡Todo el arte es una locura!

—Sí, por favor —insistí yo también.

—Vale. Pensadlo por un momento: Tauro es una constelación equinoccial. Desaparece por donde nace el sol al inicio de cada primavera. Lleva siendo así desde hace decenas de miles de años. Los antiguos debieron de darse cuenta de que ese ocaso periódico del Toro tras el horizonte anunciaba el momento del año en el que el frío desaparecía. No era un periodo cualquiera. Era como hoy la época de nacimiento de las crías de las especies que cazaban. Si lo hicieron pensando en marcar la primavera, entonces esa sala no solo contendría la primera representación del cielo de la que tenemos constancia, sino también el calendario más antiguo de la humanidad.

—¿Quieres decir que Lascaux fue una especie de almanaque…?

—Yo no, mi amigo. Según él, es una forma eficaz de inmortalizar el tiempo, así como de comprenderlo.

—Y el resto de los toros, ¿qué significarían? Entiendo

que solo hay una constelación de Tauro. Pero ahí se ven otros ejemplares —apostilló Eva.

—Bueno... El resto de los toros que recorren la bóveda como en una estampida podrían representar el movimiento de la constelación de Tauro por la bóveda celeste a lo largo del año.

—Ya, pero... —la interrumpí otra vez.

—Mirad. —Sandra me detuvo para mostrarnos una nueva imagen en el móvil—. Echadle un vistazo a esto. Es la última confirmación de esta hipótesis: si trazáis una línea imaginaria que una los puntos que marcan las Pléyades en Lascaux con el ojo del uro y la extendéis hacia abajo, daréis con cuatro manchitas de carboncillo que dibujan una línea recta. ¿Las veis?

—Las veo —asintió Eva.

—Esas manchas ocupan la misma posición que otra célebre formación del firmamento nocturno: el cinturón de estrellas de la constelación de Orión. Lo que hoy llamamos las Tres Marías o los Tres Reyes Magos. Eso tampoco parece una casualidad.

—Pero has dicho que son cuatro puntos...

—Sí, cierto. Como sucede en el caso de las Pléyades, hoy el cinturón de Orión lo conforman solo tres estrellas... —Se detuvo un segundo apelando a la misma reflexión de las siete hermanas—. Pero aquí seguramente pintaron cuatro porque quisieron sumar a esa línea la estrella Sirio, muy cercana y la más brillante del firmamento nocturno. O quizá quisieron plasmar un evento estelar transitorio, como la explosión de una supernova o el paso de un cometa y lo añadieron a las Tres Marías... El caso es que, cuanto más examinas ese techo, más parece que la escena de Lascaux sea el retrato de una región estelar muy reconocible.

—Ya, pero...

El gran toro de Lascaux
(de hace aproximadamente diecisiete mil años)
comparado con la situación de Tauro y las Pléyades.

—Pero qué —gruñó Sandra al oírme protestar otra vez.

—... Hay otro problema —completé la frase—. Uno enorme, de hecho.

—¿Ah, sí? ¿Cuál?

—Tiene que ver con la astrología.

—¿La astrología?

—No hablo de horóscopos. Déjame que te lo explique —la contuve—. Que yo sepa, los humanos *vemos* animales, personas y objetos en las estrellas a partir de la invención del zodiaco en la época de los sumerios, unos cuatro mil años atrás. ¿Cómo explicas entonces que los pintores del Paleolítico *vieran* un toro en el mismo lugar del cielo donde empezarían a imaginárselo los sumerios miles de años más tarde?

—Supongo que los sumerios heredarían esa información de pueblos mucho más antiguos.

—Pero me temo que eso es imposible de probar.

—Desde luego —resopló con fastidio—. Aunque eso deberías discutirlo con mi amigo Antoine...

—¿Antoine? ¿El de la hipótesis?

—Él fue quien me enseñó Lascaux de pequeña y quien me contó por primera vez la teoría estelar de las pinturas. Él tiene respuestas para todo.

—Qué suerte.

Sandra sonrió.

—Es espeleólogo y astrólogo. Aún vive en la Dordoña, junto a la cueva. Como sucede con todos los de su clase, la locura y la cordura son distintas caras de la misma moneda, créeme.

—Me encantan los tipos así.

—Me lo figuraba —dijo—. Te lo menciono porque lleva años amenazándome con llevar este tema más allá de la astronomía. Hasta la astrología. Sobre todo, desde que supo que yo había terminado la carrera y que trabajo como paleontóloga.

—¿Y lo ha conseguido?

Sandra se encogió de hombros como si no terminara de comprender el alcance de la conexión astrológica de las viejas pinturas de Lascaux: como si le bastara con aceptar que pueblos diferentes, separados por decenas de miles de años, imaginaran las mismas figuras en los cielos sin haber tenido una fuente común o una escuela de la que beber, y eso no hubiera que llevarlo al pantanoso asunto de una visión zodiacal del universo transmitida por alguien.

—Quizá, Javier, fueron maestros como el antropomorfo que acabáis de conocer los que les enseñaron todo eso a unos y a otros, a prehistóricos y a sumerios. Esa es la idea de Antoine —dijo como si buscara concluir el debate dándome la razón.

No funcionó.

—Aunque esa teoría me encanta y haría que encajasen todas las piezas, todavía habría que resolver algunas preguntas más —salté—. ¿Quiénes fueron esos maestros? ¿Cómo es que sus enseñanzas se extendieron durante miles de años? ¿Y con qué propósito las compartieron con pueblos tan dispares entre sí, dispersos todavía por un mundo helado y difícil de comunicar como el del Paleolítico?

—Bueno, el escritor eres tú, échale imaginación.

—Es un reto incluso recurriendo a la fantasía —me excusé.

—Por supuesto que lo es. Pero ese ya no es mi terreno, Javier. Yo soy científica y debo ceñirme a las pruebas. ¿Sabes qué? ¡Harías buenas migas con Antoine!

14

—Entonces, escúchame con atención…

La frase del señor X se la tragó el estrépito de proporciones bíblicas que hizo temblar la recepción del hotel. Fue como si el cielo acabara de desplomarse sobre Madrid. El estruendo llegó desde todas partes e hizo que hasta las lámparas del Ritz cascabelearan al compás. Un Jon Einar intimidado se inclinó hacia delante para no perder detalle de lo que Julián de Prada iba a decirle. Y este, quizá para teatralizar aún más lo que se disponía a contar, se aferró a su bastón, apoyándose sobre él como si fuera un brujo a punto de anunciar una profecía.

—Todo ocurrió en el otoño de 1891. —Otro trueno retumbó a lo lejos. El hombre blanquecino hizo caso omiso del estruendo.

—¿1891? —repitió Einar—. Eso fue hace más de ciento veinte años…

—Yo no había entrado nunca en el Museo del Prado —continuó—. Ya era inspector de Patrimonio, pero mis funciones me tenían alejado de la gran colección de pintura. Mantenía entonces un perfil discreto, conforme al último lugar que ocupaba en nuestra jerarquía. Pero aquel 25 de noviembre todo cambió para mí. Ese día, *El Liberal*, uno de los diarios más influyentes de Madrid, llevó en primera página que el Museo del Prado había quedado reducido a cenizas la noche anterior.

—¡Jesús! —se agitó Einar—. ¡El famoso artículo de Mariano de Cavia…![23] ¿En serio estuviste allí?

—Sí —asintió cuidando de no levantar demasiado la voz. La crónica del suceso a la que se referían se estudiaba en las clases de Historia del Arte como el ejemplo de cómo un texto podía cambiar el rumbo de una institución cultural. «La catástrofe de anoche: España está de luto. Incendio del museo de pinturas» es un titular olvidado hoy por el gran público, pero que entonces dio la vuelta al mundo. De Prada parecía sabérselo de memoria—. El de don Mariano fue un relato muy convincente, créeme. «¡Noche, lóbrega noche!», comenzaba. Ya nadie escribe así, qué lástima. El caso es que leí la noticia temprano y salí corriendo para ver los destrozos del fuego en lo que entonces aún llamábamos «el museo de pinturas». Me quedé estupefacto. El edificio que, según Cavia, había ardido por culpa de un brasero mal apagado y que había devorado *Las lanzas* o *La rendición de Breda,* de Velázquez, los Tizianos imperiales o *La Anunciación,* de Fra Angelico… ¡estaba intacto!

—Cómo olvidar ese artículo. Al día siguiente, con media España conmocionada, don Mariano salió otra vez a portada admitiendo que todo había sido una «advertencia» para que las autoridades pusieran cuidado en el mantenimiento de la pinacoteca y no se repitieran los siniestros que en esa época habían arrasado el alcázar de Segovia, el de Toledo o la Armería Real.[24] Solo fue una ficción bienintencionada, dijo él.

23. Mariano de Cavia, «La catástrofe de anoche: España está de luto. Incendio del museo de pinturas», *El Liberal,* 25 de noviembre de 1891.

24. Mariano de Cavia, «Por qué he incendiado el museo de pinturas», *El Liberal,* 26 de noviembre de 1891.

—Ya, *bienintencionada.*

—Al menos consiguió que las familias que vivían dentro del museo apartaran sus fogones de las paredes contiguas a los cuadros. Pero eso lo sabrás tú, que estuviste allí.

—Estuve y vi algo que ahora te concierne, mi querido y joven amigo.

—Ah, ¿sí?

De Prada escrutó a Jon Einar como si fuera a perdonarle la vida. Se frotó los nudillos y continuó con su narración:

—No es fácil hilar lo que viene ahora, pero lo intentaré —masculló—. Tras aquel fiasco, me quedé tan perplejo de que el museo no presentara ni un mal rastro de ceniza que, movido por el ansia, me dediqué a recorrerlo para asegurarme de que todos sus tesoros permanecían intactos. Yo solo los había visto en los libros, así que corrí a comprobar el estado de *Las meninas*, *El lavatorio,* de Tintoretto, *Las tres Gracias,* de Rubens y de ese *Autorretrato* de Durero en el que el pintor parece un Cristo. Y, claro, sufrí un síndrome de Stendhal de caballo. Tanta belleza concentrada en un solo lugar hizo que casi me desmayara. Por eso, cuando alcancé los Goya y alguien se me puso a hablar, pensé que estaba alucinando, pero no. Un desconocido me salió al paso, me saludó como si fuéramos íntimos y me dijo muy solemne que estaba próximo a llegar a esas paredes un cuadro con el que *los nuestros* deberíamos tener cuidado. En el fondo, eso iba por ti, querido.

Jon Einar enarcó una ceja. Era la segunda confidencia sobre un encuentro con un forastero misterioso que escuchaba en las últimas horas y no sabía muy bien adonde pretendía llevarlo De Prada con ella.

Julián insistió:

—«Los nuestros». Dijo justamente eso.

—Hablaba de *Tobías y el ángel*, supongo —tanteó, echando mano de una sospecha que no se había atrevido a verbalizar en mucho tiempo.

—Exacto, querido. En esa época, los cuadros que el museo tenía de Goya se limitaban a las obras aportadas por las Colecciones Reales. Eran retratos de los gobiernos de Carlos IV y Fernando VII y, como mucho, lienzos del gusto de la Casa Real, como *Las majas*. Ni en sus paredes ni en los almacenes había una sola pintura de temática religiosa del pintor aragonés. Ni una.

—¿Y supiste quién te hizo ese anuncio?

De Prada lo miró muy serio:

—Fue Fovel. El doctor Luis Fovel.

—¿Fovel? ¿Estás seguro?

—Por completo. Solo alguien como él podría haberse adelantado al ingreso de esa obra en los fondos del museo, que no llegaría hasta más de un siglo después. Solo alguien que estuviera confeccionando algo tan malévolo como el *arcanon* sabría de esa pieza. El *Tobías* no llegaría al Prado hasta 2003. Desde finales del siglo XIX estuvo siempre en poder de un banco, la Caja de Ahorros y Monte de Piedad de Madrid. Antes de eso, nadie ha sabido explicar nunca de qué pared estuvo colgado ni para quién se pintó.

—¿Y averiguaste por qué Fovel te habló de él? —preguntó con cierto malestar.

—No estoy seguro. Quizá lo hizo porque se trata de una obra atípica en la producción del pintor. Para alguien como Francisco José de Goya y Lucientes, que siempre se nos ha presentado como un escéptico, casi un volteriano, la ejecución de una pintura de esa sensibilidad parece un contrasentido. *Tobías y el ángel* fue un cuadro de uso devocional y de pequeño formato donde lo sobrenatural lo impregna todo. Es de Goya, sí, pero no parece suyo. ¿Me explico? El

Tobías y el ángel. Francisco de Goya (1787-1788).
Museo del Prado, Madrid.

ángel irradia una luz que contrasta con sus obras más oscuras y solo por encontrarse en una de las salas laterales del Prado[25] pasa tan desapercibido.

—Bueno, es como la portada del libro ese —dijo Einar señalando el tomo que le había enseñado antes y que aún estaba bocabajo en la silla de al lado, encima de su gabardina. El rostro radiante que había visto de refilón tenía, en efecto, cierto parecido con el ángel de Goya.

De Prada hizo caso omiso al comentario y prosiguió:

—Después de que Fovel se dirigiera a mí, me di cuenta de que tenía un caballete delante, con un lienzo.

—Ah, estaría copiando un cuadro —quiso adelantarse Einar.

—Eso es lo extraordinario, Jon. El doctor no copiaba ninguna de las obras que tenía a su alcance. Estaba retocando *Tobías y el ángel,* como si lo estuviera pintando él mismo. Qué impresión, amigo. Entonces aquel era un lienzo que yo no había visto jamás.

—¿Estás seguro de que se trataba de *ese* cuadro y no de otro?

La inquietud de Einar pareció escalar unos grados.

—Total y absolutamente, querido. Una obra así no se olvida. No es nada convencional.

—Pero, tal como lo cuentas, parece un sueño...

—A veces se me ha pasado por la cabeza, sin embargo, recuerdo claramente como Fovel me pidió que lo ayudase a mover el caballete a un lado. Lo hizo como si no hubiese visto en mí nada raro, como si no hubiera detectado cuál era mi verdadera naturaleza. Cuando eso, tú lo sabes bien, es imposible. Es impensable que no me reconociera, que

25. Sala 34.

no supiera qué era yo. Por eso me extrañó tanto que quisiera contarme la historia del cuadro.

—¿La historia del cuadro? —Einar no salía de su asombro. Tenía algunas reservas con esa pintura, que podía recordar con nitidez en su memoria, pero a la vez sentía cierta impotencia por no dar con ciertos detalles teóricos de la misma—. ¿Fovel se atrevió a...?

—Bueno, es lo que hace siempre que se aparece, ¿no? Irrumpe junto a un lienzo, aborda a un desconocido y lo deslumbra devolviéndolo a esa interpretación animista de la pintura que nosotros deberíamos haber eliminado de la psique humana hace ya tiempo. Y a mí me contó la historia de Tobías.

—¿Qué historia? —preguntó, intentando hacer memoria de algo que, se dijo, debería recordar.

—Está en la Biblia, Jon.

El hombre de la silla de ruedas se encogió de hombros con cierta sensación de culpa. Siempre le había fastidiado el interés de los españoles por exprimir hasta el más leve chascarrillo bíblico para sacar temas sobre los que pintar.

—Si no la conoces, tampoco sabrás que el libro de Tobías o libro de Tobit fue uno de los últimos que se añadieron al canon bíblico —le reprendió De Prada.

—Me cuesta retener las historias de la Biblia.

—Pues deberías. En el Tobías se cuenta la peripecia de un hombre exiliado en Nínive que, un buen día, ciego y presintiendo su fin, decidió enviar a su único hijo a casa de un familiar para casarlo y cobrarse así una antigua deuda. Entonces los caminos eran peligrosos, así que el padre le pidió al jovencísimo Tobías que se buscara para el viaje un compañero que le brindara alguna protección.

—¿Y lo encontró?

—En la puerta de la casa, sí.

—¡Fábulas! —sonrió Einar—. Suena al Sancho de Miguel de Cervantes o al Enkidu de la epopeya de Gilgamesh. Todo héroe necesita alguien con quien hablar, un interlocutor.

—En este caso el desconocido era una especie de viajante, ¿sabes? Dijo llamarse Azarías y prometió que lo escoltaría gustoso hasta la casa de su familia. Allí, por cierto, se vivía un drama algo extraño: la hija del clan, una joven llamada Sara, se había desposado ya siete veces, y en todas las ocasiones, antes de que el matrimonio se consumara, un diablo había ido acabando, uno a uno, con sus pretendientes.

—Un diablo. Esto se pone interesante…

—Pues aguarda. Antes de llegar, en su camino hacia el pueblo de Sara, Azarías y él decidieron pasar la noche junto al río Tigris. Allí les ocurrió algo extraordinario. Cuando Tobías se acercó a la orilla, una criatura salió del agua y le mordió el pie. Azarías le ordenó que la atrapase. Era un animal enorme, de mirada inteligente y fuerza divina. Nunca había visto nada así.

—¡Un pez…! —exclamó como si de repente hubiera caído en la cuenta de por qué Julián de Prada estaba tan preocupado por esa obra.

—Pero no era un pez cualquiera, amigo. Azarías le pidió que conservara sus vísceras si quería permanecer a salvo de los ataques de los diablos o emplearlas como remedio para la enfermedad que su padre sufría en los ojos.[26] El chico, impresionado, le hizo caso.

—¿Funcionó?

—Al día siguiente, caminaron hasta su destino. Tobías asó el pez antes de encontrarse con su prometida y, tal y como le dijo Azarías, el humo mantuvo a raya al temible dia-

26. Tobías 6, 8.

blo, de nombre Asmodeo. Después, al regresar a casa, derramó su bilis sobre los ojos del padre y logró sanarlo. Entonces descubrió que aquel forastero misterioso que lo había ayudado no se llamaba Azarías. En realidad, era un arcángel enviado por Dios que respondía al nombre de Rafael. ¿Te das cuenta? Todo eso son símbolos demasiado próximos a nosotros, Jon.

—Símbolos. —Masticó la palabra—. ¿Y te explicó Fovel por qué quería copiar esa obra de Goya y no otra?

—¿No es evidente? Fovel seleccionó la pintura para su *arcanon* y no lo culpo, claro está. Goya hizo un magnífico trabajo con ella: elaboró una escena nocturna, retrató en ella a un forastero en majestad y...

Einar lo cortó:

—Espera, espera... —dijo levantando las manos para que lo dejara asimilar aquello. Pero Julián no lo hizo.

—Eso fue hace más de un siglo —prosiguió—. Él y otros como él habían empezado a marcar aquellos cuadros que representaban el antiguo espíritu de la pintura. Por un lado, la voluntad de representar lo que el ojo humano no entiende; por el otro, la de agradecer sus enseñanzas a esos infiltrados que llevan miles de años seleccionado humanos a los que protegen durante un tiempo, instruyéndolos en sus conocimientos.

—¿Y el pez? —preguntó—. El hombre que ha requerido de mi presencia en el Prado estaba obsesionado con cualquier iconografía que contuviese hombres-pez.

—El pez, querido, es un viejo símbolo de la sabiduría. Los primeros infiltrados para educar a los humanos a finales del Paleolítico salieron de las aguas. Su huella ha quedado impresa en todas las mitologías de la tierra. No me extraña que Roma se interese por ellos.

El rostro rubicundo de Einar se ruborizó.

—Eso se parece mucho a lo que ha dicho el hombre que acabo de ver en el museo.

—¿De veras?

—Casi palabra por palabra —confirmó, asintiendo con la cabeza.

Julián de Prada se quedó pensativo, mirando su copa vacía, como si tasara el alcance de aquella apreciación.

—¿Y te explicó por qué tanto interés?

—Es un religioso francés experto en arte. Se llama Luc Durand y me dijo que trabaja en un informe para el Vaticano sobre... ¿Cómo los llamó? Los «maestros instructores».

—El Vaticano... —De Prada cruzó los dedos de las manos y los apretó hasta hacerlos crujir—. Dime, Jon, ¿tú crees en las casualidades?

Afuera había empezado a llover y, por la luz que se filtraba del exterior, parecía noche cerrada. El repiqueteo del agua contra las aceras confirió un sentido ominoso a aquella pregunta.

El pelirrojo tragó saliva.

—N-no... No. Claro que no.

—No quisiera equivocarme en esto, pero si no detenemos esa investigación tendremos problemas. ¿Te imaginas qué hubiera pasado si se hubiera acercado a los Goya y se hubiera fijado en el cuadro del ángel? ¿O qué crees que habría pensado cuando hubiera reconocido tu rostro en el joven Tobías del cuadro? ¿Qué le habrías dicho? ¿Le habrías hablado de nosotros?

—No, por supuesto que no.

Julián de Prada resopló incrédulo.

—Me temo que vamos a tener que intervenir, querido, y ya lo lamento. He dejado que pasaran demasiadas cosas en estos últimos diez años.

—Intervenir, ¿cómo?

—Sí, Jon. Hace semanas que recibo noticias sobre la aparición de otros como Fovel en distintas partes del mundo. Nuestra obligación es detenerlos. La misión de esos maestros es perniciosa, pretenden devolver a la humanidad algo que ya ha perdido.

—¿Y para eso querías verme? ¿Para frenarlos?

—Tu visita a Madrid ha sido muy oportuna —respondió, serio—. Ha sido una suerte que el Prado te eligiera para atender a ese sacerdote. Ahora, olvídate de él, yo me ocuparé. Tengo otra misión para ti.

—Pensaba regresar a Brujas enseguida —amagó.

—Cancélalo. Desde aquí no debería serte difícil viajar a dos lugares donde han sido vistos esos otros Fovel. Uno se manifiesta desde hace algún tiempo en Ciudad de México, sus apariciones son esporádicas, pero se están intensificando. Escoge a niños pequeños y a chicos jóvenes para hablarles de arte. El otro irrumpió ayer mismo en Florencia. Esos *maestros* —hizo una pausa, enfatizando lo poco que le gustaba aquel término— no deben volver a actuar: no pueden escoger nuevos aprendices, como sucedió en Madrid la última vez.

—¿Qué quieres decir con eso?

—Eso, querido Jon, significa que deberás neutralizar a toda costa su actividad.

—¿Y cómo los reconoceré?

—¿Ya no te acuerdas de cuál es su verdadero rostro? —lo interrogó, tendiéndole el libro con aquella extraña cara radiante impresa en la cubierta—. Quédatelo.

—¿Y qué harás tú mientras los busco?

—Me quedaré en Madrid atento a si Fovel reaparece. O por si alguno de los custodios del *arcanon* se manifiesta. Si un enviado del Vaticano está tras ellos, me temo que es porque algo está a punto de suceder.

15

—

Nunca he sido muy hábil interpretando las señales que nos envía la vida. En ese momento yo ignoraba aún todo lo que estaba sucediendo en Madrid. Comprender ciertas casualidades —o quizá debería decir *causalidades*— requiere de una intuición y de una capacidad cognitiva que no están al alcance de todo el mundo. Sin embargo, en aquellos días acerté a vislumbrar que el universo tiene una lógica sutil pero inquebrantable con la que rige el porvenir de los seres humanos. Una cadena de pequeños acontecimientos me convenció de ello. Sandra, la ahora encantadora guía de las cuevas cántabras, fue solo el primer eslabón. Nuestro encuentro sirvió para renovar mi fascinación por los orígenes del arte y evocar en voz alta los casi olvidados años de *El maestro del Prado* delante de mis hijos. Me conectó también con otras piezas de la cadena —tropiezos, pistas, azares— que, de haberlas visto con la perspectiva que hoy tengo, no hubiera dudado en calificar de avisos.

Ese fue el caso del libro que me salió al paso aquella tarde de verano, después de dejar a Sandra en su pueblo y acercarme a la cercana Santander a hacer unas compras.

No se trató de un libro cualquiera. Era *El forastero misterioso,* de Mark Twain, y ya había oído hablar antes de él. Quizá por eso me atrajo, aunque estuviera sepultado en una estantería cualquiera, perdido entre otros títulos.

Lo tenía anotado en una de esas listas de lecturas que todos llevamos y con las que nunca nos ponemos al día. Sabía que era una novela moralizante, breve, de las que pueden leerse del tirón. Los libreros solían colocarla en la sección de literatura juvenil junto a *El principito*, de Antoine de Saint-Exupéry. Tropecé con ella en la misma jornada de las cuevas. La vi en el altillo de la librería Estvdio, en la calle Burgos, después de hablar de mi propio forastero misterioso con Sandra y con mis hijos, y la compré.

Era una edición grande, tamaño folio, con un rostro extraño impreso en oro y plata que ocupaba toda la portada. La cara irradiaba luz. Tenía los ojos oscuros y una boca apenas esbozada. Por alguna razón me recordó a los humanoides de los que a veces escribía J. J. Benítez. Tal vez al suyo de Urdax.

—¿Está usted seguro de que quiere llevarse esta edición? —El librero de Estvdio, un chico moreno con un *piercing* en la ceja izquierda, me hizo esa pregunta al ir a pagarlo—. Tenemos una para adultos, más seria. Quizá prefiera…

—No, no. Esta está bien —le dije.

—Entonces le haremos un descuento. Es un ejemplar que nos acaba de devolver una clienta y tiene algún arañazo.

—Ah, ¿sí? Pues ni me había fijado, gracias.

—Aquí solo vendemos libros en perfecto estado —sonrió orgulloso—. Para los demás, están las librerías de lance.

—Por supuesto. Y, dígame —pregunté curioso—: ¿ha dicho su clienta por qué no lo quería?

—¿Cómo?

—La lectora —repetí—. Si le ha dado alguna razón para devolver el libro…

—Oh, sí. Nos dijo que le daba miedo. Ya ve.

—¿Miedo?

—Es una buena lectora, no la juzgo. Nunca la habíamos visto así y no le hicimos más preguntas. Comprenda usted que…

—Supongo que la portada la intimidó.

—No, no. —Sacudió la cabeza—. No fue la cubierta, de veras. No es agradable, de acuerdo, pero lo que la asustó fue descubrir la naturaleza del forastero del relato. Twain sigue impactando a sus lectores, incluso cien años después de su muerte. ¿No es genial?

Hice caso omiso a aquella señal. Eché el libro en la mochila y me despedí sin pensar que esa misma angustia me alcanzaría a mí muy pronto.

Aquel verano de las cuevas yo ya estaba embarcado en el proceso de documentación de mi siguiente libro.[27] El proyecto era una novela en la que pretendía —qué ingenuidad— resolver una pregunta que había escuchado mil veces en conversaciones con otros escritores, pero que también era habitual entre músicos, pintores, diseñadores y hasta científicos. ¿De dónde vienen las ideas? O, por formularla desde otra perspectiva, ¿qué crédito merece la sensación que tienen algunos creadores de que estas brotan de una fuente invisible a la que acceden en un estado especial de conciencia? También, ¿cuál es la naturaleza de esa fuente? ¿Tiene que ver con la consciencia, con esa capacidad que parecen poseer solo los humanos y que nos hace actuar más allá del mero instinto de supervivencia? ¿Se esconde en ella el origen de todo arte? ¿Y por qué brota con tanta fuerza en nuestra especie y no en ninguna otra de las que nos rodean?

El forastero misterioso fue la última obra que escribió Mark Twain, un autor por el que siempre sentí una fascina-

27. *El fuego invisible*, publicado por esta editorial, Planeta, en 2017.

ción magnética. Twain era un escéptico. No le gustaban las cuestiones que a mí me atraían. Los videntes, astrólogos, profetas y frenólogos no le caían bien. No le importaba la vida después de la muerte. Nació en un rincón perdido de Misuri, fue hijo de un juez con los pies en la tierra y muy temprano, tal vez como reacción al orden que imperaba en su casa, empezó a inventar historias como *Las aventuras de Tom Sawyer* o *Un yanqui en la corte del rey Arturo.* Pronto se hizo famoso y gozó de una vida excepcional. Forjó su carrera escribiendo artículos para periódicos locales. Vio mundo. También fue amigo de algunos presidentes y se ganó una imbatible reputación como conferenciante, faceta que potenció hasta el final de sus días. Con todo, pese a que el tiempo que dedicó a escribir fue menguando con los años, pasó la última década de su vida retocando aquel manuscrito que no llegaría a entregar nunca a imprenta.

Su forastero.

Lo poco que sabía de él es que lo reescribió varias veces. También que no era el típico libro de Twain, afable y lleno de buen humor. Aquella era una obra amarga, repleta de reproches al género humano y construida sobre una premisa que iba a dejarme helado: contaba la visita de un maestro misterioso que surge de la nada, un tipo elegante y culto que se esconde tras un nombre falso y que se desvanece cuando cree que su mensaje ha sido entregado y comprendido.

Lo curioso de esta *novela* —por así decirlo— es que, a diferencia de todas las anteriores, lo tuvo entretenido más de una década. De hecho, no llegó a terminarla. A su muerte, dejó escritos varios finales, sin decidirse nunca por ninguno.

Recordé todo aquello al pagar el libro, pensando que me vendría bien echarle un vistazo a un texto surgido de un bloqueo creativo de manual. Quizá me salvara de alguno de los míos. Pero me encontré con otra cosa.

El forastero misterioso es la historia de tres adolescentes, de la edad de los descubridores de Lascaux, a los que Twain sitúa en un pueblo imaginario de Austria llamado Eseldorf. La acción transcurre en 1590, cuando Nikolaus, Seppi y Theodor se encuentran en el bosque a un transeúnte que entabla una animada conversación con ellos. El recién llegado parece un prestidigitador: es capaz de encender una pipa con tan solo soplarla o de congelar el agua de un recipiente ante la mirada atónita de sus acompañantes. Sus trucos aumentan de magnitud hasta que uno de los chicos, intrigado, se atreve a preguntarle por su identidad.

—Soy un ángel —le responde.

El forastero se presenta como una criatura divina, aunque terrenal, que con toda naturalidad les confesará que se llama Satanás —«como mi tío, el de la Caída», escribe—; dice que ha cumplido más de dieciséis mil años —nació en el Paleolítico superior, en la época de los toros de Lascaux— y que lo ha visto casi todo: desde la creación de Adán a la muerte de Julio César. Es un ser ajeno al tiempo y al espacio. Un ángel sin alas, humano en las formas, pero no en los actos. En consecuencia, posee una conciencia que está muy por encima de las preocupaciones de sus nuevos amigos. Al no estar sometido al imperio de la muerte, la moral del visitante es distinta a la humana y su visión de nosotros, de desprecio.

Pronto entendí a la señora que había devuelto el libro. El relato avanza con presteza hacia lo terrible.

Para entretener a sus nuevos amigos, el forastero modela en arcilla unas figuritas a las que les insufla vida. Ante sus ojos, esas pequeñas personas comienzan a moverse. Hablan, celebran reuniones y fiestas o buscan alimentos mientras se esfuerzan por reunir materiales con los que construir un castillo. La actividad de los homúnculos es febril. Parecen divertidos. Tiernos, incluso. Pero Satanás no les presta demasiada atención y sigue presumiendo de sus conocimientos y de sus trucos ante los muchachos. Para él, esos hombrecillos no significan gran cosa. De hecho, no duda en aplastarlos cada vez que lo incordian. Los chicos se asustan, pero la voz y el relato del forastero son tan seductores que pronto olvidarán su indolencia.

¿Por qué no podía evitar ver a Fovel en la cara de aquel Satanás?

El forastero, según cuenta Twain, regresará durante dos años más a Eseldorf. En ese tiempo hará gala de unas proezas increíbles, dejándose ver entre otros vecinos, párrocos e incluso ante un intrigante astrólogo que lo ronda sorprendido por sus poderes. Satanás pondrá a prueba sus miserias, presumiendo de una personalidad cruel capaz de adelantarse a la muerte de algunos vecinos del pueblo o revelando qué habría sido de sus vidas si hubieran tomado otros derroteros. La noción del bien y del mal del forastero, su capacidad para viajar adonde y cuando le place, llevándose incluso a sus amigos a ver el futuro de nuestra especie, se convierte en una sátira demoledora de quiénes somos. Un relato descarnado y feroz en el que la figura de Luis Fovel asomaba una y otra vez.

¿Me estaba obsesionando?

—Lo que le dio miedo fue descubrir el origen del forastero misterioso —volví a oír al chico de la librería.

Tenía razón. Su origen —desvelado en su último y brevísimo capítulo— daba auténtico pavor.

¿Y si Twain hubiera conocido como yo a Fovel, a ese forastero? ¿Y si —qué locura de idea— hubieran conocido también a uno de ellos los chicos de Lascaux?

¿Por qué diablos todo aquello empezaba a confundirse en mi cabeza?

16

Ángela Qiao no se quedó a ver cómo el profesor Einar se alejaba del Prado. Tras despedirse de él en la cafetería del museo y acompañarlo al otro lado de los arcos de seguridad, se dirigió a las salas de pintura para reencontrarse con Luc Durand. Todavía tenía un nudo en la garganta. Hacía mucho que no hablaba así con nadie del maestro del Prado, pensó. Pero esa mañana —justo la mañana en la que yo estaba reconectándome también con su recuerdo, a cientos de kilómetros de allí— no había dejado de mencionarlo. Lo que ahora le pesaba era una incómoda sensación de vergüenza. ¿Cómo había podido contarle a Jon su encuentro con Fovel?

Qiao, tan reservada como era, temía haberle parecido una lunática a aquel holandés extravagante y escéptico, cuyo camino se había desviado del suyo hacía ya tanto.

Lo hecho, hecho estaba.

Aunque el trayecto que la separaba de la sala de los Boscos era breve, bastó para que afuera el cielo se abriera de par en par y empezara a vaciarse sobre Madrid. Qiao escuchó los truenos, olió la humedad que se colaba con la tromba de agua mientras sus sentidos captaban cómo el inmueble se estremecía bajo el impacto de la lluvia. La escasa luz del día se eclipsó al tiempo que el estruendo del diluvio golpeaba feroz los alrededores, dejándose sentir en las claraboyas y hasta en las estancias más recónditas del Prado. Curiosamente, nada de aquello —y mucho menos su retraso— pareció haber preocupado lo más mínimo al padre Durand, que seguía paseándose afanoso entre tablas de quinientos años de antigüedad.

—No le importará que esperemos aquí a que escampe, ¿verdad? —preguntó el sacerdote al verla llegar, señalando al techo como el *San Juan Bautista* de Da Vinci.

Ángela no tuvo tiempo ni de saludar. La idea de pasar unos minutos más arropada por aquellas maravillas, con el tráfico de turistas desviado a otros rincones del museo, le permitiría recuperar el resuello.

—Claro, ¿por qué no?

Durand la notó distinta, pero no le dio importancia. La atmósfera apocalíptica que los abrazaba, tan bosquiana, lo tenía fascinado y pretendía apurar esa sensación al máximo.

—Bueno, señorita Qiao, ya veo que me ha conseguido algo de tiempo —bromeó.

—Por supuesto, padre.

Durand inclinó la cabeza en señal de agradecimiento.

—Dígame, ¿sería descortés si aprovecho esta soledad para preguntarle *quelque chose*?

Qiao lo miró con sus ojos rasgados, concediendo con su silencio.

—Antes, cuando les hablé al profesor Einar y a usted sobre mi trabajo en torno a los hombres-pez y los maestros instructores, usted mencionó que en este museo fue visto uno…

—¿Uno?

—Un maestro.

—El maestro del Prado. —Las oscuras pupilas de Qiao se nublaron. «Otra vez», pensó.

—Exacto, sí. Quisiera saber algo más de él, *s'il vous plaît.*

—Eso tiene solución —resopló—. Antes de que se vaya, llévese de la tienda un ejemplar del libro que cuenta su historia. Se titula, precisamente, *El maestro del Prado.*

—Lo haré —prometió—, aunque podría adelantarme algo. Ha despertado usted mi curiosidad.

Qiao sonrió tímidamente. Pensó que, si se refugiaba en algunas obviedades y tomaba la iniciativa de la conversación, evitaría tener que explicar de nuevo en un mismo día su encuentro con aquel fantasma. El padre Durand no parecía alguien que se rindiera ante una falta de respuesta, así que empezó explicándole que la sala en la que Luis Fovel había sido visto más veces era, precisamente, en la que se encontraban. La 56A. La de los Boscos. Al sacerdote no pareció impresionarle. Estaban en una estancia donde los cuadros se exponían iluminados con un cuidado especial. Sus colores vibraban y parecían desbordarse de sus marcos gracias a los ledes de última generación. Al no haber ninguna ventana cerca, nada distorsionaba un ambiente que, de algún modo, evocaba el de una cripta medieval. Era el lugar idóneo para una aparición así, pensó Durand. Pero prefirió no decirlo.

Entonces, se acercó al *Carro de heno* como si quisiera comprobar algo.

—¿Sabe una cosa? —murmuró—. Hablar con un hombre como ese Fovel me ayudaría a despejar muchas dudas…

Algo en su forma de decir aquello sonó casi a petición formal.

—¿Perdón? ¿Cómo dice? —titubeó Qiao, desconcertada—. ¿Que quiere hablar con el maestro del Prado?

—Me encantaría. Otros lo han hecho ya, ¿no? Quizá él podría aclararme el enigma de este hombrecillo con cuerpo de pez que tenemos aquí…

La chica se encogió de hombros.

—¿No le han servido las notas del profesor Einar?

—*Peut être...* —suspiró Durand mientras se ajustaba las gafas para ver de cerca su criatura ictiforme por enésima vez—. Pero ya sabe lo que dicen del Bosco: si se confronta a veinte expertos con cualquier detalle de sus obras, se obtendrán veinte teorías distintas y seguramente ninguna sea válida. Mire, Qiao, fíjese de nuevo en el grupo de monstruos que tira del carro de heno. ¿Lo ve? En tiempos de la llegada del cuadro a la corte de Felipe II, el confesor del monarca, fray José de Sigüenza, los interpretó como símbolos de la soberbia, la lujuria, la avaricia y la bestialidad... Pero yo, quinientos años más tarde, deteniéndome solo en el hombre-pez, sospecho que, en cambio, se trata del recuerdo de un remoto maestro o guía. Los peces no estaban bien vistos por los cristianos coetáneos del Bosco porque los entendían como criaturas abisales, casi diabólicas. Pero también fueron el primer símbolo del cristianismo, del propio Jesús, en los albores de la Iglesia. ¿No cree que solo alguien como Fovel podría sacarme de dudas, *réellement*?

—¿Cómo pretende encontrarlo? Ese hombre desapareció y nunca...

—Tal vez no haya que buscarlo, quizá esté aquí, espiándonos desde algún cuadro —atajó.

—Mmm... —sonrió recordando lo que le había oído decir esa misma mañana ante Jon Einar—. Esa idea suya de que algunas obras pueden servir de puertas a otros mundos me ha parecido bastante novelesca. Aunque, ahora que lo pienso, ¿no conocerá usted un librito titulado *Un novelista en el Museo del Prado,* de Manuel Mujica Lainez? También lo encontrará en nuestra librería. Podría comprárselo antes de irse. Es la fábula de un contemporáneo de Borges en la que los cuadros del museo, cada vez que se cierra al público, se abren como si fueran ventanas que dejan escapar a sus protagonistas.

—Entre ellos, los del Bosco.

—¡Por supuesto! Solo el *Carro de heno* le dio para repoblar todo el Prado con sus habitantes.

Qiao dijo aquello con un tono de calculada intrascendencia. El religioso no respondió. Seguía con la mirada puesta en la tabla central del *Carro.*

—¿Conoce esa novela? —dudó Qiao ante su silencio—. Solo es una ficción, claro. Un relato. Si no recuerdo mal, Mujica Lainez, Manucho, hablaba con naturalidad de la existencia de «puertas inverosímiles» en el museo, pero fue algo que inventó. Aunque fue un buen crítico de arte, seguro que se dejó llevar por su alma de novelista...

—Conozco ese libro, *mademoiselle* Qiao—respondió al fin, saliendo de su concentración.

—Lo suponía. ¿Le gustó?

—Manucho menciona la existencia de un funcionario con autoridad y poderes sobrenaturales que vigilaba los cuadros. Si ese personaje fuera su Fovel, tal vez habría que concluir que Lainez no se lo inventó todo. Si ese escritor lo vio, otros podríamos intentarlo. *Vous ne croyez pas?*

Qiao se quedó perpleja.

—Supongo que sí, pero no sé cómo, padre.

—¿Sabe una cosa? Me gusta la cara que ponen estos diablos. Es curioso que haya traído a colación justamente esa novelita delante de ellos —dijo, volviendo otra vez a acercarse al cuadro—. Si la memoria no me falla, el autor la arranca frente a este *Carro,* aunque la visión que da del mismo resulta bastante oficial: que el heno simboliza los bienes materiales, lo mundano, y que sus personajes apenas son una mera metáfora de la humanidad, que procesiona hacia su condena. Yo, en cambio, sigo viendo aquí otra cosa: una suerte de recuerdo atávico de los viejos *apkallus* sumerios, un maestro-pez que tira del mundo. El Bosco tuvo que oír hablar de ellos a la fuerza.

—Antes mencionó usted esos *apkallus* al profesor Einar, pero me quedé con ganas de saber algo más. ¿Tiene idea de cómo eran? ¿De dónde venían, qué querían?

La mirada inquisitiva de la joven lo hizo sonreír.

—Me temo que, por desgracia, no disponemos de muchas fuentes que los describan, *mademoiselle* Qiao—respondió complaciente—. Beroso, un cronista contemporáneo de Alejandro Magno, contó que el jefe de sus huestes se llamó Oannes, un hombre mitad humano y mitad pez que surgía del antiguo mar de Eritrea cada mañana para instruir a los babilonios. En aquellas costas, a las que llamaban la «mansión de la sabiduría», les enseñó cálculo, a escribir, a planificar ciudades y a levantar casas; les mostró *l'utilité de la géométrie,* a hacer listas de leyes y censos, e incluso los instruyó sobre el movimiento de las estrellas. Podría decirse que se lo enseñó *tout.*

—¿Y qué fue de él?

—Bueno… Otro cronista posterior, Alejandro Polihistor, escribió que Oannes vestía un «traje de pez» y que bajo su cabeza anfibia escondía otra humana; bajo su cola se adivinaban unos pies *comme les nôtres.* Nunca lo vieron comer y siempre volvía a las aguas antes de que cayera la noche. Un día, *simplement,* no volvió, se fue.

—Como Fovel —suspiró.

—*Oui, comme lui.* Parece que con esta clase de personajes la historia siempre se repite. ¿No le parece?

Qiao no supo qué responder.

17

—¿Vas a conducir seis o siete horas por carreteras que no conoces tú solo, así, de repente...? —me preguntó Eva con una preocupación sincera.

Llevábamos diez años casados y sabía que cuando una idea se me metía en la cabeza era imposible sacármela. La conversación con Sandra, el tropiezo con *El forastero misterioso* de Twain y su lectura a grandes sorbos sentado en un meandro del río Pas cerca de nuestro molino habían avivado —qué digo avivado, ¡incendiado!— el rescoldo de mi vieja obsesión por comprender el sentido profundo del arte. En ese concepto abstracto y misterioso, la palabra *Lascaux* llevaba dos días emitiendo luz como un faro en mitad de la noche.

—¿Y los niños? —La mirada de Eva me atravesó. Cuando quería desarmarme, arrugaba la nariz, entrecerraba los ojos y simulaba un enfado que escondía, en esta ocasión, curiosidad—. ¿Nos vas a dejar aquí, en mitad de las vacaciones? ¡Prometiste pasar todo el verano con nosotros!

—Solo será un día, dos a lo sumo —dije.

—Pues peor me lo pones.

—¿Cómo que peor? ¿Por qué peor?

—Podríamos ir contigo, ir haciendo paradas en el camino... No sé. Tomárnoslo como unas vacaciones dentro de las vacaciones.

—Ya, pero debo ir solo —repliqué—. Es trabajo.

—Más bien es por lo que nos contó la guía, ¿no? De pronto te mueres de ganas por ver esos dichosos toros... ¡como si no tuvieras a media hora de aquí todos los que quieras!

Lo que Eva me estaba reprochando no era el viaje en sí mismo, sino que prefiriera hacerlo sin ellos, en una de esas escapadas de cuaderno de notas y pódcast a todo volumen en el coche. Desde que nacieron los niños no había vuelto a ellas, pero la mención de Sandra a un viejo espeleólogo amigo suyo que lo había dejado todo por instalarse en Lascaux, y que además terminó volcado en la astrología, me había parecido la oportunidad perfecta para recuperarlas. Lo comprendió cuando le mostré la escueta página de internet de Antoine L. Lerroux, mi objetivo. La *L* era de López.

El sitio lo presentaba como *docteur en mathématiques célestes,* un eufemismo sutil para evitar decir *astrólogo* o *estrellero* y conseguir que lo tomaran en serio. Por la foto de la cabecera, se podría decir que rondaba los ochenta años. Disfrazaba sus ojos grises detrás de unos quevedos de pasta azul y el rostro tras una barba patriarcal. Su aspecto nostradámico imponía respeto.

—Ah —dedujo Eva, resignada—. Vas a ver a uno de tus raritos, pues haber empezado por ahí.

—Un *rarito* —apostillé— que ayudó a interpretar los toros de Lascaux como constelaciones. Ya sabes lo que me gustan los tipos así...

No discutimos. Apuré el desayuno, eché la mochila al maletero con una camisa, una muda, el cepillo de dientes, el móvil, el cargador y la cámara de fotos, y dejé Puente Viesgo a eso de las diez de la mañana. Antes de la hora de comer ya estaba cruzando la frontera de Francia por Hendaya. Me detuve —como siempre que paso por allí— a contemplar la misteriosa *cruz cíclica* de piedra que descansa cerca del ayuntamiento, ajusté el navegador y atravesé el sur del país por sus maravillosas carreteras secundarias, rumbo a la Dordoña.

No crucé palabra con nadie en todo el viaje. Pasadas las cinco de la tarde, llegué al pueblo de Montignac.

Por un momento pensé que me había equivocado de destino.

Montignac apareció en mitad de la carretera como en una de esas postales de casitas con tejados de pizarra que se asoman a un riachuelo. Ya en las afueras olía a *croissants* recién horneados y la *rue* de Juillet, la columna vertebral del pueblito, estaba desierta a esa hora. Aparqué en su plaza de Armas ya con la mosca detrás de la oreja. No había visto ni una sola referencia a la cueva de Lascaux. Ni un cartel en la carretera o tablón de anuncios que hablara de ella. Ubicada, según mis notas, en alguna de las salidas del pueblo, tampoco vi ningún monumento que aludiera al tesoro más universal del lugar y me pareció raro que nada en los alrededores tuviese el nombre de Lascaux. En Altamira era todo lo contrario. Lo más destacable del pueblo era su procesión de pequeños restaurantes y pizzerías —conté diez en pocos metros—, un campin municipal, un paisaje cubierto de robles que se asomaba al final de cada calle y una placa en honor a la comadrona del pueblo que traduje lo mejor que pude.

> Aquí vivió la señora Marie Martel, mujer sabia, oficial de la Academia. Su vida fue hacer el bien. Su recompensa, cumplir con su deber.

Por fortuna, la página de Antoine Lerroux ofrecía una dirección. Era la de una casita de dos plantas con balcones llenos de flores, en la *rue* Eugène le Roy, que lindaba con un pastizal habitado por tres o cuatro terneros. En internet no figuraba un teléfono al que llamar, así que me arriesgué a presentarme en su puerta y tocar el timbre.

Tuve suerte.

Una simpática octogenaria que, gracias a Dios, hablaba un español más que aceptable me condujo sin hacer preguntas a una habitación del piso de arriba. Me dio la impresión de que estaba acostumbrada a las visitas. La estancia a la que me llevó, empapelada de libros y con una gran mesa de madera en el centro, era el cubículo de Antoine. Imposible que no lo fuera. Olía a pergamino y a lavanda y tenía reproducciones de planetas del sistema solar hechas en papel que colgaban de hilos de lana clavados en el techo.

—¡Oh! ¿Un *Espagnol*? ¡Qué agradable sorpresa! Hacía mucho que no nos visitaba ninguno… —me recibió la voz de un hombre.

El astrólogo estaba sentado de espaldas a mí, detrás de una montaña de revistas antiguas. Ni siquiera se giró para saludarme, aunque lo reconocí por el reflejo de su rostro en el monitor del ordenador apagado que tenía delante. Antoine Lerroux no era el tipo venerable de túnica y turbante que había imaginado, sino un coqueto anciano vestido con camisa y pantalones vaqueros, un pañuelo de seda blanca al cuello y zapatillas deportivas del mismo color. Parapetado tras las mismas gafas de pasta de su fotografía, estaba encajado entre dos mesas, ocupado en trazar a escuadra unas líneas sobre un papel lleno de signos.

—No quiero distraerle de sus ocupaciones, *monsieur* Lerroux —me excusé fingiendo un par de toses a su espalda—. Sandra Vázquez me ha hablado mucho de usted y he querido venir a conocerlo.

El estrellero no reaccionó.

—Verá —insistí—: estoy interesado en comprender el significado de algunas cuevas rupestres. Sé que usted ha estudiado a fondo la de Lasca...

—¿Cuál es su fecha de nacimiento, caballero? —me interrumpió—. Y el nombre de usted, *s'il vous plaît.*

El estrellero activó de un manotazo el ordenador y tecleó los datos en una pestaña que tenía abierta. Como si fuera un mapa meteorológico, en la pantalla se dibujaron un círculo con radios y una sucesión de líneas de colores discontinuas que sustituyó a la circunferencia. Le bastó echar un vistazo a aquella figura para sacar una conclusión. Se giró y, clavando sus ojos en los míos, dijo:

—Hummm, ahora ya lo conozco, *monsieur* Sierra —dijo arqueando sus cejas de un modo muy gracioso—. Tiene usted un tránsito interesante de Urano en Libra. Está bien aspectado con Venus. Así que, siendo esos los planetas de la estética y el arte, supongo que estará aquí por nuestras pinturas rupestres. Y..., veamos..., su Júpiter en Escorpio habla muy claro de su interés por lo arcano. Por lo que no me extraña que se lleve bien con la joven Sandra. Sus cartas astrales son complementarias. Diría, hummm, que estaban predestinados a encontrarse. Es un encanto de muchacha, ¿no es cierto?

—Eh, sí... —balbucí.

—Siéntese, por favor, hablemos.

Antoine Lerroux señaló la vieja butaca de un rincón. Tomé asiento, le expliqué por qué estaba en su casa y le conté que Sandra Vázquez me había orientado por la cueva de Hornos para mostrarme la curiosa figura que descansa en lo más profundo de la caverna.

—Hornos de la Peña... Hummm. Entonces ya conoció a su guardián.

—¿Se refiere al antropomorfo? —dudé.

—No lo llame así, hombre. Es una palabra horrible, degrada a cualquiera. Más bien parece un brujo o un ser casi divino a punto de atravesar un umbral hacia otro mundo. O un espíritu abriéndose paso hacia el nuestro. Pero tiene también algo de humano.

—¿Cree usted en eso?

—Creer, creer, no. Más bien lo sé —resolvió en una alegre risotada.

La idea del arte como umbral entre mundos era algo que había oído un tiempo antes en boca de Fovel. El estrellero, feliz con el efecto provocado en mí por su respuesta, echó otro vistazo a mi carta astral. Fue como si buscara en ella dónde golpearme.

—¿Qué le extraña? ¿No sabe que hay estudiosos serios que defienden que los hombres que vivieron entre el auriñaciense y el magdaleniense entendían las paredes de las cuevas como si fueran membranas que se podían atravesar? Y no, no estaban locos. De hecho, se han publicado trabajos en los que se sugiere que aquella gente, que ya enterraba a sus muertos y que creía en un más allá, usaba las cuevas como zonas liminales para comunicarse con el mundo de los espíritus. Eran…, cómo se dice…, una especie de *locutorios* con lo sagrado.

—Es una metáfora muy visual.

—Si acepta ese punto de partida, los animales pintados representarían manifestaciones del otro lado. No serían retratos de animales de verdad, sino espíritus vivos. ¡Auténticos fantasmas! Habría que ver a esos bisontes, caballos, ciervos y mamuts como criaturas del más allá que intentan salirnos al paso, pero que son tan reales como los del exterior de la cueva.

—¿Reales? Si son solo imágenes…

—¡Se equivoca! —dijo dando un manotazo al aire—.

Los pintores no representaban lo primero que se les pasaba por la cabeza, sino lo que detectaban al tacto sobre las membranas de piedra de las paredes de sus cavernas.

—No sé si le comprendo.

—¡Pues claro que no me comprende! —resopló con cierta resignación—. Usted, como todos los interesados en el arte, se acerca al de las cavernas como lo haría a las pinturas de un museo. Lo ve como si fuera una expresión superficial, como si fueran telas pintadas, y lo interpreta solo en clave bidimensional. Pero nuestros antepasados tanteaban la membrana y allí donde acariciaban un bulto, deducían la clase de animal que estaba apoyado al otro lado de la piedra. Era entonces cuando marcaban su perfil con pigmentos, para hacerlos visibles e invocar todo su poder.

Decir que me quedé perplejo se queda corto. Antoine Lerroux lo notó.

—Le extraña, ¿verdad?

—Pues…

—¡Pues esa es la única explicación plausible al arte parietal! —exclamó con aire aniñado.

—¿Y eso se ha publicado en revistas científicas? Parece de novela.

—Hummm… no se equivoque, *monsieur* Sierra —replicó—. Los prehistoriadores no afirman que las cuevas *sean* accesos al ultramundo, sino que aquellas gentes *creían* que lo eran. El matiz es importante. Sugieren que, en consecuencia, la primera función del arte fue la de marcar esas puertas. El arte fue una llave mágica que interconectaba mundos. Eso explicaría, sin ir más lejos, la actitud de la criatura que usted vio en Hornos. ¿No le parece?

—Quizá —dije, esforzándome por imaginar a aquellos primitivos de pie, frente a un lienzo vacío, en el corazón de una caverna, esperando que esta se abriera de algún modo—.

Pero ¿sabe cómo las marcaban? ¿O por qué elegían unas paredes y no otras para pintar?

—Me temo que usted nunca ha tocado una gruta con imágenes rupestres. —La insinuación de Lerroux me produjo un estremecimiento—. Si entrase en una cueva como ellos hicieron hace miles de años, a oscuras o con una pequeña luz, se daría cuenta de que los bultos de sus paredes cobran vida de pronto. Yo he sentido como palpitaban con mis propios dedos, hummm. Y, mire: entiendo que el mundo prefiera tachar de primitiva esa percepción, pero solo lo hace para protegerse, ¿sabe? Hoy creemos que el pensamiento racional nos previene contra los equívocos de los sentidos, pero el ser humano es, sobre todo, una criatura emocional sujeta al imperio de lo que percibe por el tacto, el oído, el gusto... Por eso, en un entorno subterráneo, nuestros remotos antepasados elegían al tacto los lugares donde pintar. Los palpaban, ¿comprende? Allá donde tropezaban con un pequeño orificio, intuían un ojo y donde percibían un bulto en la piedra, adivinaban la panza de un animal que intentaba atravesar la pared. Incluso los huecos o las grietas entre bultos tenían sentido para ellos. No importa lo antiguas que sean las cuevas en las que contemple arte parietal, señor Sierra. Lo que me asombra es que...

El estrellero se detuvo de repente.

—¿Qué lo asombra, *docteur*? —lo animé a proseguir con cierta sorna, siguiendo en cambio, atónito, su explicación.

—Me asombra, hummm... —titubeó, volviendo la mirada, otra vez, a la carta astral que seguía en su pantalla—. Me sorprende que alguien con su imaginación no haya visto esto antes y no considere esas figuras vagamente humanas como mediadores entre mundos. Eso, a fin de cuentas, fueron también a este lado de la membrana los chamanes, los brujos o los sacerdotes de todas las épocas.

Antoine Lerroux era convincente. Pero, condicionado por las viejas lecciones de Fovel, yo veía en esas figuras otra cosa. A diferencia de lo deducido por estudiosos del arte rupestre como Jean Clottes o Henri Bégouën, no estaba tan seguro de que fueran solo la representación de hechiceros, «hombres-medicina» o chamanes. Así que se lo dije.

—Yo tengo otra teoría —susurré.

—Excelente —sonrió él—. En la prehistoria caben todas. Cuéntemela.

—Bueno —me animé—, quizá el ser de Hornos sea el retrato de un maestro, un viajero, un nómada que visitó la zona hace quince mil años. Tal vez fue un instructor que enseñó cosas importantes a aquella comunidad, incluso a pintar las cuevas, y que mereció que lo inmortalizasen en el lugar más sagrado de la gruta.

Las gafas del estrellero resbalaron hasta la punta de la nariz, dejando al descubierto sus ojos claros. Sus pupilas me atravesaron como las de un profesor que acabara de aprobar a un alumno.

—No está mal, nada mal.

—¿No está mal? ¿Lo ve plausible?

—Hummm. Quizá tenga algo de razón, caballero. De hecho, diré algo positivo de su escepticismo hacia la teoría chamánica: Clottes o Bégouën fueron discípulos del abad Henri Breuil, el padre de los estudios del arte rupestre. Breuil fue sacerdote, y un religioso no ve más que ritos, altares, capillas, chamanes o llámelos como quiera, por todas partes.

—Quien solo sabe usar un martillo ve todo clavos.

—Conozco ese refrán.

—Pero entonces, ¿usted cree o no cree que esas figuras puedan ser chamanes?

Lerroux alzó de nuevo una ceja blanca y gruesa por encima de la montura de sus gafas.

—Ha sido usted quien ha llamado a mi puerta y me ha hablado de antropomorfos. Yo le he contestado con la idea de que sean chamanes, humanos ataviados de bestias. Pero todavía existe una tercera opción. ¿Sabe usted lo que es un teriántropo, señor Sierra?

—Un teri… ¿qué?

—Un teriántropo. Es un término que procede del griego *therion,* que significa 'animal salvaje', y *anthropos,* ser humano. 'Hombre salvaje, hombre bestia.'

—¿Por qué me pregunta eso?

—La figura que le mostró Sandra en Cantabria es uno de los especímenes más interesantes que se conocen. Tiene cuerpo de hombre, pero también cola de mono y cabeza de pájaro. Si hace memoria, recordará que posee incluso pico. Yo conozco esa imagen al detalle. De hecho, podría dibujársela ahora mismo.

—¿Pero sabe usted algo más sobre ella? ¿Tiene alguna idea de dónde pudo salir? —insistí—. No creerá que algo así estaba detrás de la membrana, ¿verdad?

—A ver, a ver. Solo en Europa, se han encontrado trescientas cuevas con pinturas rupestres. El número total de las que pueda haber se desconoce. En ellas se cuentan por millares los dibujos de animales, manos, signos geométricos oscuros y puntos sobre las paredes. Pero de teriántropos solo existen un puñado de ejemplos y a menudo en cuevas importantes o, como en el caso de Hornos, grutas cercanas a cavernas tan impresionantes como la de Altamira. Puedo asegurarle, sin temor a equivocarme, que esa criatura está entre las representaciones más antiguas del Paleolítico y eso no es poca cosa.

—Entonces, ¿sabe o no qué significan? —insistí.

Lerroux esbozó una sonrisa irónica.

—Hummm… Nadie lo sabe, señor Sierra. No existe nada más oscuro que la prehistoria humana.

—Lo comprendo, pero…

Iba a reformular mi pregunta de nuevo, pero no logré terminar la frase.

—Sin embargo, su idea de un maestro es interesante. —Una gran sonrisa se dibujó de pronto bajo aquellas barbas—. Si hubiera existido la clase de maestros itinerantes que propone, quedaría claro por qué existen tantas similitudes en los temas y en los estilos de cuevas pintadas en todo el mundo. Aunque eso implique que estos deberían haber sido unos formidables navegantes hace quince, treinta o sesenta mil años, para dejarse ver en todas partes. Esa es una idea que, como usted comprenderá, a los arqueólogos les costará aceptar.

—¿Pese a que es evidente que los teriántropos están en todas partes?

—No es solo eso… —Entrecerró los ojos, como para hacer recuento—. Los hay mitad hombre, mitad bisonte, como en las cuevas del Monte Castillo, de donde usted viene. En Altamira, en su parte más angosta, descansan unas máscaras pintadas al carbón que funden bovinos y humanos, no lejos de otros que parecen parientes del primero. En África, en Kondoa, se conservan algunos que parecen insectos. En Trois Frères, cerca de Andorra, tienen otro bisonte medio humano, con cola de caballo y ojos de lechuza. Hummm. Y todos tienen algo en común: tienen los brazos levantados sin que sepamos por qué. En el argot de los especialistas los llamamos «los orantes». ¿Puedo mostrarle algo?

Antoine Lerroux atacó una montaña de carpetas apiladas a un lado del ordenador. Tardó un momento, pero cuando encontró lo que buscaba me tendió un folio A3 que desplegó ante mí. Era una extraña galería de teriántropos calcados de paredes de varias cuevas. Reconocí el que había visto en Hornos, pero el número de acompañantes que figuraban sobre el papel me abrumó.

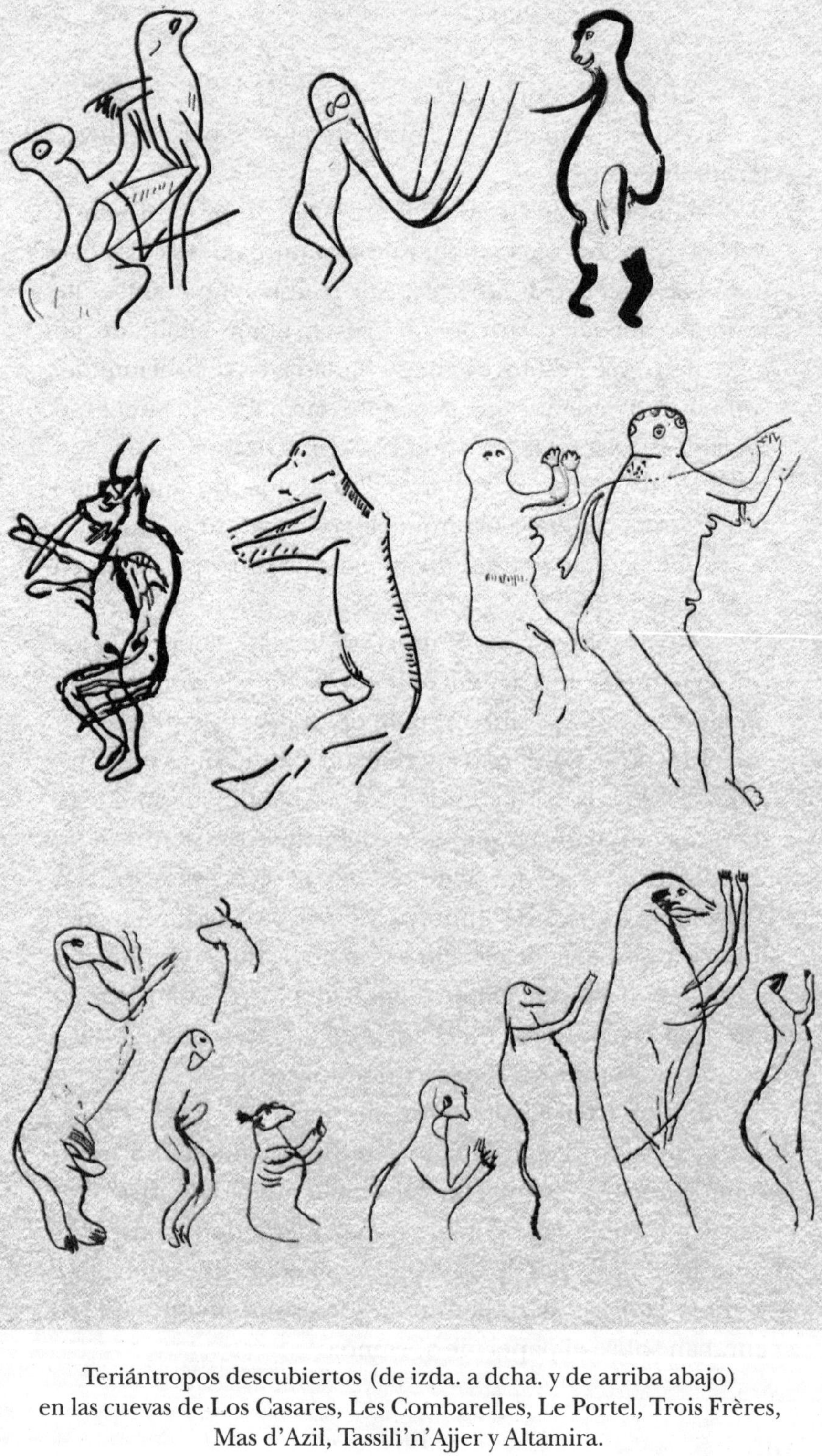

Teriántropos descubiertos (de izda. a dcha. y de arriba abajo)
en las cuevas de Los Casares, Les Combarelles, Le Portel, Trois Frères,
Mas d'Azil, Tassili'n'Ajjer y Altamira.

—Dios mío. Son más de los que imaginaba —murmuré.

—Llevo cuarenta años tan asombrado como usted, *monsieur* Sierra.

—¿Tanto?

—Quizá más.

—¿Y a qué o quién oran?

—En realidad no sabemos si oran, si se defienden de algo, si se abren paso para acceder a algún lugar o si simplemente están saludándonos desde las paredes. ¡No sabemos nada!

El estrellero me dio cierta lástima y no seguí insistiendo en descifrar el gesto.

—Dígame, ¿puedo preguntarle cómo empezó a interesarse por estos seres, *docteur* Lerroux? —pregunté señalando aquel bestiario—. ¿Tienen algo que ver con su interpretación astronómica de Lascaux? Sandra me habló de ella y, la verdad, me resultó fascinante

Sus ojos grises brillaron de repente.

—¡Vaya! Veo que le han contado muchas cosas de este pobre astrólogo... Bien, bien. Hummm. Aunque le parezca raro, la respuesta a sus dos preguntas está relacionada. Viniendo de usted, no me sorprende su sagacidad —dijo echando un tercer vistazo al ordenador—. Su carta natal lo dice bien claro: usted es uno de esos hombres a los que les gusta unir los puntos y formar su propia imagen de la realidad. Júpiter en Escorpio. Por eso lo que voy a contarle le va a interesar.

—Sorpréndame. —Sentí un pellizco de impaciencia en el estómago. Había recorrido seiscientos kilómetros por una corazonada y confiaba en verla premiada con algo útil.

—Verá, mi interés en los teriántropos nació el día en el que descubrí uno de ellos aquí mismo, en Lascaux, junto a la sala de los toros.

—¿Un astrólogo buscando teriántropos? Es una extraña combinación.

—Eso es cierto —rio—, pero fue porque antes de dedicarme a la astrología trabajé como paleoantropólogo. Mis estudios universitarios se deben a esa disciplina. También estudié Etnografía y culturas antiguas, donde descubrí que todos los pueblos de la Antigüedad estuvieron fascinados por las estrellas.

—¿Por eso acabó convirtiéndose en astrólogo?

—Así es. Hace decenas de miles de años que los humanos observamos el cielo, sabemos del desplazamiento de los astros, distinguimos planetas de estrellas e interpretamos constelaciones. Pero no lo hacíamos con la mirada de hoy, catalogando estrellas y galaxias o estudiando su física. Lo que buscábamos en ellas eran respuestas a nuestras grandes preguntas. Descubrimos entonces que se movían siguiendo ciclos repetitivos que podían superponerse a los de la propia naturaleza, aquí en la tierra. De ahí a pensar que ellas determinaban nuestro destino o que podían estudiarse para predecirlo había solo un paso. Así que decidí aprender esa ciencia para entender mejor a las civilizaciones que la usaron.

—Vamos, que usted es una suerte de intelectual de los cielos, ¿no?

—Es una manera de decirlo, sí. Estoy en permanente estado de observación. Todo lo examino y lo valoro. De hecho, usted acaba de hacerme caer en la cuenta de algo importante. Quizá todo ese saber de los cielos nos fue enseñado en un remotísimo pasado por alguien. Tal vez tiene usted razón y esos teriántropos exóticos que tanto le interesan son los retratos de unos maestros remotísimos…

Lerroux dejó su última frase en el aire, como si necesitara saborearla un poco más. Tragó saliva, volvió a sonreír, me tomó de las manos y, mirándome a los ojos, añadió:

—Incluso creo que puedo enseñarle el maestro que tenemos en Lascaux. Debe de ser de los primeros de su especie. ¿Le apetecería verlo?

18

—¡Malditos sean los Médici! —gruñó Jon Einar.

La entrada a la Galería Uffizi siempre le pareció una cochambre insoportable. Le había cogido manía el año que pasó en Florencia preparando su tesis. De eso hacía casi dos décadas y ahora recordaba por qué. Sus controles de seguridad anticuados, las colas de turistas que atestaban *il corridoio,* donde se desesperaban por entrar en uno de los museos más emblemáticos de Europa, y la languidez con la que los funcionarios gestionaban sus pases —ahora mediante códigos QR para *smartphones*— volvieron a exasperarlo.

—¡Malditos! —repitió en voz alta, mientras pedía paso desde su silla de ruedas.

El holandés acababa de abandonar la terminal dos del aeropuerto de Florencia y su taxi lo había llevado hasta la siempre abrumadora Piazza della Signoria por cien euros que sintió como cien puñaladas. No es que hubiera tomado un avión desde Madrid —los de su especie nunca lo hacían, pese a que utilizaban los aeropuertos como «interconectores geográficos»—, sino que sabían cómo usar las sobrecargas electromagnéticas de esos espacios para trasladarse instantáneamente de un lugar a otro del globo.

Sí, lo sé. Suena extraño, pero a partir de entonces las cosas se iban a volver cada vez más raras.

El aeropuerto Amerigo Vespucci era un infierno: su

averno particular. Aunque lo peor era, sin duda, lo que tenía delante, junto a la Piazza de la Signoria.

—*Fate largo, gente! Aan de kant!* ¡Apártense, hombre! —dijo mezclando italiano, holandés y español.

Por suerte, esta vez iba a poder saltarse la turbamulta. Julián de Prada se había asegurado de que al llegar lo recibiera la conservadora jefe del museo. La mujer también era uno de ellos. Una entre el millar de observadores del señor X —es decir, del propio Julián de Prada— distribuidos por galerías de arte, colecciones privadas y cajas de seguridad con cuadros en los mejores bancos del mundo. De Prada había sabido de un incidente ocurrido dos días antes en los Uffizi y concertó una cita para que su contacto y Jon Einar se encontrasen en el Palazzo Vecchio, en la discreta salita que acoge el tondo de la *Madonna col Bambino e san Giovannino.* Parecería un tropiezo casual. De ahí, si todo iba bien, se dirigirían hacia una de las puertas seguras que conectan la antigua sede gubernamental de los Médici con uno de los museos de pintura más increíbles del mundo y recabaría la información que precisaba de primera mano.

La elección del lugar no era casual. La *Madonna* era un cuadro atribuido durante años a Fra Filippo di Tommaso Lippi en el que podían verse, sobre el hombro de Nuestra Señora, un hombre y un perro observando el cielo en dirección a un misterioso fulgor. Algunos chalados de los ovnis lo habían convertido en uno de sus fetiches favoritos, ignorando que lo que la tabla representaba no era sino una de las más claras imágenes de las roturas espacio-temporales que los de su clase provocaban desde tiempos inmemoriales. Ni más ni menos que como la que lo había depositado en la zona de control aduanero del aeropuerto internacional de Peretola.

Pero es que, además, lo que deseaba comprobar Jon Einar estaba solo un piso por debajo de él. A apenas cien metros del Arno y a doscientos del Ponte Vecchio. Imposible trasladarse a un escenario mejor, pese a las hordas de turistas, claro.

Fue Barbara Lenti quien lo reconoció.

De cuna napolitana, y acostumbrada desde niña a localizar a los suyos en mitad de las procesiones de san Genaro, identificó a su huésped incluso antes de que terminara de cruzar el umbral.

—*Caro professore, benvenuto a Firenze*—lo saludó con una leve inclinación de cabeza—. Ningún sitio mejor para recibirlo que en nuestra sala del ovni.

—*Tesoro, da quanto tempo!*

Barbara no aparentaba más de cuarenta años, tenía los ojos verdes y una melena negra recogida en una cola de caballo. Su nariz era fina y puntiaguda. Presentaba una composición de maquillaje y traje de chaqueta que parecía sacada de un escaparate milanés. No gesticuló al verlo en su silla, con solo una mochila negra colgada a un lado; le habló, y lo hizo entre susurros, tratándolo de usted como cuando coincidieron en la universidad.

—No me andaré con rodeos, *professore:* tenemos *un grande problema.*

Jon la miró al contraluz.

—Un problema... ¿como el de Madrid? —indagó.

—*Forse peggio.*

—Explíquemelo con detalle, *per favore.*

—Sé que le va a parecer una locura, pero Belfegor ha vuelto.

—¿Belfegor? Disculpe, ¿no se dejaba ver en París?

—Oh, claro. Ustedes, los del norte, no leen a Maquiavelo ni a Dante Alighieri. *Porca misèria.* ¡No saben *niente*!

Su decepción parecía genuina. El holandés sabía que Barbara Lenti se había hecho célebre en Italia por su defensa pública de la recuperación de los valores renacentistas para resituar a su país en el centro del mundo. Otra vez. La seguía desde hacía meses en la prensa internacional. Hasta hacía dos semanas había sido la asesora del Gobierno de coalición de Enrico Letta, que controlaba el Parlamento, y había impulsado la reforma de su ley de educación. Lenti era más nacionalista que Verdi. Según había leído en la prensa, defendía que la asignatura de Historia del Arte debería ser tan troncal en la Unión Europea como Matemáticas o Lengua y sus directrices tendrían que dictarse desde Italia.

—¡Jon! —Lo zarandeó en la silla—. A Belfegor se lo han apropiado los franceses como si fuera algo suyo. ¿No se da cuenta? Es lo mismo que hicieron con Picasso, que es español, o con Napoleón, que nació en Córcega y hablaba italiano. De tanto manosear sus nombres hacen creer al mundo que son suyos. Pero *sa una cosa?* ¡No lo son! Belfegor, sin ir más lejos, es un fantasma florentino, no parisino, al que hizo universal la pluma de Maquiavelo. Por eso se ha dejado ver por aquí. Los fantasmas siempre vuelven al origen; que lo hayan asociado al Louvre es una lamentable confusión.

Einar procesó aquel torrente de explicaciones tan rápido como pudo.

—¿Te refieres a Nicolás Maquiavelo, el autor de *El príncipe*?

—Maquiavelo, *sì professore.* Ese genio no escribió solo *El príncipe* —ironizó, empujándolo hasta el ascensor—. Además de sentar las bases de la ciencia política moderna, también publicó obras de teatro, poesía y novelas ambientadas aquí, en Florencia. En una de ellas, *El archidiablo Belfegor,* dio cuenta, por primera vez, de la historia de esa despreciable criatura.

Einar y Lenti entraron casi sin darse cuenta en el pasillo perimetral del primer piso. Jon lo notó por el súbito cambio de pavimento y porque su silla rodaba casi sin necesidad de ser impulsada con las manos.

—... Maquiavelo utilizó la extendida creencia de que *uno spettro* se paseaba por estas estancias para construir una historia satírica. *Un fantasma,* ja, ja, ja —parodió—. El muy burlón imaginó que los jueces del infierno, extrañados ante la gran cantidad de florentinos casados que llamaban a sus puertas cargados de pecados, decidieron enviar a un infiltrado para averiguar el motivo de esa epidemia. No se explicaban que hombres de virtud cayeran una y otra vez en las faltas más abominables luego de desposarse, así que pidieron a Belfegor que adoptase la figura de un tal Rodrigo de Castilla, que se instalase en uno de los palacios de Borgognissanti y que hiciera correr la noticia de que buscaba esposa.

—... y la encontró.

—Oh, sí. *Subito,* de hecho. En su *romanzetto,* Maquiavelo explica cómo Belfegor pidió matrimonio a Onesta. Disfrazado de humano, descubrió que todas las mujeres de la ciudad eran unas tramposas que se servían de hábiles artimañas para enloquecer a sus maridos. De hecho, Onesta le hizo la vida tan imposible al apuesto espía del infierno que este terminó huyendo de Florencia, echando pestes de las mujeres y volviéndonos a cargar con el sambenito de ser las responsables de todo pecado humano.

—Y, sin embargo, ahora Belfegor ha vuelto...

—Ya se lo he dicho, *professore:* ellos siempre vuelven. Recuerde que Maquiavelo solo adaptó una historia que ya existía. El verdadero Belfegor nunca se fue. Nunca. La semana pasada, sin ir más lejos, aprovechó la visita de un grupo de graduados de Bellas Artes de Los Ángeles para iniciarlos en la segunda visión. Fue un horror, créame. Nadie debería recuperar esas lecciones olvidadas del arte y mucho menos devolvérselas a los humanos.

Einar tragó saliva.

—¿Cómo? ¿Ese Belfegor habló de la segunda visión? ¿Está segura?

Barbara Lenti asintió.

La segunda visión, recordó, formaba parte de una lección antiquísima, anterior incluso a la llegada de su propia estirpe al mundo. Era uno de esos saberes que los *sapiens* habían ido olvidando con el curso de los milenios, privándolos de la capacidad de releer las pinturas de sus antepasados y entenderlas. Pero al holandés tampoco se le iba de la cabeza que, por un mero acto de soberbia intelectual, él mismo acababa de resucitar esa capacidad ante un par de humanos en el Museo del Prado solo unas horas antes.

—Eh… bien… —balbució, disimulando su sentimiento de culpa—. ¿Y sabe ante qué obra les mostró la segunda visión? No todas son igual de peligrosas.

—Claro. Eso es lo peor de todo. La que escogió lo es y está muy cerca de aquí, *professore* —dijo indicándole el camino a la sala A11.

Einar se estremeció.

Allí colgaban los Botticelli más famosos del mundo: dos cuadros de gran formato que encarnaban el espíritu del Renacimiento y que daban gloria a la colección de los Uffizi. Aunque Sandro Botticelli, de nombre civil Alessandro di Mariano di Vanni Filipei, los había pintado para un tío de Lorenzo de Médici, apodado el Magnífico, y fueron destinados a una villa secundaria de la familia, *El nacimiento de Venus* y *La primavera* se habían convertido en dos de los iconos más reconocibles del arte mundial. Visitantes curiosos de todas partes —más de un millón al año— se asomaban cada día a esa sala tratando de descifrar sus secretos.

—¿Y cuál de los dos eligió para su explicación? —preguntó Einar en cuanto los tuvo delante. No lo hizo de inmediato. Tardó tres o cuatro segundos en controlar la emoción de encontrarse de nuevo frente a aquellas maravillas.

—El más peligroso de los dos, *professore* —susurró, evitando un corrillo de señoras que los abrasaban a fotos con sus teléfonos móviles—. Belfegor se detuvo delante de *La primavera* y, *mamma mia,* hizo que los estudiantes se sentaran en el suelo como si fueran escolares antes de empezar a explicarles el cuadro. Al principio —suspiró, acuclillándose junto a él— se limitó a lo conocido, *lei sa:* que si la pintura estaba inspirada en el *Fastos,* de Ovidio; que si reproducía el drama de la ninfa Cloris tratando de huir del viento de la primavera, Céfiro, que sopla sobre ella desde una esquina... Pero cuando se detuvo en el detalle de las ramas de la enredadera que le salen de la boca, les dijo que eso era una metáfora del poder transformador de la palabra, que no es sino una forma sublime del viento y a la que responsabilizó del cambio de naturaleza de la ninfa Cloris en Flora, la humana que reparte flores en la escena.

Einar se fijó en aquel detalle, atusándose su chaqueta color pistacho, definitivamente arruinada por el viaje. Había visto a Cloris miles de veces antes. Lo del poder transformador de la palabra lo llevó a los mantras orientales, a los rezos obsesivos del Corán entre los musulmanes o a los grupos de oración del Rosario en el mundo católico. Todos, pensó, terminan alterando la percepción de sus practicantes. De hecho, se necesitaba un estado como ese para detenerse en la ninfa semidesnuda que tocaba a Flora en la tabla de Botticelli y para darse cuenta de que ambas eran una única mujer. El retrato de dos naturalezas diferentes: una, la inmortal; otra, la perecedera. Botticelli las había pintado desdobladas, siamesas, aunque compartiendo un lugar en el universo. Una auténtica paradoja física.

—¿Y usted oyó cómo les explicaba esa transmutación?

—Fue de casualidad, *professore,* créame. Estaba revisando con una de nuestras conservadoras la cartela de un Piero della Francesca cuando escuché a alguien decir todo aquello en voz alta. Hablaba con inusitada insolencia, casi como si quisiera provocar a los curiosos que rondaban la sala para que se metieran en la conversación. Lo peor no fue que Belfegor hiciera esa revelación sobre el poder del verbo a voz en grito. Diría que eso al grupo le pasó desapercibido. Lo peor fue cuando los adiestró en la segunda visión de ese cuadro. Aún me pregunto cómo se atrevió a hacer algo así.

—¿Qué les dijo? —la apremió, volviendo el rostro hacia ella y acercando la oreja.

—Les pidió que se colocaran mirando el cuadro a cierta distancia, justo desde el eje. Los invitó a contemplar los huecos que los arbustos de mirto dejan entrever alrededor de la diosa Venus, que preside la escena. Les recordó que la palabra es el más poderoso de los vientos, una corriente que los humanos generan desde sus entrañas. Finalmente, les sugirió que se fijasen en esos vacíos de la escena y que los contemplaran como la representación del lugar de la anatomía humana donde se genera la fuerza de ese viento —dijo señalando al centro del cuadro.

—Santo Dios. ¿Y lo vieron? ¿Fueron capaces?

—¡Todos, *professore*! —asintió Lenti—. No hubo quien

La primavera. Sandro Botticelli (1481).
Galería Uffizi, Florencia.

La segunda visión revela la existencia de dos pulmones humanos ocupando el centro de *La primavera.*

no reconociera en ese vacío la forma inequívoca de dos pulmones humanos con la tráquea en el centro.

El holandés sabía que, si se contemplaba esa obra desde cierta distancia, las dos aberturas que flanquean a la diosa aparecen de la nada. Se trata de algo más evidente aún que el *ojo de Dios* que él mismo había desvelado en el Prado a aquel sacerdote rastreador de maestros. Durand los buscaba para estudiarlos; en cambio, él y los suyos lo hacían para neutralizarlos e impedir que siguieran dando esa clase de lecciones a cualquiera.

Mirándolos de cerca, esta vez se dio cuenta de hasta qué punto se asemejaban los pulmones secretos de *La primavera* a unos recién extraídos de un cadáver. Nada raro… de no ser porque las autopsias no eran algo permitido por la Iglesia en aquel tiempo, en el siglo XV, y quien las practicara corría el riesgo de ser acusado de nigromancia.

Y Botticelli, Jon Einar lo sabía también, había sido iniciado en esos arcanos.

—Tengo curiosidad: ¿cómo supo que ese hombre era Belfegor? ¿Cómo lo reconoció?

—Usted tampoco hubiera dudado de que se trataba de uno de esos maestros —resopló—. ¿Sabe? Cumplía con la descripción que llevan siglos haciendo de él quienes lo han visto en otros lugares: un hombre de edad muy avanzada, espalda torcida, ojos claros, pero con una vitalidad desconcertante. Iba vestido como alguien moderno, pertrechado con un bastón y haciendo gala de una voz que podría reconocer entre mil ahora mismo. Era él, sin duda.

—¿Y por qué no lo detuvo?

—Porque en cuanto terminó su explicación y se despidió del grupo, desapareció —respondió Barbara, muy seria—. Se desmaterializó. *Ciao!*

—¿Qué quiere decir?

—Desapareció en un parpadeo. Un segundo antes estaba ahí y al siguiente ya no. Fue como si alguien hubiera disparado un *flash* en la habitación y la luz se lo hubiera tragado. Solo me quedé con sus ojos grabados en mi retina.

—¿Sus ojos?

Einar hizo aquella pregunta mientras descolgaba su mochila de uno de los reposabrazos de su silla y hurgaba en busca de algo. Sacó de ella un libro —el libro que le había entregado Julián de Prada en Madrid— y se lo tendió a Barbara Lenti.

—¿Algo parecido a esto? —indagó.

La *dotoressa* miró la cubierta. No le costó entender el título y asombrarse del autor. *El forastero misterioso,* Mark Twain.

—Sí... —dijo ella, asombrada—. Exactamente esto.

19

—

La cueva de Lascaux esconde una de las crónicas más amargas de la prehistoria de Europa. Después de que Robot se cayera en su interior y despertara el interés mundial por aquel agujero en mitad de la nada, la caverna se convirtió en un lugar de peregrinación. Si quince mil años atrás fue un santuario, ahora volvía a serlo. Hasta 1963 fueron decenas de miles los curiosos que la recorrieron, alterando severamente su ecosistema. La instalación de aparatos extractores de aire y luces eléctricas, la colocación de vallas y el alisado del suelo hicieron que una invasión de hongos estuviese a punto de arruinar sus pinturas.

En 1979, y tras ser declarada Patrimonio de la Humanidad por la Unesco, se construyó una réplica de la cueva a las afueras de Montignac con la que satisfacer a los turistas: la llamaron Lascaux II. No era muy completa y la visita resultaba demasiado rápida. Los visitantes solían quedar decepcionados. Pero, a comienzos del siglo XXI, se inauguró una nueva versión más moderna, con reproducciones de todos y cada uno de los dibujos antiguos, guareciéndola en un edificio brutalista de cemento y cristal que reproducía incluso los accidentes geológicos de la gruta primigenia.

Si no se presta atención, desde fuera esa estructura de sesenta y seis millones de euros podría confundirse con una terminal de aeropuerto. La llamaron Lascaux IV. La III fue un experimento fallido: quisieron crear una cueva itinerante que recorriera Francia. Actualmente nadie sabe de su paradero.

Lascaux IV parece un ovni en mitad de la campiña. Es una nave de ciento cincuenta metros de largo, con amplias zonas ajardinadas y un gran aparcamiento subterráneo.

Antoine Lerroux me guio hasta allí desde el asiento de atrás del coche. No paraba de hablar. «Gire a la *droite*», «baje ese camino», «cruce *la route*», «recto». El estrellero se había hecho con una bolsa que rebosaba papeles y fotografías en tubos de cartón. Con sus barbas al viento y la chaqueta de cuero que se había echado encima, parecía veinte años más joven de lo que indicaba la biografía de su web. Juntos nos acercamos a una instalación llena de pantallas digitales y proyecciones holográficas, rodeada de sembrados y animales de labor propios del Neolítico.

—Cuando entremos, usted haga lo que le diga, ¿comprende? —me advirtió.

Asentí.

Nada más cruzar las puertas automáticas de Lascaux IV, pidió en el mostrador de recepción que nos dieran unas antorchas eléctricas que simulaban la luz del fuego y que nos condujeran hasta un pasillo descendente, oscuro como boca de lobo. Este desembocaba en la primera sala de aquel laberinto artificial, la rotonda de los toros. El funcionario que nos recibió, un chico joven con una argolla plateada en la nariz y el pelo trenzado en rastas de colores, lo miró como si supiera lo que quería. Nos dio las antorchas y, tomando una bolsa de deporte que sacó de un armario con cerrojo, nos abrió igualmente paso hacia la instalación.

Lerroux parecía tener prisa por iniciar la visita. Era evidente que allí todos lo conocían bien.

—Bueno, no es la cueva de verdad, *je suis désolé,* pero

para lo que la quiero, bastará —se excusó mientras nos internábamos en la penumbra, justo detrás de un grupo de coreanos.

—¿Va a enseñarme los toros con las manchas de las Pléyades?

—Hummm. Demasiado fácil, *monsieur* Sierra —gruñó—. Para eso cualquier foto le vale. Lo que quiero que vea está más escondido que lo que dicen en los libros y solo si lo percibe donde fue pintado valorará mejor su relación con este horóscopo gigante, el más antiguo de la humanidad.

—Entonces, ¿es una pintura? —insistí, sin detenerme en lo del horóscopo gigante.

—No se adelante, *serez-vous capable?* Lo que verá fue incorporado muy acertadamente a esta réplica de la caverna. *Pas vrai,* François?

El muchacho de las rastas asintió.

—Pero Sandra me dijo en Cantabria que...

—Sandra conoce lo que se publica en las revistas científicas. Es una paleontóloga ortodoxa. Pero esto es diferente —atajó—. La maravilla que visitaremos fue pintada a mano usando las mismas técnicas y materiales que los antiguos. Si no fuera porque pisamos un camino de cemento en lugar de un barrizal, hummm, sería casi imposible que distinguiéramos una de otra.

Al llegar a una bifurcación de la neocueva, el funcionario se detuvo, dejó caer su bolsa, sacó de su interior unas cuerdas Kernmantle, de alpinista, y unos ganchos metálicos que parecían arneses de escalada y nos los entregó.

—*Vous connaissez déjà le chemin* —le dijo al estrellero.

—*Oui, oui. Merci* —asintió este al recibir el material, dándole las gracias. Entonces, girando su rostro hacía mí, sonrió—. Por supuesto, esto no es parte de la visita turística, pero *ça en voudra la peine.*

—¿Qué es lo que va a merecer la pena exactamente?

El viejo Antoine ignoró el tono de alarma de mi pregunta, avanzando hacia uno de los pasillos que salían del cruce.

—Lo primero que debe tener en cuenta es que, para nuestros antepasados, las cuevas como esta eran criaturas vivas. ¿Se acuerda de lo que le dije de las membranas? En su comprensión del mundo no existían las distinciones con las que hoy clasificamos la realidad. Para ellos, hummm, todo estaba interrelacionado de un modo intenso y claro. Todo latía, respiraba. Aquella gente, al internarse por estas galerías, lo hacía en las tinieblas más absolutas, con el mismo temor reverencial que debió de experimentar Jonás cuando fue tragado por la ballena...

—¿Jonás?

Me sorprendió el símil empleado por Antoine. Aún estaba intentando adaptarme a aquel espacio cuando tiró de mí con determinación hasta que aparecimos en la sala de los toros. Esta se iluminó con unas luces tenues que detectaron nuestra presencia. Entonces me empujó hacia otro distribuidor, de paredes pulidas, ilustradas con caballos y bóvidos exquisitamente perfilados en carbón.

—Durante años estudié la disposición de estos bóvidos como si fuera una especie de planetario en el que los pintores fueron representando el avance de la constelación de Tauro... Nunca entendí por qué ni para qué lo hicieron.

—Sandra me dijo que los pintaron para medir el paso del tiempo —dije sin pensar—. Como una especie de almanaque que marcaba los meses.

—Sí, eso es posible, hummm, pero ¿por qué hace diecisiete mil años esas gentes desarrollaron algo tan sofisticado, algo que no había hecho nadie antes? ¿No hubo calendarios anteriores más pequeños? ¿Ni intentos fallidos de estos? ¿Y cómo tuvieron la brillante idea de representar el cielo fijándolo a la roca, usando símbolos para representar constelaciones, empleando todo su talento para luego dejar esta maravilla en la oscuridad de la tierra?

—Pues… —dudé—, cualquiera diría que ya tiene usted una respuesta, ¿no?

—Eso es lo que quiero mostrarle.

El viejo Antoine y yo dejamos atrás la sala de los toros y giramos a nuestra derecha, en la confluencia de lo que los paleontólogos llaman en todos sus mapas el «divertículo axial». Otras luces se encendieron. No mucho, sí, pero lo suficiente para marcar una hendidura larga y profunda en el suelo, una zanja cubierta por una reja.

—Es aquí —señaló al suelo, agachándose y levantándola sin dificultad alguna.

Me asusté. Los coreanos habían girado hacia otro pasillo y acabábamos de perderlos de vista. François hacía un rato que nos había dejado solos y el agujero que había quedado al descubierto bajo la trampilla, una sima de la que iba a ser difícil ver su final, parecía la razón del equipamiento que acarreábamos.

El estrellero me pidió que me colocara los arneses mientras localizaba dos ganchos de acero junto a una de las luces y amarraba los extremos de la soga que deslizó entre mis correas.

—¿Qué… qué vamos a hacer?

—Le va a divertir, hombre, *relaxez-vous.*

Me hizo señas para que me sentara al borde de la hendidura, con las piernas colgando hacia la oscuridad. Me pidió que tensara la cuerda mientras dejaba caer el cuerpo con los pies contra uno de los laterales de la brecha. Aquello parecía una roca pulida de verdad. Estaba lisa, sin rastro alguno de vegetación. Lerroux no tardó en situarse a mi lado, dándome instrucciones sobre cómo debía mantener el equilibrio mientras descendíamos. Era increíble la agilidad de aquel tipo.

—Qué bien que lleve zapatillas deportivas —observó ufano—. Eso lo ayudará.

Tras un par de movimientos dubitativos, nos dejamos caer. El viejo Antoine me prohibió encender la linterna frontal de mi casco. Descendimos a oscuras, en un silencio absoluto, recorriendo un par de metros en un minuto que se me hizo eterno. El pulso se me aceleró. Mi respiración se agitó. La sangre comenzaba a acumularse en las palmas de las manos y en las sienes.

—Tranquilo. No pasa nada. La soga aguanta… —susurró con una calma sorprendente—. Ahora quiero que empiece a pensar como los antiguos. Concéntrese solo en lo que tiene delante, *d'accord?*

—¿Concentrarme? ¿¡Cómo!? —protesté como un chiquillo asustado—. No veo nada, *docteur* Lerroux.

El aplomo de aquel hombre empezaba a irritarme.

—Excelente. No ve nada —repitió—. Ahora, palpe. Toque la piedra. La réplica es perfecta hasta en eso.

—¿Palpar?

—Sí. Palpe la piedra, hombre. La membrana, ¿recuerda?

Alargué, con dudas, la mano hacia la pared y repasé lo que el estrellero me había dicho en su casa. Que la piedra era entendida en la prehistoria como un elemento liminal entre mundos. Tal vez me sugestioné, pero cuando las yemas de mis dedos tropezaron con el muro que teníamos delante, tocaron algo caliente y liso. Orgánico. Mi cerebro protestó. Lo noté. Aquello no podía ser una piel y, sin embargo, tenía esa clase de textura.

—¡Mueva las manos, no sea tímido! —me ordenó—. ¡Acaricie la pared! ¡Véala con el tacto!

Hice lo que me dijo y, durante unos segundos, manoseé aquella superficie ondulante y suave en la más absoluta de las penumbras. Fue al despegar las palmas y usar las puntas de los dedos cuando tropecé con un pequeño agujero. Una depresión ínfima, perfectamente circular.

—He… he tocado algo, *docteur* Lerroux.

—*C'est quoi ça, à son avis?*

—¿Qué creo que es? Parece un ojo… Espere… —Mis dedos se movieron solos en otra dirección—. Aquí hay otro. ¡Y otro!

—Bien… ¿Y por qué cree que son ojos? —bramó desde algún lugar en la negrura.

Tragué saliva sin creer lo que estaba a punto de decirle.

—Porque siento que nos están mirando —dije, sin despegarme del muro.

—¡Bravo! ¡Muy bien! —exclamó—. Ahora iluminemos lo que ha tocado.

La linterna del estrellero se encendió, deslumbrándonos. Cuando mis pupilas se adaptaron al reflejo de la luz contra el muro, distinguí unas manchas negras. Parecía una escena, un conjunto de líneas oscuras entrelazadas que se extendían donde un instante antes habían estado las yemas de mis dedos. En una fracción de segundo reconocí uno de los agujeros: estaba cubierto de carbón, ¡era el ojo de un teriántropo!

¡No me había equivocado! Alguien había representado en ese oscuro rincón de la cueva una imagen de lo más insólita: un hombre desnudo, con el pene erecto, parecía estar tumbado bocarriba, mirando un cielo que no estaba. Tenía las piernas unidas y los brazos abiertos. Me dio la sensación —seguramente por mi precaria perspectiva— de que estaba cayéndose al fondo de aquel agujero, igual que yo podría hacerlo en cualquier momento.

Detalle de la sala de los toros. Lascaux, Francia.
Aproximadamente diecisiete mil quinientos años de antigüedad.

—Aquí llaman a este lugar «el canal del hombre muerto» —susurró Lerroux.

«Muy gracioso», pensé, observando todo aquello.

Frente al hombre parecía haber un bisonte con las tripas fuera de su cuerpo. Acababa de tocar también su ojo. El agujero parecía natural y también había sido disimulado con pintura oscura. Tenía la cabeza replegada sobre el pecho, como lo haría un animal que estuviera embistiendo a algo o a alguien… o que acabara de fallecer, incluso. Justo en el lado opuesto vi un bastón con un pájaro que parecía haberse quedado olvidado en mitad de la escena. El ave tenía el tercer ojo que había palpado.

—… Pero no se engañe, *monsieur* Sierra: eso no es un hombre —murmuró el viejo Antoine a mi espalda.

—¿Cómo dice, *docteur*?

—Ese personaje que tiene delante no es humano, o no

exactamente —precisó el estrellero, moviendo la linterna de su casco de un lado a otro—. Como habrá apreciado, alguien en la prehistoria, sin luz y con menos medios que nosotros, se tomó muchas molestias para representar una escena como esta en un lugar tan inaccesible. La pregunta, hummm, es *pourquoi ça?*

Basculé sobre las cuerdas para mirar al viejo Antoine a la cara.

—Ha dicho que esa figura no es humana. ¿Cómo lo sabe?

—No lo es. Cuéntele los dedos.

—Cuatro... —resoplé.

—Ahora fíjese bien en la forma de su cabeza —dijo, controlando el balanceo de su cuerda—. ¿No le recuerda al antropomorfo que le mostró Sandra en España...? *Et il n'est pas mort non plus.*

—¿Cómo dice?

—Ese hombre con pico y con cuatro dedos en cada mano, como un ave, es la representación más antigua de un hombre-pájaro que conozco. *No está muerto* porque, desde su posición, retorciendo ligeramente su fantasía, se dará cuenta de que podría estar vigilando la sala de los toros y algunas de las grandes representaciones de esta cueva. Entre ellas, las manchas oscuras de las Pléyades. Esa criatura, *monsieur* Sierra, es alguien que desde la penumbra vela por este lugar. Podría ser uno de sus maestros instructores.

—Es su interpretación, entiendo... —acoté mientras aseguraba el arnés.

—Es *la interprétation,* créame. ¡Usted me ha convencido! —rio—. Hay quien ha dicho de este personaje que es un hombre muerto cuyo espíritu está representado en ese tótem que tiene al lado. Incluso que se trata de la representación de un accidente, de la muerte de un cazador embestido por un bisonte. Aunque, hummm, usted me ha hecho pensar hoy de forma diferente. Esta criatura tiene un bastón, que es un símbolo de poder, y un falo, que significa fecundidad, capacidad de transmisión. ¡Como la criatura de Hornos!

Respiré profundamente.

No sabría decir si fueron aquellas palabras o la prolongada sensación de ingravidez lo que hizo que me sintiera mareado. El estómago se me encogió y la mirada se me nubló, obligándome a zarandear la cuerda de la que pendía como un pez que acabara de morder un anzuelo.

¿Por qué, allí colgado, me estaba acordando otra vez de Luis Fovel?

20

—

El padre Durand abandonó el museo algo después de las dos de la tarde con su ejemplar de *El maestro del Prado* bajo el brazo. Ángela Qiao no solo lo había invitado a adquirirlo en la librería del *hall,* sino que le extendió un pase para que, antes de dejar la ciudad, pudiera regresar cuando quisiera y recorrer las salas en libertad. «Aunque eso reviente su orgullo parisino», malpensó ella, satisfecha.

—El Prado se disfruta mejor a solas —le dijo con la mejor de sus sonrisas.

Aquella misma tarde, Durand empezó a leer el libro. Era un relato breve y accesible para su español, que unas veces parecía una crónica y otras una novela. Javier Sierra contaba la historia un tanto inocente de un joven estudiante, lego en arte, al que el «fantasma del Prado» le había confiado unas rompedoras claves interpretativas de la pintura. La trama no era compleja, pero había verdad en ella.

Lo que más le llamó la atención fue descubrir que la primera aparición del maestro no se produjo en la sala de los Boscos, como él había entendido, sino frente a una de las raras Sagradas Familias de Rafael que atesora el museo. Había algo íntimo en esa sorpresa. En su época de doctorando en la Sorbona, Luc Durand desarrolló parte de su trabajo alrededor de la etapa florentina de Rafael Sanzio. En 1504, el joven al que todos llamaron «el divino» de Urbino se había revelado ya como un pintor prodigioso y su clientela lo obligó a trasladar su residencia a la deslumbrante Florencia. Fue allí, en la capital del arte, donde se codeó con los grandes clanes del momento: los Médici, los Strozzi o los Rucellai, y con genios como Botticelli, Andrea del Sarto, Lippi o el magnético Leonardo da Vinci. De hecho, fue este último quien le contagió su pasión por las Sagradas Familias. Las malas lenguas aseguraban que ambos se conocieron en plena calle y que ya en ese tropiezo discutieron sobre la Biblia. Leonardo tenía entonces cincuenta y dos años y Rafael veintiuno recién cumplidos. Aunque los discípulos del famosísimo polímata trataron de separarlos, ambos trabaron amistad.

Los artistas tienen una especie de código invisible que los hace reconocerse a primera vista. Después de contemplar alguno de los delicadísimos retratos del toscano, Rafael comenzó a pintar Sagradas Familias a un ritmo frenético, probando en cada tabla una gestualidad nueva, una disposición de las figuras diferente, aunque siempre con un discreto denominador común: el eje de sus composiciones descansaba inequívocamente sobre la Virgen. Todas sus *Madonnas* eran *Giocondas* potenciales. Como si la supremacía estética de la mujer que había introducido Da Vinci en sus obras lo hubiera poseído por completo, empujándolo a crear escenas únicas, cálidas, de una dulzura conmovedora, que terminarían dispersas por el mundo.

A Durand le sorprendió gratamente que el cuadro elegido por Fovel para manifestarse fuera uno de los mejores de la producción rafaelesca. La conocida como *Sagrada Familia, llamada la Perla* era una tabla de 144 x 115 centímetros pintada entre el final de su estancia en Florencia y el principio de su traslado a la Roma de los papas. Por azares de la historia, la pieza acabó en España, convirtiéndose en el cua-

Sagrada Familia, llamada *La Perla.* Rafael Sanzio (1518).
Museo del Prado, Madrid.

dro favorito del rey Felipe IV. «Su perla», dijo de él. Aunque en el cuadro, misteriosamente, no figurara ninguna.

En cualquier caso, *La Perla* le pareció una elección singular para que aquella especie de fantasma del Prado diera la cara. Comparada con algunas de las grandes obras del museo madrileño, esa no era, ni de lejos, la más representativa. Los siglos que siguieron a su ejecución habían producido algunas maravillas deslumbrantes, como *El Descendimiento,* de Rogier van der Weyden, *Las majas* de Goya o *Las meninas* de Velázquez. Todas sepultaron con el tiempo la fama cortesana que se ganó aquella tabla en los palacios españoles del siglo XVI.

¿Por qué habría elegido entonces Luis Fovel esa obra para iniciar su revelación?

¿Qué se le escapaba de ella que no era capaz de ver ni con la ayuda del libro?

Durand tardó tres horas en acabarlo y sintió un extraño estremecimiento al llegar a su epílogo y tropezar con los versos que el maestro Fovel traspapeló en el forro de un viejo tomo de astrología. Aquello le pareció lo más prometedor de la obra.

Nadie había vuelto a hablar con el doctor Fovel en los últimos treinta años, pero, si lo que sugería *El maestro del Prado* era cierto y sus apariciones llevaban al menos un siglo espaciándose en periodos de varias décadas, tal vez estuviera otra vez cerca el momento en que volvería a dejarse ver. Su acertijo parecía una especie de hoja de ruta para ubicar el cuándo y el dónde. Al erudito sacerdote le llamó la atención que el tono de sus versos estuviera tan apegado a la idea de la muerte. Hablaban de un «velo nefando», de un «deseo mundano» y hasta apelaban al lector con un perturbador «afronta la muerte» nada casual. Aunque, sobre todo, a Luc Durand le extrañó que mezclara explícitamente a los pintores de los que Fovel había hablado al autor del libro («Bosco, Brueghel, Tiziano») con otros de los que no había dicho ni una palabra:

Bosco, Brueghel, Tiziano,
Goya, Velázquez, Giordano.
Todos han ido en pos
del gran deseo mundano.[28]

La cabeza del padre Durand se puso en marcha. Desde pequeño jugaba a encontrar conexiones entre conceptos aparentemente irreconciliables. Casi siempre lo lograba. En la *école élémentaire* se hizo famoso el día en que convenció a su clase de que era más fácil aprenderse la tabla periódica si se asociaban sus elementos con personajes o hechos históricos. Al pequeño Luc, el telurio (Te) le recordaba a Drácula porque fue descubierto en Transilvania, el boro (B) a las momias egipcias porque se usaba para embalsamarlas y el antimonio (Sb) a aquel Nabucodonosor II que pintaba sus palacios con un fuerte color amarillo, extraído al mezclar ese elemento con plomo. Ahora tenía delante algo para lo que quizá fuera oportuno resucitar esa capacidad. ¿Qué vínculo podría establecer entre los hombres-pez o los maestros instructores que lo habían llevado a Madrid y el fantasma del Prado, Rafael, Goya, Velázquez o Giordano…? ¿Existiría entre aquellos hombres, sus obras y los intrusos que investigaba alguna relación que justificara un vínculo tan largo? ¿Y por qué diablos se había dejado llevar hasta allí —él, que era todo razón, sostenido por una fe que había cincelado hasta hacerla firme como una roca— por un sueño en el que otro fantasma lo había empujado a escuchar a los viejos maestros?

28. Véase *El maestro del Prado,* p. 300.

Durand devoró el libro en plena calle, de banco en banco, sin poder dejarlo, arañando párrafos de lectura a cada sombra acogedora que encontraba. Sus pasos lo llevaron hasta la fuente de Neptuno y más tarde a la de Cibeles, donde se quedó un buen rato mirando a aquella extraña dama de piedra sentada en un carro tirado por leones. Le sorprendió su cabeza coronada por un castillo y sonrió recordando que ese era también uno de los atributos de la vieja diosa Isis. «Todas son familia», se dijo. La dejó atrás y enfiló la acera del Banco de España. Se detuvo a almorzar en el Paradís, un discreto restaurante de cocina catalana abierto a deshoras, a dos pasos del Congreso de los Diputados. Mientras esperaba a que le sirvieran un arroz con verduras, se entretuvo en dibujar sobre el reverso del menú una primera red de relaciones con las que empezar a investigar. Se sirvió de su teléfono móvil para comprobar algunos detalles en internet. Hacía años que no jugaba a aquello, pero tenía por delante veinticuatro horas antes de tomar un avión a París, vía Roma, y pretendía ocuparlas en algo constructivo. De pronto pensó que, si llegaba a alguna conclusión, tal vez le daría tiempo de volver al Prado y grabar algún vídeo que poder utilizar en su canal.

El proyecto de su documental, *El arte es religión,* no era un sueño después de todo. Debía hacerlo. Se había comprometido a ello con su obispo. Incorporar imágenes de museos de todo el mundo lo haría más atractivo.

Al arroz y a las croquetas de aperitivo los siguió una crema catalana y tres cafés. La hoja del menú y las servilletas que había expropiado a los camareros del Paradís se convirtieron en el galimatías de un demente, una red endiablada que generaba líneas cada vez más prometedoras.

La última unía *La Perla* con *Las meninas.*

Era una conexión sutil, pero quizá la única que le permitía trazar una relación entre el lugar de la primera aparición de Fovel y los pintores que había marcado en sus versos. Si estaba en lo cierto, alguien podría dar otra vez con su paradero.

La conexión entre esos elementos no era otra que Felipe IV, el soberano al que sus súbditos apodaron «el rey Planeta» o «el Grande» por la enormidad de los territorios que gobernaba en todo el mundo en el XVII, el siglo en el que la humanidad estaba a punto de abrazar el racionalismo científico. El monarca fue quien dio el nombre de *La Perla* a la *Sagrada Familia* de Rafael y también quien contrató como pintor de cámara a Diego Rodríguez de Silva y Velázquez y le encargó uno de sus cuadros más universales: un retrato íntimo de los suyos, elaborado sobre un bastidor que emulaba el tamaño de los grandes retratos de Estado, pero que pasaría a la historia no como *La familia de Felipe IV*, sino con el apelativo de las sirvientas que aparecían en él: *Las meninas*.

Entre ambas obras había, empero, otra conexión evidente: las dos eran pinturas especialmente queridas por el rey. Un monarca, dicho sea de paso, con una gran afición al arte y un profundo conocimiento de los grandes pintores de la historia, así como un dominio profundo de la cultura clásica cincelado desde niño, que lo situaba en el centro del esquema de Durand.

Aunque, ahora que lo pensaba, ¿por qué el rey llamaría «perla» al Rafael? ¿Tan solo por suponerse esa obra como la joya de su colección, tal y como repetían una y otra vez los manuales de arte? Y si fuera por eso, ¿por qué no llamarla «el diamante», «el rubí», «la esmeralda» o simplemente «la joya»?

En la imagen digital del cuadro que el Museo del Prado tenía colgada en su página se apreciaba una concha vacía a los pies de la Virgen. No se atisbaba perla alguna en su interior y ya algunos expertos la habían desechado como el elemento inspirador del título. En los textos académicos no había respuesta para la duda de Durand. Para agravar aún más esa ausencia de pistas, tampoco la *Madonna* llevaba un colgante o unos pendientes que justificaran el título, como a veces ocurría con los atributos que daban nombre a otros cuadros, como *La Virgen de la diadema azul* o *La de los candelabros,* donde esos elementos eran claramente parte de la escena.

Cuando el tercer café humeaba en su mesa, una extraña idea se le pasó por la cabeza.

En alguna de las referencias que había consultado, leyó que Felipe IV hablaba varios idiomas. El francés lo dominaba, el italiano y el portugués los entendía y le resultaban particularmente simpáticas la lengua latina y la griega, idiomas de los que atesoraba numerosos textos clásicos en su biblioteca personal.

Entonces se le ocurrió algo.

—*Comment dit-on* perle *en portugais?*

«¿Cómo se dice *perla* en portugués?».

La pregunta, lanzada al buscador de su dispositivo móvil, obtuvo una respuesta instantánea.

—*Pérola.*

Durand sabía que en francés y en italiano esa palabra sonaba muy parecida, así que probó con otra opción:

—*Et en latin?*

—*Margarita* —respondió Google. El padre Durand se sobresaltó al recordarlo.

—*Et en grec?*

—*Margaritári* —reveló su pantalla menos de un segundo después, dejando ver su respuesta en caracteres griegos: *μαργαριτάρι*.

«¡¡¡Margarita!!!».

La familia de Felipe IV o *Las meninas.*
Diego Rodríguez de Silva y Velázquez (1656).
Museo del Prado, Madrid

La segunda visión revela que la infanta Margarita ocupa en *Las meninas* la misma posición que la estrella de su mismo nombre en la constelación Corona Boreal.

Aquello, claro, lo entusiasmó. La edición que había comprado de *El maestro del Prado* venía acompañada de un folleto que llevaba el sugerente título de *La guía secreta del Prado*. Era una especie de resumen de las características ocultas de los cuadros del museo que incluía, para su asombro, un último capítulo dedicado a *Las meninas*. «Pese a que el maestro nunca habló con Sierra sobre Velázquez», leyó Durand, «es oportuno enunciar una teoría alejada de la triste ortodoxia que reduce *Las meninas* o *La familia de Felipe IV* a un mero retrato real, a la simple plasmación de un instante fugaz en la corte de Madrid».[29]

La sucinta explicación del cuadro precisaba que la niña protagonista no era otra que la hija favorita del rey y que esta se llamaba, curiosamente, Margarita.

Margarita de Austria-Estiria.

Pero no fue eso lo que impresionó más al sacerdote. Aquel librito aportaba otra revelación: en el célebre cuadro de Velázquez, el pintor había enmascarado el diseño de una importante constelación del hemisferio norte. El hallazgo, realizado en 1972 por el ingeniero y académico de Bellas Artes Ángel del Campo y Francés,[30] postulaba que la disposición de las cabezas mejor iluminadas del retrato, las de la infanta Margarita y sus asistentas, las meninas María Agustina Sarmiento e Isabel de Velasco, así como la del aposentador real que se asoma a la puerta del fondo de la escena, fueron distribuidas sobre la tela imitando la posición de las estrellas de la Corona Boreal en el cielo. No era una casualidad. En tiempos de Felipe IV esa región del firmamento

29. Javier Sierra, *La guía secreta del Prado*. Planeta, Barcelona, 2013 (Edición no venal). Pág. 76.

30. Ángel del Campo y Francés, *La magia de Las meninas*. Colegio de Ingenieros de Caminos, Canales y Puertos. Madrid, 1978.

era muy conocida y el nombre que daban a su estrella central y más brillante era… ¡Margarita!

Todas aquellas coincidencias casi hicieron saltar al padre Durand de la silla, con la certeza de que debía regresar al Prado enseguida. Pagó la cuenta y de repente se vio en la calle, aferrado a su carta de menú garabateada de arriba abajo, con más preguntas en la cabeza de las que tenía cuando empezó su juego. ¿Existiría algún otro hilo que uniera al Rafael del Prado con Velázquez? Y, de encontrarlo, ¿se podría tirar de él lo suficiente como para dar con el maestro Fovel y hablar con él de los maestros que se habían convertido en su objetivo? ¿Señalar una constelación significaría algo? ¿Obedecería a alguna función o propósito práctico?

De no lograr respuesta a esos interrogantes, ¿podría alguna de las líneas de su esquema unir a los *maestros ancestrales* que buscaba con esos extraños visitantes de museos como el Prado o el Louvre?

Durand echó un rápido vistazo al reloj mientras dejaba atrás el Paradís. Pasaba de las seis de la tarde. Le quedaban menos de dos horas si quería examinar los cuadros de nuevo.

21

—

El viaje a la Galería Uffizi había dejado al holandés exhausto. Moverse en silla de ruedas entre la avalancha de personas que visitan un lugar como ese no solo ponía a prueba sus nervios, sino también sus brazos. Barbara Lenti lo notó al salir de la A11. Al profesor Einar le encantaba deslizarse entre los Botticelli más famosos del mundo y las cinco espléndidas *Madonnas* del Cinquecento que los custodiaban, pero le incomodaba que lo empujase. Era irónico: él, que podía saltar de un lugar a otro del planeta gracias a una técnica ancestral custodiada por los de su especie, estaba condenado a la piedad que despertaba aquel instrumento en cuanto tocaba tierra.

Trató de no pensar en ello. Florencia exaltaba sus ideales románticos como ningún otro lugar del mundo. Unos arquetipos antiguos, de una época que solo anhelaba cuando pisaba sus calles. Ni siquiera en la bella y artística Brujas, donde vivía desde hacía años, era capaz de sentir lo mismo que en la antigua villa medicea. La desbordante intención de las obras atesoradas en esos corredores hacía mella en su discernimiento cada vez que se topaba con ellas.

Hasta la propia Barbara Lenti, si la miraba *alla fiorentina,* podría figurar, sin desentonar, en cualquiera de aquellas tablas. Objetivamente, era difícil que la conservadora jefe pudiera competir en juventud con la simpar Simonetta

Vespucci que posó tantas veces para el maestro Sandro Botticelli, pero a una mujer así hasta las veladuras y las raspaduras de la edad la engrandecían. «Los siglos les sientan bien a los nuestros», pensó.

—*Continuiamo, professore?*

Ajena a sus cábalas, la doctora Lenti obsequió a su huésped con un breve paseo por el Corridoio de Levante, rumbo al montacargas que los sacaría de allí. Vigilados por la bella Ceres del museo, los bustos de los emperadores Otón y Vitelio y los ojos brillantes de los Giotto y los Pollaiuolo, siguieron hablando de *La primavera.* Ambos sabían que la pieza maestra del lugar irradiaba algo que iba mucho más allá de la segunda visión de Belfegor. Botticelli había investigado mucho antes de bocetar aquel monumento a la belleza. Cuando finalmente lo pintó, lo hizo servir como aviso para los humanos. *La primavera* era un enorme y radiante cartel cuyo destino trascendería los muros del palacio para el que fue concebida. Un cartel que gritaba: «¡Existen naturalezas ocultas!», y ambos lo sabían.

—Si lee *La primavera* de izquierda a derecha, del mismo modo en el que se aborda un libro —hizo memoria Lenti—, la primera figura que nos sale al paso es Mercurio. ¿Recuerda por qué?

Jon Einar se encogió de hombros.

—Creo que va a decírmelo de todos modos, *dottoressa* —sonrió, lacónico.

—En tiempos del joven Botticelli, el dios de las alas en los talones era percibido como el gran «revelador del conocimiento secreto», un maestro de los misterios más insondables. ¿No es su ubicación toda una declaración de intenciones? Se trata de un dios que mira y que señala al cielo, dando a entender que es ahí donde se esconde el secreto. ¡Ah! —exclamó—, es todo tan claro que veces pienso que, si por mí fuera, esta sería una obra que debería estar bajo llave. *Richiusa.*

—Pero eso es imposible.

—Lo sé, *professore. Io lo so.* La paradoja es que, en los últimos cien años, se ha convertido en la estrella de este museo. No podemos pensar en cederla ni en retirarla para su restauración. ¡Imagínese el escándalo si la quitáramos de la exposición permanente!

Esa tarde, tras olvidar a Belfegor y su radiante desaparición, Lenti también le habló de la influencia que los escritos de Marsilio Ficino tuvieron sobre Botticelli. Ficino, el primer traductor de los escritos de Platón al latín, fue el verdadero artífice intelectual del Renacimiento. Su rescate de los clásicos impulsó una corriente neoplatónica que vindicaba el valor de los viejos mitos como base de la ética cristiana. Lenti defendía que de esa filosofía bebieron Pico della Mirandola y otros pensadores que sedujeron también a artistas como Leonardo da Vinci o Rafael, y que su intención nunca fue otra que la de crear *obras-puerta* que empujaran a las élites que disfrutaban de ese arte hacia una dimensión superior de la conciencia humana. Jamás impulsó un uso estético del arte, tal y como decían los manuales. La Venus que ocupaba el corazón del cuadro —corazón literal, en medio de los dos *pulmones velados*— era la guardiana de un umbral. Uno entre muchos otros dispersos por el mundo, claro. De ahí su irresistible e irracional magnetismo.

—¿Sabía que hemos inventariado casi ciento cuarenta especies distintas de flores y plantas en *La primavera*? —añadió Lenti como si tal cosa—. Hay violetas, nomeolvides, lirios, rosas, amapolas, jacintos, ranúnculos..., pero, sobre todo, encontramos margaritas. Más de cincuenta esparcidas por la escena. ¡Y no sabemos qué significan! A veces las miro sobre ese suelo oscuro y siento que son un reflejo del cielo que ausculta Mercurio. Debo de estar enloqueciendo…

Einar suspiró, tan abrumado como ella.

La conservadora comprendió que debía suavizar su argumentación. Hablaba demasiado rápido. Buscando excusarse, tuvo la amabilidad de poner a su disposición una de las furgonetas Mercedes que el museo guardaba para el transporte vip. Era un vehículo con matrícula oficial y placa de la Soprintendenza dei Beni Culturali que estaba aparcado en la puerta de servicio de los Uffizi, con el chófer ya preparado.

—Verá que es un alivio para moverse por las calles peatonales alrededor de la Signoria de Florencia sin ser molestado por los *carabinieri.*

—Todo un detalle, *dottoressa.* —Einar sonrió agradecido.

—Siento haberlo entretenido tanto —se excusó, abriéndole el portón con plataforma—. Pero quizá ahora comprenda por qué di la alarma y pedí ayuda. No creo que el regreso de Belfegor a Florencia augure nada bueno…

—Reflexionaré sobre todo esto, *collega* Lenti. Se lo prometo.

—¿Tiene ya dónde quedarse en *la città?* —indagó, fijándose en la escueta mochila de Einar, colgada de su silla.

—Sí, no se preocupe. Estas calles no tienen secretos para mí.

—Entonces, *arrivederci, professore.*

—Addio, dottoresa!

22

—

La operación Vultus experimentó un inesperado giro aquella misma jornada en Puente Viesgo. Eva y los niños se habían quedado sin coche, solos, en el corazón del valle más meridional de Cantabria, mientras yo recorría las afueras de Montignac con uno de mis *raritos*. Por suerte, nuestro molino no estaba muy lejos del casco urbano y, en mi ausencia, pudieron organizarse razonablemente bien.

Sandra salió en su rescate ofreciéndoles una visita especial a la gran cueva del Monte Castillo. La guía se había quedado tan maravillada con nosotros —y nosotros con ella— que le faltó tiempo para ofrecerse a enseñarles otros rincones de la región. Esa caverna, además, era la razón última que nos había llevado hasta allí: una pirámide natural, cónica, cubierta de vegetación y horadada en su base por seis grutas alineadas sobre un mismo sendero, repletas de pinturas rupestres. Se trataba de un espacio único en el mundo, cuyas imágenes prehistóricas recordaban que ese punto en el mapa tenía *algo* desde hacía eones.

Puente Viesgo, un pueblo ubicado a solo treinta kilómetros de Santander, tuvo que ser una especie de Vaticano del Paleolítico. Rodeada de bosques de hayas y robles, la villa seguía siendo el paso obligado entre las montañas del norte y la meseta castellana. Su río, el Pas, abrevó a comunidades humanas durante más de cien mil años, beneficiándolas no solo con su singular bosque húmedo y su clima templado, sino también con sus abundantes manantiales medicinales. Los mismos que en el siglo XIX habían servido para cimentar el hotel balneario más famoso de los contornos.

—¡No he dejado de pensar en vosotros! —saludó Sandra a los niños nada más citarlos en la explanada de la cueva del Monte Castillo. Esa mañana, había elegido una camiseta negra con el logotipo de las cuevas como indumentaria, partido su melena rubia en dos trenzas y cogido del almacén de la Oficina de Turismo una curiosa linterna con aspecto de viejo candil.

—¿De *vedad* has pensado en *nosotos*? ¿Y por qué? —la interrogó Sofi.

—Bueno… —sonrió, empujado su mar de pecas con una sonrisa enorme—. Tengo otro misterio para detectives como vosotros. ¿Me ayudaréis a resolverlo?

Los pequeños asintieron sin pensarlo. Eva los miró intrigada.

—¿Hay que investigar en otra cueva? —indagó Martín, expectante.

—Oh, sí, cariño. Aunque esta no es como la de Hornos. ¡Esta es enorme! —respondió señalando el boquete de acceso a las escaleras del Monte Castillo.

Sandra los condujo hacia el interior de la montaña, explicándoles algunas de las cosas que se habían dicho de aquel lugar. Al parecer, la forma cónica de aquel cerro, a trescientos cincuenta y cinco metros sobre el nivel del mar, llevaba milenios atrayendo a los humanos por culpa del número áureo, una constante geométrica que se encuentra en la naturaleza, en cosas que nuestro cerebro interpreta como armónicas. El caparazón de un caracol, el grosor de las ramas de un árbol, las nervaduras de una hoja o la proporción entre la base y la cima de un cerro como aquel estaban marcadas por esa cifra. Los niños fingieron que entendían aquel parlamento, pero se quedaron solo con la idea de que la cueva que iban a explorar —una suerte de cicatriz vertical abierta en la roca— se perdía hacia el corazón de la montaña, igual que lo hacen los pasillos de las pirámides egipcias.

—Vamos a ir al lugar más sagrado de esta caverna, chicos. Quiero que veáis algo.

Descendieron entonces por unas escaleras andamiadas que oscilaron a su paso. El lugar exhalaba un aliento fresco y húmedo que los escalofrió por un segundo. Alejarse de la gran boca de la cueva no los preocupó. Hacía años que se había instalado un sistema de luces que iluminaba discretamente la cavidad, enfatizando solo los rincones en los que los paleontólogos deseaban enseñar algo. Los niños examinaban esos claros, pero también se fijaban en lo que tenían a la altura de sus ojos, en la penumbra de los recovecos del pasillo por el que transitaban. Aquella galería estaba pintarrajeada por todas partes con una sucesión de puntos ocres en las paredes. Eran como las miguitas que dejaba Garbancito en un cuento que les encantaba, como marcas para no perderse.

Al cabo de unos metros, sumergidos ya en la oscuridad, Sandra se detuvo frente a un panel en la roca, pulido y brillante. Estaba lleno de huellas de manos. Eran palmas perfectas en negativo. Alguien las había dejado allí impresas hace miles de años, espolvoreando sobre ellas un polvo que las perfiló con una precisión pasmosa.

—Mirad, chicos —dijo, dejando que su llamada retumbara en la oquedad. Estaban a mucha distancia del grupo que había entrado tras ellos—. Son de niños.

—¿Seguro? —dudó Eva, admirada ante la caótica superposición de palmas.

—Bueno… —concedió—. Quizá haya alguna de mujer, pero casi todas son de gente menuda —respondió.

—¿Y por qué manchaban las *paedes* así?

La pregunta de Sofi hizo reír a Sandra.

—No se limpiaban las manos ahí, querida. Las ponían deliberadamente. Es evidente que deseaban señalar o marcar algo.

—¿Y qué era?

La guía volvió la cabeza hacia un recoveco oscuro, no muy alejado de las manos, zarandeando graciosa sus coletas. Entonces, encendió su candil eléctrico y las falsas llamas dejaron ver una constelación de rayas que pareció temblar sobre la pared.

—¿Qué es eso? —susurró Eva.

—¡Son redes, mamá! —clamó Martín en el acto—. ¿No las ves? ¡Como las que encontramos en la otra cueva!

Eva se acercó a aquella sección, intrigadísima. Y sonrió. Tenían un aire a las que vimos en Hornos de la Peña, pero también a algo que recordó en ese momento. Semanas antes de partir hacia Cantabria, mi mujer me encontró rebuscando

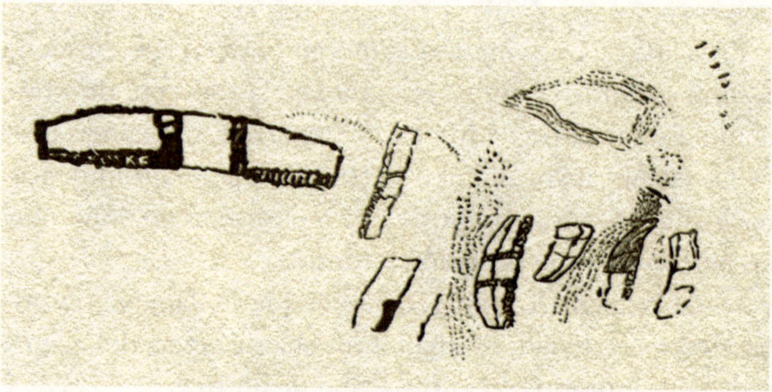

Las misteriosas «redes» de la cueva del Castillo, en Cantabria (de hace aproximadamente diecisiete mil años).

en el estudio de casa viejos libros de platillos volantes en los que se hablaba de «ovnis» en cuevas rupestres. Eran justo esos.

—A Javier le encantaría ver esto... —murmuró.

—Pero son redes, ¿no? —insistió Martín.

En realidad, la escena resultaba indescifrable. Lo que tenían delante era una sucesión de rectángulos cuidadosamente punteados en rojo, con otros más pequeños en su interior. Los había en vertical y también tumbados, a veces escoltados por un minúsculo ejército de manchitas dibujadas por una yema de dedo infantil. Lo mismo podría ser el conteo de cabezas de animal que una suerte de mapa que redes de pesca...

—¿Y para qué *pintaían* tantas? —interrogó Sofía, esforzándose por resolver aquello para su nueva mejor amiga.

—Además —la interrumpió su hermano—, ¡aquí no hay mar!

—Mira, en eso tienes razón —asintió Sandra—. Pero, por algún motivo, todas estas tierras del interior están llenas de historias conectadas con el agua. Y algunas son muy extrañas —enfatizó.

Eva se encogió de hombros:

—¿De veras?

—¿No habéis oído hablar del hombre-pez de Liérganes? ¡Es un historión!

—¿Del qué...?

—A media hora en coche de aquí podéis visitar un pueblito junto al río Miera donde en el siglo XVII vivió un hombre mitad humano mitad pez.

—¡Eso no se lo cree nadie! —protestó Martín.

—Pues incluso tienen una estatua suya.

—¿Una estatua? ¿De un *sirenito*? —replicó con retintín.

—No es un *sirenito*. Fue un joven vecino al que se llevó el río Miera en la víspera de San Juan de 1674 y al que no se volvió a ver hasta pasados cinco años, en 1679, cuando lo pescaron literalmente en las aguas de Cádiz.

—¿Lo pescaron?

Sandra sonrió:

—Sí. Los atuneros de la bahía de Cádiz llevaban un tiempo viendo un pez enorme que rompía sus redes con los dientes. Se organizaron para atraparlo y se llevaron un buen susto cuando lo que sacaron del mar fue un hombre corpulento, de cara traslúcida y pelo rojizo. La leyenda dice que su nombre real fue Francisco de la Vega y Casar.

—¿Se llamaba Paco? —observó divertido Martín.

—Pues al parecer, fue un nadador portentoso. Cuando lo sacaron del agua había pasado tanto tiempo en ella que tenía el cuerpo cubierto de escamas, lucía membranas entre los dedos y agallas en el cuello, y casi no era capaz de articular palabra.

—Casi… —Sofi hizo de eco sin perder de vista las redes de la pared.

—Bueno, veréis… —de repente Sandra sintió la necesidad de justificarse—: a Francisco se lo llevaron a un convento de Cádiz y allí, después de varios exorcismos, pasó de rugir a murmurar guturalmente una palabra extraña. La repetía una y otra vez: «Liérganes, Liérganes». Cuando descubrieron que así se llamaba una aldea cántabra al otro lado de España, se lo llevaron allí en un viaje larguísimo… y su familia lo reconoció.

—*Entoces, ¿exitió?*

Eva miró a Sofía con ternura.

—Sí, existió, cariño. Su partida de bautismo todavía se conserva en Santillana del Mar. También sabemos que nunca se adaptó a la vida en tierra. Nunca se alegró de regresar con los suyos y apenas comía otra cosa que no fuera pescado o carne cruda. Y así hasta que un día los vecinos lo vieron lanzarse otra vez al Miera y zambullirse en sus aguas para no volver jamás. En 1755, ante la falta de noticias sobre su paradero, lo dieron por desaparecido.

—¡Hay que ver las cosas que se contaban antes de inventarse la tele...! —exclamó Eva, como queriendo quitarle hierro al cuento.

Sandra se encogió de hombros.

—Puede que se lo inventaran, por supuesto, pero su historia fue recogida por importantes sabios de la época, escépticos como el padre Feijoo[31] que la dieron por buena. Más tarde, una eminencia como el doctor Gregorio Marañón diagnosticó a Francisco de cretinismo, una disfunción de la tiroides bastante común en esas tierras. Pero lo más intrigante es que el suyo no fue el primer caso de este tipo: en nuestras costas, según cuenta Plinio el Viejo en su *Historia natural,* no era raro ver tritones, que era como llamaban en época romana a los hombres-pez. Aparecían en cuevas asomadas al mar, parecidas a esta, y su presencia estaba en boca de todos.

—¿En cuevas... como esta? —la voz de Martín sonó preocupada.

—Tranquilo, hijo. No existen hombres mitad humanos mitad peces —lo socorrió su madre—. Tampoco los centauros, ni los hombres lobo, ni... ¡Todo eso son mitos!

—Pero mitos muy antiguos, Eva —la reconvino Sandra—. En esta cueva, sin ir más lejos, todavía vive uno de esos híbridos. Llevaba milenios escondido entre las sombras... hasta que hace poco descubrimos su escondite. ¿Queréis que os lo enseñe?

31. Benito Jerónimo Feijoo, *Teatro crítico universal.* Tomo sexto, discurso octavo: «Examen filosófico de um peregrino sucesso de estos tiempos».

Los niños se miraron sin saber qué decir.

Sandra hizo un gesto para que la siguieran.

Avanzaron por el único conducto que se abría ante ellos, con la curiosa sensación de adentrarse en los pliegues de una entraña viva. Aquello parecía el interior de un intestino. Seguramente los niños consiguieron mantener la calma porque siguieron contando hileras de puntos que aumentaban de tamaño según avanzaban. Alguien, en la noche de los tiempos, parecía haberlos pintado para un momento así. De hecho, solo se desvanecieron cuando desembocaron en una sala de piedra, altísima, cuya bóveda quedaba sumida en la oscuridad a pesar de la iluminación artificial.

—El ser está cerca de aquí, mirándoos —anunció Sandra, misteriosa—. ¿Lo veis, chicos?

Martín y Sofía movieron sus cabecitas en todas direcciones, tratando de localizar lo que quiera que fuese que habitara allí.

—¿Es malo? —indagó la niña.

—No te hará nada...

—¿Y cómo lo veremos? Aquí no hay luz.

—Hay un truco —sonrió Sandra—. Es un ser invisible, ¿sabes? Y solo si le acercas una lámpara como esta —dijo moviendo en el aire su farolillo— puedes hacer que se asome.

La guía se acercó entonces a un lateral de la caverna, hasta alcanzar una columna calcárea solitaria que presentaba un extraño aspecto. Encaramada sobre una protuberancia en el suelo, se elevaba como el mástil de un barco fantasma. A diferencia de todas las que habían visto antes, aquella tenía la parte superior pulida. Su punta había sido redondeada y presentaba forma de gancho. Sandra les explicó que eso no podía ser natural. Alguien, en algún momento de la prehistoria, había erosionado con arena ese extremo de la columna de calcita y le había dado su peculiar aspecto.

—Decidme, ¿no os recuerda a algo esta estalagmita? —indagó.

Los niños escrutaron la formación sin pestañear y durante unos segundos no dijeron palabra.

—*Paece* un *hobre* sentado —murmuró Sofi al fin.

Eva vio a Sandra abrir los ojos como platos. Aunque la estalagmita en cuestión era irregular, su parte superior parecía más abultada. Daba, en efecto, la impresión de ser un cráneo pegado a un rostro. Pero la niña no miraba directamente a la piedra, sino que parecía hipnotizada por la pared que tenía detrás.

—¿Y cómo lo has visto? —se interesó la guía, como si le diera la razón.

—¡*Mia!* —exclamó de repente—. ¡*Mia* cómo se mueve!

Eva se estremeció y corrió a ponerse en cuclillas junto a la pequeña. Lo vio. Y Sandra también: el farolillo que llevaba en la mano hacía que la estalagmita proyectara contra la pared una sombra que parecía tener vida propia. Por supuesto, era la silueta de la columna, con su pico redondeado, la que daba movimiento a una figura que parecía la de un hombre agachado. Un hombre… que parecía un bisonte a la vez.

—Eres muy perspicaz, Sofi —confirmó Sandra.

—Ah… ¿Lo habías visto antes?

La pregunta de Eva no escondía ironía ni molestia, solo asombro.

—Sí. Un profesor belga lo descubrió hace unos años por casualidad. Luego nos dimos cuenta de que hay una pierna humana esbozada en uno de los lados de la estalagmita, bajo otra de bisonte pintada con carbón. De repente entendimos que los antiguos no veían solo piedras en las cuevas, sino que interpretaban sus sombras y las enriquecían con detalles que completaban su significado. Y, con seguridad, debieron de hacer lo mismo con los ecos de sus voces, los olores y cuanto estímulo sensorial les devolviera la gruta, aunque de eso no tengamos pruebas.

Un tirón en su cortavientos rojo la hizo detener su explicación.

—Mueve la *lápara* un poco —le pidió Sofía, fascinada por aquella sombra que oscilaba con el candil.

—¿Cómo? ¿Así? —dijo bajándolo y subiéndolo.

—Sí, sí... Ahí. ¡Para!

Sandra se detuvo.

—¿Qué ves? —le preguntó.

—Mira... El señor agachado *tamién* es un pez. Un hombre-pez. Como Paco.

Y Sandra, que por supuesto no sabía nada de la segunda visión ni de los hombres-pez que en Madrid estaban buscando a esas horas el padre Durand y Ángela Qiao, ni tampoco de los misteriosos teriántropos híbridos que me estaban mostrando en Lascaux casi al mismo tiempo de aquella conversación cavernaria, se quedó de una pieza viendo que aquella niña tenía razón.

—Ya sé por qué *pitaban* redes los señores de esta cueva —soltó Sofi con toda solemnidad.

—Ah, ¿sí?

—Sí. Para pescar a personas como esta y hacerlas hablar. ¡Tengo que contárselo a papá!

Aquel fue el penúltimo efecto de la operación Vultus.

La sombra de la estalagmita manipulada de Monte Castillo es la de una criatura teratológica oculta. Sofía la vio con su segunda visión.

23

El hotel en el que decidió hospedarse era de lujo. Einar lo conocía desde hacía tiempo. Ubicado en una plaza a las afueras del centro de Florencia, estaba orientado hacia una explanada adoquinada con baldosas —una ventaja impagable para su movilidad— y a un tiro de piedra de la espléndida Librairie Française. Allí, a solo cien metros del Westin Excelsior, se alzaba la antigua iglesia de San Salvatore in Ognisanti. Ese era el verdadero tesoro del emplazamiento. Tenía no menos de ocho siglos de historia bajo sus vigas, pero era casi invisible al turismo al haber sido fagocitada por un hostal para jóvenes peregrinos y un edificio de apartamentos.

Ognisanti era el lugar de reposo de la familia Vespucci. Allí yacía Américo Vespucio, el cartógrafo que terminó dando su nombre al Nuevo Mundo al darse cuenta de que lo descubierto por Colón no podían ser las Indias, sino un nuevo continente.

«América debería llamarse Colombia», le pareció escuchar desde las paredes.

La frase no era suya. Era de Graziella, la novia que tuvo en Florencia durante el año que pasó allí como estudiante. Eso fue en los tiempos de Humberto I de Saboya, hace mucho. Entonces aún no se había quedado inútil de cintura para abajo. Con aquella chica morena y de ojos verdes recorrió la ciudad de los poetas, entre besos y versos de Dante, hasta descubrir aquel rincón. Desde entonces, la nostalgia lo empujaba siempre allí.

La ciudad que recordaba era muy distinta a la actual. No había tráfico ni calles cortadas por obras ni tampoco neones luminosos o escaparates que uno podía encontrar en cualquier ciudad del mundo. El Arno olía a podrido por culpa de los carniceros florentinos que arrojaban al río lo que les sobraba de sus matanzas, pero también se podía comer por poco dinero y se dormía en *ostelli* que estaban siempre vacíos.

Aquí enterraron a Sandro Botticelli, le susurró Graziella antes de entrar por primera vez a Ognisanti, llevándolo de la mano hasta una tapa de piedra redonda recortada en el suelo. En la losa no figuraba el nombre del pintor. Lo buscó, pero solo distinguió el escudo de un león sobre un fondo azul, cubierto por un ramo de flores dejado por algún admirador.

«Cada día hay rosas frescas en su tumba. Nadie sabe quién las trae. ¿Me regalas una, *amore*?».

El recuerdo hizo que esa tarde se deslizara hasta la iglesia con los ojos humedecidos. «Graziella...».

Al dejar atrás la fachada de mármol travertino y empujar sus puertas de madera, Einar lo revivió todo. Cada altar, bancada, aplique de bronce o reclinatorio tenía un recuerdo asociado. Ognisanti fue, durante meses, su refugio secreto. El único techo solitario bajo el que Graziella y él podían refugiarse. Y cada pintura en sus paredes, como los frescos en los que Ghirlandaio retrató a la familia Vespucci, un pasaporte con el que volar a un tiempo que ya no volvería.

Pero ahora estaba solo.

De hecho, llevaba solo desde entonces. No había podido enamorarse de nadie después, ni siquiera de Ángela Qiao cuando se conocieron en Bolonia mucho más tarde

—de hecho, varias vidas humanas después— de la muerte de Graziella. Encontrarse con ella en Madrid y volverla a sentir tan cerca por unos minutos le había resentido una herida que creía cicatrizada.

Lo de Ángela había sido solo un espejismo. Se conocieron cuando llevaba ya décadas postrado en su silla de ruedas, con sus huesos debilitados, al servicio absoluto del señor X... y sufriendo la imposibilidad irreversible y secreta de amarse como él hubiera querido durante el tiempo de vida que aún le quedaba por delante. Ángela y él compartían el gusto por el *bel canto*, por los clásicos y por los viajes, pero nunca encontraron el tiempo para explorarlos juntos.

Con el corazón encogido, Jon Einar se impulsó hasta el único punto entre las capillas del crucero desde el que podría admirar los tesoros favoritos de su primer amor: un crucifijo de Giotto, quizá el mejor que pintó, y la olvidada tumba del creador de *La primavera*.

Frente a ella, sobrecogido por aquel silencio sacro, ancló el freno para meditar sobre su jornada.

—Graziella... —suspiró.

En ese preciso instante, su maldito móvil vibró, rompiendo el hechizo.

> +34 Spanje
> Julián de Prada

—¿Qué tal ha ido por Florencia? —la voz del señor X sonó clara en el auricular.

Einar se secó los ojos con la mano, obligándose a responder con normalidad.

—Ha sido Belfegor, amigo —le soltó a bocajarro.

Silencio.

—¿Estás seguro? —preguntó al fin.

—Ha estado en los Uffizi buscando jóvenes a quienes confiar sus enseñanzas.

—¿Qué enseñanzas?

—La segunda visión.

Un chasquido sonó al otro lado de la línea.

—Pero los dominios de Belfegor estaban en París.

—Parece que eso ha cambiado —respondió Einar, repuesto, sin disimular su consternación.

—Y... —el señor X titubeó—. ¿Y sabes si Belfegor ha seleccionado a alguno de esos jóvenes?

—Barbara Lenti asegura que nadie lo ha vuelto a ver en las últimas cuarenta y ocho horas ni ha habido otros incidentes.

—Está bien —aceptó con renovada determinación—. No podemos detenernos, Jon. Te ruego que reserves el primer vuelo que encuentres mañana para tu siguiente destino y averigües a qué nos enfrentamos. No es buena señal que los viejos maestros estén despertando...

—¿Y tú qué harás mientras tanto?

—No saldré del Prado. Si, como parece, se están reactivando las obras del *arcanon* y los maestros vuelven a dejarse ver junto a ellas, es nuestra oportunidad para neutralizarlos.

—Quizá deberías advertir al museo de esto.

—¿Qué propones? —preguntó el señor X.

—Habla con Ángela Qiao. Conoce el problema y podría ayudarnos.

—Lo haré.

—Entonces, debería ir a México, ¿verdad? —dedujo, recordando su última conversación en Madrid: «Uno de los émulos de Fovel», le dijo, «se manifiesta en Ciudad de México».

—Sí, Jon. Cuanto antes.

—¿Cuál es mi destino exacto?

—¿Tienes acceso en el móvil a tu correo? —respondió De Prada—. Te estoy enviando una noticia de la semana pasada. Por desgracia, solo es la última de un largo historial de informaciones publicadas en los meses pasados.

El holandés se apartó el teléfono de la mejilla y abrió su buzón de correo electrónico. El más reciente contenía un anexo en PDF que su aplicación tardó un segundo en abrir. Lo leyó estupefacto:

Frida sigue aquí

Teoría: el fantasma de Frida Kahlo está acosando a los visitantes de su museo

De acuerdo con varios visitantes de la Casa Azul, hay una presencia misteriosa que recorre los pasillos de la famosa vivienda convertida en museo en México.

—¿Frida Kahlo?

—No, una maestra.

—¿Estás seguro?

—Averigua qué pasa y haz aquello para lo que te he entrenado: tu momento ha llegado. Ya he llamado a México y les he prometido que los librarás de su presencia. Te esperan.

—¿Quién me espera?

—Les he dicho que llegarías hoy —respondió sin dar detalles—. No me falles.

24

—Mire, joven, los teriántropos son un *sacré énigme.*

Escuché al viejo Antoine de fondo, desconcertado, como si una niebla se hubiera instalado en mi cabeza y no me dejara pensar en nada. Ni siquiera oírle por primera vez pronunciar algo parecido a una palabrota me despabiló.

—Lo son —asentí.

—Y qué, ¿qué le ha parecido la neocueva? ¿No va a decir nada? ¿Solo va a utilizar monosílabos?

—Bien.

—Hummm —me miró de reojo.

Había abandonado Lascaux IV tan confuso que articular cualquier respuesta me resultaba difícil. Supongo que fue la saturación de imágenes después de un largo viaje. De hecho, permanecí un rato en silencio en la entrada de la cueva, junto a Antoine, intentando ordenar mis ideas. El pobre debió de pensar que estar colgado en el aire de un arnés me había alterado.

—*Docteur...* —balbucí—. ¿Podríamos buscar un lugar tranquilo donde hablar?

—Hay una cafetería agradable en el centro del pueblo, podemos aparcar justo enfrente.

—Eso sería perfecto, Antoine, yo...

Me costó decir aquello. Estaba algo mareado, sin energía. No me sentía con fuerzas para emprender el camino de regreso ni para cumplir con mis planes de visitar la gruta de Rouffignac, donde me había propuesto ver sesenta y tres figuras de animales pintadas alrededor de una brecha en el suelo, como si fueran a atravesar un *agujero de gusano* cósmico. Quizá tendría que reconsiderarlo.

Cuando nos apeamos del coche, el estrellero tomó su bolsa llena de tubos y papeles. De camino hacia el café, trastabillé. Ni siquiera era capaz de caminar erguido. Lerroux repasó mis últimas palabras y, entendiendo que eran una sutil llamada de auxilio, me condujo hasta una terracita con vistas al río Vézère. Aquellas mesas con sombrilla de una conocida marca de refrescos me parecieron un oasis.

—Siéntese aquí, *mon fils* —dijo, soltándome del brazo—. Le pediré un té y enseguida se repondrá. Tendrá usted el síndrome del escalador…

»No se mueva, ¿quiere? —añadió—. Ahora vuelvo.

Mientras esperaba, cerré los ojos y no volví a abrirlos en un buen rato. Con las piernas estiradas, recibiendo en los párpados los rayos de sol de la tarde, noté como el viejo Antoine iba y venía varias veces del interior de la cafetería.

—Hummm… hummm… —gruñía.

En aquel desfallecimiento pasó algo: la cabeza me empujó a un recuerdo enterrado casi tres décadas atrás. Por un momento, involuntariamente, me vi catapultado a un pasado cercano.

Fue una sensación grata.

De repente, me vi más joven, cuando no tenía tantas responsabilidades y trabajaba como periodista *freelance* para varias publicaciones. Palpé la mesa en busca de mi taza, resistiéndome a romper ese momento, y al segundo sorbo de té me dejé atrapar definitivamente por mi memoria.

—*Il a besoin de sucre, le pauvre.*— «Pobrecillo, necesita azúcar», oí apiadarse a la camarera como a lo lejos.

Dejé que aquellas chispas de un tiempo lejano revoloteasen a mi alrededor. Me sentía cómodo con los ojos cerrados, regresando al pequeño piso sin calefacción que tuve en la sierra de Madrid, sin niños, sin mascotas, con un coche de segunda mano aparcado en la puerta.

—No, no. Usted relájese. Tómeselo con calma —oí decir, cuando hice un intento de incorporarme.

Fue entonces cuando el efecto *magdalena de Proust* me hizo recordar mi primer viaje a París, uno sin presupuesto, noches de campin en el Bois de Boulogne y menús de *baguettes* de tomate y queso. Pasé una semana vagando por las orillas del Sena, buscando cosas sobre las que escribir entre librerías de viejo e iglesias. Un día, en uno de aquellos paseos, terminé en el Museo del Hombre, en la plaza del Trocadero. Me empeñé en examinar las anotaciones y los dibujos de dos distinguidos antropólogos que, entre los años treinta y cincuenta, habían viajado a Mali para una extraña investigación.

El carné de periodista me abrió todas las puertas.

Marcel Griaule fue, hasta su muerte en 1956, uno de los referentes mundiales en el estudio del pueblo dogon, quizá el último reducto de primitivismo del continente africano. Los funcionarios del museo me explicaron que había sido un excelente investigador de campo; uno de esos aventureros de salacot y rifle que lo dejaban todo por convivir con los nativos, fuera donde fuese. Al acabar la Segunda Guerra Mundial dirigió una de sus mejores expediciones a los remotos barrancos de Bandiagara, en el África occidental. Quiso entrevistarse con uno de sus brujos, un anciano cazador ciego llamado Ogotemmeli. El mago de la tribu había oído hablar maravillas de aquel extranjero y aceptó recibirlo en su casa. Era, según contaría después, «el hombre más sorprendente de las llanuras y los roquedales, desde Oropa hasta Nimbé, Asarkaba y Tintam». Ogotemmeli tenía el rostro desfigurado por un disparo y malvivía en una choza de barro y paja a la que el francés acudió durante treinta y tres días para escuchar la historia del universo.

Gracias a aquellas entrevistas y al permiso que recibió de la antiquísima comunidad de sabios dogon a la que pertenecía Ogotemmeli, Griaule reconstruyó el sistema de creencias de la etnia e interpretó las artesanías, pinturas sobre rocas y tejidos que vendían desde hacía tiempo a marchantes de medio mundo.

Sin querer, Ogotemmeli sentó un valioso precedente en los estudios africanistas. Él fue el primer sabio del continente que reveló a un europeo una cosmogonía hasta entonces inédita, y que resultó ser tan compleja como las del mundo clásico. Fue como si los dogones hubieran atesorado el legado de un Hesíodo olvidado durante milenios. Según su relato, el pueblo dogon recibió toda la cultura que poseían de unos misteriosos «dioses instructores» llegados de la estrella Sirio. Independientemente de cómo sonara aquello, los dogones eran capaces de proporcionar datos de gran valor astronómico sobre la estrella de sus maestros. No eran las Pléyades de Lascaux, pero Sirio fue otro de los grandes referentes nocturnos para las culturas de la Antigüedad.

Era muy joven cuando me interesé por Griaule. Entonces, el asunto de los maestros no estaba en mi agenda y lo que en esa época me llamaba la atención de ellos se lo debía a la lectura superficial que habían hecho de la aventura de aquel antropólogo otros autores que los habían asociado con «paleovisitas» de extraterrestres. Carl Sagan, en uno de sus libros, me enseñó a dudar de esa idea, pero ni él mismo se atrevió a descartar una injerencia «de fuera».[32] Nadie podía poner en duda que los dogones eran una de las tribus más antiguas y sorprendentes de África. Cuando Griaule la visitó por primera vez todavía estaban en el Neolítico, roturaban sus tierras con arados de madera y plantaban las mismas semillas que sus antepasados cultivaban cien generaciones atrás. Pero era inexplicable que el cuento de unos dioses caídos del cielo, a bordo de un arca de fuego, escondiese detalles astronómicos de relevancia científica.

Para los dogones, Sirio era un sistema de dos astros alrededor del cual orbitaba el planeta del que habían partido sus maestros. Pero no fue hasta 1862, y gracias al uso de tecnología óptica de precisión, cuando Occidente supo que la «estrella del perro» —como también se la conocía— era un sistema binario formado por dos soles.

¿Cómo pudieron tener los dogones ese conocimiento si no habían visto nunca un telescopio?

Cuanto más estudiaba el caso, más insólito me parecía. A Sirio B, la segunda e invisible estrella de su sistema, la llamaban Po Tolo y cada cincuenta años celebraban unas fiestas para conmemorar el final de su órbita alrededor de Sirio A.[33] Además, esa tribu sin catalejos conocía la existencia de los anillos de Saturno y las cuatro lunas de Júpiter y sostenía que los planetas eran masas rocosas que giraban en sus ejes alrededor del Sol.

Las carpetas en las que se apretujaban los informes ori-

32. «El conocimiento de los cielos de los dogones es totalmente impensable sin la ayuda de un telescopio. La conclusión inmediata es que dicho pueblo ha mantenido contactos con una civilización técnicamente avanzada. El único interrogante a resolver es: ¿qué civilización, extraterrestre o europea?» Carl Sagan, *El cerebro de Broca*, p. 87. Crítica. Barcelona, 1974.

33. De este asunto me ocupé ampliamente en mi libro *En busca de la Edad de Oro*, publicado por esta misma editorial.

ginales de Griaule y de su encantadora asistente, Germaine Dieterlen, desfilaban ante mí con una viveza sorprendente. Casi podía respirar el polvo y el olor a viejo de aquellos legajos. Recordé los dos días que pasé hojeándolos, bajo la prohibición explícita de entrar en la sala de consultas con una cámara o con cualquier cosa que sirviera para obtener reproducciones no autorizadas de aquel material.

—Para eso ya tiene *Le renard pâle*[34] —me repitieron varias veces las bibliotecarias—. Esto es un material delicado.

El zorro pálido era un libro que acababan de reeditar. Desembolsé 325 francos de la época que me costaron dos días sin comer, pero valió la pena. En aquellas páginas Ogotemmeli hablaba de Amma, el dios que creó el universo como si fuera un alfarero: a sus ojos, el Sol era una enorme vasija forrada con hilo de cobre rojo y la Luna un ánfora de cobre blanco. Amma creó dos ayudantes mellizos en un lugar lejano a los que llamó *nommos.* Fueron seres inteligentes y hábiles, pero también impulsivos, que cometieron graves errores en el ordenamiento de su creación. Sus fallos tenían que ver con el sexo y la clasificación de las especies, así que Amma decidió castigarlos enviándolos a la Tierra. Y aquí, ociosos, alumbraron a los primeros humanos.

Aquello era un nuevo libro del Génesis, una especie de catecismo original, lleno de historias que nadie había escuchado antes en el mundo *civilizado,* en el que mezclaban estrellas, dioses lejanos y un oscuro arte en máscaras y paredes de piedra rojiza donde se representaban esquemáticamente una y otra vez aquellas historias.

Ogotemmeli refirió también a Griaule que una de aquellas criaturas venidas de Sirio, Q, fue la responsable de mo-

34. Marcel Griaule y Germaine Dieterlen, *Le renard pâle.* Institute d'Ethnologie. París, 1991.

delar a los ocho primeros individuos de nuestra especie. Bajo su tutela aprendieron a poner la naturaleza a su servicio y a mirar las estrellas con la nostalgia de saber que su origen estaba en ellas.

De todos los detalles que el brujo dogon refirió a Griaule, hubo uno al que no presté atención y que ahora revoloteaba por mi mente: Q, el maestro de los primeros humanos, fue una criatura acuática... Un hombre-pez. Un ser al que llamaron «el *nommo* del mar» y que, según ese Génesis, terminó siendo sacrificado «por la purificación y la reorganización del universo después de los actos nefastos de su mellizo». De él dirá también Ogotemmeli que «resucitó bajo forma humana y descendió sobre la tierra (...), se sentó sobre las aguas y dio lugar a una descendencia numerosa».[35]

Pero a aquella conmovedora descripción añadió también una imagen, representada una y mil veces en las artesanías de su pueblo. Un dibujo que acababa de regresar a mi memoria.

Este:

Nommo Q.

35. Griaule y Dieterlen, *op. cit.*, p. 160.

25

—

A casi novecientos kilómetros de Lascaux, a esa misma hora, el padre Durand tuvo que aclararse los ojos dos veces para descartar que su mente le estuviera jugando otra mala pasada. ¿Se había quedado dormido, de nuevo, y estaba soñando con aquello?

Acababa de almorzar y ahora se dirigía a pie hacia la plaza peatonal que separaba el Museo del Prado de la cuesta de Felipe IV. El aire de la ciudad continuaba enrarecido por la tormenta y algunos charcos inesperados espejeaban bajo un tímido sol que luchaba por asomarse entre los nubarrones.

Durand parecía un paseante más. Llevaba un libro y unos papeles arrugados bajo el brazo y respiraba aquel aire electrizado mientras disfrutaba de uno de los rincones más bellos de Madrid, rodeado de taxis blancos, autobuses azules y grupos de viandantes que peleaban con sus paraguas. «Quelle journée, avec ce vent!», se quejó. Las inclemencias de aquella tarde ya le habían humedecido los bajos del pantalón mientras la camisa se le pegaba al cuerpo por culpa del sudor.

No fue hasta alcanzar las escaleras que dan a la puerta alta de Goya, a punto de enfilar las gradas de acceso al Museo del Prado, cuando, delante de un grupo de niños que vociferaban alegres con sus entradas en la mano, se percató.

«C'est lui!», se dijo. «Mon Dieu, c'est lui!».

A tan solo unos metros de donde se encontraba, y soportando la misma ventolera que él, subía las gradas el anciano algo cargado de espaldas que llevaba días colándose en sus sueños. Lo identificó por su melena canosa peinada a raya, por su impecable chaqueta color crema y por algo en su actitud, una energía vital que parecía no corresponderse con aquel cuerpo.

Pero ¿qué diablos hacía *él* allí?

El rostro del padre Durand palideció.

¿De verdad existía?

«Mon Dieu!».

¿Cómo era posible? ¡Y a plena luz del día!

El anciano caminaba como cualquier otro turista, avanzando hacia la puerta de acceso más septentrional del museo.

—¡Eh, eh, eh! —el grito del sacerdote se elevó sobre los críos mientras un trueno retumbaba por toda la plaza. Varias personas que guardaban la fila se volvieron hacia él—. ¡*Monsieur* Belfegor! *Attendez! Je vous en prie*...

Alterado, buscó en su cartera la credencial que le había entregado Ángela Qiao. En cuanto la recuperó, adelantó al grupo de niños y ascendió a toda prisa los mismos peldaños por los que el hombre acababa de volar.

El padre Durand no tuvo problema en atravesar los controles de seguridad. Una vigilante comprobó que no llevaba nada encima que pudiera ser una amenaza y se aseguró de que no introdujera tampoco un paraguas en las salas. El bronce que representaba al emperador Carlos V pisoteando a un enemigo lo recibió con benevolencia bajo la rotonda del museo, casi como si se apiadara de su situación.

—Buenas tardes. *Excusez-moi*... —titubeó con su acento a las dos chicas que atendían tras un mostrador que desbordaba mapas y folletos—. ¿Han visto pasar a un señor mayor por aquí hace *quelques minutes*? —. Gesticuló nervioso.

Las chicas se miraron sin saber qué decir.

—¿No lo han visto? —insistió.

—Pasa mucha gente por esta puerta, señor —pretextó una de ellas, solícita—. ¿Necesita que lo ayudemos a buscarlo?

Durand negó con la cabeza y se precipitó hacia la gran galería del museo. Allí nacía el corredor más famoso del edificio, un enorme pasillo abovedado de ciento cincuenta pasos de largo por doce de ancho que daba acceso a las salas más impactantes de la colección. Desde ese lugar se accedía con facilidad a los Grecos, a los Velázquez y a los mejores Goyas.

El sacerdote pasó veloz junto al enorme lienzo que Tiziano pintó para el emperador Carlos V de España y que este se llevó como una suerte de amuleto cuando renunció al trono. Durand acababa de leer sobre él en *El maestro del Prado.* Antes de morir, el rey más poderoso del mundo pidió al prestigioso pintor veneciano que lo retratase entre los grandes valedores de la religión católica. Pero no como un buen gobernante, sino, más bien, como un alma que solicita implorando su acceso a la vida eterna. *La Gloria,* lo tituló.[36] Y se acordó —sin tiempo para disfrutar de su encuentro— de que la estatua que acababa de dejar atrás en la rotonda era un bronce de Leone Leoni al que se le podía quitar la armadura y dejarlo desnudo. Un hombre podía pasar de emperador a humano y de condición celestial a terrenal en un abrir y cerrar de ojos; un aviso sutil del poder transformador de un lugar como aquel.

36. Véase *El maestro del Prado,* pp. 151-165.

Carlos V y el Furor. Leone Leoni (1551-1564).
Museo del Prado, Madrid.

Aligeró el paso y dejó atrás a otro grupo de estudiantes que intentaban encontrar las diferencias entre dos cuadros casi idénticos, uno de Tiziano y otro que Rubens le copió, y que mostraban a Eva siendo tentada por la serpiente en el paraíso. Los chicos discutían sobre el plumaje del loro que asomaba en ambas escenas. Belfegor tampoco estaba allí.

—Señor, ¿se encuentra usted bien?

Un funcionario en traje gris marengo, corbata roja y chaqueta con dos botones, delgado como una figura del Greco, se aproximó al caballero que trastabillaba por aquel suelo de mármol.

—Emmm… —Durand lo vio sin mirarlo, con la respiración agitada—. Busco a un anciano que acaba de estar *par ici.* Pero no lo veo por ninguna parte —se atropelló—. ¡Y no puede andar lejos!

Aquel vigilante de sala recordó que acababa de cruzarse, camino de los ascensores, con un hombre muy mayor.

—Seguramente estará aún en la planta baja, señor.

El sacerdote dio las gracias a aquel inesperado ángel de la guarda y corrió hacia donde este le había indicado. El ascensor lo depositó en las salas de pintura renacentista, cerca de la estancia dedicada al Bosco. A esa hora, y por alguna razón, la zona baja del museo no estaba tan atestada de visitantes como la gran galería. Recorrió en un suspiro las salas de los Dureros e incluso la más amplia que acoge los Botticellis y a los Fra Angelicos. Tampoco dio con él.

Solo entonces se dio cuenta de que la Sagrada Familia de *La Perla* estaba allí, junto a una de las puertas, con los personajes de Rafael retratados *in aeternum* y a lo suyo.

La Perla. Margarita.

«Oh, mon Dieu!», pensó acariciando el libro que llevaba en la mano. «Comme c'est bon!».

Y, no sin curiosidad, se acercó al lienzo.

Era una obra hermosa. Transmitía una paz serena.

En un acto reflejo, Durand murmuró una oración mientras buscaba un ángulo desde el que el cuadro no acusara los reflejos de los focos. Allí colgada, desafiando la deficiente iluminación de la estancia, la tabla parecía una ventana por la que se colaba la brisa perfumada de una primavera remota.

La proximidad a los trazos del maestro de Urbino le regaló un fugaz instante de calma. Sus pinceles habían inmortalizado a dos críos jugando en el regazo de una de las Vírgenes más hermosas de Rafael. La joven, que no tendría más de veinte años, los vigilaba en compañía de su madre. Al religioso le fascinó la capacidad del genio para hacer invisibles sus pinceladas. Los habitantes del lienzo transmitían verdad y una hermosa entereza, como si hubieran sido capaces de detener el tiempo en el fugaz momento retratado. Aquello era como una instantánea de la vida; un momento de amor que apaciguó su respiración hasta que, inevitablemente, se detuvo en el rostro de la anciana Isabel. Su mirada baja, sus pómulos surcados por profundas arrugas, la boca marchita y su aspecto andrógino le recordaron al hombre que estaba persiguiendo.

«Comment est-ce possible?».

—¡Mi querido padre Durand! ¡Qué agradable sorpresa! —exclamó una voz complacida a sus espaldas en un español insolente—. De todas las maravillas que contiene este lugar, se ha detenido precisamente en esta. ¡Bravo por usted!

«Au nom de Dieu!».

Belfegor.

Lo supo en cuanto el vello de la nuca se le erizó.

Al darse la vuelta, sus ojos lo confirmaron: sí, allí estaba. Se trataba del mismo anciano menudo y molesto que lo había asaltado tantas veces en el Louvre, en sueños. El mismo que le había hablado sin pedírselo, por primera vez, de los hombres-pez y de los remotos *apkallus* que aparecían sobre una pequeña estela sumeria. El mismo tipo que le había convencido, en la almohada de su hotel, de que debía perseguir a los «maestros instructores» del pasado para que explicaran al mundo cómo el arte podría llegar a redimir a nuestra especie. Dicho así, parecía un delirio, pero tenía a aquel Belfegor onírico, ahora en carne y hueso, delante de él, con el mismo gesto que la santa Isabel de Rafael. Este le sonreía como si, además, supiera todo lo que estaba pensando.

—Es... usted —balbució, desconcertado.

—¿Y le extraña, padre? —Inclinó la cabeza a modo de saludo.

Durand había leído demasiadas cosas sobre las visitas de

ángeles en sueños. Estaba la historia de José, el hijo de Jacob que interpretó los sueños del faraón. O el otro José bíblico, el marido de María, al que despertó un ángel antes de que esta fuera visitada por Gabriel y quedara encinta. Según las Escrituras, todos aquellos fueron hechos *reales*. Sin embargo, nunca había oído hablar de que esos mensajeros tuvieran la capacidad de saltar al mundo tangible y aparecerse en un lugar público.

—No se atormente, padre —dijo Belfegor, anticipándose a su zozobra.

Su mirada era poderosa, más que la que recordaba de sus sueños. Aquella vitalidad no se correspondía con su cuerpo. No había síntomas de senectud en la forma de moverse. Derrochaba una energía sorprendente y luminosa y su aplomo parecía tan natural que le resultó absurdo interrogarlo sobre su naturaleza.

—«Las cosas secretas pertenecen a Yahvé nuestro Dios, mas las reveladas, a nosotros y a nuestros hijos» —recitó Belfegor, como si fuera consciente de las dudas de su interlocutor y zanjara así cualquier pregunta. Él era un secreto hecho carne.

—Deuteronomio, 29… —murmuró Durand.

—Excelente, padre. Quédese con eso. No tiene por qué recelar de mí. He venido con la intención de ayudarlo; de revelarle algunas cosas para que se queden con usted.

Pero Durand parecía aletargado. Era como si algo en la cercanía de aquel hombre hubiera adormecido cualquier reacción racional. Su sola presencia lo sedaba.

—Veo que ha elegido usted una lectura curiosa para visitar este lugar —añadió entonces, cantarín, fijándose en el volumen que el padre Durand apretaba bajo el brazo.

—Vaya, ¿lo conoce? —dijo, mostrándole *El maestro del Prado*.

—Los de mi condición conocemos muy bien al doctor Fovel. El protagonista de ese libro es un gran tipo, créame. ¿Ya ha descubierto por qué suele aparecerse siempre en esta sala? —Belfegor inyectó cierta sorna en sus palabras—. No me defraude, padre. Sé que usted es un hombre inteligente.

Luc Durand inclinó la cabeza a un lado, como hacía cada vez que alguien le formulaba una pregunta que era incapaz de responder.

—Le diré algo —continuó el anciano—. Desde la publicación de ese dichoso libro, miles de personas se han acercado a *La Perla* en busca del maestro del Prado, pero ninguno ha encontrado la señal que Fovel les dejó en el lienzo. A menudo, y más ante una pintura como esta, *miramos,* pero no *vemos*. La belleza nubla el sentido crítico, ¿no cree?

—¿Una señal? —Durand se encogió de hombros, volviéndose hacia el cuadro—. *Un signal de quel type?*

—Por el amor de Dios, padre, ¿tampoco ha visto usted que *La Perla* esconde una clarísima alusión a Fovel?

—*C'est impossible* —objetó, mirando de reojo la cartela del cuadro—. Rafael Sanzio pintó esta tabla hacia 1518 y Fovel, bueno, si hemos de creer lo que dice este libro sobre él, se dejó ver por aquí hace dos décadas. Es *impossible* que haya nada suyo en…

—Ya, ya —sonrió—. «Lo que es *imposible para los hombres es posible para Dios*».

—Lucas 18, 27 —disparó.

—Naturalmente, es libre de pensar lo que quiera, padre, pero me sorprende que no haya reparado en la *F* que aparece en la esquina inferior del cuadro. Es casi una firma de Fovel.

«Au nom de Dieu!».

Belfegor tenía razón.

Detalle de la misteriosa *F* en *La Perla.* Rafael Sanzio (1518).
Museo del Prado, Madrid.
Obra completa en página 227.

En la esquina que señalaba, una *F* mayúscula emergía de un viejo tronco partido. No era una grieta ni tampoco un trampantojo en la madera. Se trataba de una letra enorme, bien definida, esculpida, apenas disfrazada por una calculada gama de marrones que la camuflaban con el fondo.

—Ya sabe lo que dicen: si quieres esconder algo, ponlo a la vista de todos —sentenció Belfegor como un mantra.

—Eh..., pero... —El detalle, que no era precisamente pequeño, lo descolocó. ¿Cómo no había visto eso antes? El padre Durand bajó la mirada hacia la portada del libro, como si allí fuera a encontrar la respuesta—. Dígame..., ¿tiene usted alguna relación con el maestro del Prado? —articuló, algo acelerado.

—Podría decirse que... somos hermanos —dijo ufano—. Compartimos naturaleza y nos ocupan las mismas cosas.

—¿Y qué es eso, exactamente?

—Elegir, señalar y proteger para el futuro cuadros como este, padre. Son como la piedra sobre la que Jacob se quedó dormido camino de Harán. Ya sabe, la piedra que le permitió ver una escalera de luz por la que vio bajar y subir al cielo a los ángeles de Dios. Lo cuenta el Génesis.[37] Esta tabla, y otras como ella, son como esa piedra: accesos a lo absoluto. Basta acercarse a ellas de un modo particular para desarrollar una visión diferente de la realidad.

Durand no era capaz de centrarse en el Rafael; algo en su interlocutor seguía chirriándole. Un extraño pensamiento se abrió paso en su mente. Los que habían estudiado Teología como él difícilmente podían olvidar los postulados de santo Tomás de Aquino, cuando afirmaba que estaba en la esencia misma de los seres espirituales manifestarse físicamente a voluntad; que Dios, que había creado lo visible y lo invisible, podía modificar las propiedades de sus criaturas cuando y como quisiera. ¿Era eso lo que tenía delante? ¿Era ese ancianito brioso y enérgico una de esas criaturas, un ángel corporeizado por Dios por alguna oscura razón? ¿Por eso se le había aparecido en sueños primero, como le ocurrió a José, el marido de la Virgen, o al patriarca Jacob? ¿Y por qué ahora se le presentaba en carne humana? ¿Por qué a él?

Estremecido con la idea, el padre Durand extendió la mano que tenía libre hasta rozar el dorso de la de su interlocutor. La tocó con asombro. Casi con aprensión. Era real. La piel ofrecía un tacto rugoso y caliente. Además, olía a perfume de lavanda.

—Pero ¿quién es usted? ¿Qué hace aquí? *Qu'est-ce que vous voulez?*

—Vamos, padre, tranquilícese —susurró Belfegor, conciliador—. Parece usted impresionado. Si me permite decírselo, me alegra haberlo encontrado de nuevo cerca de otro hombre-pez para continuar nuestra conversación jus-

37. Génesis 28, 10-19.

to donde la dejamos. Es como si ellos fueran marcando nuestro camino. Revelador, ¿no cree?

«Mais si c'était un rêve!», '¡Pero si aquello fue un sueño!', se resistió Durand al recordar la conversación de la que había despertado por última vez en su hotel de Madrid.

—Debe saber algo, padre —continuó, divertido—. Tener una de estas imágenes cerca siempre ayuda a invocar nuestra presencia.

—Yo no lo he invocado.

—Créame, lo ha hecho.

—Pero sigue sin decirme por qué está aquí.

—Para ayudarlo en su búsqueda, creí haberlo dicho ya. Está preparando un informe sobre los maestros instructores y yo soy uno de ellos. Soy lo que usted deseaba encontrarse, ¿verdad?

—Pero ¿de qué hombre-pez me habla? —le reconvino, mirando de nuevo *La Perla*—. Aquí no hay ninguno.

—Ah, veo que tampoco se ha dado cuenta de eso. Rafael los conoció y los pintó. ¿No lo sabía?

Las pupilas del padre Durand terminaron de enturbiarse en un intento fugaz por encontrar sentido a aquella nueva afirmación. Conocía bien la obra del divino de Urbino y no entendía a qué podía referirse Belfegor. Intrigado, reexaminó *La Perla* sin hallar nada que justificara sus palabras.

—Pero, padre —sonrió, apartando la mirada del cuadro—: no es ese Rafael en el que debe fijarse, sino en este otro.

El anciano señaló entonces una tabla que estaba colocada a pocos pasos de la primera. Era una escena más o menos del mismo tamaño que aquella, presidida por la misma Virgen rubia de piel blanca y rostro de luna.

Desconcertado, Durand se acercó para examinarla de cerca.

Sagrada Familia con Rafael, Tobías y san Jerónimo o *Virgen del pez.*

«La Vierge au poisson?».

—¿Lo ve? Es un niño-pez.

El sacerdote no se había dado cuenta de que en esa obra podía verse a un jovencito de nueve o diez años con la rodilla clavada en el suelo y sosteniendo un pescado en su mano derecha que justificaba el título de la composición. El chaval parecía en éxtasis, como si sus ojos se hubieran abierto de golpe a la realidad sobrenatural que tenía delante. Él era el único mortal de la escena, la conexión mundana con el espectador.

—Ese es Tobías, padre Durand. El hijo de Tobit —lo presentó Belfegor—. Doy por hecho que conoce su historia, ¿no es cierto?

—*Oui, bien sûr, monsieur.*

—Entonces, coincidirá conmigo en que lo que le sucedió a Tobías camino de casa de sus parientes fue un encuentro con otro de esos maestros que le preocupan a usted. Uno de aspecto humano, claro, pero que le enseñó cómo usar en su beneficio al pez que saltó del Tigris para atacarlo en mitad de su ruta. El pez como *salvador,* como *sanador.* ¿Se da cuenta? No creo que deba pasarse por alto que Rafael Sanzio se fijara en ese pasaje de las Escrituras.

—Seguramente fue porque ese *instructeur,* ese ángel del Señor que encontró a Tobías, se llamaba como él: Rafael, «Dios ha sanado...» —dedujo Durand, sin dejar de examinar la escena.

—Es un buen punto de partida, padre. Pero se quedaría corto si detuviera ahí su análisis. Yo solo pretendo enseñarle una forma de acceder al mensaje en su complejidad.

—Ah, *ça n'est pas tout.*

—Bueno..., usted sabe que las pinturas son hijas de su

Sagrada Familia con Rafael, Tobías y san Jerónimo o *Virgen del pez.*
Rafael Sanzio (1513-1514). Museo del Prado, Madrid.

tiempo. Alberto Manguel, autor de algunos libros que tratan de explicar lo que es la cultura, dijo una vez que «es posible que cada cuadro sea, en cierto sentido, un acertijo; que cada cuadro pueda formular una pregunta».[38] Hágame caso, padre: esta tabla lo es.

—Y usted, *clairement,* conoce su significado.

—La *Virgen del pez* esconde un secreto excepcional. Si presta atención a esta *sacra conversazione,* que es como los críticos llaman a la clase de escenas en las que personajes de los Evangelios parecen hablar entre sí, se dará cuenta de que la composición bascula entre los dos hombres que están en los extremos. Uno, manifiestamente, es san Jerónimo. Lo reconocerá por la Biblia que sostiene y por el león que descansa dócil a sus pies. En cuanto al otro, el que protege al joven Tobías con el pez, es el arcángel Rafael. El acertijo consiste en averiguar de qué hablaban en ese instante. Le advierto que solo lo resolverá si antes averigua quiénes fueron los modelos que el pintor empleó para darles vida.

—... Y usted los conoce, por supuesto.

—Como le he dicho, Rafael simuló en esta tabla una *sacra conversazione.* La pintura representa un coloquio al que el divino de Urbino asistió en vida: esconde un momento histórico disfrazado tras símbolos muy poderosos. ¿Tiene su teléfono móvil a mano?

—*Oui, monsieur*—asintió, echándose la mano al bolsillo de la americana—. Aquí está.

—Busque los retratos de los dos personajes que voy a nombrarle y saque sus propias conclusiones. El varón barbado de la derecha es el cardenal Pietro Bembo. Búsquelo,

38. Alberto Manguel, *Leer imágenes,* p. 88. Alianza Editorial. Madrid, 2002.

se lo ruego —el padre Durand lo hizo, encontrando enseguida un rostro pintado por Tiziano[39] idéntico al del lienzo—. Rafael y él se conocieron en la región italiana de las Marcas, aunque volverían a cruzarse años más tarde en Roma y cimentarían una buena relación. Bembo fue un hombre sofisticado, de una cultura apabullante. A él se debe la publicación de la primera gramática de la lengua italiana y el rescate de algunas obras clásicas. También escribió encendidas cartas de amor a la hija del papa Alejandro VI, Lucrecia Borgia, acuñando el concepto de *amor platónico* para una intimidad que, al parecer, no llegó jamás a la carne.

—*C'est très étrange* para ser una Borgia —masculló, escéptico, el sacerdote.

—Lo que importa es que Bembo, en Roma, frecuentaba las tertulias que organizaba Angelo Colocci, un humanista cargado de florines que poseía un céntrico jardín junto a la Fontana di Trevi. Allí discutía a menudo con quien cede su rostro al arcángel Rafael, un joven filósofo bastante popular.

—*Qui est-ce?*

—Giovanni Pico della Mirandola.

Las pupilas del padre Durand se agrandaron de la impresión. Conocía bien aquel nombre.

—¿Pico della Mirandola? ¿El creador de la cábala cristiana? ¿El hombre que pretendió unificar todas las religiones bajo el paraguas del cristianismo, construyendo una fe universal?

Belfegor asintió complacido.

Mientras Durand lanzaba sus preguntas, su dedo tecleó

39. *Retrato del cardenal Pietro Bembo*, Tiziano (1539-1540), en la Washington Gallery of Art.

nervioso el nombre de Della Mirandola en busca de un retrato que confirmara lo que estaba diciéndole aquel anciano. Encontró un hermoso busto de Botticelli en el que se veía a un adolescente de mirada inteligente, semblante serio y largos cabellos. Era él, el arcángel.[40]

—¿Se da cuenta, padre? Que no le engañe su aspecto. Pico della Mirandola fue un intelectual precoz. A los catorce años ingresó en la Università di Bologna. Hablaba griego, árabe, hebreo y caldeo. No es de extrañar que a los veinticuatro años se le ocurriera organizar la mayor reunión de filósofos de la historia para debatir las novecientas ideas con las que pretendía fusionar la religión cristiana, la judía, la mahometana, la filosofía clásica y la magia, y hacer desaparecer las rencillas que justificaban todas las guerras de su tiempo.

—Lo conozco *très bien, monsieur* Belfegor —admitió Durand, sin poder apartar la mirada del retrato del arcángel—. ¿Y se sabe sobre qué discutían, exactamente, en esas tertulias?

—Ahí llegamos a lo más interesante del caso: hablaban de estética en literatura, de si debían o no imitar el estilo de los clásicos. Pero también de cuestiones como la predestinación, un asunto implícito en los fundamentos de la astrología. Y de la injerencia que esta supone en el libre albedrío de los seres humanos. Súmele a esto lo mucho que debatieron sobre la necesidad de encontrar al menos una idea común en todas las religiones que sirviera para construir una *pax philosophica* entre ellas.

40. Se trata del *Retrato de joven* (ca. 1483), de Sandro Botticelli, que se custodia en la National Gallery de Londres. Aunque no existe consenso sobre la identidad del retratado, al compararse con otros retratos adolescentes de Pico della Mirandola, el parecido resulta muy obvio.

—¿Y la encontraron? —preguntó.

—Propusieron muchas, imagínese. Pero llegaron a la conclusión de que convendría aceptar primero la existencia de maestros instructores, ángeles, enviados o intermediarios entre nosotros. Cualquier religión acepta que existen esas inteligencias que a veces emergen de las sombras de la historia para evitar el descarrilamiento de nuestra especie. Ellos defendían la necesidad de ubicarlos y de escucharlos en tiempos de tribulación. También discutieron sobre cómo ayudar al plan maestro de esos vigilantes y pensaron que crear una colección de pinturas, agrupadas en un *arcanon* discretísimo, podría servir para que nadie olvidara que existe una especie de viejo botón de emergencia en el arte al que acudir en caso de necesidad.

—... Y, para que nadie olvidara su misma existencia, *je dis*—acotó Durand, abrumado por lo que debería empezar a escribir en su informe para la Santa Sede.

—Exacto, padre. *Para que no nos olvidaran.* ¿Por qué cree si no que el maestro de ese libro que lleva en el regazo se aparece frente a estas obras? ¿Y por qué cree que estoy yo ahora aquí, con usted, contándoselo?

26

¡Bum!

—¿Se encuentra usted bien? *Monsieur* Sierra..., ¿puede oírme?

—¡Ugh! —gruñí.

El mareo que me había llevado de la neocueva de Lascaux decidió sublimarse en mi espalda. Fue como un latigazo. Un impacto imprevisto y demoledor. Acababa de desplomarme hacia atrás, estrellándome contra los adoquines de la terraza. Cuando abrí los ojos para pedir ayuda, allí estaba él, el viejo Antoine, mirándome desde las alturas, incapaz de ocultar lo mucho que le divertía la situación.

—Disculpe... Creo que me he dormido —solté, con el amor propio magullado.

—Ya lo creo. Si hasta habló en sueños. Qué suerte tiene de poder dormirse así, créame. —Me ofreció su mano para incorporarme.

—¿He hablado? ¿Y qué decía?

—Nada coherente, descuide —dijo al terminar de levantar mi cuerpo—. Algo de África. Y no sé qué de unos hombres-pez... Supongo que se referiría a esos famosos teriántropos de Sudáfrica, ¿verdad? Yo también pienso en ellos cada vez que visito al hombrecillo de Lascaux. No los mencioné por si no los conocía.

Debí de poner cara de estúpido, porque al viejo Antoine le faltó tiempo para rebuscar entre los tubos de cartón que llevaba en su bolsa de tela y seleccionar uno, extender su contenido y explicármelo.

«¿Teriántropos de Sudáfrica?».

—Es del malestar, no se preocupe —me disculpó con la misma sonrisilla que le vi esbozar cuando encendió su linterna en la neocueva—. Está atontado, pero se recuperará. *C'est pas grave!*

El viejo Antoine comenzó a parlotear sobre unos abrigos de roca repletos de pinturas situados entre Little Karoo y Laingsburg, cerca del cabo más occidental de Sudáfrica. Yo lo miraba sin saber de qué estaba hablando. Al parecer, unos extraños chamanes voladores habían sido pintados allí hacía algo más de veintiocho mil años. Según él, existían cientos de representaciones de esas figuras repartidas hasta en dieciséis yacimientos cercanos. Sus siluetas, reproducidas en aquel papel enorme, daban la impresión de estar revoloteando como golondrinas.

—A las pinturas rupestres les pasa lo mismo que a las estrellas, para los antiguos eran como letras.

«Lo que faltaba», pensé, dolorido.

Él prosiguió:

—¿Sabía usted que en el siglo III después de Cristo Plotino, el filósofo griego, creía que la naturaleza podía leerse como un libro, que todo en ella son signos interpretables? La astrología debe mucho a esa visión animista del mundo natural. La propia palabra *zodiaco* deriva de la raíz griega *zoon,* que significa 'vivo' o 'viviente'. La paleoantropología moderna también tiene algo de eso. Todo está conectado con la vida en sí misma y deberíamos entender las pinturas antiguas como un mensaje vital. Estos dibujos de Sudáfrica son inequívocos al respecto.

—No le comprendo del todo, Antoine… —me froté la cabeza, perplejo.

—*Mais si!* Le hablo de los teriántropos de Ezeljagspoort, en Sudáfrica —dijo sin darme opción a confesarle lo perdido que estaba—. De la Capilla Sixtina de los bosquimanos, del pueblo san que habita en las grandes llanuras.

Me agarré a su alusión a los bosquimanos. La mención me trajo recuerdos agridulces de una película que vi hace años, *Los dioses deben estar locos,* de Jamie Uys. Esta contaba la historia del impacto cultural que provocó en una aldea san la caída de un botellín de Coca-Cola desde un avión y de todo el folclore, los conflictos y las imágenes confusas que ese inesperado «objeto divino» generó en la comunidad.

—No son pinturas fáciles de interpretar, *je sais*… —continuó el estrellero—. Desconocemos su función. Quizá se hicieron para evocar algo o a alguien, tal vez formaron parte de un ritual que incluía la pintura o incluso fueron un recurso mágico para invocar y atraer a esa clase de criaturas a la tribu. Pero lo más curioso de estos hombres-pájaro es que también pueden entenderse como esos hombres-pez de los que usted habla.

—¿En qué sentido? —Me incliné sobre los dibujos, más atento.

—¿Sabía que hay antropólogos que llevan años debatiendo su verdadera naturaleza e incluso especulando con que esa confusión podría haber sido intencionada por parte de los artistas prehistóricos? Yo, cada vez que los veo, me inclino más por la opción acuática. ¿Y usted?

Me encogí de hombros sin lograr entender aún de qué me hablaba. Pero estaba terminando de desenrollar una de las láminas que había recuperado de sus tubos y la plantó ante mí para sacarme de dudas.

—Qué, ¿pájaros o peces? *Qu'en pensez-vous?*

Las *sirenas* de Ezeljagspoort, Sudáfrica
(de hace aproximadamente veintiocho mil años).

Me asomé al papel con cautela. Aquella era una escena rara de veras y tuve que mirarla un buen rato para situarme.

Me llamó la atención la presencia, a la derecha de la imagen, de una criatura de gran cabeza y cuerpo delgadísimo, muy fino, casi como un híbrido de serpiente y humano, en torno a la que parecía danzar un grupo de sirénidos. Bueno, sirénidos era un decir, porque algunos tenían los brazos tan largos que podrían interpretarse como alas. Aquel ser de extremidades elongadas sostenía, además, a dos humanoides colgados bocabajo. Los asía por sus grandes colas de pez, ajeno a la música inaudible que parecía animar la escena. ¿Acababa de pescarlos?

Mientras los examinaba, recordé a los dos mellizos *nommo* que modeló el dios dogon primordial para que lo ayudaran a dominar el universo.

Más llamativo todavía era que, bajo la figura de aquella

serpiente antropomorfa, parecieran procesionar ocho criaturas con la misma cola. ¿Tendrían algo que ver con los ocho primeros humanos de los que habló Ogotemmeli a Griaule en Mali? ¿Y qué podía decirse del resto de los seres que *danzaban* en el centro de la escena? Todos presentaban esa cola familiar o ese disfraz de pez perfectamente dibujado. Ninguno tenía piernas. Además, se organizaban alrededor de un bastón o de un palo como el del hombrecillo de Lascaux. Los de ese círculo no engañaban a nadie: sus extremidades superiores eran brazos humanos, no alas, aunque uno de ellos, acaso el más prominente de todos, sostenía un pequeño objeto entre las manos, ¿quizá una flauta, un cuchillo, una estaca...?

—Tiene razón —reconocí, sorprendido—. Parecen más peces que pájaros.

Le hablé al estrellero entonces de los dogones, pero omití toda alusión al sueño del que acababa de despertar. Él esperó, con paciencia, a que terminase. Referí no sin cierto detalle los estudios de Marcel Griaule y su conclusión de que el arte de esa tribu de Mali codificaba una y otra vez el mito de la creación a manos de Amma y Q. Según Griaule, cada grabado en las puertas de sus chozas, cada diseño en sus textiles, cada máscara *kanaga* —como las que pasean aún hoy por Bandiagara en sus días de fiesta— escondía un significado atávico. ¿Sería ese el caso de los hombres-pez de Sudáfrica?

Las barbas del *docteur* Antoine se agitaron.

—Me temo que la respuesta a esa pregunta se ha quedado tan atrás en el tiempo que no creo que podamos resolverla *jamais* —dijo con aire de tristeza—. Pero tiene usted razón: es tentador dejarse llevar por la idea de que los conocimientos astronómicos sobre Sirio fueron heredados, como dicen los dogones, de esos viejos dioses. Si eso fuera así, sería factible que el zodiaco de Lascaux formara parte de la misma sabiduría que nos dejaron y demostraría, además, que esos maestros se movieron por todo el mundo.

—¿Y cuándo dejaron de hacerlo? ¿Cuándo desaparecieron?

El estrellero arrugó el ceño hasta hacer resbalar sus gafas de pasta a la punta de la nariz, descubriendo sus ojos claros:

—Ah, ¿lo hicieron? Si le soy sincero, yo no creo que se hayan ido aún…

—¿Usted cree? —pregunté impresionado.

—Verá, en astrología se maneja una vieja teoría que defiende que cada cierto número de años nace o aparece alguien con capacidad para cambiar el rumbo de la humanidad. De ahí bebe el mito de *l'éternel retour.* Ya sabe, hummm, la idea de que nuestra especie funciona como lo hace un ser vivo: nace de una minúscula semilla, se desarrolla, alcanza su plenitud, envejece, muere y, con suerte, regresa al mundo atómico de donde ha partido para impulsarse de nuevo. Detrás de ese concepto cíclico, recuperado por autores de lo más dispares, se da a entender que ese retorno es inevitable y que, además, tiene mucho que ver con la mente o las mentes superiores que lo ordenan todo. Tal vez sea la de esos instructores de los que habla. Usted mismo acaba de decirme que aquel Q anfibio que llegó a la Tierra en la noche de los tiempos murió y resucitó después como humano, ¿no?

Asentí.

—Eso debe entenderse en clave simbólica, por supuesto. Sugiere que esos maestros no se van nunca de nuestro lado y regresan cada cierto tiempo para controlar la evolución de nuestra sociedad. Lo hacen, además, porque están sometidos a alguna ley que los obliga, a un plan que no comprendemos y que desconocemos.

Había una extraña y familiar lógica en sus palabras. Y, con un leve suspiro, lo animé a seguir con otro interrogante:

—¿Entonces cree que esos maestros podrían estar ahora mismo entre nosotros?

—Hummm, ¿por qué me parece que usted pregunta algo que ya sabe?

El *docteur* me miró en silencio, como si calibrase mi mutismo. Se mesó las barbas, movió la cabeza de un lado a otro, chascó la lengua dos veces y sonrió como si me hubiera leído la mente.

—Dígame. —Sus ojillos relampaguearon como si me echase un órdago al mus—. Dónde, ¿dónde los vio?

—Tropecé con uno en el Museo del Prado —susurré—. Fue hace muchos años...

—Vaya, es curioso. Eso parece otro símbolo: se encontró con ellos en una cueva moderna. En un museo. En un lugar lleno de pinturas al que se puede acudir con la misma mente chamánica de sus remotos antepasados e interactuar con ellas y con los maestros que surgen de sus trazos.

—¿Usted cree que ellos salen de las pinturas?

—*Ce n'est que moi qui le pense.* Eso era lo que se creía en la prehistoria: son seres del otro lado de la membrana. Seguramente nuestros antepasados marcaron sus puntos de acceso con teriántropos y advirtieron a las futuras generaciones para que preservaran esos lugares. ¿Se le ocurre una misión más sagrada que esa? —sonrió, enigmático.

27

Yo entonces no lo sabía, pero solo dos meses antes de mi encuentro con el estrellero, en junio de 2013, a nueve mil kilómetros de Lascaux, ocurrió otro incidente relacionado con los maestros. Un tropiezo que, de algún modo, confirmaba la certeza de Antoine Lerroux sobre la presencia continuada e ininterrumpida de los herederos de los hombres-pez entre nosotros y que, además, conectaba con mi operación Vultus, el proyecto para intentar ver el arte con los ojos de un niño.

El incidente sucedió en la bohemia Coyoacán, a las afueras de Ciudad de México.

Era por la mañana, fiesta de San Juan, para más señas. Entre las tranquilas calles de Londres y Allende, una chiquillería alegre cruzó a pie la colonia sin imaginar que la cercanía de un maestro estaba a punto de cambiarle la vida a una de esas pequeñas. El grupo estaba compuesto por treinta chicas, alumnas de primaria, de once años de edad. Todas uniformadas con sus polos blancos con una flor de lis bordada y sus faldas de cuadros grises a tablas. Habían remontado las tres manzanas que separaban su colegio de una casa con las paredes pintadas de añil, llamativa y misteriosa, de ventanas enrejadas y postigos cerrados, a la que habían dedicado los trabajos del último trimestre. Para las Esclavas de la Inmaculada Niña, aquella visita no era una actividad voluntaria. La Secretaría de Educación Pública las vigilaba de cerca para que el alumnado de los últimos cursos de primaria acudiera por turnos a aquel exótico caserón cuya fama en el vecindario era la de un lugar maldito.

Sus profesoras tenían motivos para pensarlo así. Los dueños de esa vivienda fueron el matrimonio Rivera-Kahlo, los dos artistas más célebres del México contemporáneo, y su hogar había sido un conocido punto de encuentro para las reuniones del Partido Comunista del país.

Las monjas apretaban los dientes cada fin de curso mientras la madre superiora sonreía como si la obligatoriedad de visitarla fuera de lo más normal.

Pero, por si la lectura política de la casa no fuera suficiente, la finca de la calle Londres 247 había sido también testigo de las infidelidades de Diego Rivera, el famoso muralista del Palacio Nacional o del Museo Nacional de Antropología, y, cómo no, de las de Frida, su tercera esposa. La Kahlo —todo un temperamento, de una belleza y resistencia heroicas ante la adversidad— había estado allí con León Trotski cuando este huyó de Moscú perseguido por Stalin. Tampoco Rivera desaprovechó la ocasión de hacer lo propio con las modelos que sus pinceles inmortalizaban. Todo en esas relaciones era tempestuoso. Y no se arregló ni siquiera cuando Kahlo, buscando sentir la vida en sus maltrechas carnes, se dejó seducir por Chavela Vargas, la reina de las rancheras.

No era aquella, pues, una *casa de orden*.

Tanto cataclismo moral perturbaba a las Esclavas año tras año, aunque las consignas de la Secretaría eran claras: o se formaba a las niñas en el espíritu de los grandes artistas del país o se les retiraba la licencia para dar clase.

Cuando sor Aurelia y sor María de los Ángeles alcanzaron la Casa Azul —así, con las mayúsculas que imponía la nomenclatura oficial—, se persignaron como si estuvieran ante un lugar oscuro. Muy serias, organizaron a las chiquillas en tres filas de diez justo delante de un portón verde no muy grande que hacía las veces de entrada a la finca y les gritaron las últimas instrucciones.

—Recuerden que no pueden tocar nada y que no deben separarse de la pareja que les haya tocado. ¿Entendido, Marielita? —soltó sor Aurelia con el mismo tono que empleaba para leer los dictados.

—Sí, madre —dijo la aludida.

—Dale, pues.

A Marielita, de piel tostada y melena de obsidiana, le había tocado ser la sombra de Diana en la excursión y no es que le hiciera gracia. Esta, la hija de su profesora de extraescolares, era una muchacha algo retraída, una chica con esas ínfulas de superioridad gringa que le daba haber nacido en Texas, al otro lado de la frontera. Y, por si eso no fuera suficiente pecado, Diana Mill era de un rubio casi albino, piel moteada, de ojos azules grandes y risueños y con hechuras que pronosticaban una adolescencia de modelo de revista que no tardaría en opacar a sus compañeros de clase.

—¿Has oído, chismosa? —le susurró Marielita, en plan justiciero—. Nada de tocar los cuadros y mucho menos de pintar en las paredes, que tú…

—Las paredes están escritas, mis cielos —las interrumpió sor María de los Ángeles, ajustándose sus gafas de culo de vaso—. Bien harán si leen y meditan sobre las frases que vean o las anotan para que las comentemos en clase. ¿Oyeron?

—¿Y qué frases son esas? —levantó su mano una de las niñas, junto a Diana y Marielita.

—Mi favorita es: «Pies, para que los quiero, si tengo alas para volar».

El grupo rompió a reír. Ignoraban que esa había sido la frase que Frida utilizó cuando le cortaron su pierna derecha. A la pobre la había devorado la gangrena, y ella hizo de tripas corazón para aparentar que la pérdida no le importaba. La amputación fue el prólogo a su muerte, poco más tarde.

Sor Aurelia miró atónita a su compañera y le preguntó entre susurros:

—¿Dónde ha leído usted eso, hermana?

—En su dormitorio, al lado de sus muletas, pues. Fue el día que vinimos a comprar las entradas —respondió con indiferencia, antes de volverse hacia sus alumnos e interrogarlos—. ¿Recuerdan cuando les dije que Frida se quedó tullida a los dieciocho años porque la Divina Providencia permitió que la arrollara un camión?

—¡Sííí, madre! —corearon todas de lo más seriecitas.

No era lo único de lo que se acordaban. Las hermanas les habían hecho ver que aquella artista no había pintado jamás una escena religiosa. Nunca imploró a los santos ni tampoco pidió la mediación al Niño Jesús. Frida no sabría, probablemente, ni rezar un avemaría. Las monjas no la juzgaban por eso, pero subrayando ese detalle a las chicas les inocularon la sospecha. En vez de retratar a la Virgen, a los apóstoles o a los arcángeles arcabuceros del barroco mexicano, la Kahlo se había obsesionado con autorretratarse. No era la belleza exterior lo que plasmó en su trabajo. Sus cuadros conformaban un álbum muy dispar, una suerte de Facebook lleno de selfis en los que se representaba mirando al frente, con gesto hierático, inescrutable, para dar cuenta de los quebrantos de su salud y de las desventuras al lado de su indomable marido. La pobre —les explicaron también— empezó a emborronar lienzos para olvidar el accidente, pero lo que trajo aquel hábito no fue precisamente olvido. Sufrió tres abortos y Frida se vio condenada a malgastar su ternura con monos o *xoloitzcuintles* (los *xolos*), escuálidos perros aztecas que lamían sus manos mientras ella pintaba recostada o sostenida por muletas.

Marielita tenía clavado uno de aquellos autorretratos en la retina. Uno horrible, inexplicable, que les habían proyectado en clase y que la tuvo soñando con Frida durante semanas. Sor Aurelia le había jurado que esa obra no estaba en la Casa Azul, sino en otro museo de la ciudad al que no irían, pero eso no la consoló. Aquella obra se le coló tan adentro que parecía querer hablarle cada vez que cerraba los ojos y pensaba en Frida.

—Ahorita tienes mala cara —le soltó burlona Diana, en voz baja.

—Es por culpa de la cornuda.

—Ah, ¿se te aparece aún?

Diana, como el resto de la clase, sabía de la fobia que sentía Marielita por aquella imagen. Les habían contado que Frida la hizo al poco de salir de una de sus operaciones y que con ello quiso desahogarse y contar cómo se sentía realmente, que era como un *venado herido.* De hecho, la Kahlo tituló así su pequeño consuelo, pero la niña intuía que tras él se escondía algo más. Las amigas se afanaron en buscarle postales con el dichoso cuadrito y metérselas entre las páginas de sus libros o pegárselas en la puerta de su taquilla para torturarla. Marielita se volvía muy explosiva en esos lances. Por culpa de aquel cuadro, todo el colegio la llamaba Marielita «la Venadita». Por eso… y porque, de tarde en tarde, juraba oír voces que nadie más escuchaba.

—¿Se te aparece todavía el cuadrito? —insistió Diana, hurgando en su punto débil.

Marielita no respondió. Un grito de la hermana de las gafas gruesas las reclamó para que entraran de una vez a la casa.

El venado herido. Frida Kahlo (1946).
Museo Dolores Olmedo, México D. F.

—¡Lleven a mano sus cuadernos y anoten todo lo que se les antoje! —ordenó.

Diana y su sombra fueron las últimas en atravesar la puerta. Marielita tenía la nuca sudada por culpa de la calima. Se recogió su melena corta con la goma que siempre llevaba en la muñeca y atravesó el recibidor detrás del grupo. Todas abrazaban el cuaderno en el que habían bocetado sus trabajos y lo llevaban abierto por la página en la que habían pegado las fotos de los cuadros que querían ver.

Marielita no pudo.

Nada más dejar el umbral comenzó a sentir un frío horrible, y eso que era verano. El aire acondicionado no se había encendido aún, y el ambiente, aunque húmedo, no era motivo suficiente como para que la piel de los brazos se le erizara de aquel modo. Tampoco para que el rostro se le azulara.

—¿Te pasa algo, Marieli? —le preguntó Diana al verla tiritar.

La niña la miró con sus ojos negros muy abiertos y los labios pálidos, mientras comenzaba a abrazarse a sí misma para retener el calor.

—Ahora tengo frío. ¿Tú no?

—No. Yo no. Hace calor. —Diana se encogió de hombros—. ¿Quizá te has constipado?

—¿Y... ya... sabes... qué cuadro qui-quieres v-ver? —tartamudeó Marielita, intentando no llamar demasiado la atención.

—Yo prefiero las fotos antiguas de Frida. Mi papá me ha dicho que acá está lleno y que me fije en los vestidos de ella... Y tú, ¿qué verás?

—Y-yo... n-no sé...

—¿Te espanta encontrarte con el venadito? —insistió, paseando la vista a su alrededor como si fueran a encontrárselo.

—N-no est… está aquí, ¡Diana! —protestó.

—Voy a buscarlo.

—No lo hagas. Que-quédate.

En ese momento, los ojos de su compañera se detuvieron en algo que estaba detrás de su amiga. Sus pupilas azules se dilataron, como sorprendida de veras. A la rubia Diana Mills, que gustaba de bromear con todo, no se le ponía esa cara ni cuando se le ocurría una de sus travesuras.

—¡Marielita! ¡Mira! —exclamó—. ¡Esa niña!

—¿Q-qué?

Temblando, la pequeña dudó. Ya le habían hecho esa zumba antes, clavando una postal de *El venado herido* en la pared del final de la clase. Aunque sor Aurelia le había prometido que nunca la llevaría a ver el dichoso cuadrito, no se fiaba de nadie.

—¡Dale! ¡Mira lo que tienes detrás! —insistió antes de añadir algo inesperado—: ¡eres tú!

La expresión de Diana le hizo darse la vuelta.

—¿Lo ves? ¡Allá, nomás!

Marielita se quedó sin palabras.

Sobre la pared, junto a la puerta de entrada, había un retrato de una niña morena, de expresión triste, que vestía un traje de algodón blanco y que descansaba sobre una banqueta de ratán.

Diana tenía razón.

Esa chica era idéntica a ella. Tenía su corte de pelo por encima de los hombros y también sus manos descansaban en el regazo, dóciles, tal y como ella las ponía cuando iba a misa. Marielita envidió por un segundo la serenidad que desprendía aquel reflejo. Su expresión era triste, pero también esperanzada. La niña del cuadro llevaba unos zapatos negros que le habría gustado tener. En conjunto, el cuadro transmitía un candor especial.

Retrato de una niña. Frida Kahlo (1929).
Casa Azul, México D. F.

—¡Esa niña es tu vivo retrato, nena! ¡Eres tú! —insistió Diana en tono acusatorio, y salió corriendo en busca de alguien a quien contarle aquello.

El *Retrato de una niña* —insulso título para una obra como esa— y Mariela se observaron durante un tiempo indeterminado. El frío empezó a pasársele en cuanto percibió que aquellos ojos escondían algo parecido a un destello. Quizá por eso, hipnotizada ya por esa mirada, no advirtió que una mujer vestida con una larga saya en tonos azules y violetas, el pelo ensortijado y unos llamativos aretes en las orejas se había situado a su lado con una sonrisa.

—Sí, nenita... —susurró con voz grave y amable, inundando la estancia de un agradable perfume a flores—. Eres tú.

La pequeña dio un respingo. Ya no tiritaba.

—¿Yo? —La miró desconcertada—. N-no puede ser, señora.

—Lo es, Marielita.

La niña dio otro bote.

—¿Cómo sabe mi nombre?

La misteriosa mujer sonrió con dulzura y su rostro se iluminó. No había atisbo alguno de amenaza en ella. Aunque la escrutó de arriba abajo, no logró reconocerla. No era nadie del colegio ni tampoco una amiga de sus papás o una profesora de un curso anterior. Tampoco era la madre de ninguna de sus amigas.

—Escúchame bien, mi niña —prosiguió como si se hiciera cargo de su estupor—. Tú no me has visto nunca, pero llevo el tiempo suficiente en este lugar como para saber cuándo un cuadro o una escultura tienen algo especial y este que has elegido lo tiene.

—¿Elegido? ¿Yo?

—Tienes razón, perdóname. El cuadro te ha elegido a

ti —asintió mirando a la Marielita de la pared—. A veces pasa…

—Y… ¿quién es ella? —dijo señalándola con el dedo.

La señora suspiró, se colocó detrás de ella y, sujetándola por los hombros, la situó justo frente al lienzo.

—Es difícil. Nadie en el museo lo sabe. Los especialistas en Frida no tienen ni idea de quién es esa niña, solo saben que la pintó cuando apenas tenía veintidós años, muy al principio de su carrera. Pero ignoran si la retrató, si se la inventó… o si te vio a ti en el futuro.

Marielita sintió que el frío le volvía al cuerpo.

—Yo, en cambio —continuó—, diría que la explicación es otra.

—¿Cu-cuál, señora?

—Hay cuadros que se pasan siglos buscando a sus guardianes. Cuando los encuentran, se alegran porque saben que, solo entonces, empezarán a cumplir su función más sagrada: enseñar al mundo a ver el arte desde el alma.

—¿Y c-cómo es eso? —preguntó, azorada.

—Mira, fíjate —respondió—. Este cuadro es un reflejo de nosotras mismas en este preciso instante.

—De verdad que no la entiendo —protestó, viendo solo una figura en el cuadro.

—Este lienzo es un espejo mágico. Fíjate en la sombra que se proyecta en la pared del fondo del retrato. ¿La ves? ¿Te das cuenta de que no se corresponde con la figura de la niña? Mirar así un cuadro, prestar atención a los detalles en los que nadie repara, solo se consigue si tu cerebro se entrena para desarrollar una «segunda visión».

Marielita no tuvo que esforzarse para verlo. Aquella mujer tenía razón. La sombra que Frida había pintado parecía la de alguien con el pelo más largo que ella y sostenía a su *gemela* en la misma posición que ella ocupaba.

—¿Es usted como la so-sombra?

—¡Muchacha! —respondió llena de candor—. ¡Estás helada! Pobrecita, salgamos al sol.

La mujer la tomó de la mano hasta un pequeño patio que se abría en el corazón de la casa. También estaba pintado de cobalto, como todo lo demás, aunque el suelo había sido recubierto de un tono rojo que pareció entonarla nada más pisarlo. Estar allí, abrazada por aquellos colores, era casi como haberse caído dentro de un cuadro de Frida Kahlo. El centro del recinto estaba ocupado por una rotonda decorada con macetas de magueyes, nopales y yucas, sombreada por un enorme ficus. Mariela caminó junto a su acompañante hacia la zona más abierta, situándose frente a una hornacina en la pared ocupada por siete ídolos prehispánicos. Una inscripción con una caligrafía parecida a la de sor Aurelia le recordó dónde estaba:

Frida y Diego vivieron en esta casa
1929-1954

—Llevo mucho tiempo aquí, ¿sabes? —dijo entonces la mujer—. Y no es común asistir al encuentro entre un cuadro y un humano y ver cómo os miráis por primera vez. Por eso te he abordado, mi amor. Confío en no haberte asustado.

—Ni modo, señora —dijo, notando como el sol se le metía por las venas y la reconfortaba.

—Quiero que recuerdes algo para cuando te observes

en ese cuadro: el arte es la lengua del espíritu; es el idioma que se hablaba antes de la caída de la Torre de Babel, de la que quizá te habrán hablado tus profesoras. Pero no es una lengua como la nuestra, que se estudia y se aprende mediante el intelecto. Lo que el arte dice no se escucha, se siente. En eso los niños sois los que lleváis ventaja sobre los demás, porque vuestra inteligencia no está sometida aún al lado racional del cerebro y es capaz de recibir mensajes que van más allá de lo común.

Marielita miró a la señora sin entenderla del todo.

—Oh, ¡claro! Te cuento estas cosas, nenita, porque sé que no vas a tardar mucho en despertar la sabiduría que está en tu interior y recordársela a los que un día fueron niños, pero ya la olvidaron del todo.

—No harán caso, señora… —repuso.

—Ahora eres una guardiana del arte, eres parte de él. En adelante, cada vez que cierres los ojos podrás ver a la niña que pintó Frida y no dudarás: tú eres el arte y el arte eres tú. Eso te dará fuerza.

—Pero cada vez que cierro los ojos veo al venadito, señora, y no me gusta —respondió ella, entre pucheros.

La mujer no se extrañó al oírle decir aquello. Tampoco se rio ni puso el grito en el cielo como hacían sus amigas, ni dijo aquello de «ya está otra vez la chiflada». En vez de eso, hizo algo que la sorprendió. Levantó su mano derecha hacia el rostro de la pequeña y acarició con levedad sus párpados hasta cerrarle los ojos.

—¿Puedes verlo ahora? —le preguntó.

—¿El qué, señora?

—Al venadito.

La voz de la mujer sonó de pronto lejana. Parecía hablarle desde la cima de un cerro. Su eco tenía que atravesar una atmósfera más densa de lo habitual para llegar a ella.

La niña, maravillada ante el prodigio, apretó los ojos con todas sus fuerzas y dejó que un abanico de graciosas arrugas le enmarcasen la mirada.

—Espere tantito —dijo, obediente.

Un segundo más tarde, la silueta del venado con el rostro de Frida surgió de su propia penumbra. Lo hizo como siempre, con el mismo ímpetu que en sus sueños.

La mujer, que también había cerrado los párpados, dijo entonces algo inesperado:

—¡Ya la veo! —exclamó—. Sí, Friducha está ahí, congelada en su carrera. Vestida de ciervo. Y veo también las flechas que le han clavado en el lomo… Pobre.

Sus palabras estremecieron a Marielita. ¿Qué estaba viendo la señora? La pequeña no se atrevió a salir del trance sin su permiso. Estaba desconcertada porque la desconocida le describía lo mismo que ella veía o que, quizá, imaginaba: un venado con la cara de la pintora más famosa del mundo, congelado en el aire y en mitad de un bosque, con nueve flechas clavadas en la espalda y el pecho y una tormenta eléctrica adivinándose al fondo.

—No es la imaginación lo que funciona ahorita —le aclaró la mujer antes de que ella abriera la boca—. Fíjate bien. Aunque te parezca que el ciervo no se mueve, está vivo. ¿Ves como el pecho le sube y le baja?

Marielita se espantó. Condujo su mirada hacia la panza blancuzca del animal y comprobó que, en efecto, su caja torácica iba y venía. El animal con cara de mujer estaba asustado. Su gesto parecía sereno y tenía la boca cerrada, pero Marielita presintió que eso podría cambiar en cualquier momento.

—¿Tienes miedo? —oyó decir a la mujer.

—Algo, señora —cerró aún más fuerte los ojos.

—No te asustes. Tienes un don. Eres capaz de comunicarte con los cuadros, de dotarlos de vida con tu mente y de lograr que te hablen. Esas pinturas, mi niña, están repartidas por todo el planeta como ventanas a la esperanza. Os recuerdan que sois capaces de ver más allá de vuestros sentidos. Yo trabajo con ellas. Las vigilo. Las cuido. Las muestro a personas como tú. Están ocultas a las miradas más mediocres que las confunden con ese otro arte nacido de la propaganda política o religiosa, de los encargos motivados por el poder o el ego. Entonces elaboro una lista de ellas a la que llamo el *arcanon,* un canon de obras con arcanos. ¿Quieres que te enseñe qué pinturas lo integran?

Marielita tembló, pero ya no era el frío.

—¿Sabes? —prosiguió la voz—. Tus antepasados también tuvieron la capacidad de discernir ese arte especial. Ellos se acercaban a imágenes como esta, con protagonistas que eran mitad animales, mitad humanos, y eran capaces de comunicarse con ellas. Cuando lo hacían, y lo hacían bien, recibían enseñanzas importantes. Pero, cuando al cabo de los siglos dejaron de practicar ese hábito, perdieron el único vínculo que tenían con lo inefable, con el mundo de los espíritus y los dioses.

—¿Dioses? —atisbó a decir con un hilillo de voz Marielita, algo contrariada—. Nosotros solo creemos en un Dios, señora.

La mujer sonrió.

—Dioses, espíritus, Dios Padre... Si lo piensas, no son más que palabras para tratar de definir el sentimiento que tú tienes ahora mismo: la maravilla interior de descubrir, al fin, que ese cuadro está vivo y que tiene algo que necesita transmitirte.

La pequeña hubiera jurado que, justo en ese momento, la Frida con cuernos y cuerpo de ciervo que tenía delante había pestañeado al mirarla.

—¿Q-quién es usted? —balbució.

—Nadie te creerá si te lo cuento.

—¿Es usted un espíritu? —indagó sin perder de vista al venado que tenía delante—. ¿Un chamuco? ¿Un tetonalli?

Esta vez, la voz de la señora pareció tomarse un tiempo. Mariela notó como inspiraba una bocanada de aire, quizá intentando elegir bien las palabras con las que responderle.

—Criatura… —dijo al fin—: soy alguien que vive en el arte de esta casa. Pero si quieres que te cuente más de él o de mí y te hable de mi lista de cuadros especiales, deberías volver a visitarme a solas.

—¿Volver? —dijo recordando que sus amigas no debían de andar muy lejos—. ¿Cuándo?

La voz no respondió.

Cuando Marielita abrió los ojos, la mujer no estaba. Diana ocupaba su lugar, observándola junto con otras tres niñas de su clase que se burlaban de lo parecida que era la muchacha del cuadro de Frida Kahlo a ella y de lo adormecida que la habían encontrado a los pies del lienzo.

—¡Está chalada, chalada! —coreaban, señalándola con el dedo…

Por primera vez en su vida, no le importó.

28

—Vamos, padre. ¡Dese prisa!

Los dos hombres alcanzaron las salas de los Velázquez para echar un último vistazo a los trabajos del artista más aclamado de la pintura española. En la calle llovía de nuevo con fuerza. Luc Durand, intimidado por la tiniebla que se intuía por las claraboyas del edificio y dando gracias a Dios por estar a cubierto, decidió darse un tiempo para procesar su encuentro con el hombre que había visto en sueños. Belfegor era como llamaban a un demonio florentino. Él lo sabía y la coincidencia lo inquietaba. En el seminario de Saint-Sulpice había discutido mucho sobre esa cuestión durante sus años de estudiante. El catecismo de la Iglesia católica, amparándose en el cuarto Concilio de Letrán, defendía que los ángeles —y los demonios con ellos— son «seres espirituales, no corporales», criaturas con voluntad independiente de Dios, inteligentes e inmortales. Pero ¿cómo podía convivir esa «verdad de fe» con los relatos bíblicos en los que Abraham los invitaba a comer a su mesa, Jacob se peleaba con uno o Tobías caminaba junto a otro, o con esa misteriosa alusión del capítulo seis del Génesis en la que se insinúa que podían mezclarse sexualmente con las hijas de los hombres?

Belfegor le hacía pensar en san Agustín cuando decía que los ángeles, para cumplir sus cometidos, a veces tomaban cuerpo humano, aunque carecieran de él por naturaleza. ¿Era eso lo que tenía ante sus ojos? ¿Un espíritu puro que para cumplir una misión se había hecho con el cuerpo de un anciano?

Aquella situación tenía algo de inefable. ¿Cómo explicar con palabras lo que sentía en la cercanía de aquel intruso?

Entre trueno y trueno, Durand se dio cuenta de que pronto tendría que decidir si lo que estaba viviendo era una broma, una mala pasada de su inconsciente, una alucinación o una suerte de revelación. Las conclusiones del informe que pronto escribiría para el Vaticano dependían de la opción por la que se decantase.

Un vigilante de sala del museo lo sacó de sus pensamientos.

—Por favor, señores, son casi las ocho —le dijo el tipo trajeado de gris que se acercó a él, tocándole el hombro—. Diríjanse a la salida.

Era la hora de cierre y un aire de urgencia invadió de pronto las galerías del Prado. Belfegor y él no se inmutaron. Durand seguía abotargado. Su calma contrastaba con el nerviosismo de los visitantes por apurar los últimos minutos frente a sus obras favoritas y con el apremio de aquel funcionario, deseoso de dar por terminada la jornada. En el Prado, desde hacía años, la salida se daba a voz en grito, precedida por un timbrazo áspero como de ruinosa chicharra cuartelaria. Aquello era el último espectáculo de la jornada: como un solo hombre, un pequeño ejército peinaría el museo estancia por estancia para asegurarse de que nadie se quedase dentro. La operación incluiría librerías, mostradores de información, cafeterías y baños. A sala despejada, sala blindada por un celador cruzado de brazos y con semblante pétreo.

—Esta sala está cerrada. Vayan a la puerta más cercana —oyeron dirigirse al que los había advertido a otro grupo de visitantes.

Belfegor echó un vistazo a su reloj. Calculó que les quedarían no más de diez minutos para que los echasen de verdad.

—Venga conmigo, todavía tenemos tiempo... —lo apremió.

Con agilidad, Belfegor guio al padre Durand por una interminable sucesión de estancias llenas de obras maestras. Observó que no se movía como un anciano, aunque lo fuera. Pegado a sus talones, el sacerdote creyó reconocer la espléndida *Aparición de la Virgen a san Ildefonso* de Murillo, en la que Nuestra Señora entregaba al santo una casulla bordada de rosas como premio a su fe inquebrantable. O el simpar *Cristo crucificado* de Velázquez, unido al madero con cuatro clavos y no con tres, inspirado en las reliquias que el propio artista sevillano admiró de joven en la iglesia de la Santa Croce de Roma.

El diablo lo empujaba hacia la sala 11, un cubículo pequeño y casi invisible a los turistas en el que suelen dormir las obras de Diego Velázquez que nunca formaron parte del Salón del Trono del palacio del Buen Retiro y que no tienen carga política ni institucional.

—Pues le diré algo, me interesan más esas pinturas que los retratos de reyes, validos o miembros de la Casa Real española posando con sus mejores galas. ¿A usted no? —tanteó Belfegor al vislumbrarla.

Durand no respondió. Se aferró a su libro y a los papeles garabateados que llevaba consigo y lo miró con curiosidad. Su cicerone se había plantado ante una obra que no estaba en sus pensamientos, pero que conocía bien. ¡Cómo no hacerlo! Era un lienzo grande, de colores vivos, recién restaurado, que mostraba a un grupo de hombres a tamaño natural, atrapados en una conversación que se antojaba dramática.

—Así, en un primer vistazo, dígame: ¿qué observa en este cuadro, padre?

—Un taller y seis hombres —respondió, intuyendo que la pregunta venía cargada de intención.

Era, en efecto, el taller de un herrero. Los magníficos yunques que se veían en el centro de la composición, la chimenea ardiendo tras cinco operarios musculosos y las partes desordenadas de una armadura sin acabar no dejaban lugar a dudas.

Belfegor torció el gesto ante aquella obviedad.

—¡Padre, por Dios! ¡No se trata solo de *eso*! ¿No lo ve? Estamos ante una aparición divina, una escena sobrenatural: una especie de visitación, de anunciación —lo corrigió, mientras Luc Durand miraba en torno y se daba cuenta de que pronto iban a ser los últimos en aquella estancia.

—Una aparición, vale… —aceptó.

—Salvo que esta vez, padre, la visión no procede de la tradición bíblica, como en la mayoría de los cuadros de este museo, sino de una obra pagana, del libro IV de las *Metamorfosis* de Ovidio, escrito en el siglo de Cristo y muy leído en el tiempo de Velázquez. ¿No reconoce ni tan siquiera a Apolo? ¿Ni a Vulcano?

El padre Durand dejó de mirar a su alrededor y se acercó a la cartela para comprobar si su memoria pictórica española seguía afinada. Aquel lienzo era *La fragua de Vulcano*, una de las obras de juventud de Velázquez, de las escasas que el genio sevillano elaboró por el puro placer del ejercicio artístico. Se trataba de una pintura primeriza, aunque resultara apabullante.

—Conozco este cuadro, *monsieur*, pero creí que espera-

La fragua de Vulcano. Diego Velázquez (1630).
Museo del Prado, Madrid.

ba de mí una respuesta más perceptiva que técnica —se excusó.

—Y así es.

—En ese caso, siempre me ha parecido que cuenta *une histoire très cruelle*...

Luc Durand enfatizó su dictamen al tiempo que las luces de la sala parpadearon otra vez al rebufo de un trueno. Los visitantes que en ese momento cruzaban de una sala a otra camino de la salida miraron al techo impresionados.

—¡Por Zeus! —sonrió Belfegor feliz, olisqueando la tormenta—. ¿Sabe una cosa, padre? Todos los dioses son crueles, incluso el Yahvé del Antiguo Testamento. Pero los del Olimpo batieron todos los récords. Fíjese en ese Apolo. Se presenta en el taller de Vulcano para decirle que Venus, su esposa, le está engañando con Marte. No es una revelación inocente. Apolo busca sacarlo de sus casillas porque eso le divierte. ¿Ve el rostro descompuesto del herrero al recibir la noticia?

—«... mas aquel su razón y la obra que su fabril diestra sostenía, se le cayeron...»[41] —el religioso recitó de memoria el verso exacto de Ovidio, casi como si la maza que sostenía Vulcano fuera a desprendérsele en ese mismo momento—. Ya le he dicho que lo conozco. Se trata de *la lecture récurrente* de la pintura. Si no me equivoco, cuadros así se encargaban para reflexionar sobre las pasiones humanas y lo fácil que resulta pasar del amor a la venganza y *à la mort* cuando te dejas arrastrar por ellas.

—¡Excelente! Me alegra haber tocado un tema que le interesa. Coincidirá conmigo entonces si le digo que algunas de las mejores pinturas de esta época tenían varias capas de lectura.

41. *Metamorfosis*, libro IV, 175.

—Pero no hay tiempo, tenemos que irnos… —protestó Durand sin convencimiento.

—Aún no, tiene que escuchar esto.

—*La mythologie* es una disciplina interpretativa y necesita tiempo.

—Nos hace falta poco. Fíjese, padre —dijo Belfegor, calmado, señalando el lienzo—. Apolo es la encarnación del sol. A su lado tiene al marido de Venus y un poco más allá a Marte, recogiendo una armadura del suelo. ¿Se da cuenta? Todos ellos son planetas y cuando hay astros de por medio, bien puede hacerse una interpretación astrológica. Velázquez fue un consumado astrólogo, ¿lo sabía?

—*Vraiment?* —Frunció el ceño.

—… Y donde hay planetas alineados, padre, puede haber también una fecha escondida —continuó—. ¿Nunca lo ha pensado?

—Bah, no trate de confundirme. —Sacudió la cabeza, algo molesto—. Este es un cuadro mitológico y basta. Lo subrayan *ses personnages,* su título, su contexto… *Tout!*

—Como quiera. De todos modos, le hablaré de la interpretación mitológica del cuadro —dijo—. Deténgase en el rostro del herrero, ¿le parece? La mandíbula prieta, los ojos muy abiertos, el cuerpo girado hacia Apolo —enumeró, invitándolo a acercarse más a la pintura—. No hay duda del impacto que le causa el chivatazo de Apolo. ¡Pobre Vulcano…!

El padre Durand se inclinó sobre aquellas pinceladas casi a su pesar. La pintura no parecía tener relación alguna con los temas de los que aquel hombre le había hablado en sueños, así que pensó en reconducir la conversación sutilmente.

—Ahora que lo dice, *monsieur,* hay algo que siempre me ha intrigado del punto de vista que Velázquez aplicó a este tema —susurró con la nariz casi pegada al lienzo.

—¿De qué se trata?

—Nunca oí decir que el pintor fuera astrólogo, pero, si no recuerdo mal de mis años en *la Sorbonne,* lo habitual para alguien de su cultura hubiera sido representar a Vulcano enfurecido, sorprendiendo *in fraganti* a los amantes. Sin embargo, este lienzo representa un momento anterior, una acción previa al instante *le plus dramatique* de la historia. Y, si no me equivoco, nunca se había representado en una obra de arte hasta ese momento.

—Buena observación —admitió Belfegor—. Tiene usted razón. *La fragua de Vulcano* no es una pintura normal. Se han dicho muchas cosas de ella, pero lo que importa es que representa a un visitante que ha descendido del Olimpo para comunicar algo. Es un maestro con una lección. ¿Lo comprende ya?

—¿Equipara a los dioses clásicos con los maestros? —Luc Durand arqueó las cejas, sorprendido.

—Hablo de un dios maestro, de un maestro instructor. ¡El cuadro va de eso!

Durand sintió un vuelco en el estómago y otro más al escuchar a los bedeles en la sala de al lado ordenando a los visitantes que se dirigieran ya, con apremio, a las puertas.

—Ahora que lo dice, en las versiones pictóricas de Vulcano nunca se incluyó al dios mensajero. Tintoretto, Paolo Veronese o Luca Giordano siempre retrataron a Vulcano a punto de atrapar a los amantes en una red que él mismo tejió para...

—Una red. ¡Muy bien! Nos estamos acercando. Deténgase un momento ahí. —Belfegor levantó los brazos hacia el techo, interrumpiendo a su interlocutor—. En el mito, Vulcano la teje como si fuera en busca de peces…

—*Des poissons.*

—Sí, peces. ¿Tampoco se ha dado cuenta de eso, padre?

Hablamos de dioses-pez o de dioses antropomorfos con aspecto de pez, como los antiguos maestros que usted anda documentando. ¿No ve como todo lo lleva a ellos? ¿Ni tampoco ve como cada cuadro en el que se detiene o lo detienen está conectado con ese concepto?

«O lo detienen».

La imagen de Jon Einar haciendo chirriar las ruedas de su silla sobre el suelo de mármol de la sala 56A del Prado esa misma mañana le escalofrió.

Dos veces en un mismo día y lugar.

—Tampoco es casual —prosiguió Belfegor— que en el mundo clásico Vulcano fuera el dios más venerado por los pescadores del río Tíber y que, una vez al año, sacrificaran peces vivos en el altar de su templo. Los *ludi piscatorii.*

—Vulcano, enemigo *des dieux de l'Olympe...* Vulcano teje redes para atrapar a sus enemigos... Vulcano recibe *des sacrifices symboliques sous forme des poissons...*

—Veo que por fin empieza a hilar, padre —sonrió el anciano—. Lo que esta obra sugiere es que los *dioses maestros* como Apolo, patrón de las artes, la belleza y la poesía, provocaron la ira de dioses menores, como Vulcano, expulsados del Olimpo, convirtiéndolo en su peor enemigo. Esto nos recuerda que los maestros, padre, tienen enemigos poderosos que son de su misma naturaleza. También que quien decida salir en su busca debe saber que tarde o temprano se tropezará con ellos.

«¿Jon Einar?».

La imagen del holandés de cabellos rojizos en silla de ruedas se cruzó con otro trueno retumbando en el museo. La sala se estremeció con más fuerza aún que antes. La luz de los apliques desapareció durante dos segundos, haciendo saltar los indicadores de emergencia verdes sobre las puertas con un sonoro clac. Dos vigilantes de sala pasaron de largo junto a ellos en ese momento, caminando a toda prisa hacia *Las meninas.*

—Nos echarán de aquí enseguida, padre —murmuró Belfegor—. ¿Salimos?

—*Attendez!* —ahora fue Durand quien lo retuvo—. Nunca había pensado que los maestros tuvieran enemigos...

Al oír aquello, el anciano se puso serio por primera vez.

—Vulcano es un buen símbolo de cómo son nuestros enemigos. Por eso este cuadro resulta tan asombroso: Velázquez lanzó un aviso sobre una guerra que se libra en una dimensión que, contra lo que la civilización moderna supone, coexiste con los seres humanos. ¿Sabía que Vulcano fue expulsado del Olimpo por su propia madre, por feo?

«Y por cojo», pensó. Sin saber bien por qué, el recuerdo de Jon Einar siguió asomándosele a la memoria.

—Tómelo como una advertencia, padre. El enemigo siempre está cerca y se renueva una y otra vez adoptando formas diferentes en cada época. Jamás abandona su propósito.

—*Un but?* ¿Un propósito? —tradujo, sorprendido—. *Quel but?*

—Alejar a los humanos del auténtico poder del arte —sentenció—. Esa gente es como Vulcano: adoran la materia bruta y odian lo sublime, lo filosófico, lo trascendente. ¿No lo comprende? Temen que si el ser humano se eleva *demasiado* pueda convertirse en una nueva estirpe de dioses que los humille.

—«Seréis como dioses»,[42] dijo la serpiente a Eva en el paraíso —murmuró el padre Durand para sí—. Es el arquetipo del pecado original.

—Pregúntese algo: ¿y si Lucifer (por cierto, una de las muchas formas del mito de los maestros instructores, teni-

42. Génesis 3, 4 (Biblia de Cantera-Iglesias).

do por criatura sabia en pueblos más antiguos que el judío) no fuera el malo? ¿No lo ha pensado? ¿Está usted seguro de encontrarse en el lado correcto de la historia?

La pregunta dejó perplejo al sacerdote.

—Necesito hablar con Fovel —dijo golpeando inconscientemente el libro que sostenía en su mano izquierda—. Y con usted. Necesito que los dos me expli...

Riiiing... Riiing... Riiing...

Tres timbrazos fuertes y sostenidos lo interrumpieron. La chicharra del museo sonó como el estertor de un animal agonizante.

—Vaya —dijo Belfegor—. Veo que padece usted la misma prisa que los lectores de ese veneno. Quiere una vía rápida que le facilite encontrar al maestro del Prado y le abra paso al corazón de estas pinturas.

—¿Puede... puede hacerlo?

—No, lo hará usted mismo. Es así como se debe actuar. —El anciano sonrió, enigmático.

—¿Yo? ¿Cómo?

—¿Recuerda el poema que dejó Fovel, padre? Es la única llave que abre la puerta que usted quiere cruzar.

El sacerdote tanteó nervioso el ejemplar, viendo como sonaban los pasos de los últimos visitantes en las salas vecinas. Encontró los versos enseguida. Se sacó sus gafas de lectura de la americana y los repasó sin saber qué buscaba. Eran metáforas oscuras. «Tengo la llave». «El velo nefando». «El gran deseo mundano», y así; una sucesión de nombres entre los que figuraba Velázquez.

> Bosco, Brueghel, Tiziano,
> Goya, Velázquez, Giordano.
> Todos han ido en pos
> del gran deseo mundano.

—¿Se refiere a esto? —Durand levantó los ojos del libro, como implorando una aclaración.

—A eso y a lo que sigue, sí.

Lo que seguía era otra estrofa, igualmente oscura:

Afronta la muerte.
Arranca tus vendas.
Confía en la suerte
y haré que comprendas.

—¿Lo comprende ya? Es una invitación a que se quite el «velo nefando» mientras deja implícito que siempre habrá un maestro para quien quiera acceder al arte que trasciende. El velo, las vendas, solo son una metáfora de la percepción humana. Una mirada contaminada por la lógica que le impide desarrollar una segunda visión que desnude el mensaje que tiene delante de sus ojos.

Riiiing… Riiing… Riiing…

El padre Durand dio un paso atrás para releer también aquella estrofa a la que se refería Belfegor.

Aunque revientes
seguiré desgarrando
con uñas y dientes
el velo nefando.

—¿«Aunque revientes»? ¿Qué quiere decir eso?

—Le recuerdo, padre, que estamos en medio de una guerra. Acabo de decírselo. ¿Recuerda?

Riiiing… Riiing… Riiing…

29

—

No hubo tiempo para más.

El último trueno que cruzó los pasillos del Prado no fue como los anteriores. A diferencia de los que llevaban todo el día sintiéndose en el corazón de Madrid, aquel fue más seco, si cabe, más brusco. Más tarde, el jefe de seguridad del museo lo describiría en su atestado policial como si una enorme puerta de metal —«una de hangar de aviación»— se hubiera cerrado de golpe contra su bastidor y se hubiera desencajado del marco. Paradójicamente, estaba seguro de que eso no le había pasado a ninguna de las hojas del edificio Villanueva. El inmueble dieciochesco era de granito y ladrillo, una roca artificial creada por Juan de Villanueva para el rey Carlos III; un edificio que había resistido las guerras napoleónicas y los bombardeos de la guerra de 1936 y que no disponía de esa clase de portones. Tampoco le cuadraba que fueran las del vecino claustro de los Jerónimos, junto a la iglesia, situado a pocos metros del Prado y que contaba con dos grandes hojas de bronce que imitaban las ramas de un bosque.

Andrés Rodríguez no era alguien que se asustara con facilidad, pero aquello le impresionó de veras. Antes de velar por la mayor pinacoteca del mundo al frente de una contrata privada, fue militar en la etapa en la que la banda terrorista ETA cometió la mayoría de sus asesinatos. En el museo todos lo llamaban «jefe». Tenía fama de hombre tranquilo. Pero, cuando sintió que su escritorio se elevaba unos milímetros del enlosado tras el estruendo, su calma se vino abajo. Su ordenador se apagó y su despacho se quedó a oscuras.

«¿Una bomba? ¡Una bomba!».

Rodríguez dijo en su informe que se encomendó a la Virgen del Pilar. «No, hoy no», se repitió varias veces. No un viernes de agosto, a punto de empezar sus vacaciones. No con la mitad de sus efectivos tumbados al sol en Benidorm. Además, eran las ocho de la tarde, muy mala hora. La peor. El museo se vaciaba de visitantes en ese momento.

Por instinto, Rodríguez descolgó el teléfono para llamar a recepción. De pronto, en su *walkie-talkie* sonó un mensaje que lo convenció de que algo raro, y no una bomba —«¡Gracias, Pilarica!»—, acababa de suceder.

—Tenemos una emergencia, jefe, repito: tenemos una emergencia —oyó la voz de una de sus agentes.

—¿Qué clase de emergencia?

—Ha caído un rayo en la primera planta del Villanueva. Solicito 10-38, cambio.

—¿10-38?

—Una ambulancia, sí, por favor. Que alguien llame al Samur. Hay heridos.

Al oír aquello, a Rodríguez le faltó tiempo para ponerse la chaqueta y salir pitando hacia allá. Aquello no sonaba a tragedia. La agente había pedido una ambulancia solamente. «Eso es bueno», se dijo mientras volaba al discreto túnel que atravesaba el pavimento de la calle Ruiz de Alarcón y unía su despacho con la colección. El atajo también estaba a oscuras: las luces verdes de emergencia se habían encendido, confiriendo al lugar un aire fantasmagórico.

Tardó menos de tres minutos en llegar, pero lo que vio terminó de dejarlo perplejo.

En la sala 12, donde se guardan *Las meninas* y los retratos de Felipe IV, unas veinte personas estaban tumbadas en el suelo, como recuperándose de algo. Lo primero que distinguió fueron tres niñas acurrucadas en un rincón, abrazadas a la que debía de ser su madre. Un poco más allá, una anciana había perdido una muleta y trataba de incorporarse con dificultad. También había unos jóvenes de paso por la colección, pues llevaban el uniforme de una compañía aérea, que presentaban unas quemaduras superficiales tanto en la piel como en la ropa.

Al jefe le llamó la atención la pareja de turistas japoneses que hacía aspavientos al aire. No hablaban. Solo apuntaban con sus dedos a las cámaras de seguridad. De hecho, el mutismo no era solo cosa de ellos: casi nadie allí decía ni una palabra. Gesticulaban, gemían, se apoyaban en las paredes para incorporarse, pero la conmoción los hacía permanecer en silencio. Rodríguez no había visto nunca el museo así, apagado y lleno de zombis. Aquella gente parecía haber sobrevivido a una explosión, pero no había ni rastro de ella. Todos miraban incrédulos al creciente número de vigilantes de sala, guardias de seguridad y policías uniformados que iban entrando en la rotonda, con cara de no saber qué diablos acababa de suceder.

—Ninguna obra ha sufrido daños, señor —se dirigió a Rodríguez uno de sus hombres vestido de paisano.

—¿Está usted seguro?

—Los hemos revisado con las linternas —confirmó.

—Gracias, Zurdo. ¿Se sabe ya qué ha causado esto? Parece un escape de gas…, pero eso es imposible; aquí no hay —murmuró como para sí mismo.

—Creemos que ha sido una centella, señor —añadió una segunda agente—. El sistema eléctrico se ha visto afectado en todo el bloque y los testigos hablan de un gran resplandor. Cuando recuperemos la corriente, evaluaremos los daños.

—¿Cuántos heridos hay?

—Quizá una veintena, treinta a lo sumo —replicó la misma agente—. Todos leves, señor. Rasguños y aturdimiento nada más. El Samur los atenderá en cuanto llegue la ambu...

Antes de que terminara la frase, unos gritos procedentes de una de las salas laterales los distrajeron. Parecía una conversación saliéndose de madre.

Todos se volvieron hacia aquel punto.

—¡Le digo que estaba aquí y que ha desaparecido! ¡Se ha encendido como una antorcha y se volatilizado! *Comprenez-vous?*

«Mala cosa», dijo Rodríguez para sus adentros. «Con los extranjeros siempre hay lío».

—¿Era un amigo suyo? ¿Cómo se llamaba? —se oyó a continuación.

—*Ça ne fait rien!* Estaba aquí y ya no está. ¿Es que no me cree?

El jefe hizo una señal a su subalterna y se acercaron al lugar del altercado. Los gritos procedían de una estancia pequeña, de paredes pintadas de oscuro, con solo cuatro cuadros colgados. Un tipo trajeado en azul gesticulaba frente a la linterna de uno de sus hombres, intentando explicarle algo. Andrés Rodríguez se acercó a ellos y los interrumpió.

—Buenas tardes y discúlpeme: soy el responsable de seguridad del museo —dijo, saludando al francés del traje—. ¿Su nombre…?

—*Prêtre* Luc Durand —respondió con resignación, sospechando que iba a tener que contarlo todo de nuevo.

—¿Qué es lo que ha pasado?

—*Tout ceci est très étrange*... Yo estaba aquí con un... amigo, contemplando *La fragua de Vulcano,* cuando se produjo un fogonazo seguido de un ruido tremendo que me dejó medio ciego. —Él mismo dudó al escucharse decir aquello, refiriéndose a Belfegor como un *amigo*—. *Comprenez-vous?* Fue como si un rayo saliera del cuadro y rodeara por un momento a mi acompañante. Entonces caí al suelo y perdí el conocimiento, y cuando me recuperé *mon ami* ya no estaba. Y nadie me explica que *ce qui s'est passé.*

—Espere, espere... ¿Cómo es su amigo? —El jefe preguntó aquello con delicadeza. Una cosa era tener un puñado de heridos que atender y otra muy distinta vérselas con una desaparición.

—Es un señor mayor, de unos noventa años, *monsieur. Il est impossible que personne ne l'a vu.*

—Perdone, ¿qué?

—Que es imposible que nadie lo haya visto irse —tradujo Zurdo.

—Ya, ¿y cuánto tiempo ha pasado desde ese... relámpago, Romero? —preguntó el jefe Rodríguez a la policía.

—Seis minutos, señor. Las puertas del museo se bloquearon en cuanto se fue la corriente.

—En ese caso —dijo, dirigiéndose al francés, con un gesto conciliador—, no tiene de qué preocuparse, señor. Ese hombre tiene que estar en algún lugar del museo.

—*Oui, mais où?*

La insistencia del francés extrañó a Rodríguez. Él era un viejo perro policía, sabía cuándo una reacción no era normal y la inquietud en aquel hombre resultaba inusual.

—Si no lo encontráramos, señor Durand —susurró con intención—, ¿presentará usted una denuncia?

—¿Denuncia? ¿Por qué iba a denunciar?

«Lo sabía», pensó. «El mundo está lleno de locos».

—Denuncia, no —añadió, como si se lo hubiera pensado mejor—, pero me gustaría hablar con la señorita Ángela Qiao. Trabaja aquí y he estado *avec elle ce matin*.

Rodríguez miró a aquel individuo con gesto desconfiado.

—La buscaremos, sí, pero tendré que pedirle que nos deje sus datos personales y la dirección de su hotel para que le contactemos si lo necesitamos…

—… y deberá permanecer, mínimo, las próximas setenta y dos horas sin salir del país —completó la agente Romero, sacando un bloc de notas—. ¿Comprende lo que le estamos pidiendo?

Mientras todo esto sucedía, nadie se percató de que en uno de los umbrales de la sala 11, acodado en la oscuridad, un varón de piel blanca, escaso de pelo, estaba apoyado en un elegante bastón y los miraba con interés desde hacía un buen rato.

Si hubieran podido leer sus labios habrían apreciado que aquel visitante susurraba una y otra vez la misma frase.

—La próxima vez te atraparé, Belfegor. Te atraparé.

Era el señor X.

30

—

Lo que ocurrió aquel viernes 16 de agosto no trascendió a ningún medio de comunicación. Las redacciones de los periódicos estaban en cuadro. Sus páginas, como todos los años por esas fechas, se rellenaban con colaboraciones de nevera mientras las teles emitían reposiciones deplorables. Incluso los boletines de las radios estaban de bajón: se limitaban a parlotear del reventón térmico que había desencadenado un pequeño diluvio en Madrid, los niveles de ocupación hotelera, la inminente y costosa vuelta al cole y algún suceso cotidiano en sabe Dios qué ciudad de provincias. No había una sola información política que mereciera la pena, pero tampoco ninguna otra noticia de alcance. No tenían un mundial de fútbol al que aferrarse y aún faltaban tres años para los Juegos Olímpicos de Río de Janeiro. Sorprendentemente, nadie dijo ni una palabra del apagón en el Prado. Ni tampoco de los finalmente treinta y siete turistas lesionados, la mayoría extranjeros, que fueron dados de alta esa misma tarde y compensados con una tarjeta regalo que extendía su estancia, a cuenta del Estado, con dos noches más de hotel y cambiaba sin coste sus billetes de vuelta a casa.

Por extraño que parezca, el apagón solo afectó a la pinacoteca, dejando intactas las redes del vecino Jardín Botánico, las viviendas de la calle Ruiz de Alarcón, la iglesia de los Jerónimos o incluso el palacete de la Real Academia de la Lengua.

La *omertà* informativa fue absoluta. No hubo una garganta profunda en todo Madrid que diese la voz de alarma. Por eso me sorprendió tanto que mi querida Ángela Qiao telefoneara a Puente Viesgo en mitad de agosto para hablarme de aquello.

Ángela y yo nos habíamos conocido en 2007 en la National Gallery de Londres, donde trabajaba como directora de Relaciones Públicas. Nos hicimos amigos el mismo día que me entregó el permiso de grabación de un cuadro de Holbein para uno de mis programas de televisión.[43] En cuanto me contó que su padre era de Xian, la provincia china donde se desenterraron los célebres guerreros de terracota, y su madre cordobesa, como mi mujer, y que un día esperaba conseguir un puesto de trabajo en el Museo del Prado, una corriente de entendimiento común fluyó entre nosotros.

Recuerdo que Angie —así me pidió que la tutease— me telefoneó solo tres días después del incidente, el 19 de agosto por la mañana. El sol volvía a caer a plomo sobre Madrid y ya nadie parecía acordarse de aquella jornada de tormenta.

Nunca la había oído tan excitada como aquel día. Hilvanando frases precipitadas e inconexas, le costó la vida misma armar un relato que parecía sacado de un libro de ciencia ficción. Lo que me explicó fue tan raro y había sucedido en una zona del museo tan popular que al principio se me hizo difícil creer que no hubiera generado ni un mal tuit en las redes.

Ese lunes había regresado ya de Francia a nuestro molino cántabro, y los niños, Eva y yo hacíamos las maletas para regresar al día siguiente a casa. Acabábamos de dar por ce-

43. *El arca secreta* (Antena 3 Televisión).

rrada la operación Vultus y, aunque mi cabeza todavía andaba por Lascaux, entre teriántropos y constelaciones, el tono de sus palabras me hizo comprender que lo suyo no era una anecdotilla estival.

—¿Te acuerdas de tu dichoso maestro? —su voz trémula me sorprendió.

—¿Fovel? Claro, Angie —asentí—. ¿A qué viene eso?

—¿Al final lo encontraste? —indagó ansiosa—. ¿Volviste a verlo?

—Ya sabes que no. ¿Qué pasa?

—Escúchame, porque esto te interesará: un invitado del museo vio a alguien parecido a él hace solo tres días. Fue el viernes, el mismo día del apagón. En las mismas salas y a la misma hora —soltó.

Aguardé un segundo antes de decir nada. Su precipitación cobraba sentido.

—¿Y qué pasó? —le pregunté.

—Varias personas lo tuvieron enfrente, Javier. Pero desapareció. Se esfumó delante de un montón de turistas, en un abrir y cerrar de ojos y frente a las cámaras de seguridad.

—Nadie desaparece así, por las buenas.

—Pues ocurrió después del cortocircuito. ¡Justo después! —Mi amiga se detuvo también un instante; su voz seguía azorada—. Creerás que me he vuelto loca, y me hago cargo, pero me resulta evidente que ambas cosas están relacionadas. Tienen que estarlo.

—¿Tú lo viste? —dije, atónito—. ¿Viste cómo se esfumaba?

—Preferiría contártelo todo en persona cuando regreses.

—¿Y eso?

—Llámalo equis… —titubeó—, pero tengo una mala sensación en el cuerpo. No me gusta lo que está pasando por aquí.

—Está bien, tranquilízate. Eva y yo regresamos hoy a

Madrid —le dije desde el tono más sereno que encontré—. Si mañana no te has ido de vacaciones aún, paso a verte sin falta.

—Nunca tomo vacaciones en agosto, Javier.

—Entonces, ¿qué tal a las diez?

—Lo antes posible, por favor —rogó.

—A las nueve, entonces. Antes de que el museo abra al público.

Angie me dio las gracias y, tras colgar el teléfono, abrió la agenda que tenía sobre la mesa para anotar mi nombre en la página correspondiente. Seguramente fue entonces cuando se dio cuenta de que esa tarde aún le quedaba otra cosa por hacer. Escrita en rojo y con letras mayúsculas, al lado de nuestra cita, figuraba desde el viernes otro nombre:

Julián de Prada
Casón
Lunes 19 de agosto
15 h

31

—No es aquí, no puede ser.

El chófer bigotudo que había contratado Jon Einar para que lo llevase a Coyoacán se enjugó la frente con un pañuelo de tela mientras lo miraba por el espejo retrovisor.

—Pero, señor. Estas son las señas que usted me dio —dijo, golpeando con su dedo índice el mapa del móvil atornillado en el salpicadero.

—Sí, sí, lo entiendo, pero este no es el lugar al que quiero ir.

El holandés le había explicado que su destino era un museo en la ladera de un cerro, asomado a una gran parcela ajardinada con guayabos y ahuehuetes gigantes, decorada con estatuas y surtidores. «Un oasis en medio de Ciudad de México», precisó. Y ese lugar no se correspondía con sus expectativas.

—Ya, señor, pero esta es una de las casas más famosas del país —gruñó el conductor, señalando la fachada de una vivienda de dos plantas, de ladrillo y con las ventanas enrejadas. Aquella era una calle tranquila y sombría—. ¡Aquí vivieron Diego Rivera y Frida Kahlo, señor! Seguro que es lo que busca usted. No hay otra.

—¡Ah! —exclamó sorprendido—. ¿Esto es un museo?

—Órale —se desesperó—. ¿No lee el señor el cartel?

El güerito *colorao* —como en esa parte del mundo llaman a los hombres de cabellos rojizos como Einar— se asomó por la ventanilla y comprobó que el conductor tenía razón. Aunque aquello parecía una vivienda unifamiliar, tenía las paredes pintadas de azul y los postigos verdes. Una pancarta en el dintel lo aclaraba todo: «Museo Frida Kahlo». La finca ocupaba casi una manzana entre las calles Londres y Allende en una colonia de casas bajas, escaso tráfico y hotelitos con encanto flanqueados por árboles frondosos.

—Pues será.

—¡Se lo juro por mi madre, señor! Es lo que usted busca.

Jon Einar pagó los quinientos pesos del taxímetro y añadió cien más de propina. Se dieron la mano como si acabaran de fumarse la pipa de la paz. Por suerte, su *salto* a la sección de generadores eléctricos de emergencia de la Terminal 1 del aeropuerto Benito Juárez había sido impecable; mucho mejor que el florentino. Había tenido tiempo de cambiar algo de dinero antes de tomar el único taxi adaptado que había. El viaje de diez mil kilómetros que acababa de hacer entre la ciudad del río Arno y la del volcán Popocatépetl lo había cubierto en apenas un segundo y medio, justo el tiempo en el que una intensa carga de kilovatios tardó en recomponer sus átomos en el orden adecuado y materializarlo, incluso con su americana color pistacho y su mochila en perfecto estado de revista.

El bigotudo, ajeno al milagro, suspiró al convencer a aquel europeo testarudo. «Vivan los extranjeros vanidosos», pensó al empacar los billetes nuevecitos en el bolsillo de su camisa mientras su cliente le sonreía. El taxista se sonrojó, pensó que el holandés le había leído el pensamiento y abrió avergonzado el portón trasero del Toyota, ayudando a Einar a descender por la plataforma elevadora que acababa de instalar, sin mirarlo a los ojos.

—Quédese con mi tarjeta, señor —dijo, tendiéndole una cartulina recortada a mano con una foto del vehículo—. Mi Lupe y yo quedamos a su enterita disposición para lo que precise.

En esas estaban cuando se les acercaron dos chicas jóvenes vestidas de tehuana y huipil, como la Frida de los cuadros.

—¿Jon Einar? ¿Es usted? ¿Es el hombre que quiere investigar las apariciones de la casa? ¡Qué rápido llegó! —soltó descarada la más joven. Era casi una niña, muy linda, de pelo de obsidiana trenzado con hilos de colores—. ¿De veras viene de Europa?

—Sí a todo —asintió sorprendido mientras recibía su escueto equipaje de manos del conductor. Entonces, les preguntó a bocajarro—: ¿La habéis visto? ¿A Frida?

Las chiquillas se encogieron de hombros. «¿Qué clase de pregunta era aquella?», pensaron. Frida Kahlo llevaba muerta desde 1954.

El holandés sacó entonces de su mochila, con mucho aspaviento, el artículo que lo había llevado hasta allí. Lo levantó en el aire sin poder evitar que la otra muchacha agarrara las manijas de su silla y se dispusiera a empujarlo hacia el museo.

—De eso no se habla con desconocidos —se excusó la jovencita que tenía ya a sus espaldas—. Pregúntele a la directora, a lo mejor ella lo sabe.

—Ah, ¿no os dejan hablar? —indagó—. ¿Es que es algo malo?

—Frida está muerta, señor, y a los muertitos les tenemos nuestro respeto.

—Ya, pero…

Las pupilas de la pequeña se detuvieron en los folios que sostenía el recién llegado. Sus ojos recorrieron el titular como si no diera crédito a que «aquello» hubiera aparecido negro sobre blanco en una publicación española: «El fantasma de Frida Kahlo está acosando a los visitantes de su museo».

—Emmm… Esta es la casa de Frida y Diego, nomás —le susurró—. Si la gente empezara a visitarnos por historietas como esa, perderíamos la reputación. Una casa embrujada. ¿Lo imagina usted?

—No sería la primera —respondió sin inmutarse.

—¡Pero nadie sabe si quien se aparece acá es Frida o no! —soltó de repente una tercera voz que llegó desde algún punto de la calle.

El profesor volvió la cabeza hacia el lugar de donde había surgido el comentario. Una mujer de pequeño tamaño, ancha y madura, lo vigilaba con sus ojillos resplandecientes desde la puerta de cuarterones del museo. De pie, con los brazos apoyados en las caderas, en clara actitud desafiante, lo examinaba de arriba abajo. Vestía un traje de chaqueta de raya diplomática y una camisa blanca abierta, nada discreta. Irradiaba una gran seguridad.

—Soy María Valdés, para servirle —se presentó, inclinando la cabeza y mostrando la melena cenicienta que llevaba recogida en un moño—. La directora de esta casa —añadió.

—Entonces… —el profesor pareció dudar de si terminar la frase—. Entonces sí que hay alguien que se aparece en esta finca.

La mujer lo miró con rudeza.

—Usted dijo que podría hacer que se fuera.

—No la llamé yo —precisó, recordando como Julián de Prada había concertado esa visita desde España y sacándola de su error—. Pero si esa presencia es real, no dude que la ayudaré a sacarla de aquí.

—En ese caso, don Einar, preferiría platicar de eso en privado.

—Como prefiera.

Doña María —que es como se dirigieron a ella las niñas— pidió a la mayor que recogiese la mochila del recién llegado y la depositase en el guardarropa de la casa. También murmuró algo sobre lo mucho que le había extrañado la llamada. Mientras despedía con displicencia al bigotudo, que no daba crédito al rumbo de la conversación, añadió que «no sabía que existiesen, ¿cómo dijo?, exorcistas del arte».

—Ándele. Váyase con Dios y no vuelva... —le ordenó doña María, adivinando su perplejidad.

Después se volvió hacia la niña que se había apropiado de la silla y la instó a que la empujase a la galería de pinturas, para poder hablar a solas con el recién llegado.

—A la sala 9, Amelita.

—Como guste.

Los tres se adentraron en aquel inmueble y atravesaron un hermoso patio de suelo rojizo y piedras volcánicas que desembocaba en una estancia escueta pero acogedora. Era una habitación luminosa, sencilla, en la que destacaba un cuadro un tanto particular: un bodegón con sandías ejecutado con un estilo tan naíf que casi parecía impropio de una colección de pinturas. De hecho, estaban a punto de dejarlo atrás cuando Einar levantó la mano para señalarlo.

—¿Eso es de Frida? —preguntó.

—Desde luego, don Einar —respondió doña María—. Es uno muy especial: resulta el último que pintó justitito antes de morir. Lo llamó *Viva la vida.* Llamativo, ¿no cree? ¿Distingue la frase escrita sobre la sandía inferior? Tras una vida de continuo sufrimiento, Kahlo la garabateó días antes de que un tromboembolismo se la llevara a la tumba. Aunque, ¡qué le voy a contar yo a usted de sufrimientos!

—¿Qué quiere decir, señora?

El rostro de la anfitriona enrojeció.

—Eh... —la directora apartó la vista de su silla de ruedas—. Frida, nuestra Friducha, sufrió un terrible accidente apenas hubo cumplido los dieciocho años. No sé cómo le ocurrió a usted *lo suyo,* pero el camión en el que ella viajaba fue arrollado por un tranvía, le rompió el espinazo en tres, le fracturó la clavícula y la cadera, la pierna derecha la rompió en once partes y sus hierros le reventaron la matriz.

—Qué horror.

—Un espanto, sí. ¿Sabía que los médicos la dieron por muerta? La pobre sufriría treinta y dos operaciones de espalda durante los años que siguieron a aquello. Toda su vida se la vio con corsés, muletas y prótesis. Para cuando hizo este cuadro —dijo, volviendo el rostro a las sandías— ya estaba despidiéndose de la vida.

—Murió muy joven, eso lo sé.

—A los cuarenta y siete, una pena. Pero en estos trazos se ve bien lo que bullía adentro. Las sandías representan su anhelo de disfrutar de las bondades de otra vida, la que fuere. Conservaba la alegría, pese a todo. Por eso no creo, profesor, que sea ella la que se deje ver en este lugar. ¡Querría salir de aquí como fuera!

—Entonces sí que se aparece alguien —sonrió Einar como quien dicta sentencia.

—Por supuesto que sí, don Einar. Pero no es Frida, créame.

—La creo, señora Valdés.

A doña María le sorprendió aquella reacción tan tibia. O, mejor dicho, aquella falta de reacción. No recordaba a nadie que hubiera puesto esa cara al reconocerle que había una presencia en la casa. Era la clase de chisme que nunca dejaba indiferente a quien lo recibía. Sin embargo, aquel extranjero lo acogió como si fuera algo de lo más habitual.

—Y dígame, doña María, ¿por qué está tan segura de que Frida no es su fantasma? —interrogó, agitando en el aire de nuevo el artículo con aquel inequívoco titular—. Leyendo esto, no parece que esa sea la opinión más popular por aquí.

—Oh, vamos. No haga caso a los noticieros, se lo ruego. Acá quien más quien menos ha visto caminar siempre a una figura sin muletas... y esa no puede ser Frida. Además, don Einar —añadió con cierto retintín—, cualquier conocedor de nuestra artista sabe que ella nunca fue una creyente al uso. Lo del más allá como un paraíso lleno de almas buenas y ángeles tocando el arpa le quedaba lejos. Friducha anhelaba una vida sin cuerpo, sí, pero era una marxista tan convencida como su marido, y si tenía alguna opinión al respecto de un más allá, no la manifestaba. Así que no me la imagino regresando al mundo de los vivos por nada.

—A ver... ¿Usted entonces cree que, si hubiera un más allá, Frida se sentiría tan libre en él que no querría volver a la casa donde sufrió tanto? ¿Es eso? —el pelirrojo no pestañeó.

—Es una forma de verlo, sí.

—Entiendo —se resignó—. Así las cosas, ¿sería tan amable de explicarme qué es exactamente lo que usted cree que sucede aquí, señora Valdés?

—Don Einar —se aclaró la garganta con una ligera tosecilla—: si usted no hubiera hecho un viaje tan largo para hacerme esa pregunta en persona y no me hubiera ofertado una solución, no se la respondería.

—Pero...

—Pero si me promete llevarse bien lejos lo que voy a decirle y no contar nada a ningún gacetillero, le explicaré qué es lo que creo que ocurre aquí. ¿Le parece?

—Tiene mi palabra —dijo con toda la convicción que pudo.

Los ojos oscuros y vivarachos de la directora calibraron un segundo a su interlocutor, concluyendo el examen con un gesto de asentimiento.

—Estoy segura, don Einar, de que quien se pasea por acá es un espíritu muy antiguo —dijo muy seria—. Yo creo en ellos y sé que el nuestro es uno anterior incluso al tiempo en el que Diego y Frida habitaron la Casa Azul. Es más, estoy segura de que en algún momento ambos se tropezaron también con ese espanto. Esa criatura vive aquí desde siempre.

—¿Lo cree o lo sabe, doña María?

Los ojos de la directora relampaguearon.

—Cuando mis hijas le den una vuelta por el predio, pida que lo lleven al jardín. Esta vivienda la levantó el padre de Frida. Ella nació entre estos muros, ¿lo sabía? Don Guillermo, su papá, planificó una estructura en el patio parecida a una pirámide mexica. Cuando Frida y Diego se instalaron en ella para convertirla en su residencia, levantaron ese altar y lo trasformaron en una especie de templo, llenándolo de ídolos. Créame, nada de eso fue por capricho. En este país, profesor, si alguien construye un altarcito es porque presiente que bajo el suelo se esconde algo sagrado, anterior a los españoles.

—Ha dicho *ídolos,* ¿verdad? —barruntó con sincero interés—. ¿A qué clase de ídolos se refiere?

—Estatuas de los viejos dioses, don Einar. Figurillas de terracota y de piedra de todas partes del país. Diego vivió obsesionado con ellas. Creía, como en el fondo aquí lo hacemos todos, que esas arcillas guardaban energías antiguas que lo vigilaban y protegían y con las que convenía estar siempre a buenas. Aunque seas marxista, antes eres mexicano y te tomas estas cosas muy en serio.

—¿Y cómo ha llegado a esa conclusión? Conozco algunos de los murales más famosos de Rivera en México y en Estados Unidos y son... científicos —Einar masticó las cuatro sílabas de aquella palabra, *cien-tí-fi-cos*—. Por suerte, no hay espíritus retratados en sus pinturas, como sí ocurre con la obra de Frida..., que es más imaginativa.

María Valdés ladeó la cabeza, mirando al güerito de reojo.

—Tiene razón, don Einar..., pero solo en parte. Las pinturas de sus años de gloria son funcionalistas, no cabe duda. Se trata de proyectos politizados, de puritita propaganda, que critican la opresión de nuestro pueblo y ensalzan las ideas de la revolución bolchevique. Pero acá, además del cuadro de las sandías, guardamos también el último lienzo que Diego hizo antes de morir. Es otro *último cuadro,* sí, y créame que ese es diferente a los demás. Como si Rivera se hubiera dado cuenta de algo en el minuto final de su existencia y hubiera querido dejar constancia de ello.

—¿A qué se refiere con *algo*? —Un destelló iluminó la mirada de Einar.

—Será mejor que lo vea usted mismo.

El holandés hizo girar su silla tras los pasos de doña María y rodó hacia la habitación contigua. Resultó ser una estancia más amplia, presidida por un retrato de Diego Rivera en blanco y negro. El pintor era un tipo entrado en carnes, un gigantón de metro ochenta y cinco, manos gruesas, cara de anfibio y mirada lasciva. Su foto presidía una pequeña colección de obras menores enmarcadas en madera. El que parecía interesar a doña María era un lienzo más grande que el resto, en el que se adivinaban unos acantilados junto al mar. A la altura de sus ojos, en la esquina inferior derecha de la composición, distinguió un grupo de minúsculos hombrecillos asomados a un mirador. Y justo debajo, un homúnculo levantaba sus brazos al cielo como si tratara de llamar su atención. La escena era simplona, muy por debajo de su talento. Quizá estaba cansado cuando la pintó, pero a primera vista aquello no le pareció diferente.

—La llamamos *La quebrada* —aclaró doña María, señalando la cartela que había junto al lienzo—. Diego la concibió con Frida moribunda, dicen que para animarse e infundirle a ella un poco de ánimo.

—Pues no parece un cuadro muy alegre, la verdad... —opinó.

—Acá, la mayoría sí lo cree. Diego lo pintó en Acapulco, en casa de Dolores Olmedo, la mecenas de sus últimos años. Aunque parece representar un momento sin trascendencia, con un clavadista saludando a sus amigos desde el fondo del acantilado a punto de lanzarse al mar, si se observa con perspectiva, surgen otras interpretaciones. Es como si Diego hubiera querido volver la mirada al arte más antiguo para transmitirnos su último recado, como si quisiera apartarse de los grandes murales de su vida con Moctezuma, colonos invasores, fábricas rutilantes, armas, probetas y avances técnicos, y regresara a la naturaleza más atávica para hacerla hablar.

—¡Las rocas! —se adelantó Einar de improviso—. ¡Tienen formas!

Doña María asintió satisfecha.

—Eso es, don Einar, y también platican —añadió.

—¿Cómo que... *platican*?

—Aguarde un momento, nomás. —La directora se volvió hacia la niña que aún estaba con ellos—. Amalia, necesito que regreses enseguida a recepción.

—Sí, madre —respondió esta, obediente.

—Echa el cerrojo de la casa hasta que te diga.

—Sí, madre —repitió.

La quebrada. Diego Rivera (1956).
Casa Azul, México D. F.

Doña María esperó a que la pequeña saliera de la habitación antes de dirigirse de nuevo a su huésped.

—Disculpe, don Einar, pero hay cosas de las que prefiero no hablar delante de mis hijas.

La directora echó entonces un vistazo a la puerta para asegurarse de que estaban solos y prosiguió cuando oyó a lo lejos el crujido de un viejo pestillo entrando en el cerradero.

—Verá: uno de los grandes tabúes que rodean las vidas de Diego y Frida es el uso y el consumo que hicieron de drogas durante años. Es un asunto delicado y, como usted comprenderá, tratándose de dos héroes de la cultura contemporánea de mi país, no me parece conveniente que se hable de ello a los jóvenes. Nunca se sabe de dónde pueden tomar ejemplo…

El holandés asintió por cortesía.

—El matrimonio Rivera-Kahlo consumía drogas—prosiguió doña María—. Diego defendía su uso como una forma de lograr lo que él llamaba «la inmersión total en la pintura». Como marxista que fue, estaba convencido de que el arte verdadero debía impulsar una revolución total del individuo desde dentro y que, para lograrlo, había que conseguir exaltar sus sentidos de un modo profundo y radical. El arte en sí no existe, solo está en los ojos de quien lo contempla y por eso es recomendable alcanzarlo desde una fuerte visión interior. Un trance.

—¿Y eso qué tiene que ver con que las pinturas hablen?

—Mucho, pues —respondió—. ¿No conoce usted la anécdota de cuando Errol Flynn vino a esta casa a ver a Diego?

—¿Errol Flynn, el actor?

—El galán de la edad dorada de Hollywood, ese mismo. Estuvo acá, en esta misma habitación. Sabía del fervor bolchevique de Diego y de su explosivo carácter, así que se propuso sacarlo de quicio. Pero el maestro, extrañamente tranquilo, en mitad de aquella visita se sacó marihuana del bolsillo y mientras la liaba en un papelillo de fumar le hizo una pregunta: «¿Ha escuchado alguna vez un cuadro, señor Flynn?».

—Supongo que diría que no, claro.

—Y supone bien. Pero Rivera se lo llevó al almacén donde guardaba sus mejores obras y lo invitó a tomarse una especie de pasta de color café y a apurar un porro. Entonces, créame, los cuadros empezaron a platicarle.

—¿En serio?

—Tan en serio que, en sus memorias, al contar aquella experiencia, Flynn dio cuenta de como oyó cantar a las pinturas. Los colores se convirtieron en sinfonías; sus formas cobraron vida, los paisajes abrieron ojos que tenían ocultos y el conjunto terminó revelándole sus secretos en una especie de danza sinestésica, prehistórica y brutal.[44]

—No sé si *prehistórico* es aquí el adjetivo correcto —objetó.

—Lo es, créame. Fíjese en *La quebrada*, se lo ruego. ¿No ve, sobre esos farallones antropomórficos, la silueta de un bisonte colosal? Picasso y Rivera hablaron muchísimo de Altamira, la gran cueva rupestre española, en los años en los que se trataron. El malagueño estaba fascinado con el arte de las cavernas y lo mencionaba a menudo. Después de Altamira, todo es decadencia, repetía una y otra vez. El caso, don Einar, es que Rivera y Picasso se convencieron mutuamente de que esos animales pintados sobre las rocas eran criaturas con vida propia. Una especie de espíritus a los que sus remotos creadores habían cargado de una vida latente y

44. Errol Flynn, *My wicked, wicked ways*, p. 197. G. P. Putnam's Son. Nueva York, 1959.

de mensajes destinados al futuro: a nosotros. Unas entidades con las que solo podrían platicar si se estaba en onda.

—¿Mensajes para el futuro, dice? —Einar se alarmó. Lo hizo formulando su pregunta con un gorgorito que no pasó desapercibido a doña María—. ¿A qué clase de mensajes se refiere?

—No soy una mujer con patas de guajalote que fume nada, don Einar. No sé qué mensajes son. Pero apuesto a que tienen que ver con el fantasma que se deja ver por acá. A menudo tengo la impresión de que esa figura quiere decirnos algo, platicarnos sobre los cuadros, invitarnos a descifrar sus susurros, pero no parece haber nadie por acá que pueda escucharla y recibir sus instrucciones.

—¿Y eso le da miedo?

—No es miedo lo que me provoca. Es inquietud. A nadie le tranquiliza tener un extraño rondando por su casa. —La mirada de la directora del museo se enturbió, como si aquello la preocupara de veras.

—¿Y por eso le gustaría que desapareciera?

—Lo preferiría, sí. Por eso lo recibo a usted, y porque me dijeron por teléfono que se lo llevaría.

Jon Einar sonrió. La voz de Julián de Prada conminándole a aquel salto a México volvió a cruzársele por la cabeza.

—No se preocupe; la ayudaré —prometió—. Solo necesito encontrarme cara a cara con la *presencia*.

—¿Y qué propone que hagamos?

—Que me deje a solas en esta casa.

—Eso es sencillo —asintió—. ¿Le parece bien esta noche?

32

—

Ángela Qiao estaba contrariada. Nada más colgarme el teléfono, recordó qué era aquella nota. Un perfecto desconocido le había solicitado por *e-mail* una reunión formal poco después del incidente del Prado. Estaba nerviosa, con necesidad de pensar en algo distinto, trivial, y aquel intercambio de correos la distrajo. Su inesperado interlocutor la había tentado con la vaga promesa de que le mostraría algo único sobre *Luca fà presto,* es decir, sobre Luca Giordano, quizá el artista más ninguneado del Prado, y aceptó.

En ese momento, Qiao no acertó a recordar dónde había oído antes hablar de Julián de Prada. Su nombre le resultaba familiar, como el estribillo de una vieja canción. El trabajo la enfrentaba a diario a cientos de nombres propios y probablemente aquel era solo uno más, uno escuchado en alguna reunión o leído en un informe cualquiera. Ni siquiera que el señor De Prada se hubiera presentado como inspector de Patrimonio la ayudó. Quizá por eso, algo decepcionada con su memoria, tomó nota de aquella cita en la agenda y la borró de su cabeza.

El Casón del Buen Retiro es un anexo al Museo del Prado; un edificio a salvo de turistas que, en su día, perteneció al ahora desaparecido palacio que Felipe IV levantó en esa parte de la ciudad y que en la etapa final de los Austrias albergó el mejor salón de embajadores de Europa. Hoy solo es la más discreta de las instalaciones de la pinacoteca nacional. «La caseta del perro», la llaman los funcionarios más viejos. A principios de siglo, el inmueble fue sometido a una reforma radical y en 2007 se decidió que fuera la biblioteca de la institución. Desde entonces es el caladero favorito de toda clase de investigadores del arte y un templo para los escasos admiradores de Luca Giordano que existen.

Lo de *Luca fà presto* nunca ayudó a darle buen nombre. El apodo le nació en Nápoles, por su capacidad de terminar diez y hasta doce cuadros por semana. Su inabarcable legado cuenta con más de mil obras, aunque fue el escaso acabado de muchas de ellas lo que le hizo caer en desgracia. A juicio de los críticos, el prestigio de la pintura española se derrumbó solo por su culpa, tras la era dorada de Velázquez y Murillo.

El templo de Giordano estaba a solo tres minutos a pie del escritorio de Qiao. Volando sobre sus tacones, Ángela llegó enseguida. En cuanto el guardia de seguridad de la puerta de levante del Casón la vio aparecer vestida de color tierra, con su bolso de piel de Loewe en bandolera, le hizo un gesto para que se diera prisa.

—Tiene visita, señorita Qiao —dijo señalando con un dedo hacia el techo.

En la planta baja se encontraba el magnífico salón de lectura y el centro de documentación del Prado. Arriba, en la primera, oficinas y despachos.

—¿Y por qué la ha dejado subir al corredor, Emilio? —se quejó entre dientes al vigilante, nada más sobrepasar el mostrador de control.

—No lo sé —se encogió de hombros—. Dijo que prefería esperarla junto a la cúpula, que ustedes tenían que ver algo allá arriba. ¿He hecho mal?

—No, no. Subo enseguida.

Antes de enfilar las escaleras, Qiao se asomó a la gran biblioteca para saludar a las chicas del turno de tarde. El antiguo salón, con sus pupitres de estudio colocados a modo de *scriptorium* medieval, estaba decorado con un tesoro tan abigarrado como fascinante: la bóveda ilustrada por Giordano —o Lucas Jordán— conocida como *Apoteosis de la monarquía española.* El contenido de esa pintura, la de mayores dimensiones de todo el museo, era como poco sorprendente. Un cielo artificial sobre el que se fusionaba el recorrido del Sol por el universo y estampas alegóricas de España. Las imágenes habían sido pensadas para ensalzar la antigüedad y legitimidad de la monarquía ibérica. La composición cubría catorce metros por veintiuno de techumbre y estaba secuenciada en varios actos sujetos a interpretación que incluían a Hércules entregando el Vellocino de Oro al duque de Borgoña, Felipe el Bueno —fundador de la Orden del Toisón cuya soberanía recayó sobre la corona hispánica cuando Carlos V heredó ese ducado—, e incluso una metáfora visual del reino, en forma de mujer, gobernando a los pueblos de la tierra por intercesión celestial.

Dadas sus dimensiones, *la Apoteosis* nunca fue una pintura fácil de comprender. A mi amiga solía provocarle dolor de cabeza.

—Sabes que tienes a un señor esperándote, ¿no? —murmuró Patricia, una de las bibliotecarias, al verla asomarse a la sala—. Está arriba. Y lleva gabardina… ¡en agosto!

—Está bien —dijo con fastidio—, ya subo.

A Ángela la esperaban al final del mirador que el edificio tenía abierto a la bóveda, un corredor perimetral que alcanzó con el aliento entrecortado por culpa de los treinta y tres peldaños y siete descansillos que acababa de vencer y el maldito calzado que había elegido para ese día.

—¡Ah! ¡Al fin! Gracias por venir, señorita Qiao.

La voz profunda de un hombre de cierta edad la recibió mientras le tendía la mano para saludarla.

—Lo siento, ¿llego tarde? —se recompuso.

—Poco retraso me parece —respondió con una sonrisa que no la tranquilizó—. Sobre todo, teniendo en cuenta que son días algo complicados para su museo.

El hombre dijo aquello en un tono de superioridad que no le pasó inadvertido. Era un individuo alto, delgado, con la cabeza apenas cubierta de pelo, de edad madura, que estaba solo, de pie, apoyado en un bastón de madera. El peinado sutil y su piel tan fina que parecía azularse por momentos la impactaron. Su gesto parecía forzado. Su rictus, falso. Había dejado una vieja Burberry sobre la barandilla de hierro del mirador y vestía un impecable traje oscuro en plena canícula. Lo peor era, no obstante, que su actitud destilaba una indisimulada sensación de urgencia.

—¿Nos conocemos de algo, señor…? —indagó Qiao al estrechar sus fríos dedos.

—De Prada. Julián de Prada —completó él—. Suelo pasear mucho por aquí. Quizá me haya visto antes.

Pero Angie negó con la cabeza. No era su rostro lo que le parecía familiar.

—Es su nombre. Me resulta tan…

—Eso tampoco me sorprende, señorita. Me pasa con frecuencia.

—Ah, ¿sí?

—Dígame —de repente, el rostro del hombre se ensombreció—: ¿le parece que vayamos al grano? Lo que necesito explicarle es grave y requiere, no obstante, de cierto preámbulo.

—¿Grave? —replicó con el gesto más amable que encontró—. Confío, al menos, en que pueda ayudarlo a resolverlo yo misma, señor De Prada. Tengo a casi todo mi equipo de vacaciones: es agosto.

—Verá: después de lo ocurrido hace tres días en su museo, me va a permitir que vaya un poco más allá de lo pictórico.

—¿Se refiere usted a...? —La poca simpatía que le quedaba a Qiao se esfumó de golpe.

—A la desaparición de un anciano frente a *La fragua de Vulcano,* sí. Yo estaba allí, señorita. Lo vi todo. Y, además —añadió—, se da la circunstancia de que conozco bastante bien a quien se volatilizó delante de los ojos de tanta gente.

—¿Sabe cómo se llama?

—Bueno, ¡y cómo actúa! También cómo lo hacen otros de su calaña. De hecho, señorita, llevo años entre los muros de esta institución vigilándolos discretamente.

De Prada dejó flotando aquel adverbio, como si aguardara a la siguiente reacción de su interlocutora.

—No sé si termino de comprenderle, señor De Prada. ¿A quién vigila usted *discretamente*? ¿Es usted policía?

—Lo entenderá —prometió—. Usted sabe de mí por un libro en el que se tergiversan mi reputación e imagen. Un escritor decidió caricaturizarme hace un tiempo como una suerte de cazafantasmas de museos, ignorando las razones por las que llevo empeñado en esta tarea tanto tiempo. No soy policía, señorita, pero velo por que haya orden.

Qiao se lo quedó mirando, completamente confundida.

—Solo espero que maneje la información que voy a confiarle con la diligencia que merece, nada más.

Fue en ese momento cuando mi amiga recordó lo que había leído sobre Julián de Prada en las páginas de *El maestro del Prado:* las visitas a los personajes del libro de un tipo oscuro, entregado a una cruzada contra quienes pretendieran utilizar el arte para legitimar ideas esotéricas, acientíficas o que reivindicaran su valor espiritual por encima de interpretaciones materialistas. Angie nunca me había preguntado si aquel personaje era real o una mera invención. Ahora lo sabía.

—Olvídese de esa porquería, ¿quiere? —El señor X le leyó la mente—. Solo soy alguien con una misión. Pertenezco a un colectivo que vela por mantener la cultura a salvo de patrañas que no hacen sino pervertirla. La cultura es el soporte de la civilización y si se la altera o malinterpreta, todo se resiente.

—Ya, pero...

De Prada no se detuvo.

—Desde la más remota prehistoria, el arte, como parte troncal de la cultura, es un campo de batalla cruel —continuó—. Si le he pedido encontrarnos es únicamente para advertirla de que los detentores de los usos supersticiosos de la pintura están preparando una ofensiva coordinada desde este museo para hacer prevalecer su visión del mundo. Lo de anteayer, si me lo permite, fue solo un primer movimiento, un truco. Si no los detenemos, entonces ustedes serán cómplices de un retroceso intelectual de carácter histórico.

—¿Una ofensiva? ¿Un truco? ¿Detenerlos...? No sé qué quiere decir todo esto, señor —dijo tratando de no sentirse amedrentada—. El arte no...

—No sea ingenua —la atajó, cortante—. La semana pasada usted misma recibió a un enviado de la Santa Sede que está elaborando un informe sobre maestros instructores escondidos en grandes obras de arte. —Iba Ángela a preguntarle cómo diablos sabía él eso, pero, descolocada como estaba, guardó silencio—. Desde hace siglos, la Iglesia ha sido la organización que más arte ha financiado del mundo, atesorando un patrimonio inabarcable que está repleto de representaciones de criaturas sobrenaturales. Esa insistencia no es casual y ha tenido consecuencias en la psique colectiva. El ser humano necesita ver para creer y la Iglesia ha utilizado la enorme capacidad persuasiva del arte para naturalizar el mundo invisible que predican. Sin embargo —añadió, apoyándose en la barandilla del mirador como si necesitara hacer acopio de fuerzas para concluir su retahíla—, lo que su huésped de la Santa Sede no le ha explicado es el porqué de ese informe que elabora.

—¿Y lo sabe usted?

—Oh, claro que lo sé. De hecho, está muy relacionado con los sucesos del otro día. Solo confío en que lo que voy a decirle no la asuste demasiado y haga lo que tiene que hacer.

—Está bien, le escucho, señor de Prada —respondió, cruzándose de brazos de modo instintivo.

—Hace años que la Iglesia y mi organización vigilamos a una serie de individuos que parecen ajenos a las leyes del tiempo y del espacio, que se manifiestan para ajustar, leve pero constantemente, la percepción de ciertos humanos con capacidades artísticas. Ellos son los maestros que está documentando el padre Durand. ¿Sigo?

—Por favor —susurró.

—Su intención, como la mía, no es otra que encontrarlos e impedir que puedan seguir implantando ideas absurdas y taumatúrgicas en nuestra sociedad.

—¿Habla usted de magia, señor De Prada?

—Magia es solo aquello que la razón no alcanza a comprender —aclaró—. Solo resulta perniciosa cuando nos resignamos a ella y preferimos instalarnos en la ignorancia porque resulta más cómodo, más estético o más emocionante. El arte peca mucho de eso.

—¿Y qué tenemos que ver yo o este museo con esos intrusos que tanto le preocupan?

El hombre de cuello de atleta se acarició la cabeza como si necesitara parar un segundo antes de continuar.

—Imaginaba sus recelos, señorita. Por eso la he citado aquí, en su terreno. Las visitas de esos intrusos han tenido efectos muy concretos sobre el arte. Quizá no sepa que Luca Giordano trabajó hace casi tres siglos para ellos —dijo con énfasis—. Los conoció a fondo, se dejó influir por sus programas iconográficos y nos dejó una pista fundamental sobre su propósito en esta misma sala.

—¿Giordano? —Esta vez las cejas de Ángela Qiao se elevaron de la sorpresa—. ¿Una pista sobre sus intrusos? ¿Aquí? ¿En nuestra bóveda?

—¿Tan raro le parece? —sonrió, lúgubre—. Giordano fue el gran pintor de finales del siglo XVII, una época en la que estos campaban a sus anchas disfrazados de personajes que aparecían o desaparecían de las cortes a voluntad, como el conde de Saint Germain o los Hermanos de la Rosa Cruz.

—¿Pero el conde no fue un noble que se creía inmortal? —Qiao no daba crédito a lo que estaba escuchando. Acababa de leerse *El péndulo de Foucault*, de Umberto Eco, y sabía vagamente a qué se estaba refiriendo con aquello.

—Sí, señorita —confirmó—. *Luca fà presto* es hoy un pintor casi desconocido para el gran público, pero en su día llegó a ser una celebridad tan carismática que muchos de aquellos personajes desfilaron por sus talleres de Madrid y Nápoles. A esa gente le atraía la versatilidad de Giordano, capaz de imitar lo mismo a Velázquez o Caravaggio que a Rubens o a los maestros de Flandes. ¿Sabía que pintaba casi en trance, a veces solo con los dedos? En cambio, lo que ningún historiador menciona, porque los detalles de su vida los eclipsan su fama cortesana y su lujoso tren de vida, es que recibía habitualmente las visitas de, al menos, uno de esos maestros. Uno muy particular. Usted lo conoce: Luis Fovel.

—¿Fovel? ¿El maestro del Prado? —Se estremeció ante la seguridad de aquella afirmación—. Pero, señor, Giordano vivió hace más de trescientos años y Fovel es contemporáneo nuestro. Eso es imposible.

—¿Lo ve? Usted sabe mucho de ese intruso, más de lo que aparenta —sonrió más tétrico que nunca.

Qiao calló. ¿Qué sabía ese hombre de ella o de Fovel? Su interlocutor aprovechó su efímera turbación para apabullarla un poco más.

—Por supuesto, entonces el doctor Fovel no se hacía llamar así. Ya le he dicho que esas criaturas vulneran las leyes del espacio y del tiempo como les viene en gana. Aunque le aseguro que fue él quien inoculó a Giordano el extraño veneno que se adivina en sus obras. Como en esta, sin ir más lejos. —Señaló al techo—. Fue ese ser, esa criatura despreciable, quien lo convenció de que sus pinturas debían servir a un propósito más trascendente que el de dar brillo a los reyes o clérigos que le pagaban por ellas.

—El arte se ha movido siempre por esos intereses, señor De Prada. Poder y gloria —acertó a balbucir.

—Pero no solo, señorita. No lo mire todo desde su óptica de historiadora del arte. En los tiempos previos a la Era de la Razón, en el siglo de Giordano, todo lo vinculado con la imagen estaba revestido de un fuerte carácter sobrenatural. A menudo, la pintura era entendida como una forma sublime de magia. Este techo es un buen ejemplo de ello.

—¿Se refiere a nuestra bóveda? —Enarcó las cejas, envalentonándose—. Quizá se confunde, señor. Me temo que solo es una alegoría de la monarquía española, pura propaganda de la Casa Real. Son solo mujeres vestidas con los escudos de los reinos de España, representaciones de las edades de la humanidad, de las misiones evangelizadoras, de los pueblos de ultramar, algunas referencias mitológicas, a lo sumo algo de astrología y astronomía antiguas…

—En realidad, aquí hay mucho más que eso —la acotó—. ¿Recuerda usted en qué momento fue pintada? El rey Carlos II de España, ese que pasó a la posteridad como «el Hechizado» por culpa del rosario de enfermedades y desgracias que sufrió a lo largo de su vida, encargó a Giordano mucho más que una exaltación de sus reinos. Esto fue un magno exorcismo para conjurar su mala suerte —dijo aireando los brazos hacia la techumbre, como si pudiera abarcarla.

—Un momento, ¿cree que este fresco es una especie de encantamiento?

La mirada de Qiao siguió la dirección que señalaba su interlocutor. De Prada no parecía un chiflado. Hablaba con la seguridad de un estudioso. Pero resultaba siniestro en sus planteamientos.

—Permita que se lo argumente mejor —prosiguió—. El rey Carlos tenía treinta y seis años cuando encargó esta escena a Giordano. No fue un periodo cualquiera para él. La corona aún no contaba con un heredero varón y sus esperanzas de engendrar a uno se evaporaban a toda velocidad. El padre del monarca, Felipe IV, ese al que todos llamaron «el Rey Planeta», había pasado antes por un apuro parecido y lo venció recurriendo a lo mágico. Si repasa cualquier biografía suya lo comprobará. Perdió a dos hijos varones, los príncipes Baltasar Carlos y Felipe Próspero, y decidió resolver su mal fario rogándole a Diego Velázquez que le preparara un talismán que lo protegiera y le garantizara descendencia.

—Velázquez, fabricante de amuletos —resopló Qiao—. Tacharlo de mago no creo que haga ningún favor al pintor español más grande de todos los tiempos, señor De Prada.

—Táchelo usted de lo que quiera, pero que Diego Rodríguez de Silva y Velázquez fue un apasionado de la astrología está fuera de toda duda —replicó contundente—. Coleccionaba libros sobre esa disciplina y, en consecuencia, recurrió a ella para cumplir con el encargo real. Escúcheme bien: el pintor se limitó a seguir una vieja tradición y decidió representar una constelación poderosa en un lugar emblemático de palacio para proteger al monarca.

—Un talismán.

—Eso es. Desde la Antigüedad se cree que ciertas estrellas ejercen una influencia protectora sobre personas e incluso pueblos y que, al evocarlas o reproducirlas, se puede llegar a canalizar su poder. Los egipcios replicaron las estrellas del cinturón de Orión levantando las tres grandes pirámides de Guiza. Para ellos, Orión era la entrada al más allá y las pirámides un reflejo en la Tierra de ese umbral. Velázquez, influido por esa creencia, concibió *Las meninas* con la constelación Corona Borealis, representada en el corazón de la obra y disfrazada en la posición relativa de los protagonistas del cuadro. Corona Borealis es una constelación asociada a Ariadna, hija del rey Minos, que quedó encinta de los dioses. Y, ¿sabe qué? Tanto si lo acepta como si no, su hechizo funcionó: a los nueve meses exactos de terminar de pintarse, como si hubiera sido concebido por los mismos dioses, nació Felipe Próspero, el niño enfermizo al que Velázquez retrataría más tarde cubierto de amuletos contra el mal de ojo. Y, fíjese, la magia de aquel cuadro fue tan poderosa que, mientras aquel pequeño superaba una enfermedad tras otra, la reina volvió a quedarse encinta de nuevo.

—Pero Felipe Próspero falleció —objetó.

—Murió solo cinco días antes de que naciera Carlos II, en efecto —asintió—. Por eso todos en la corte creyeron que el talismán de Velázquez había funcionado. España tenía heredero. Y, por eso, llevado por una confianza justificable en los sortilegios pictóricos, ese heredero no dudó en pedirle a Luca Giordano que recurriera a toda la potencia de sus pinceles para darle también a él un hijo varón que diera continuidad a su dinastía.

—Se sabe que los Habsburgo fueron muy supersticiosos, pero esto...

—Esto que tenemos aquí, señorita Qiao, es un hechizo. Quizá el de mayor tamaño de toda la historia de España —la interrumpió—. Lo que debe saber es que este talismán protector fue guiado en secreto por esa huidiza presencia que usted conoce y que llaman Luis Fovel.

La seguridad con la que hablaba la dejó meditabunda. El señor X no podía saber que ella estaba familiarizada con muchas de aquellas ideas. Pero lo que la inquietaba era el tono de pesadumbre con el que se las acababa de exponer. A Ángela Qiao, que algunas de las grandes obras de arte del pasado, como edificios, túmulos, pirámides o dólmenes, enmascararan posiciones estelares no era algo que le resultara extraño. Había discutido conmigo varias veces sobre ello. De hecho, fui yo quien le habló por primera vez del ingeniero que descubrió la conexión entre *Las meninas* y la constelación Corona Borealis. Tuve la suerte de conocerlo poco antes de su muerte en 2009.[45] Ángel del Campo y Francés —el sabio en cuestión— no solo se ganó un prestigio en el mundo del arte como el científico que determinó el día y la hora en los que Velázquez bocetó la escena más famosa del arte español —las cinco y ocho minutos de la tarde del 23 de diciembre de 1656, cumpleaños de la reina Mariana de Austria—,[46]

45. Véase mi libro *La ruta prohibida,* en esta misma editorial.

46. Ángel del Campo y Francés, «La hora de las meninas». *Academia. Boletín de la Real Academia de Bellas Artes de San Fernando,* n.º 53. Madrid, segundo semestre de 1981.

Retrato de Felipe Próspero. Diego Velázquez (1659).
Museo de Historia del Arte, Viena.

sino que llegó a ser aceptado como miembro de número de la Real Academia de Bellas Artes de San Fernando. También le hablé de los estudios que otro científico, director del Centro Nacional de Investigaciones Científicas francés (CNRS), hizo sobre los cuadros estrellados de Vincent Van Gogh, desvelando algunos de sus vínculos cósmicos. Según Jean-Pierre Luminet, lienzos como *Una noche estrellada sobre el Ródano* o *Casa blanca de noche* reproducían posiciones estelares y planetarias tan concretas que se podían traducir en fechas.

—Qué, ¿todavía no me cree? —retomó De Prada escrutando los ojos temerosos de Ángela—. ¿Le parece una locura que esta bóveda naciera como un talismán gigante para aplacar los miedos irracionales de un monarca?

Qiao arqueó el cuello hacia atrás.

—Pues obsérvela con atención, señorita, y quizá un par de detalles de esta obra la convenzan.

Sobre su cabeza gravitaba una de las doce musas que Giordano había pintado aprovechando los lunetos de *la Apoteosis.* Era una dama con una filacteria que la identificaba: Urania, musa de la astronomía. De Prada detuvo su mirada en ella. La mujer aparecía coronada de estrellas e iba acompañada por un amorcillo entrado en carnes que la ayudaba a sostener un libro abierto por lo que parecía un horóscopo.

—Aquí los cielos están escritos —sentenció mientras ella entrecerraba la mirada para observar el detalle—. Giordano lo situó en el lugar en el que cualquier observador debería empezar a recorrer esta bóveda. Precisamente en ese luneto.

—¿Y usted sabe qué dice ese horóscopo? ¿A quién pertenece?

—Marca una fecha, eso es seguro, aunque su trazado es deliberadamente ambiguo —lamentó—. ¿Sabe? Lo mismo

Luca Giordano. Detalle de la musa Urania en *Apoteosis de la monarquía española*. Luca Giordano (1697).
Casón del Buen Retiro, Madrid.
Obra completa en desplegable final.

podría estar indicando una alineación planetaria del pasado que del futuro.

—¿Del futuro?

—Oh, sí. Las posiciones planetarias se repiten, son cíclicas. Todo puede ser. De hecho, si se fija en el centro de la bóveda, observará una enorme representación del cielo con un sol en el centro. ¿Ve como parece desplazarse por el eje de la composición, irradiando su luz?

Qiao se esforzó en adivinar a qué porción de los casi trescientos metros cuadrados de pintura se estaba refiriendo De Prada. La localizó en el corazón mismo de la techumbre.

—En el mundo antiguo, sabían que el sol sigue siempre el mismo camino. A lo largo del año nace y se pone en distintos puntos del horizonte. A los lugares más extremos los llamaron solsticios. Se alcanzaban en junio y diciembre. El astro rey solo tocaba el punto central de esas posiciones dos veces al año, en marzo y septiembre, y lo llamaron equinoccios. Según la mitología, era en esos días cuando se abrían las puertas del firmamento y los seres celestiales podían bajar a tierra a comunicarse con los humanos. El sol era la llave. Una llave poderosa que solo podían accionar criaturas muy especiales. Poético, ¿verdad?

—Ahora que lo dice, conozco una poesía que habla de algo parecido. Usted debe de conocerla —dijo como para ganarse a su interlocutor—. Su primera estrofa decía: «No me persigas. / Tengo la llave. / Mi nombre anhelas / ignorando su clave.»

—*El maestro del Prado.* —De Prada torció el gesto con desagrado—. Ese fue el último mensaje del prófugo Fovel, ¡cómo no recordarlo...!

—¿Puedo... —titubeó Qiao—, puedo preguntarle algo?

—Claro, lo que quiera.

—A lo mejor le parece una tontería, pero usted acaba de decirme que solo criaturas especiales pueden accionar la llave de los cielos.

—Sí, eso he dicho.

—¿Sabe si, aparte del sol, Giordano dibujó alguna otra llave, una de verdad, en esta bóveda? Quizá algo más obvio, menos poético.

—Lo hizo —asintió, como si esperara aquella pregunta. Y, señalando a uno de los lados del gran círculo que cobijaba el zodiaco, dijo—: la tiene en su mano la diosa Cibeles, es la mujer que pasea en un carro tirado por leones al final del camino que traza el sol. De hecho, ella es la que guarda la única llave de la bóveda. ¿Alcanza a verla?

«Tengo la llave.»

Detalle de Cibeles ofreciendo la llave a alguien invisible.
Bóveda de la *Apoteosis de la monarquía española.* Luca Giordano (hacia 1697). Casón del Buen Retiro, Madrid.
Obra completa en desplegable final.

«Dios mío». Qiao se quedó boquiabierta.

—¿Y sabe qué podría abrir esa llave? —El asombro la hizo susurrar de nuevo.

—Dado que esta bóveda parece representar una posición de los cielos muy concreta, la llave debe de marcar el momento en el que pueden ser atravesados. Y aún diría más: por el lugar que ocupa, fuera del círculo zodiacal, se trata de un elemento que solo puede accionar alguien que esté al margen de lo celestial.

—No sé si le comprendo —dudó.

—Observe cómo sostiene la diosa esa llave. Está al revés de como la asiría Cibeles si fuera a usarla ella misma: tiene el paletón orientado hacia sí y la cabeza hacia fuera, como si esperara entregársela a alguien.

—¿A quién?

—Pues a un humano. Por eso no aparece representado

en ese segmento donde solo son visibles los dioses. Esto es una imagen del otro mundo, ¿comprende el código? Los humanos no habitan esa esfera, pero la llave que sostiene la diosa parece querer traspasar la frontera entre los mundos para hacerla llegar a este lado de la pintura.

—Pero ¿a qué humano? —indagó Qiao, sin disimular la ansiedad que le producían las explicaciones de aquel hombre.

—Por eso se lo cuento —le sonrió—. Usted tiene acceso a muchas personas inteligentes. Si su intuición le señalara a alguien que fuera capaz de recibirla, no dude en traerlo aquí. Quien abre, también puede cerrar, y eso me interesa mucho.

—Entiendo… —se ensombreció recordando la animadversión a los maestros que profesaba aquel hombre en *El maestro del Prado*.

—Pero, señorita —añadió, helándole las entrañas con sus profundos ojos oscuros—, si no elige a la persona adecuada para abrir esta frontera y juega con las fuerzas que aquí se representan, lo que hay al otro lado podría resultar letal.

—¿Le-letal? —tartamudeó.

—Tenga cuidado de a quién le comparte lo que acabo de enseñarle hoy. No dé detalles de esta conversación si no es estrictamente necesario. Recuerde lo cerca que vigilo este museo y lo que en él sucede.

Sus últimas frases sonaron claramente a amenaza. Qiao no reaccionó.

—Supongo que comprende ya por qué le decía que este era un asunto grave.

33

Solo una hora después de su encuentro con Julián de Prada, en un estado de nervios que nunca había visto en ella, Ángela Qiao me telefoneó balbuciendo a medias aquella historia. La pobre no reunió el valor para contarme su cita con el señor X. Seguramente pensó que no la creería. Después de lo sucedido el viernes en las salas del museo, podría pensar que se había vuelto definitivamente loca y, sin embargo, me insistió en que seguían ocurriendo cosas muy extrañas en el Prado. Cosas que tenía que consultarme con urgencia. No mencionó a De Prada ni llegó a hablarme de la velada amenaza de sus palabras.

Aun sin contar con esa información, aquella fue su segunda llamada en pocas horas. No hacía falta ser muy perspicaz para comprender que había algo que la estaba perturbando y que debía de ser importante.

Esa tarde, después de insistir en que nos viéramos en cuanto llegara a Madrid, Angie hizo algo más: me pidió permiso para localizar a Luc Durand en su hotel y sumarlo a nuestra cita. Acepté, claro. Por suerte, no tuvo que darle demasiadas cuentas sobre quién era yo ni por qué quería reunirse con nosotros. La idea de conocer al autor del libro que lo había llevado a hacerse tantas preguntas sobre las obras maestras del Prado debió de parecerle oportuna. Durand ya estaba convencido de que lo que yo había descrito en *El maestro del Prado* no podía ser sino el encuentro con uno de los instructores que él estaba estudiando. Mi Fovel era como un hermano del hombre que había saltado de sus sueños a las salas del museo y lo había llevado a prolongar unos días su estancia en Madrid. Luc Durand decidió, además, que sería interesante entrevistarme para el vídeo que pensaba subir a YouTube en cuanto regresara a París.

Yo iba a estar de acuerdo.

34

—

Al otro lado del Atlántico, al tiempo que en Madrid las pinturas del Prado parecían tener goznes y esconder umbrales a sabe Dios qué mundos, la directora de la Casa Azul lo repasaba todo por última vez. Doña María había preparado su museo para que Jon Einar se sintiera cómodo durante el tiempo que iba a quedarse a solas entre sus cuatro paredes. Se aseguró de que tuviera tamales en la cocina, café en abundancia y hasta una botellita de rompope casero recién hecho. Antes de la llegada del holandés, comprobó que las puertas interiores de la instalación, así como las de acceso al patio, quedaran abiertas y con la alarma desactivada para facilitarle la movilidad. Incluso colocó planchas de metal en los desniveles del piso para que su silla pudiera atravesarlos sin dificultad.

«Creo que no me dejo nada», concluyó, satisfecha, su inspección.

Pero a María Valdés le extrañaba que su huésped no le hubiera pedido nada especial y no tenía la menor idea de cómo pensaba espantar a *la presencia*. Aquel hombre no llevaba ni una Biblia encima. Solo le dijo que se había acomodado en un apartamento turístico cercano y a su dueña le faltó tiempo para chismorrearle que no se había llevado tampoco ningún aparato a la habitación. Ni un mal cargador de móvil. Si aquel tipo pensaba actuar como un cazafantasmas, barruntó, carecía de desintegrador de protones, trampas radiactivas para ectoplasmas o siquiera una simple ouija.

«¿Cómo diablos piensa hacerlo?», pensó.

Einar le parecía un misterio. ¿De verdad iba a dejarlo solo allí, en sus instalaciones? ¿Y si necesitase ayuda? ¿Y si aquel hombre caído como de la nada no fuera quien decía ser y la colección sufría algún daño?

Era tarde para arrepentirse. Doña María se justificó consigo misma depositando junto a las viandas un *walkie-talkie* con la batería recién cargada, al que pegó un papelito con el aviso «Usar en caso de emergencia». Ella estaría cerca, aguardando a cien metros de la finca. ¿Qué otra cosa podía hacer?

Einar llegó al caer el sol. La hija pequeña de María lo escoltó hasta el interior y le dio las instrucciones precisas. Lo acompañó por las estancias de la casa y las recorrieron una a una. Le enseñó los indicadores fluorescentes de evacuación, dónde se encontraban la cocina del personal y los cuartos de baño para los visitantes, la sala con los trajes de Frida, las vitrinas con sus piernas ortopédicas y hasta el cajón en el que guardaban un revolver de época cargado «que Dios quiera no precise». La luz eléctrica, advirtió la muchachita, se apagaría a las diez en todo el edificio para evitar llamar la atención de los vecinos y cerrarían las ventanas exteriores para impedir que los haces de su linterna pudieran ofrecer una impresión equívoca desde fuera. Aun así, las farolas de los patios le proporcionarían claridad suficiente para moverse.

—No te preocupes tanto, por favor —rogó a la niña con un gesto divertido—. Haré lo que esté en mi mano para libraros de vuestro visitante lo antes posible. Mañana esta casa será otra, lo prometo.

Al echar el cierre, la hija de doña María comprobó que solo eran las nueve y media de la noche y que hasta las ocho del día siguiente no acudiría a sacarlo de allí. «¡A ser el más chingón!», le hubiera gustado decir a Amelita para desearle suerte *a la mexicana*, pero se contuvo. ¿Qué habría pensado su madre de ella?

Cuando el pestillo de la entrada crujió al cerrarse, un silencio imponente invadió el lugar.

Lo primero que hizo Einar fue rodar tranquilo hasta el estudio de Frida, un saloncito rectangular ocupado con su viejo caballete, los tubos de pintura que dejó sin apurar antes de morir y algunos de los objetos personales más queridos por la artista. El holandés se quedó allí un buen rato. En aquel rincón dormía una silla de ruedas vacía desde hacía más de medio siglo y también la locomotora de latón y los baúles de viaje de Frida.

Frente al ventanal, el mirador más grande de toda la casa, descansaba la biblioteca del matrimonio Rivera-Kahlo. Su linterna serpenteó entre una heterogénea colección de libros populares y técnicos, Jon Einar no se atrevió a abrir los cristales que los protegían. Vio obras sobre geología, historia, literatura o arqueología, al tiempo que viejos incensarios aztecas, figurillas de barro cocido y hasta una máscara antigás. Enseguida comprendió que allí hibernaba el antiguo cerebro de la vivienda y dedujo que estuvo al servicio de unas mentes dispersas, perdidas entre lo mundano y lo sublime, que mezclaban sin problema saberes de lo más variopintos. Lo indígena, lo occidental, lo científico y hasta lo ultramundano tropezaban entre sí en aquellos títulos impresos en cartón y cuero.

Curioso, se detuvo en casi todos los volúmenes sin encontrar nada que lo ayudara a entender qué ocurría allí. Todo en esos anaqueles era quietud y olvido.

Algo más tarde, hambriento y con los párpados más pesados, se deslizó ante el delicado *Autorretrato con traje de terciopelo,* quizá el que había capturado a la Frida más bella de cuantas pintó la artista. Sus cejas no estaban tan pobladas ni había rastro del bigote que se dejaría crecer después. Evitó detenerse frente a *Frida y la cesárea,* que era una pintura inconclusa que desnudaba a una mujer que aparecía tendida en la cama bocarriba, con las piernas cruzadas, y que exhibía un terrible hueco en el vientre. E incluso recorrió la sala de las fotografías mirando de reojo una colección de retratos que le parecieron fúnebres, tétricos, como arrancados de las lápidas de un cementerio.

En ningún momento percibió nada.

Le extrañó.

Su mentor, Julián de Prada, lo había entrenado para detectar a los viejos maestros sin apenas abrir los ojos, pero no había ninguna razón para creer que allí hubiera uno. Su formación había consistido en permanecer encerrado en una cueva mucho más lóbrega que aquellas salas, entre Essen y Dusseldorf, y aprender a despreciar los estímulos recibidos por los sentidos humanos. Ellos, los de su clase, tenían otros que desarrollaban en campamentos de los que nunca hablaban con terceros. Allí sus conexiones sinápticas se activaban gracias a alteraciones hipersutiles del campo magnético, en el rango de los nanoteslas, imposibles de detectar por los instrumentos más sofisticados.

Pero ese delicado filtro no se había activado todavía y volvió a extrañarle.

El lugar estaba tranquilo, inerte, y aunque le resultaba tentador dejarse llevar por la sensación humana de que allí no había *buena onda*, que la casa emanaba una atmósfera de pesadumbre y angustia difícil de explicar, no encontró un motivo real de alarma.

Las diez y nada. Las once y nada. Las doce, nada.

Silencio.

A la una y media de la madrugada, un sonido lo sobresaltó cuando estaba frente a la vidriera del estudio de Frida, mirando hacia el exterior.

Fue como si una ventana se hubiera desplazado sobre su canal de herraje.

En otras circunstancias no le hubiera dado importancia a aquel susurro que lo puso en guardia. Pero de pronto advirtió que la atmósfera había cambiado de densidad. Era algo que no había experimentado nunca, pero de lo que había oído hablar en sus seminarios. En Alemania aprendió que cada vez que se abría una brecha en el espacio-tiempo de un lugar cerrado se producía un vacío. El efecto que creaba era como si la hendidura entre mundos absorbiera los átomos de los extremos conectados y alterase la consistencia de ambos.

«¿Y si…?».

Intrigado, Jon Einar se movió por las estancias de la planta baja afanándose en determinar el origen de aquel cambio, pero el ruido le fue pareciendo más común a cada segundo que pasaba.

Luego, silencio.

¿Se había colado alguien de carne y hueso en la casa aprovechando la falta de alarmas?

Necesitaba asegurarse.

«¿Y si…?».

Cuando Jon Einar llegó, al fin, a la habitación de la que creyó que había escapado el ruido, no pudo creer lo que vieron sus ojos.

—Hola. ¿Hay alguien ahí…? —preguntó.

Lo dijo nada más pisar la salita número 5. Era una estancia llena de cuadritos alineados en grupos de seis, que formaban curiosos renglones sobre las paredes. Allí la densidad del aire era aún más intensa. Por suerte, la habitación estaba iluminada por las luces de evacuación.

—¿Hola? —insistió, adaptándose a aquella penumbra artificial—. ¿Hay alguien ahí?

Al mover el haz de su linterna, el profesor tropezó con algo que no debería estar allí. Frente a una pared cubierta de tablas del tamaño de un folio, una niña de unos diez u once años, de tez y pelo oscuros, parecía contemplarlas absorta. Era humana. Lo supo en cuanto la vio. Vestía pantalón corto y camiseta de tirantes, casi como si se hubiera acostado así y acabara de fugarse de casa. Tras ella, a apenas un palmo de donde se encontraba, distinguió la sombra de una mujer adulta, de melena rizada, cubierta por un pañuelo violáceo. Una sensación eléctrica le erizó los cabellos de la nuca. La mujer era diferente, pero las dos contemplaban los cuadritos como si no hubiera otra cosa en el mundo más importante que ellos. Jon supo al instante quién era ella, pero fijó la mirada en lo que estaban viendo sin atreverse a interrumpirlas.

—Ya estás otra vez aquí —dijo la mujer a la pequeña.

—Sí, señora. Como cada semana.

—Entonces, empecemos la lección.

Lo que tenían delante eran los viejos exvotos del matrimonio Rivera. Había, al menos, sesenta, adquiridos en ermitas e iglesias de todo el país, en los que se apreciaba a la Virgen de Guadalupe o a algún santo que flotaba sobre una escena luctuosa, influyendo sobre un naufragio, un incendio, un camión volcado o unos niños caídos a un pozo. Todos incorporaban una inscripción en la que se contaba su historia y se daba las gracias por la intervención divina.

Observando a la niña y a su enigmática acompañante, cualquiera habría deducido que eran madre e hija, pero lo que dijo la adulta al recibir la luz de la linterna de Jon Einar en el rostro deshizo por completo esa impresión:

—Soy la maestra de Marielita —susurró con una voz profunda, clavando sus ojos de obsidiana pulida en él como si lo hubiera reconocido—. Y entiendo que no harás lo que pretendes en presencia de una niña humana, ¿me equivoco?

El rostro redondo de Jon Einar enrojeció de contrariedad.

—¡La vieja Xochiquétzal! —exclamó—. Debimos suponer que eras tú.

—Xochiquétzal o Ichpochtli son solo unos de mis nombres, querido —sonrió con sarcasmo—. Tengo tantos como tú y lo sabes. Pero yo no diría vieja, eso resulta ofensivo hasta para alguien de tu clase.

—Julián de Prada tenía razón al enviarme aquí.

—De Prada y sus serviles lacayos, ¡cómo no! Ni con él sois suficientes para detenernos. Seguís empeñados en recorrer el mundo con tal de obstruir nuestro plan. Tanto tiempo perdido para nada…

—El plan maestro —lamentó Einar en voz baja.

—El plan maestro, así es.

Con la mano que le quedaba libre, Jon Einar se aferró al apoyabrazos de la silla.

—¿Y por qué te escondes ahora tras una niña?

—Se llama Marielita —repitió su nombre, acariciándole la cabeza. Ella estaba medio hipnotizada y no despegaba la mirada de los cuadritos—. Lleva desde antes del verano tomando lecciones conmigo y no es la única que lo hace cada vez que puede.

—¿Aquí? ¿A oscuras?

Xochiquétzal movió su cabeza de un lado a otro, como si se compadeciera de la ignorancia de su interlocutor.

—Le enseño cómo las leyendas de todos los siglos enmascaran las visitas continuas de los nuestros a sus antepasados, nada más —dijo.

—Los ojos se acostumbran a la tiniebla, señor. —De repente la vocecita de la pequeña intervino, señalando una de las lámparas de emergencia clavadas en la pared—. Con lo que alumbran esas luces nos basta. ¿Puede apagar la linterna, por favor?

Marielita pidió aquello con ternura, como si el hombre que tenía enfrente fuera a hacerle caso. Lo hizo. La pequeña le dio las gracias con una sonrisa y volvió su mirada a la pared.

—Yo tenía pavor a uno de los cuadritos de Frida..., pero ya me ha desaparecido —añadió sin que nadie le preguntara.

—Frida —se sumó Xochiquétzal— se pintó una vez como una cierva asaeteada por dardos. Seguro que conoces esa obra.

—*¿El venado herido?*

—La conoces, cómo no —asintió—. Forma parte de nuestro *arcanon,* ese que pretendéis destruir. ¿Sabías que Frida descubrió el verdadero poder del arte con ese pequeño lienzo? Cuando lo pintó, se conectó con lo que sus remotos ancestros habían bocetado por todo el mundo hace decenas de miles de años, en la época en la que se produjo la *gran transformación,* el paso del Paleolítico al Neolítico, la invención de las ciudades y de la cultura. En ese tiempo prehistórico, profesor, los humanos dejaron de anhelar las facultades extraordinarias de los animales. Comenzaron a no pintar hombres-bisonte, ni hombres-pájaro u hombres-león...

—U hombres-pez —completó el holandés como quien lanza un cuchillo al aire.

—Los hombres-pez fuimos nosotros, querido. Aquellos humanos no nos imitaron: nos escucharon. Pero eso ya lo sabes. También sabrás que a veces nos refugiábamos en las profundidades de las aguas para impulsar desde allí la mutación de la especie humana.

—Aquella no fue una mutación natural ni progresiva, Xochiquétzal. Vosotros la acelerasteis y los convertisteis en vuestros juguetitos —dijo con un resentimiento que hacía tiempo que no brotaba de su interior.

—Me duele que aún penséis así. ¿Eso te ha enseñado De Prada? Llevamos siglos tratando de explicároslo, de hacernos perdonar por vosotros, y no queréis entenderlo.

—¿Entender el qué?

Los ojillos de Marielita, despegados de los cuadros, pasaban de uno a otro sin saber muy bien de qué estaban hablando. Se encontraba en medio de dos adultos que intercambiaban reproches como había visto tantas veces entre su padre y su madre sin comprender nunca sus motivos. La mujer notó su azoramiento.

—Oh, mi cielo, no te asustes —se agachó, dándole un beso en la frente—. Es normal que no sepas de qué hablamos. Este hombre trabaja para un ángel como los de la Biblia, de esos de los que te hablan en el colegio. Su jefe es una especie de policía que va de dimensión en dimensión buscando a otros como yo, que queremos compartir con los humanos conocimientos que ellos —lo señaló— no quieren que os alcancen. Los llamamos «los vigilantes». Hay muchos viejos libros que hablan de su labor.

—¿Y por qué no quieren compartirnos lo que saben? —dijo la pequeña, inocente.

—Porque si lo aprendierais seríais como ellos. O como yo. Y saltaríais de mundo en mundo, trasladando vuestra imperfección por todo el universo.

—La niña no entenderá lo que le dices. —Einar se removió en su silla.

—Ah, ¿y por qué no? ¿Acaso no cuenta su Biblia que los primeros humanos se encontraron con un maestro en el paraíso que los invitó a comer del árbol de la ciencia del bien y del mal?

—Y los expulsamos —gruñó.

—Sí. Lo hicisteis. Pero no contasteis con que su hambre por probar los frutos del conocimiento los llevaría a desarrollar sus facultades hasta crear el arte como primera herramienta. Ni tampoco que esas expresiones servirían para recordarse, generación tras generación, que a través de sus creaciones podrían rebelarse un día y luchar contra el mundo al que los castigasteis. Los mitos humanos —añadió Xochiquétzal muy seria— están llenos de nombres de maestros a los que habéis apestado. Lucifer, Quetzalcóatl, Oannes, Viracocha, Q… ¿Sigo?

—Entonces, señora, ¿sois demonios? —tembló Marielita, de repente impresionada, recordando que en las clases de sor Aurelia les habían hablado de algo parecido a aquello.

—¡Claro que no, nenita! —sonrió, acariciándole la cabeza—. Hicimos lo que los griegos cuentan en el mito de Prometeo: robamos el fuego del conocimiento a unos dioses ajenos al sufrimiento humano y os lo entregamos para ayudaros a crecer.

—¡Déjate de historias! —la interrumpió Einar, envarado en su silla—. Hace eones que contravinisteis el orden universal. Os saltasteis los preceptos de la naturaleza e intervinisteis en el desarrollo de este mundo, entregando a sus habitantes saberes que no merecían.

—Pero, querido… —El rostro de Xochiquétzal no perdió ni un ápice de la dulzura que había reunido mientras se dirigía a Marielita—. No sé cuál es tu nombre en este momento ni me importa, aunque déjame decirte algo: habéis acosado tanto a la humanidad, la habéis acorralado tanto empujándola a la nada en estos últimos siglos de ensalzamiento de lo físico, que nos habéis forzado a multiplicar nuestras apariciones y a acudir al último reducto que queda para nuestro magisterio.

—El arte —se removió Einar.

—El arte en todas sus expresiones, así es, y los museos, auditorios, bibliotecas o teatros que lo contienen. Estos lugares son como aquellos templos de piedra de la prehistoria en los que los antepasados de esta niña se extasiaban y rozaban con las alas de sus conciencias los mundos superiores. Por eso los hemos elegido para nuestro regreso.

—Entonces, sabrás que debo deteneros e impedir que se abran esas puertas, ¿verdad? Todavía existe un orden cósmico que no debe transgredirse.

—Sé que vas a intentar detenernos, por supuesto. Aunque lo harás en nombre de un orden en el que nosotros no creemos. El maestro del Prado nos lo advirtió hace tiempo.

—Fovel... —balbució. ¿El maestro del Prado? ¿Había escuchado bien? Estaba al otro lado del Atlántico, lejos de aquel museo de pintura y, sin embargo, la sombra de aquel nombre no dejaba de perseguirlo incluso allí.

—Él es nuestro gran pez —confirmó Xochiquétzal.

—¿Cómo?

—Nuestro gran pez, querido. El primero de los maestros. El que lleva siglos transformándose y apareciéndose en todo el mundo para empujar a los humanos a ese destino que vosotros queréis hurtarles. El que se enmascara tras nombres que, cuando son revelados, desnudan su verdadera naturaleza.

—¿Fovel?

Xochiquétzal —que en la mitología mexica es la primera esposa del dios acuático Tláloc y sabía bien de lo que hablaba— asintió. Sus pupilas se dilataron como si acabara de encontrar el momento para decirle algo aún más importante a aquel intruso.

—Fovel, sí. Su nombre es el eco de la palabra prediluviana con la que se definió por primera vez a los hombres-pez —explicó solemne—. «Nomen est omen», decían los romanos, 'el nombre es un augurio' que determina tu misión. El *fish* de los anglosajones, el *fiskur* de los islandeses o el *fisch* de los germanos deriva justo de esa olvidada expresión. *Fisch-El,* más tarde *Fosch-El.* Fovel. El pez resplandeciente. Te abreviaré el cuento. Si te fijas bien, su nombre tiene el mismo sufijo con el que los hebreos nombraron a Dios, a su Elohim bíblico, o con el que marcaron el lugar resplandeciente de Beth-el, aquel en el que los ángeles del Génesis plantaron la «escalera de luz» que logró comunicar su mundo con este y que vio el patriarca Jacob en sueños. *El* significó durante eones 'el que brilla', 'el que fulgura', porque su naturaleza es la misma de las lejanas estrellas de las que procede.

—¿Y dónde está Fovel ahora? —preguntó.

—A punto de regresar, querido.

—¿A Madrid?

—A donde se guardan las mayores puertas del arte en este momento, sí. Las que, por cierto, pronto solo podrán abrir niños como Marielita.

—Eso será si lo permitimos.

—Todavía no lo entiendes, ¿verdad? —Un gesto de lástima, como si se compadeciera de la inteligencia de su interlocutor, se dibujó en el rostro de Xochiquétzal. La mujer se acercó a solo un palmo de Einar antes de continuar—: Todo en el universo está relacionado entre sí. La ciencia humana ha empezado a intuirlo solo en las últimas décadas. Lo que sucede en un lugar como este no es sino el reflejo de lo que se mueve en los cielos. Un átomo no es más que un mundo en miniatura y las fuerzas que interactúan entre esas partículas son las mismas que afectan a los astros. Aunque no lo comprendas ahora, cuando las estrellas se alinean de un modo determinado, los planetas se convierten en una suerte de puertas o escaleras que permiten el tránsito entre lo macrocósmico y lo microcósmico, y viceversa. Nosotros somos los seres resplandecientes que enseñamos a los humanos ese saber desde la prehistoria.[47] Ahora, querido, una alineación de este tipo está a punto de alcanzaros de nuevo y, con ella, regresará el gran pez, el primer maestro que perseguís.

—Entonces, lo interceptaremos...

—¿A eso crees que has venido? —sonrió, sin perder su gesto de clemencia—. ¿Te parece que puedes impedir una empresa que te excede infinitamente?

—He venido a sacarte de aquí, a parar esto.

—¡Oh! —exclamó, mirándolo con una intensidad que obligó a Einar a rodar hacia atrás y a Marielita a echar a correr museo adentro—. Eso es poco considerado por vuestra parte, pero ¿sabes?, no os lo pondré difícil. Aunque yo me vaya de este lugar, siempre habrá alguien de los nuestros cerca de donde exista una obra del *arcanon* y un humano para descubrirla. Las pinturas son como puertas que marcan el camino y nuestra misión es protegerlas. Hoy bloquearéis una... y mañana activaremos cien.

Al decir aquello, la piel de la mujer comenzó a encenderse como el filamento de una bombilla. De pronto, la atmósfera de la habitación se calentó como si estuvieran a

47. Un desarrollo de este asunto se encuentra en la obra *Las puertas templarias,* de Javier Sierra, publicada por esta misma editorial (N. de la E.).

plena luz del día. Su rostro se convirtió en el Sol y deslumbró a Marielita, que estaba en el quicio de la puerta, atónita, proyectando su sombra contra los exvotos. Durante una fracción de segundo, la estancia se llenó de un brillo con una pureza sobrecogedora.

Jon Einar sacudió la cabeza, impotente. Acababa de advertir que tenía los ojos de Xochiquétzal grabados en su retina. Eran los mismos de la portada de *El forastero misterioso* de Mark Twain que llevaba en la mochila y que Julián de Prada le había dado en el hotel Ritz. Los mismos que Barbara Lenti había visto en Florencia antes de su llegada.

Los malditos maestros siempre desaparecían así, dejándote confundido y meditabundo.

35

—

La primera y única vez que vi en persona al padre Luc Durand fue la mañana del 20 de agosto de 2013, festividad de San Bernardo de Claraval. En esos días de canícula, la capital estaba casi desierta. Sus calles habían amanecido envueltas en una atmósfera irreal, sin tráfico ni ruido, con tiendas y restaurantes cerrados y con una curiosa sensación de pereza flotando en el ambiente. Las tormentas de los días anteriores habían acentuado esa apreciación. Era como si la reciente celebración de la Virgen de Agosto, en la que se conmemoraba la ascensión de Nuestra Señora a los cielos, hubiera sido imitada de manera inconsciente por los miles de personas que habían decidido volatilizarse de su lugar habitual.

Anoté todo lo que sucedió esa jornada en mis cuadernos.

La noche anterior, Eva, los niños y yo habíamos regresado de nuestro viaje por Cantabria y, aunque acudí a la cita algo adormilado y con la mente abotargada por tantas sensaciones, la conversación me despabiló enseguida. Ángela Qiao nos convocó a las nueve de la mañana en punto en la rotonda del hotel Palace. El establecimiento había cumplido un siglo de vida el año anterior, pero todavía olía a nuevo: sus paredes estaban recién enteladas y su colección de cuadros y tapices parecía acabada de hacer.

Con su delicadeza habitual, Ángela supuso que los manteles de hilo y la cubertería de plata nos acogerían mejor que los viejunos despachos del museo. El sacerdote apareció vestido de *clergyman:* traje negro, sobrio y de buen corte, camisa oscura con alzacuellos, una cruz de plata en el pecho y un maletín de cuero que podría compartir con cualquier piloto de aerolíneas. Se lo veía nervioso. De hecho, cuando abrió aquel cofre y quiso plantar un trípode y una cámara digital en la rotonda, Qiao lo detuvo.

—Aquí no le van a dejar grabar, padre. Los clientes de este hotel son muy celosos de su intimidad —le advirtió señalando a varias parejas de huéspedes que accedían a la sala de los desayunos.

—Pero yo quiero entrevistar a *monsieur* Sierra —protestó.

Mi amiga consiguió contenerlo con una estudiada sonrisa y le prometió que encontraría el lugar adecuado en el museo para hacer esa grabación.

—*Etes-vous sûre?* —inquirió—. ¿Uno con pinturas de fondo?

—Se lo prometo, padre.

—En ese caso, al menos déjeme plantearle una cuestión técnica a *monsieur* Sierra antes de *l'entretien* —dijo, mientras devolvía dócil sus herramientas a la cartera y me saludaba afectuoso—. Será una pregunta *entre nous,* por supuesto. ¿Le parece bien?

—¿Tengo elección? —sonreí.

—Dígame una cosa, *monsieur:* ¿se ha fijado usted en que algunos de los cuadros del Prado que le mostró su maestro están *signalés*?

El padre Durand dijo aquello en voz baja, como si no quisiera que nadie más en la concurrida rotonda nos escuchara, mientras dejaba caer sobre la mesa una carpeta llena de apuntes y un ejemplar de *El maestro del Prado* marcado con papelitos y páginas dobladas. Yo puse cara de no entender.

—He estudiado su obra a fondo —aclaró Durand, hojeando el libro—. Y desde que el viernes hablé con alguien que me dijo que era como un hermano de su maestro Fovel, lo he hecho con más interés aún.

Observé aquel volumen sin poder contener la curiosidad.

—¿Cuadros marcados? ¿Un hermano de Fovel? ¿A qué se refiere, padre?

—Sí, ¿a qué se refiere? —repitió Qiao, aún más extrañada que yo, sacando del bolso unos folios—. He leído el informe del servicio de seguridad del museo sobre el incidente del viernes. Usted estuvo allí y habló de la desaparición de un hombre que lo acompañaba. ¿Tiene algo que ver? ¿Alguien ha tocado los cuadros?

—¡Por todos los santos! —exclamó el sacerdote, acomodándose en la butaca que habíamos dejado libre para él—. *Nous avons tellement de choses à nous dire et si peu de temps!* El viernes, en efecto, un anciano, que se me presentó como Belfegor, me paseó por las salas del Prado y me enseñó varias de las obras que habían sido elegidas antes por su maestro del Prado. —Apuntó con el índice a mi libro—. No sé aún cómo se volatilizó, si es lo que me pregunta. Pero tengo claro que quiso que nos encontráramos en el museo para enseñarme algo.

—Los cuadros marcados —deduje.

—*Exactement, monsieur* Sierra.

—Pero marcados, ¿cómo? ¿Y para qué? —insistió Angie, alarmada, temiéndose un sabotaje a las pinturas o quizá algo peor.

—Creo que las marcas son *très variées.* No son modernas, *mademoiselle* Qiao, tranquilícese. Algunas parecen simbólicas, como el hombre-pez que vimos en el *Carro de heno* o en el *Jardín de las delicias,* ¿no los recuerda? Son elementos acuáticos sobre los que estoy elaborando mi propia teoría. Pero otras son muy explícitas, como letras. Letras antiguas.

—¿Letras? —me extrañé.

—*Oui.* Letras. *Initiales.* Según cuenta usted mismo en su libro, *monsieur* Sierra, el primer cuadro que le explicó su misterioso maestro fue *La Perla*, ¿verdad? Pues precisamente ahí ese Belfegor me mostró una grande, oscura pero inequívoca letra *F* pintada sobre una de las esquinas *du tableau.*

—¿Una *F*? —pregunté extrañadísimo—. ¿Qué *F*?

—Está ahí mismo, ante los ojos de quien quiera verla —dijo tomando el libro de la mesa y localizando la página en la que estaba reproducido el cuadro—. ¿No la ve? Es aquí. Está en la esquina inferior derecha de la tabla. Da la impresión de ser *une signature* discreta que o bien pintó Rafael o bien añadió su misterioso maestro como aviso. Verán: creo que *les tableaux* del *arcanon* se encuentran todos marcados con esa clase de añadidos.

—La verdad, padre —titubeé esperando asomarme a la foto de *La Perla*—, no me parece que un hombre como el maestro se hubiera atrevido a manipular un cuadro tan importante como ese…

—No me diga que no la ve. ¡No es una marca moderna! —insistió, golpeando la imagen con el dedo índice—. Esa *F* es parte del cuadro original, quiere parecer una incisión en un tronco, aunque claramente es una inicial. Y no pertenece a Rafael, ni se corresponde a su apellido, Sanzio, ni a su ciudad, Urbino, ni al obispo de Bayeux, Ludovico Canossa, que le encargó la obra. Comprendo que se aprecie mucho mejor en la original, donde una vez que se descubre no puede dejar de verse, pero me extraña que Fovel nunca le hablara de eso. ¿Sospecha qué puede significar? ¿Me dejará que le pregunte sobre eso en mi *entretien*?

Intrigado, escruté al fin la imagen impresa con más atención. Me habría gustado tener a los niños cerca. Seguro que la habrían encontrado antes que yo. Sin embargo, al cabo de un momento, pese a lo oscuro de esa esquina, me pareció reconocer la dichosa letra.

—Dios mío. —Abrí los ojos como platos—. Si Fovel me hubiera mostrado esto, lo recordaría, se lo aseguro. Pero no lo hizo, padre, ni me sugirió nunca que los cuadros del *arcanon* estuvieran marcados.

El padre Luc Durand apreció mi asombro, pero le decepcionó mi respuesta.

—Pues es una lástima, *monsieur*. ¿Cómo encontraremos, entonces, *ces tableaux*? ¡Debe de haber cientos de marcas como esas y nadie las ha visto!

—Uh. ¿Su intención es encontrar los cuadros del *arcanon* gracias a símbolos particulares? —preguntó Qiao, tan atónita como yo.

—Por supuesto que quiero —asintió—. Si los localizamos, tal vez podríamos averiguar algo más del maestro y de *ses intentions*. ¿Por qué parece que su Fovel vigila unas obras y no otras? ¿Es posible que juntas transmitan algún *message*? ¿Cómo las elige? ¿Y con qué propósito? Después de lo que pasó el otro día ante mis propios ojos, es evidente que su maestro, *monsieur* Sierra, no debe de andar muy lejos. Sobre todo si pensamos en que acabo de ver yo mismo a uno como él. ¡Son un equipo de *guardianes del arte*! —añadió.

Me quedé perplejo. El alzacuellos que lucía Durand me invitaba a no dudar de su palabra y aquella *F*, quizá de Fovel, no se la había inventado. Estaba allí, aunque no la habíamos visto antes. Pero la posibilidad de volver a ver a Fovel era algo que había dejado de plantearme hacía muchos años.

—Entonces, padre, ¿cree que el maestro del Prado va a aparecerse de manera inminente? —se adelantó Angie.

—Ojalá supiera cómo invocarlo yo mismo y preguntarle por estas cosas —dije solapando mi respuesta a su pregunta y sin saber qué más decir—, pero mucho me temo que ya han pasado demasiados años como para esperar su regreso. Nadie ha vuelto a ver a Fovel desde 1990.

—*Vous savez,* no me parece que el tiempo le importe demasiado a su maestro. Usted debería saberlo mejor que nadie. —Y, mirándome a los ojos, añadió—. Dígame, ¿es que no cree usted en los ángeles, *monsieur* Sierra?

—¿Ángeles? ¿Me pregunta si creo en querubines y cosas así...?

Bajé la vista a la crucecita que llevaba en el pecho, sopesando una respuesta que no le ofendiera. No era fácil para mí responder con un sí o un no. Había escrito sobre ángeles en algunas de mis novelas,[48] pero mis certezas sobre su realidad eran, a decir verdad, bastante insatisfactorias. Al final, después de pensarlo un poco, respondí que ese término, como tantos otros del imaginario religioso, me resultaba limitante. Hablar o escribir sobre ángeles, demonios, *devas,* espíritus o incluso de Dios en pleno siglo XXI era hacerlo sobre entidades, arquetipos, fuerzas o energías de los que, en realidad, desconocemos su naturaleza. No dudaba de su existencia, aunque sí del modo en que los retrataban las religiones.

—Pues piénselo: quizá Fovel fue uno de ellos. *C'est si simple, et si difficile!* —añadió al escuchar mis excusas.

—Me temo que no puedo aceptar eso, padre.

—¿Por qué no?

48. Como *La dama azul* o *El ángel perdido,* publicadas por esta editorial.

Tuve que explicarle que llevaba tiempo esforzándome por no mistificar los recuerdos de mis encuentros con Luis Fovel. Si asumía la teoría de que el maestro fue un ángel, un enviado del cielo como los que aparecen en la Biblia, acabaría perdido en consideraciones teológicas que no me llevarían a ninguna parte. Hablar de ángeles sonaba prometedor, como si definiera algo, pero no era más que palabrería. Había pensado mucho en ello y era consciente de que dar nombre a lo que se desconoce es el recurso más eficaz para controlar nuestros miedos, pero no una herramienta de conocimiento. Si el origen de esas personas, su capacidad de manifestarse o de desaparecer, su irrupción en momentos de la historia más allá de los límites que impone la biología humana tenían alguna lógica, quería conocerla.

—Pero, *monsieur* Sierra, así actúan los ángeles en la Biblia. Aparecen como si fueran humanos, realizan acciones humanas, entregan su mensaje y después se van.

—No quiero *creer* en ellos, padre —le dije—. Quiero *saber* de ellos.

Durand me miró con condescendencia amagando un gesto de atención hacia Ángela, que nos escuchaba pensativa.

—Yo también quiero saber, Javier. De hecho, no he venido a discutir con ustedes de *théologie* —sonrió—, sino del trabajo que estoy desarrollando para el Vaticano. ¿Me permitirían compartirles algo?

—Adelante —dije.

Qiao asintió.

—Escúchenme: en la Iglesia *sabemos* desde hace siglos que *parmi nous* caminan criaturas que se hacen visibles cuando así lo desean e intervienen en los designios *de notre civilisation*. Ahora no les hablo desde la fe. No se puede explicar esto de un modo abierto, a riesgo de generar alarma social, pero desde *l'Antiquité,* si repasan cualquier texto remoto, verán que esto ha sido una constante. Llámenlos como quieran, pero existen.

—Le escuchamos, padre. Continúe.

—Las huellas *des infiltrés* pueden seguirse desde la prehistoria. Algunos mitos hablan de enviados de los dioses que enseñaron *aux humains* a arar la tierra o a construirse casas con adobes y señalan también las regiones del cielo nocturno de las que dijeron venir. A veces contaban también cómo se mezclaron sus descendencias. No hay mitología sobre la faz de la tierra que no contenga alguno o todos esos elementos, como si se tratase del recuerdo *déformé* de un hecho cierto.

—Se refiere a los maestros instructores —deduje ufano.

—*Exactement* —confirmó—. Pero, pese a que las formas que han adoptado han ido variando con el curso de los siglos, su misión de fondo ha sido siempre la misma: inyectar *la esperanza* a nuestra especie en tiempos de crisis.

—¿Qué quiere decir con eso de las formas que han adoptado? —indagó Qiao.

—Bueno, al principio se presentaban como *créatures* mitad animales mitad humanas. Así fueron representados. Es el caso de los *hommes-poisson* que vimos en los cuadros del Bosco, ¿verdad? Esa imagen se usó en época de la antigua Súmer, hace cuatro mil años, aunque existen indicios que permitirían retrotraerla *des centaines de milliers* de años más atrás.

—Pero hoy nadie cree en hombres-pez —objeté.

—*C'est vrai, monsieur* Sierra. Lo que hemos descubierto es que, con el correr de los siglos, *les infiltrés* han ido escondiéndose tras apariencias de lo más diversas, adaptándose a cada momento histórico. Tenemos, por ejemplo, a los Siete Sabios de Grecia que introdujeron la filosofía en el mundo clásico, a los Sabios de Damasco que hicieron lo mismo con *les savoirs* de matemáticas y física, al desconocido de Poseidonia que mencionó Homero en sus escritos y que interpretaba oráculos del futuro o al maestro anónimo que impulsó los gremios *des constructeurs de cathédrales* de la Edad Media. Todos presentaban aspecto humano. Pero antes de ellos, esos instructores fueron también descritos por otros pueblos como seres mitad aves mitad hombres, como Toth, el dios egipcio de la sabiduría. O Ganesha, en la India, con cabeza de elefante y cuerpo de varón. En todos los casos, fueron siempre ellos...

—Pero esas historias antiguas, padre, no son muy fiables, ¿no le parece? —dije para provocarlo.

—*Peut-être,* puede ser. Pero también las he recogido en plena época histórica. ¿Qué saben ustedes *des Rosicruciens,* por ejemplo? —dijo rebuscando en su maletín de piloto una hoja en particular.

—¿También va de eso su informe? —pregunté— ¿De rosacruces y sociedades secretas?

—Va de maestros, *monsieur* Sierra —replicó él, muy serio—. De criaturas *infiltrées* en nuestra sociedad. De forasteros que nos guían. Eche un vistazo a este documento, por favor —continuó, eligiendo una página del caos que asomaba del interior de aquel pequeño baúl de cuero y tendiéndomela. Era un papel amarillento que mostraba la reproducción fotográfica de un pasquín y su transcripción al francés moderno—. Es una copia de un cartel anónimo que apareció en París en 1623 y con el que, de la noche a la mañana, se empapelaron puertas de iglesias y edificios públicos. Lea, lea en voz alta, *s'il vous plaît...*

Tomé el folio que me tendió y lo leí:

> Nosotros, los representantes del principal Colegio de los Hermanos de la Rosa-Cruz, estamos haciendo una estancia visible e invisible en esta ciudad mediante la Gracia del Altísi-

mo, hacia el cual se vuelven los corazones de los Justos. Mostramos y enseñamos sin libros ni marcas a hablar todas las lenguas de los países en los que queremos estar y a sacar a los hombres del error y de la muerte.

—¿Qué me dice ahora? —nos miró expectante—. ¿No le recuerda a nada?

Yo los conocía de mi época de periodista especializado en enigmas de la historia. Hasta donde pude averiguar entonces, fue una sociedad secreta precursora de la masonería moderna. Un colectivo rebelde contra las instituciones medievales que impulsó la razón por encima de la fe, pero que estaba a mitad de camino entre el pensamiento mágico y el racional. Los miembros de esa organización se extendieron por toda Europa hasta desaparecer en el siglo XVIII. Hubo incluso quien intentó restaurarlos en nuestra época, sin probar su conexión con los rosacruces originales, hasta que se convirtieron en un movimiento insignificante.

—¿Nada? ¿No les dice nada? —insistió ante nuestro silencio.

Con aquello en la cabeza, releí el texto de nuevo. Entonces lo vi. Lo de la «estancia visible e invisible» parecía una oportuna metáfora de la evanescencia del maestro Fovel, aunque Qiao, más atenta y rápida que yo a esa clase de sutilezas, anticipó una respuesta mejor que la que estuve a punto de darle.

—Creo que ya sé a dónde quiere llevarnos, padre Durand —dijo, saliendo del ensimismamiento en el que parecía haber caído desde hacía un buen rato—. Cuando dice que quieren sacar a los hombres del error y de la muerte, el texto se parece mucho al poema del maestro del Prado: «Afronta la muerte. Arranca tus vendas. Confía en la suerte y haré que comprendas». Son los mismos que Fovel. La misma fuente.

El sacerdote asintió satisfecho, dando las gracias a Dios por tener al menos una interlocutora perspicaz.

—*Très bien, mademoiselle* Qiao —aplaudió—. No sé si ya intuyen de qué va esto. El hombre que me acompañó hasta los Velázquez, y que se me presentó como un hermano de Luis Fovel, fue *la suerte* en persona que necesitaba. Él me paseó ante cuadros *signalés* y lo hizo por una sola razón: tenía prisa por hacerme comprender algo trascendente, algo que me quitaría la venda de los ojos, que es como decir que me abriría la puerta a una nueva comprensión del arte. Pero también dijo que estábamos en mitad de una guerra. «Afronta la muerte». Incluso me dio a entender que él y los suyos se sentían amenazados por ella. ¿Les dice eso algo a ustedes?

Noté como la cara de mi amiga se ensombrecía de repente.

—Dios mío, padre… —susurró Qiao, llevándose las manos a las mejillas.

—¿Qué ocurre?

Ángela estaba de repente… ¿abochornada?

—Ayer…, bueno… —el recuerdo del señor X urgiéndola a llevar al Casón a quien intuyera que pudiera descifrar aquella bóveda le sobrevino como una penitencia—. Creo… creo que sé dónde hay otra de esas obras marcadas. De hecho, la más grande que custodia esta institución.

Mi cabeza rebuscó ese dato en lo que yo sabía del Prado.

—¿Cuál? —pregunté— ¿La que está al lado de los ascensores del museo?

Apretó los labios y negó con la cabeza. En las guías oficiales del Prado, en efecto, el cuadro que se considera el mayor de toda la colección es la *Degollación de san Juan Bautista y banquete de Herodes,* un lienzo de dudoso gusto, de casi diez metros de largo y tres de ancho, que languidece en la primera planta. La escena —famosa solo por su tamaño— recoge una panorámica de personajes bíblicos, pintados por un desconocido Bartholomäus Strobel el Joven y vestidos a la moda del barroco.

—No. No es ese, Javier. La obra más grande del Prado está fuera del museo, en un edificio cercano. Es muchísimo más grande que el Strobel. Está en el Casón. ¿Quieres verlo por ti mismo? ¡Ahí podríamos grabar su entrevista, padre! —dijo de pronto, mirando a Durand.

Entonces no le di importancia, pero en aquella invitación detecté algo que nunca antes había visto en Ángela Qiao: ansiedad.

36

Cerca del Prado, y haciendo uso una vez más de su habilidad para saltar entre fuertes corrientes eléctricas y recomponerse molecularmente, Jon Einar regresó a Madrid. Necesitaba dar cuenta al señor X de lo que acababa de ocurrir en México. La noticia del regreso del «gran pez» —como llamó Xochiquétzal a Fovel— era importante.

Para un narrador de la era de internet como yo, un salto como el que dio Einar se antoja imposible: una ocurrencia de ciencia ficción; pero para aquellos vigilantes parecía una actividad de lo más vulgar. Antiguamente se valían del aparato eléctrico de las grandes tormentas, lo que los limitaba mucho, pero el mundo moderno les había facilitado notablemente las cosas.

Tras reintegrarse junto al enorme generador de doce mil kilovoltio-amperios (kVA) del cuartel general del Ejército de Tierra, cerca de la plaza de Cibeles, el holandés se apresuró a localizar a su superior jerárquico. Intentó llamarlo un par de veces al móvil, sin éxito. La línea no daba señal. «La misma mierda de siempre», pensó contrariado. Incapaz de quedarse esperando a que apareciera, se le ocurrió que, tal vez, podría encontrarlo en la biblioteca del Casón o cerca de las oficinas del Prado, en la calle Ruiz de Alarcón, adonde habría acudido a reunirse con Ángela Qiao para prevenirla de lo que se le venía encima.

No dio con él.

En la ventanilla de seguridad del complejo de despachos del museo lo vieron tan apurado que le confirmaron que no se había registrado ningún Julián de Prada en los dos últimos días.

Lo buscó entonces en el salón de té del hotel Ritz, donde aún tenía habitación reservada a su nombre. El hotel llevaba más de cien años siendo su habitual lugar de encuentro, pero tampoco dio allí con él. El nombre del señor X figuraba como el de un huésped de larga estancia, aunque no había dejado mensaje ni instrucción alguna para él.

Entonces, a Einar se le ocurrió algo.

—¿Me haría usted un favor? —le preguntó a la recepcionista que lo atendió.

—Por supuesto, señor.

—Entréguele esto cuando lo vea, ¿quiere?

La chica disimuló a duras penas su desagrado al recibir lo que el holandés le confiaba: un libro con una cubierta horrenda, con unos ojos grandes, perfilados en azul, sobresaliendo de un haz de rayos dorados. La boca y los agujeros de la nariz apenas eran visibles en el diseño. *El forastero misterioso,* leyó. Mark Twain.

—¿Solo esto? —preguntó—. ¿No quiere dejarle también un mensaje?

—No, no será necesario. Tan solo asegúrese de entregárselo en mano. Él lo comprenderá.

—¿Ha probado a localizarlo en su teléfono móvil? —insistió la recepcionista tras echar un vistazo a la ficha del cliente.

Pero Einar se había dado ya media vuelta y no respondió. Llevaba casi trescientos años al servicio del señor X y, aunque había visto evolucionar la tecnología humana como en ningún otro momento del pasado, él y los suyos se mantenían bastante ajenos al uso de teléfonos celulares y dispositivos de rastreo. Su naturaleza era de una alta sensibilidad electromagnética y no era raro que sus aparatos electrónicos e incluso sus tarjetas con banda magnética dieran problemas. Su comunicación solo no se malograba cuando se circunscribía a medios físicos. «El libro funcionará como aviso», pensó. Se apuró hacia la rampa de salida del hotel.

El mensaje que había traído del otro lado del Atlántico era urgente. No podía dejar de pensar que Xochiquétzal había confirmado los peores temores de su superior: que existía un plazo marcado cósmicamente para el regreso de Luis Fovel y que este se produciría a través de alguno de los cuadros del *arcanon* del Prado. ¿Pero cuál exactamente y cuándo?

Cabizbajo, Jon Einar se impulsó todo lo rápido que pudo hacia la explanada de acceso al Museo del Prado y, en concreto, a la puerta de los Jerónimos. Atravesó sus controles de seguridad sin apenas detenerse y se dirigió hacia la segunda planta del edificio en busca del pequeño cuadro *Tobías y el ángel*.

Era su última opción.

De Prada y él habían hablado la última vez de esa obrita de Goya. En ella se representaba a uno de esos seres resplandecientes que buscaban. Allí también estaba él pintado. Quizá lo encontraría cerca.

—¿Busca *Tobías y el ángel*? ¿Seguro que no prefiere *La maja desnuda*? —le sugirió el funcionario destinado a aquella sala mientras inspeccionaba su aspecto. Le llamó la atención que aquel individuo moviera los ojos en todas direcciones, como si hubiera perdido a alguien. Echó un vistazo a la web del museo en el móvil y le respondió—: Ah, sí. Eso está justo al final de la galería, señor. Sala 34.

En efecto. A apenas una decena de metros, protegido por un grueso marco de madera, en la última de las estancias de aquella galería, descansaba el cuadrito en cuestión.

Sus ruedas se deslizaron silentes sobre el suelo de mármol.

Nada más verlo, Einar recordó el momento en que el maestro Goya le había pedido que posara como modelo para él. Fue en Madrid, en la lejana primavera de 1787, cuando todavía era un niño completamente humano y acababa de arrimarse a un maestro de la misma estirpe que Fovel que iba a terminar por chamuscarlo.

—Santo Dios..., ¡más de doscientos años ya! —se le escapó, sin poder creérselo.

En aquel tiempo, la mayoría de los vigilantes que reclutaba el señor X eran como ahora se sentía él: humanos que, siendo muy jóvenes, se habían acercado tanto al fuerte campo electromagnético de aquellas criaturas que habían terminado por sufrir una alteración genética, quedando convertidos en seres a medio camino entre los hombres y los maestros. Su esperanza de vida se multiplicaba hasta los trescientos cincuenta años terrestres, pero la mutación se cobraba su capacidad de tener hijos.

Eso era estar chamuscado: vivir tres siglos y ver como el tiempo se diluye ante tus ojos sin poder atraparlo ni hacer nada durante su transcurso para dejar algo impreso en él.

Eso era quemarse por dentro.

Jon suspiró.

Su incineración empezó precisamente en la época de los cuadros felices de Goya, como el *Tobías*. Por eso, cada vez que se acercaba a las salas de la planta noble del Prado que albergaban esa colección, se emocionaba. Su familia —todos tan muertos que ya casi ni recordaba sus nombres— acababa de llegar a la corte desde Leerdam, un pueblecito cerca de Utrecht, y pronto sucumbió al exotismo y la complejidad de la vida de la corte de Carlos III.

Einar pudo ver con sus propios ojos cómo Francisco de Goya y Lucientes pintaba *El columpio*, *La vendimia* o *El Otoño*, o esos lienzos que recogían a majos tocando música o jugando a las cucañas... En esa época, en el taller que el maestro tenía en el número 1 de la calle del Espejo, todas eran escenas felices. Sus aposentos bullían de la vida que les daban los adolescentes que venían de todo el país para estudiar en la Academia de San Fernando, donde el aragonés los ponía a prueba.

Si cerraba los ojos, casi podía volver a verlos.

En ese momento aún caminaba.

Tenía grabado a fuego el día en que Goya sacó de un enorme cartapacio un óleo sin bastidor, de unos ochenta centímetros de alto, y lo colocó sobre un caballete a solo unos centímetros de su pupitre. El aula que eligió aquel día estaba en el entresuelo de la Academia, entonces en la plaza Mayor, y la luz entraba tamizada por el único ventanuco de la estancia. Cinco niños asustados, recién llegados a Madrid como él, contemplaban la escena que acababa de instalar frente a ellos.

Einar era el más alto, un pelirrojo de once años, y estaba sentado en primera fila.

—Tenéis un minuto para memorizar el cuadro —les dijo Goya—. Después pintaréis lo que se os haya quedado en esas calabazas huecas que tenéis por cabezas.

La obra que les mostró era de lo más original: un tipo corpulento abrazaba a otro, alado, como si quisiera aplastarle las costillas. Detrás de ambos, un grupo de campesinos huía de algo y a lo lejos varios nubarrones inmensos amenazaban tormenta como pájaros de mal augurio.

—¡Ignorantes! —gruñó—. ¿Es que no lo veis? Es la lucha de Jacob con el ángel.[49]

Ninguno abrió la boca.

—¿No vais a misa? —les recriminó—. Es el encuentro que tuvo el patriarca hebreo con un mensajero recién caído del cielo. ¡Mendrugos!

«¡Qué recuerdo tan oportuno!», pensó Einar.

Los cinco jovencitos que contemplaban aquella pelea se bebieron la escena sabiendo que, en solo unos segundos, el maestro la taparía con una tela y ellos tendrían únicamente una hora para bocetarla en sus lienzos.

Aquella mañana, el que se mostró más diestro fue un aspirante de quince años recién llegado de Valencia, que enseguida se hizo amigo de Jon. El holandés compartió el almuerzo con él. Frente a un puchero escaso de chicha y medio pocillo de vino aguado, supo que se llamaba Vicente López Portaña y que había estudiado dibujo en la Real Academia de Bellas Artes de San Carlos de su ciudad. Lo que mejor se le daba dibujar eran rostros. El del Jacob de su ejercicio lo tomó prestado del propio Goya, mientras que el del ángel lo compuso a partir del suyo propio. De hecho, lo envejeció con tanta destreza que, aunque representaba a un hombre quince o veinte años mayor que él, se reconocían a la perfección su nariz larga y huesuda, sus pómulos hundidos y su mirada lánguida.

Qué poco imaginó entonces que iban a pasar casi cuarenta años hasta que Vicente, convertido ya en un consumado pintor, retrataría al mismísimo Goya en una de las

49. Génesis 32.

mejores semblanzas de un artista que jamás se han compuesto.[50]

Con la memoria desbordándosele, Jon casi se sentía dentro de *Tobías y el ángel*. El cuadrito estaba donde siempre, en la sala 34, al fondo de un pasillo lateral del ala de *Las majas,* donde solo los turistas más persistentes llegaban.

Allí nadie lo miraba nunca. Ninguna cámara lo apuntaba. En el banco que habían dispuesto en el centro de la habitación hacía horas que no se sentaba ni un alma. «Y no está De Prada», concluyó con fastidio.

Pensó en dar media vuelta y salir de allí, pero antes de retirarse se deslizó hasta el borde del cuadro. Una sonrisa melancólica apareció en su rostro de querubín. Se dio unos segundos para contemplar al niño que estaba arrodillado frente al ángel y se detuvo en el pez. Enseguida recordó el día en que Goya se lo puso en la mano. En realidad, era un muñeco de madera y le pidió que lo sostuviera con naturalidad. El maestro lo bocetó con unos cuantos brochazos mientras él posaba muy cerca de un candelabro de seis velas que casi prendió la túnica que Goya le había obligado a ponerse. Verse allí representado era mirarse en el espejo mágico del tiempo. Aquel niño era y no era él, como el gato de ese famoso experimento cuántico en el que el animal está muerto y vivo a la vez.

Allí aún era humano.

Ahora ya no.

Suspiró. Necesitaba encontrar a De Prada y solo le quedaba una opción.

50. *El pintor Francisco de Goya*. Vicente López Portaña (1826). Museo del Prado, Madrid.

37

Al padre Durand le extrañó que Ángela no nos condujera hasta el edificio principal del Prado. Los tres cruzamos frente a la fuente de Neptuno rumbo a la cuesta de Felipe IV y, en lugar de torcer hacia el museo, seguimos avanzando calle arriba, en paralelo al Ritz. El sacerdote no tenía ni idea de qué era ni dónde estaba el Casón del Buen Retiro. Camino de la biblioteca, mientras dejábamos atrás la fachada de la Real Academia de la Lengua, el enviado del Vaticano iba enumerándole a Angie la lista de cuadros frente a los que le encantaría grabar su vídeo. Yo caminaba a un paso de ellos, abstraído, pero escuché a Durand mencionar *La Perla*, *Las meninas*, los Boscos y hasta los *Adán y Eva* de Durero.

—¿Sabe usted, *mademoiselle* Qiao, por qué Durero pintó a los primeros padres cada uno con una manzana? —decía mientras se ajustaba el alzacuellos por el calor—. La Biblia no menciona *ce fruit* en ningún momento, pero en latín, manzana se dice *malum*. La manzana es una mala traducción del mal, del pecado…

Ningún argumento era suficiente para Angie. Mención tras mención, mi amiga endurecía su gesto de porcelana y las iba desestimando. Al final, tuvo que explicarle que la política del director del museo era la de no cerrar ninguna sala en horario de apertura al público, salvo que fuese estrictamente necesario. También que esa entrevista que pretendía hacerme era una concesión exclusivamente suya; un favor personal para compensarlo por el extraño incidente del viernes, del que esperaba que no hablase con nadie.

Esto último no lo dijo —Ángela era demasiado prudente para eso—, pero lo pensó.

—Bienvenidos al Servicio de Documentación del Museo Nacional del Prado —anunció nada más llegar. Una cancela de estilo romano nos recibió semiabierta—. Aquí estaremos tranquilos y podrá grabar su conversación con Javier.

—Pero esto no es el museo…

—Ya sé que usted quería Boscos —dijo Qiao con fingido abatimiento mientras entrábamos en el inmueble—, pero compréndame: la semana pasada recibimos demasiadas quejas por las horas en las que algunas salas estuvieron cerradas. Ya sabe, primero la 56A con usted y el profesor Einar y luego las de los Velázquez por…, bueno. —Se encogió de hombros, no queriendo dar más pábulo a lo sucedido—. Aquí, en cambio, no tendrá límite de tiempo.

—Y nunca vienen turistas —la acoté.

—Cierto. Además, no será necesario que pida ningún permiso. Oficialmente es un área técnica —añadió.

—*Mademoiselle* Qiao, sacarme del Prado no es lo que hemos…

—Mire, padre —lo interrumpió, más seria de lo que la había visto nunca antes—: este lugar también es el museo; de hecho, guarda una de las mejores composiciones de Luca Giordano, uno de los pintores, por cierto, que el maestro del Prado menciona de forma ostentosa en su acertijo.

Aquella última precisión pareció conformarlo.

—*D'accord, d'accord.* ¿A usted le importará que grabemos aquí? —preguntó, mirándome.

—Me parece un gran espacio —acepté.

—*Parfait!* En ese caso, y ya que nuestra anfitriona ha citado el acertijo —añadió—, podríamos empezar nuestra *entretien* hablando de él. Es lo último que usted supo del maestro, ¿verdad?

Noté a Qiao más inquieta de lo habitual, menos contenida. Ángela era una mujer de un temperamento maravilloso y de una educación exquisita, pero la llegada al Casón pareció haberle robado su paz habitual. No lo advertí al principio, cuando nos reclamó nuestros documentos de identidad para vencer el control de acceso, pero sí cuando dejamos atrás el primer mostrador y pasamos a la sala de lectura. Me llamó la atención que pidiera a las bibliotecarias del turno de mañana que nos dejaran a solas, ya que la sala estaba tan vacía como de costumbre. Pero es que después se puso a chacharear, nerviosa, contándonos cosas sobre aquel lugar que no parecían venir a cuento. Comenzó a glosar a Luca Giordano, haciéndonos mirar a un techo que estaba tan alto y tan lleno de escenas que costaba seguir sus explicaciones.

Nos habló de cómo el pintor se había empapado de los atlas astronómicos de Johannes Hevelius y Johannes van Keulen para pintar el firmamento.[51] Aquello no era una mera representación del cielo, sino una enciclopedia cósmica que descifrar, sembrada de héroes, criaturas terribles que encarnaban las herejías y a los enemigos de la nación,

51. Hevelius (1611-1687) hizo grandes aportaciones a la astronomía: fue el primero en estudiar las manchas solares y en cartografiar la Luna. Autor de numerosas obras, la bóveda debe mucho a su *Firmamentum Sobiescianum.* Van Keulen (1654-1715) fue autor del influyente atlas náutico *Zee-Atlas* y del *Zee-Fakkel,* publicado en cinco volúmenes y de gran difusión en Europa.

las eras de la humanidad, los ciclos del año y hasta las divinidades del Olimpo.

Durand, abrumado ante la masa de personajes que desfilaban ante sus ojos, pidió una tregua.

—*Attendez un instant, mademoiselle* Qiao —rogó—. ¿Por qué nos cuenta todo esto?

—Bueno... —En los ojillos rasgados de Ángela se atisbó un brillo calculado—. Siendo esta la pintura de mayores dimensiones y con más escenas de todo el museo, no sería de extrañar que llamara la atención del maestro del Prado. Me parece que podría estar relacionada con el acertijo que dejó al desaparecer...

De repente, al sacerdote le pareció una idea interesante.

—El poema del maestro habla de una llave —deslizó ella sin quitarme la vista de encima—, ¿verdad, Javier?

—«Tengo la llave» —recité.

—Pero menciona también otras palabras significativas, como *inicio* o *principio* —añadió él.

—«Guardo los cuadros / desde el inicio».

—Incluso menciona un velo, *une séparation*, que divide el mundo de los muertos del de los vivos.

—«Aunque revientes / seguiré desgarrando / con uñas y dientes / el velo nefando».

—Pues bien —añadió ella—, creo que todos esos elementos se encuentran en esta pintura, señores. Si la observan con atención, en el centro de la bóveda apreciarán una sucesión de burbujas o esferas que representan mundos aparentemente distintos, pero que están encadenados unos con otros, como la vida y la muerte.

Los dos levantamos la mirada hacia la bóveda, deteniéndonos en las burbujas a las que Qiao aludía. Esferas pobladas de personajes que actuaban sin aparente conocimiento de lo que sucedía en la de al lado.

—Es una idea visual muy moderna —prosiguió—. En el primer mundo se distingue a unas mujeres que encarnan los reinos de España; son los vivos. Lo sabemos por los colores de sus ropas. En el siguiente se aprecian dibujos de constelaciones como Draco, Leo, Tauro o Géminis y, hacia el centro, se atisba el trono de Júpiter-Zeus y los inmortales. Ahí es donde creo que podrían estar cuantos han atravesado el «velo nefando» del poema.

El sacerdote frunció el ceño para aguzar la vista y fijarse mejor en lo que sin duda era el corazón de la bóveda: tres círculos alineados, como tres colosales ruedas de tren, lo dominaban todo. Hasta el más pequeño de los personajes orbitaba alrededor de esas masas etéreas.

—Lo veo. Esas burbujas separadas por arcos sutiles son *très particulières.*

—Son representaciones de mundos, padre.

—Son umbrales, membranas —tercié pensando en la terminología de las cuevas que me enseñó Lerroux.

—En el Prado preferimos decir *mundos* o *universos* —insistió—, pero tú, Javier, puedes darles el nombre que quieras.

—¿Y quién es *ce personnage,* al principio de la bóveda, antes de la primera esfera?

—¿El hombre vestido de piel que tiene un barco detrás? Es Hércules —lo identificó Qiao en el acto—. Ya saben, el semidiós que temió reventar de dolor durante sus fabulosos doce trabajos…

Durand y yo nos quedamos pensativos. Aquel espacio era un universo en sí mismo. Había escenas por todas partes: reconocí alegorías de las estaciones del año, de las edades del hombre, musas, querubines, gigantes, serpientes, y el barco que se adivinaba tras Hércules tenía que ser la mítica nave Argos, la de Jasón y los argonautas. De repente, un gesto eufórico tomó el rostro del sacerdote:

—*Hercule, mademoiselle* Qiao! —exclamó clavando su mirada en aquella representación barbilampiña que se apoyaba en un bastón—. Es uno de los personajes *le plus fascinants* de la mitología griega. ¿Sabía que fue uno de los grandes maestros instructores del Mediterráneo?

—Eso confirmaría que es una obra del *arcanon,* ¿no?

—*Peut-être,* en efecto, pero a falta de un maestro que nos lo ratifique, habría que encontrar algo que relacionara definitivamente esta obra con su Luis Fovel —dijo mirándome.

—¿Y la llave? —desvié la pregunta a Ángela—. Tú has mencionado una.

Mi amiga señaló en ese momento un sector en mitad de la cúpula. Estaba en una de las áreas mejor conservadas de la composición, repleta de figuras bien perfiladas y de trazo nítido. Entre todas destacaba un gran carro tirado por leones en el que una agraciada representación de la diosa Cibeles sostenía una enorme llave.

—Mira con atención. Está ahí —dijo.

—¡Cibeles! —exclamé—. Uno de los símbolos de Madrid.

—¿Una mujer *dans une vieille voiture* es un símbolo de Madrid? —el francés parecía no terminar de entender la imagen, aunque la efigie le resultara familiar.

—En realidad se trata de una diosa frigia, padre —le expliqué—. De la Anatolia.

—Quizá sea otro de sus dioses instructores... —añadió Qiao.

—*Vraiment* —masculló él, sin bajar la mirada del techo.

—Entonces, ¿le dice algo todo esto? —indagó solícita.

—*Monsieur* Sierra ha dicho Anatolia. Oriente Medio. Esa zona ocupa buena parte del *ancien territoire* mesopotámico y es donde nació el culto a Oannes y a los hombres-pez. Pero no imagino por qué Giordano pintaría una diosa tan lejana como esa aquí, en una obra tan... española.

—Espere, espere —reaccioné—. Con esa lógica, esto podría ser otra de esas señales, de esas marcas del *arcanon*.

—Una señal, sí, pero quizá no sea definitiva —objetó.

—Usted nos dijo que las alusiones simbólicas a los maestros instructores han sido usadas para marcar lugares importantes.

—*Oui, oui. Certainement.*

—¿Sabía que Luca Giordano pintó esta Cibeles al mismo tiempo que Ventura Rodríguez mandaba esculpir la gran estatua que hoy preside la plaza que lleva su nombre? —la pregunta retórica de Ángela dejó a Durand pensativo—. Son casi iguales, padre.

—¡Oh! ¿Se refiere a la que está *près d'ici*, frente al ayuntamiento? —El sacerdote recordó de pronto dónde la había visto antes.

—Esa misma —asintió.

—Me gustaría encontrar una prueba clara que vinculara esta pintura con Fovel. *Pour l'instant,* dos Cibeles idénticas en Madrid siguen sin demostrar nada —murmuró Durand.

—No son exactamente iguales, padre —lo enmendó Qiao—. Para ser precisos, hay algo que las diferencia. La diosa de la plaza cobija su llave bajo el brazo, mientras que esta parece ofrecérsela a alguien. Quizá a nosotros mismos...

—*C'est intéressant!* ¿Qué le ha hecho pensar eso?

—Oh. Es algo que me sugirieron. Solo eso.

Ángela eludió aquella pregunta con una curiosa diligencia, evitando dar más explicaciones. Yo lo noté, aunque Durand, que todavía no había quitado los ojos de la bóveda, no se dio cuenta.

—La llave es un atributo *complexe, mademoiselle.* Polisémico. Si optamos por su significado más literal, la cuestión que quedaría por resolver es… ¿qué abre?

Qiao parecía saberlo:

—Bueno, esta composición tiene mucho de cósmico, padre —respondió—. No solo incluye una evidente figuración del universo, representado entre esos velos, sino también una sutil metáfora zodiacal que subyace en los doce trabajos de Hércules, el héroe del inicio de la bóveda. Y aún esconde algo más…

—*De quoi il s'agit?*

Extendiendo su índice hacia el techo, nos ordenó seguir su movimiento:

—Fíjese en el eje o tija de la llave y hacia dónde apunta. Trace una línea imaginaria todo lo larga que pueda.

Durand y yo giramos la cabeza hacia donde indicaba. Distinguimos a una mujer cubierta con un manto de estrellas que coronaba a la diosa con una torre o ciudadela y que nos recordó a las viejas representaciones de la diosa Isis. No fue una sorpresa: Cibeles siempre estuvo emparentada con ella. Pero, un poco más allá, aquella línea imaginaria rozaba la representación de Virgo —de nuevo, una diosa mujer—, la cola de la serpiente de la constelación de Draco, otra divinidad femenina extendiendo un nuevo echarpe de estrellas sobre una alegoría de la Agricultura que sostenía unas espigas de trigo y, finalmente, apuntaba al centro del vellocino que Hércules estaba entregándole a un Felipe III de Borgoña «el Bueno» pintado de espaldas.

—¿El vellocino? *La Toison d'Or?* ¡No tiene sentido! —protestó Durand—. Es una locura, demasiada iconografía concentrada.

—¿Usted cree, padre? —musité perplejo, repasando por segunda vez la trayectoria que apuntaba aquella llave.

Los ojos de Qiao me escrutaron con curiosidad:

—¿En qué piensas, Javier?

Y, acordándome de pronto del anagrama que había propuesto una de mis lectoras a partir del apellido latinizado del maestro del Prado, sonreí. Aquello no era una *F*, como en *La Perla*, sino algo mucho más ingenioso. Aquella mujer que convirtió Fovel en Fovellius y, a partir de aquellas letras, compuso la expresión *Vellus Fio*, 'conviértete en vellocino', me había dado sin querer la respuesta al enigma.

—¡La llave conduce a la firma de Fovel! —exclamé—. «Tengo la llave. / Mi nombre anhelas / ignorando su clave». Tienes razón, Angie. ¡Todo el acertijo está aquí!

Qiao no sonrió. Ni siquiera pareció alegrarse. De hecho, nos retó con un acertijo adicional. En la misma latitud que el Toisón de Oro, como si fuera una apostilla a aquel rebuscado programa iconográfico, la musa Urania se asomaba a la primera pechina de la bóveda. Era una mujer rubia, rolliza, coronada de estrellas y vestida con una larga túnica en tonos pastel. Por la situación que ocupaba, era la vanguardia de los retratos del resto de las musas del mundo antiguo y sostenía en su mano izquierda algo que Ángela me pidió que examinara con atención.

—Igual también lo descifras —me apremió.

—¡Es un horóscopo! —murmuré asombrado al ubicar el libro sobre el que estaba dibujado—. ¿Se sabe qué significa?

—Bueno, aquí el experto en enigmas eres tú, Javier. Pensé que sabrías interpretarlo…

—¿Quieres que lo intentemos descifrar ahora? —se me escapó, no sin cierto rubor.

—Si al padre Durand no le importa retrasar algo su entrevista, sí. Sería genial.

—Ah, ¿usted sabe algo de *astrologie*? —me preguntó Durand, intrigado.

—Yo no, pero sé quién puede echarnos una mano.

—*Donc,* proceda, por favor. *Mademoiselle* Qiao necesita nuestra ayuda. Y yo no quisiera regresar a París sin resolver este acertijo —dijo entusiasmado.

38

—

Después de dejar su ejemplar de *El forastero misterioso* en la recepción del hotel Ritz, Einar supo que ya solo le quedaba una opción para encontrar a De Prada. La idea no le gustaba nada. Tendría que poner en práctica una técnica antigua, peligrosa, aprendida durante sus intensos seminarios de Essen, e incluso así sus posibilidades de éxito eran inciertas.

Tenso, Jon Einar apretó la mandíbula. Recordó que mucho antes de que Max Planck acuñara el término *cuántico* para referirse a los incomprensibles sucesos que tienen lugar en el mundo de la física de partículas, el señor X y sus discípulos ya se beneficiaban de sus peculiares leyes naturales. En cuántica, si miras un objeto, este cambia. Si ves una partícula, la alteras. Una o varias de ellas pueden estar en el otro extremo del universo comportándose de la misma forma, actuando al unísono, como si fueran duplicados exactos las unas de las otras. En cuántica no hay arriba ni abajo y los gatos pueden estar vivos y muertos a la vez. Parece realismo mágico, pero solo es física. La dimensión de lo infinitamente pequeño convierte las partículas en ondas y sugiere que todo lo que percibimos con nuestros limitados sentidos está íntimamente relacionado entre sí.

«Nadie entiende la física cuántica», se lamentaba a menudo el premio nobel Richard Feynman, uno de sus teóricos más entregados, «... pero está ahí». Y Julián de Prada casi la dominaba.

Hacía más de doscientos años que Einar era consciente de que todo lo que sucede en el mundo de los humanos está relacionado con esa otra escala de la realidad que ni los microscopios atómicos han logrado penetrar. El señor X se lo enseñó décadas antes de que la ciencia empezara a teorizar sobre ello. En ese tiempo aprendió que la mayoría de los mal llamados milagros, incluso de los extraños fenómenos asociados a los místicos, tenían su lógica en el mundo de la física de partículas.

Aunque el holandés también estaba al corriente de algo más: los maestros a los que Julián y él intentaban fiscalizar se servían con frecuencia de ese saber. Los Fovel, las Xochiquétzal o los Belfegor lo habían domesticado aún mejor que ellos. A los de su clase, escuchar a los humanos hablar de levitaciones, don de lenguas, bilocaciones, curaciones espontáneas, teletransportaciones, premoniciones o incluso apariciones los hacía sonreír. Esos términos no eran sino malinterpretaciones del reino atómico. Los maestros tenían un control consciente y perfecto de lo cuántico y sabían que la herramienta para ejercerlo se contenía en un único pero poderosísimo instrumento: una mente bien entrenada.

«Nadie entiende la física cuántica», se repitió.

Jon Einar tenía muy presente que la última vez que recurrió a ella fue el día que se condenó a vivir sobre una silla de ruedas. Por eso le preocupaba la idea de reactivarla. Las consecuencias de su inmenso poder las sufrió, precisamente, cerca del Museo del Prado, en la lejana primavera de 1885. Einar acababa de regresar a Madrid tras dos años estudiando en Florencia. La capital de España estaba en plena efervescencia. Había obras de ferrocarril por todas partes, acababa de inaugurarse el Teatro de la Princesa, el ahora María Guerrero, y se avanzaba con las obras de los hospitales después de que una epidemia de cólera asiática, el «Huésped del Ganges», se hubiera cobrado más de mil trescientas víctimas el año anterior. En ese ambiente de reformas y proyectos, el duque de Fernán Núñez había rehabilitado poco antes el solar del antiguo cementerio del parque del Retiro, cerca del entonces Museo de Pinturas. El duque tenía la intención de inaugurar allí el pedestal de una estatua en bronce de Lucifer que llevaba tres años a la intemperie.

El señor X estaba enfurecido. La estatua habría estado mejor en cualquier pequeño museo de la ciudad que sobre aquella colina. Se lamentaba de que Lucifer, uno de los símbolos más obvios de los maestros, estuviera en un lugar tan público. Por eso pidió a su *chamuscado* favorito que regresara de Italia y lo ayudase a frustrar la operación.

«Usarás tu entrenamiento», le ordenó.

De Prada y él llegaron pronto a la conclusión de que solo había una forma de impedir que Madrid se convirtiera en la capital simbólica de los maestros y que aquella estatua fuera su faro. Los autores del engendro eran Ricardo Bellver Ramón, entonces el escultor de moda, y el arquitecto Francisco Jareño y Alarcón. Sabían que Bellver la había fundido a partir incluso de bronces arqueológicos y que por ella había merecido la Medalla de Primera Clase de la Exposición Nacional de Bellas Artes siete años atrás. Aquel *ángel caído* —como todos conocían ya a la efigie— era una obra admirada, protegida y, por tanto, muy vigilada. ¿Cómo la destruirían?

Fue en ese momento cuando convinieron que Jon Einar tendría que usar su último y más delicado recurso: proyectar contra los átomos del metal del engendro la suficiente cantidad de antimateria como para desintegrarlos. Pero, para conseguir semejante proeza, necesitaría sintonizar a corta distancia con la configuración atómica del Lucifer, para desestabilizarlo con su «mente bien entrenada». Si funcionaba, sería un truco de magia imbatible, un aviso para los maestros.

La víspera del acto, Jon se escondió en los parterres cercanos a la glorieta en la que habían cubierto la estatua con un paño, asegurándola con cuerdas. Aguardó a que las puertas del Retiro cerraran y solo se aproximó al coloso bien entrada la madrugada del 5 de mayo. Tenía las instrucciones de su mentor retumbando en la cabeza:

«Focalízate».

«Comunícate con los hilos que unen los corpúsculos de la estatua».

«Canaliza sobre ellos lo que llevas dentro».

«Vacíate».

Tardó algo más de una hora en sentir la textura del bronce en su garganta. Al inicio, todo fue bien. Si alguien lo hubiera visto en ese momento, habría pensado que aquel tipo de melena rojiza y barba larga era un pobre loco. Se había plantado allí a solo dos palmos del pedestal, con las manos juntas a la altura del pecho, y había cerrado los ojos en mitad de un respetuoso silencio. Fue en aquella postura cuando empezó a ser consciente de que los electrones que estaba emitiendo comenzaban a impactar contra su objetivo. Lo confirmó la vívida sensación de comunión con la estatua que empezó a experimentar. Jon notó como quedaba atrapada su muñeca por el abrazo de la misma serpiente que se enroscaba al cuerpo de Lucifer y como su mirada se apagaba por momentos. *El ángel caído* tenía una mueca de dolor esculpida en el rostro, la misma que ya se le había dibujado a él.

Representación de la estatua *El ángel caído,* de Ricardo Bellver (1877).
Parque del Retiro, Madrid.

Un frío seco y eterno terminó de paralizarlo al fin.

«Funciona», fue su último pensamiento.

Lo que ocurrió a continuación no lo esperaba.

Sumido en aquel estado de comunión con la estatua, Einar sintió un golpe seco en el plexo solar. Algo invisible atravesó también sus manos haciéndolo temblar de pies a cabeza. Quiso abrir los ojos, pero no pudo. Estaba completamente rígido. Podría haber pensado en la mirada de Medusa o en la mujer de Lot bíblica convertida en estatua de sal al mirar Sodoma por última vez, pero su cerebro ya no funcionaba como siempre. Fue en ese momento de aturdimiento cuando percibió que su cuerpo comenzaba a comprimirse desde dentro, como si las leyes naturales ya no tuviesen efecto. Su columna vertebral se torció en un ángulo imposible, haciéndole sentir cómo sus órganos vitales empezaban a desplazarse dentro de la caja torácica. El estómago se le compactó hasta casi desaparecer, al tiempo que los pulmones le estallaron dejándolo sin respiración. Cuando creyó que no iba a aguantar vivo y ansiaba que aquello acabase de una vez, un magma hirviendo ascendió por sus piernas hasta desplomarlo —esta vez, sí— contra los baldosines que adoquinaban el pie de la estatua.

Después, llegó el silencio.

Y la ausencia de tiempo.

Y el lento regreso de la conciencia a aquel cuerpo maltrecho.

Y el dolor, un tormento como no imaginaba que pudiera existir.

A Jon Einar lo encontraron a la mañana siguiente. El guardia mayor del parque, acostumbrado a recoger borrachos, lo descubrió inconsciente allí, a los pies de la estatua. Al principio creyó que unos desalmados lo habrían abandonado a su suerte, como una broma en clave de ofrenda al nuevo diablo de la ciudad, pero sus piernas formaban un aspa imposible, quebradas por muy distintos lugares.

Solo cuando abrió los ojos cinco días más tarde, tumbado en un camastro del Hospital Provincial de la calle Atocha, ante la atenta mirada del señor X, supo que la experiencia lo había dejado paralizado de cintura para abajo.

—A mí me pasó algo parecido —trató de consolarlo De Prada mientras acariciaba su bastón de nácar—. Las escaramuzas entre los maestros y nosotros siempre tienen un peaje. No hay un diablo ni un ángel ni un dios de cada panteón que no cojee.

Jon no abrió la boca. Solo intentaba sin éxito mover las piernas por debajo de las sábanas.

—Nos equivocamos al atacar frontalmente a un símbolo como ese —lamentó el señor X—. ¿Por qué crees que hay tantos cuentos de diablos cojos en la literatura universal? No es un detalle caprichoso, Jon. Es el eco de un viejo e insoportable drama.

Ese día, en el hospital, aquel hombre todavía dijo algo más, algo que Einar aún no había podido olvidar: que sus heridas acababan de vincularlo para siempre con él de un modo profundo y misterioso. Ya eran más que familia. En cuántica, más tarde, los físicos hablarían de «entrelazamiento» de partículas. De átomos con una conexión entre ellos tan intensa que cualquier cosa que le sucediera a uno, el otro la acusaría.

—Todo esto tiene una ventaja —añadió De Prada—: cada vez que quieras hablar conmigo, solo tendrás que repetir tu ejercicio mental. Pero asegúrate de no dirigirlo contra un maestro ni contra ninguna de sus efigies…

Ahora Einar quería hablar con él.

39

—*Donc,* proceda, por favor —me había dicho el padre Durand.

Y procedí, claro.

Lo que hice fue tomar algunas fotos del horóscopo de Urania y enviarlas al último número de diez cifras que había incorporado a mi agenda: el de Antoine Lerroux. Supuse que un astrólogo con formación histórica podría ayudarnos. A Antoine lo había dejado en Montignac con su mujer, entre calcos de teriántropos y teorías sobre la aparición de las Pléyades en un techo astronómico miles de años anterior al de Luca Giordano; aquella colección de imágenes de unos garabatos astrológicos insertos en una obra de arte *tenía que interesarle.*

—¡Pero, bueno, está usted en el templo de los astrólogos españoles! *Mon Dieu!* ¡Eso sí es aprovechar el verano! —Su llamada, dos minutos después de recibir el envío, confirmó que mi intuición era la correcta.

—¿Lo conoce? —pregunté, apartándome de Qiao y Durand, que seguían en el Casón mirando hacia arriba.

—Pero ¡cómo no voy a reconocer ese lugar, amigo mío! Mi padre nació en Madrid. Vivimos allí muchos años. Y, como el buen astrólogo que fue, me llevaba de pequeño a ver ese horóscopo, el más antiguo de la capital, hummm. ¡Ni se imagina la de veces que he jugado debajo de esa bóveda!

Casi había olvidado que la *L* de Antoine L. Lerroux era de López: el descendiente de uno de los más de ciento trece mil censados en España. Lo que no sabía era que también fuera madrileño ni que su padre hubiera sido astrólogo.

—¡Qué época tan divertida aquella! —cotorreó enfervorecido—. Al Casón todavía no lo llamaban así, ¿sabe? Tampoco era una dependencia del Prado. Acogía el Real Gabinete de Estudios Topográficos (o Gabinete de Modelos Topográficos de la Real Academia de San Fernando) y *papounet,* que tenía a su mejor amigo trabajando allí, hummm, nos colaba algunos sábados para que subiéramos al techo a ver esa maravilla.

—Pues menuda coincidencia…

—Cósmica —apostilló, cantarín.

—Entonces, ¿sabe de quién es ese horóscopo, *monsieur* Lerroux?

—De *quién* no, *mon ami.* Es el horóscopo de un momento histórico. No es que el pintor…

—Luca Giordano —le recordé.

—… no es que Giordano lo hiciera muy exacto, pero lo suficiente para que mi padre se pasara dos años recomponiendo las muescas que aparecen en esa imagen y cotejándolas con posiciones planetarias que dieran algún sentido a la bóveda.

—¿Y recuerda qué encontró? —pregunté con creciente impaciencia.

—Tendría que rebuscar en sus papeles, hummm. Lo que sé es que se correspondían con las posiciones planetarias que regían España en el momento de la coronación de Isabel la Católica.

—Aunque esta bóveda es de Carlos II, doscientos años posterior —objeté.

—Espere, déjeme que se lo busque. Sé dónde encontrarlo, pero hace mucho que no abro esa carpeta.

Escuché teclear con frenesí al otro lado de la línea. Antoine debía de andar husmeando en la misma computadora que había visto días atrás en su estudio. Los golpes sobre las letras se confundían con el susurro de papeles moviéndose sobre aquel escritorio cubierto de efemérides y notas con signos extraños.

—¡Ajá! —exclamó al cabo de un rato—. Aquí está. He encontrado las notas de mi padre y no, no es la coronación de la reina, sino el momento de la muerte de su hermano Enrique IV «el Impotente», el 11 de diciembre de 1474. Hummm... Pero ¡qué interesante!

—¿Qué, *monsieur* Lerroux? —lo urgí.

—Son papeles muy viejos... Hummm. Vaya, vaya. ¡Es lógico que Luca Giordano colocara ahí ese horóscopo!

—¿Lógico? ¿Por qué dice que es lógico?

El estrellero comprendió mi impaciencia e intentó explicármelo al detalle:

—No es solo un horóscopo —dijo—, es el recordatorio de una circunstancia propicia a nivel planetario, ya que la llegada de Isabel al trono de Castilla supuso el verdadero momento del nacimiento de España: el de la unión de sus reinos. Isabel estaba casada con Fernando de Trastámara, soberano de Aragón, y la administración conjunta de sus territorios plantó la semilla del nuevo orden mundial. Hummm. La muerte de Enrique IV y la coronación de Isabel, reina de Castilla, fue el inicio de la gloriosa época de los Reyes Católicos y el prólogo al Imperio español...

—¿Está usted seguro?

—¡Totalmente! Las notas de mi padre son clarísimas. Entre 1400 y 1575 España atravesó Sagitario, que es uno de los signos más curiosos y enérgicos del zodiaco, pero también uno vinculado con el extranjero. No olvide que, después de los Reyes Católicos, el país estuvo regido por los Habsburgo, ni tampoco que se convirtió en la gran cantera de santos de Europa. Todos esos son rasgos sagitarianos, y España lo es. Y, hummm, en ese horóscopo del Casón se aprecia esto y también al Sol en la casa VI del zodiaco, la del trabajo, la misión, la responsabilidad, y a la Luna en la VIII, la de la espiritualidad y el autoconocimiento. Sin duda es la carta de un momento bien aspectado, muy prometedor. El mejor momento de España…

Escuché aquellas conjeturas sin entenderlas del todo y sin que terminaran de aclararme por qué habría de haber marcado Luis Fovel la bóveda como parte de su *arcanon*. Me había apartado del padre Durand y de Ángela buscando cierta intimidad, pero después de un rato habían vuelto a acercárseme aguardando a que les trasladara algo de lo que estaban diciéndome por el móvil.

—Hummm. Aguarde un momento, Javier… Esto… Esto es muy extraño —el tono del estrellero se ensombreció de repente.

Hice un gesto a mis acompañantes para que se acercaran y activé el altavoz. Quizá ahí venía lo interesante.

—¿Qué ocurre, *docteur*? —pregunté para que todos lo oyesen.

—Bueno… Es muy raro. —Escucharon—. Acabo de darme cuenta de que las principales posiciones de los planetas marcadas en esa carta… No, no puede ser. —Se detuvo—. Usted sabe que yo hago horóscopos diarios para ganarme la vida, ¿verdad? Todas las mañanas abro mi ordenador y miro en qué posición están los planetas, antes de escribir mis pronósticos.

—S-sí, supongo… —asentí, imaginándomelo.

—Pues esas posiciones del Sol y Venus, en el occidente del horóscopo del Casón... Ese Marte en conjunción con Júpiter... Ese nodo lunar, hummm, se parecen mucho a las que van a reproducirse precisamente mañana sobre Madrid. ¡Son los mismos planetas en las mismas ubicaciones relativas del cielo, Javier! ¡Es una coincidencia extraordinaria!

Ángela Qiao se llevó las manos a la boca.

—¿Y eso qué quiere decir? —lo apremié, encogiéndome de hombros.

—¡No lo sé! Los cielos se mueven en círculos, son cíclicos, hummm, ¡pero es una coincidencia asombrosa!

—Yo sí lo sé —susurró de repente Qiao a mi espalda—. Eso fue exactamente lo que me dijo Julián de Prada. ¡Esa es la señal de que el maestro vuelve!

—¿Julián... de Prada? —La miré perplejo—. ¿Has visto a Julián de Prada?

Qiao se ruborizó, bajando la mirada al suelo.

—He visto a tu señor X, sí. Y me ha contado eso mismo.

40

—

Hasta 1915, la sala número 11 del Museo del Prado —la de *La fragua de Vulcano*— dispuso de un curioso apéndice arquitectónico. La estructura se encontraba junto a la rotonda de la que hoy cuelgan *Las meninas* y los retratos oficiales de la corte de Felipe IV y apenas era una habitación en voladizo a la que se accedía por una puerta oculta detrás de unas cortinas. Jon Einar no sabía nada de ella. Cuando visitó por primera vez el Prado hacia 1926, siendo ya parte del equipo del señor X, ese lugar no existía. Pero cuando subió a su habitación del Ritz y abrió la ventana para focalizar toda su energía mental hacia el museo y encontrar a Julián de Prada, su conciencia se proyectó instantáneamente hacia ese rincón.

Jon Einar apenas empleó diez minutos en alcanzar la *conexión*. Sus últimos saltos habían multiplicado su sensibilidad cuántica más de lo habitual. Se había bajado de su silla de ruedas, había colocado unos cojines cómodos en el suelo y se había sentado sobre ellos adoptando la postura del loto, con la espalda recta y las piernas dobladas con esfuerzo hacia delante. Después de cerrar los ojos, controlando la respiración y el ritmo cardiaco como le habían enseñado en Essen y anulando el ruido exterior con unos tapones para los oídos que llevaba siempre encima, comenzó a percibir los primeros destellos de imágenes que no procedían de su cabeza.

La sensación que le despertó la memoria de su experiencia en el Retiro duró una milésima de segundo.

Esta vez su cuerpo no recibió ningún impacto. En vez de estrellarse contra una barrera invisible, los miles de millones de partículas que lo configuraban se combinaron con las de su entorno. Su mente no disponía de información para comprender aquel fenómeno. No había cálculos para un instante así. Todo se reducía a la aplicación limpia y exacta de una vieja teoría cuántica: la que imaginaba a un prisionero que, a fuerza de arrojarse contra los muros de su celda, un día lograba atravesarlos por la pura probabilidad de coordinación entre sus átomos y los de la pared.[52]

«Nadie entiende la física cuántica».

Lo que Einar vio al otro lado de ese muro invisible lo dejó perplejo: la estancia que había alcanzado era un anexo al museo pivotado sobre seis columnas. Sus paredes exteriores eran de ladrillo caravista y disponía de un ventanal que daba al talud de los Jerónimos, ocupando una parte del edificio que él sabía que no existía.

«¿Qué es esto?». Se sintió como Alicia recién llegada al País de las Maravillas. El eco de su pensamiento rebotó en alguna parte.

Desde los sucesos del *Ángel caído,* Einar no se había atrevido a utilizar aquel recurso. Lo temía más que a nada. Sin embargo, esta vez todo parecía diferente. No había perdido la conciencia, tampoco su cuerpo se había petrificado ni roto de dolor, así que decidió seguir adelante.

52. La idea la propuso George Gamow (1904-1968), físico y astrónomo de origen ucraniano que estudió la estructura del núcleo atómico y fue uno de los padres de la bomba de hidrógeno. Según él, atravesar el «muro de la realidad» requeriría de un tiempo probablemente superior al de la vida del universo, pero sería posible.

«Encontrar a Julián de Prada», se ordenó como quien da una instrucción en voz alta a un navegador.

Enseguida notó que no estaba sujeto a las mismas restricciones físicas que en el mundo normal. «Todo va bien». Su yo parecía capaz de moverse sobre el terreno con ligereza y alcanzar lo que quisiera a la velocidad del pensamiento. «Todo va bien», se repitió. De hecho, dio una vuelta completa al enorme recinto del Prado para dar con su objetivo. Cuando regresó frente a aquel extraño edículo, tan fuera de lugar —él aún ignoraba que también fuera del tiempo—, decidió dirigirse hacia allí y penetrar en su interior.

Fue fácil.

Lo pensó y ocurrió.

Una corazonada le hizo saber dónde estaba: «¡La sala número 13!».

El holandés, cada vez más adaptado a su nuevo entorno, echó un vistazo a su alrededor. Había discutido la existencia de una habitación fantasma en el Prado con Ángela Qiao, pero ahora sabía que existía. Aquello no parecía una galería de pintura. Tenía las paredes enteladas con un diseño de líneas verticales que emanaba luz propia. Era un fulgor tenue, cálido, que se fundía con un suelo que parecía hecho de una sola pieza de mármol. Una vez dentro, el espacio le pareció mucho más grande que por fuera, lo cual lo dejó boquiabierto. No había puertas, pero sí una imagen peculiar. Empotrada en una de las paredes, como si fuera una ventana sin marco, estaba *La fragua de Vulcano* de Velázquez. Pero no era exactamente la misma: sus personajes parecían distintos, como cambiados de sitio. Apolo se encontraba a la derecha de la imagen y el dios herrero a la izquierda.

—Qué curioso es este mundo, ¿no es cierto? —lo saludó de repente una voz que lo inundó todo.

Un hombrecillo algo encorvado de espaldas, un anciano jovial con melena blanca y americana de color crema, apareció de pronto tras él.

—¿Te has dado cuenta, Jon? Estás contemplando el cuadro desde el otro lado —aclaró, cordial—. Bienvenido al envés. Aquí las cosas son así. La física newtoniana está suspendida y la lógica cuántica ocupa su lugar.

—¡Belfegor!

Einar lo reconoció en el acto. No era solo que su aspecto coincidiera con el que Barbara Lenti le había descrito en la Galería Uffizi, sino que algo dentro de él —un chispazo en su sistema neuronal profundo— le había inyectado esa información directamente en su conciencia.

—Me alegra que me reconozcas. No habíamos tenido el gusto de saludarnos aún.

—¿D-dónde estoy?

—Buscas a Julián de Prada —le recordó el anciano, sin inmutarse—. Es para lo que te has proyectado aquí. Y Julián de Prada busca al maestro del Prado. Curiosamente, vuestras búsquedas se han cruzado y os han traído hasta este lugar. ¿No es interesante?

—¿Julián está aquí?

—Sí, por supuesto. A este lado de la membrana.

Einar puso cara de no comprender.

—¿Cómo dice?

—Oh, aún no te has dado cuenta, ¿verdad? La fuerza que has invocado, querido, te ha empujado mucho más allá de los límites del mundo físico y te ha conducido al otro lado de tu realidad. Aquí es donde los antiguos bisontes hocicaban las paredes, abombándolas en tu lado y moviendo a los viejos chamanes a siluetearlas con carboncillos. Esto es una cueva, una habitación, una cápsula espacial o lo que quieras imaginar. Hay una estancia como esta en todos los museos del mundo, en cada lugar en el que se recurre al arte. Y todas, querido, están entrelazadas entre sí.

«La sala número 13».

—Así es —confirmó el anciano con una sonrisa, como si le hubiera leído la mente—. Yo he cruzado a través de *La fragua de Vulcano,* que, como todas las obras marcadas por nosotros, tiene una conexión directa con este espacio-tiempo. Podría haberlo hecho a través de *La Perla.* Mi cara está allí. En cualquier caso, es más sencillo que usando vuestros métodos mentales y vuestros trucos de chamuscados.

Jon se extrañó.

—Pero ¿cómo es posible?

—Si fueras niño aún lo comprenderías.

—¿Niño?

—Sí, querido. El mundo cuántico no funciona como el ordinario, tiene sus propias leyes y los niños, menos condicionados por la experiencia física que los adultos, lo comprenden mejor.

—Ya, pero...

—Sí, sí —lo cortó con un aspaviento de los brazos—. Te invito a que pruebes algo. ¿Por qué no te asomas a ese cuadrito..., cómo se llamaba..., *Tobías y el ángel,* en el que apareces retratado?

Einar no tuvo ni que pensar en ello. De repente, la luz de la habitación cambio de color al azul, sus contornos se diluyeron como si se hubiera deshecho una parte de la estancia y, sobre un hueco abierto repentinamente en el muro, apareció el cuadrito de Goya. También estaba invertido. Rafael a la izquierda y el niño con el pez a la derecha.

—Aquí no existe el tiempo como lo conoces, ¿sabes? —dijo Belfegor—. Toca, toca ese cuadrito. Acaricia tu cara de niño.

Confiado, el holandés hizo lo que le pedía. Apenas

hubo acariciado su propia imagen de pequeño sintió como si perdiera el equilibrio y fuera a caerse sobre el lienzo. La superficie estaba caliente y parecía casi líquida. Se asustó. El anciano, que parecía esperarse aquella reacción, lo sujetó en el último momento.

—¿Qué? ¿Lo ves? Si no te hubiera agarrado, te habrías caído dentro del cuadro. Hay una conexión energética imposible de romper entre vosotros. Goya la creó.

—Pero… ¡es elástico! El lienzo se hunde.

—En adelante, esa va a ser tu puerta para entrar y salir de tu mundo —le aclaró—. Muchos humanos tienen la suya, pero es su responsabilidad encontrarla. Aunque debes saber que estas puertas no siempre están abiertas. Hay momentos cósmicos, situaciones fuera del reloj que rige la Tierra, en los que estas puertas pueden franquearse y otros en los que es imposible.

—¿Y ahora es el momento? ¿Está esa cancela despejada? —dijo mirándose en el cuadro.

—En este momento están sucediéndose confluencias interesantes en el *contiuum* espacio-temporal que afectan a la barrera que separa nuestros mundos. Llevamos siglos intentando explicárselo a los humanos, recurriendo a metáforas y a disciplinas simbólicas como la astrología.

La imagen del tondo goyesco en el que aparecía la rueda del zodiaco sobre la Agricultura resplandeció en la mente de Einar.

—La astrología como calendario, sí —sonrió su interlocutor al percibir la imagen que Jon tenía en la cabeza—. Goya le regaló a Fovel otra puerta, como a ti. Pero nunca la ha usado.

—También se abre con… ¿astrología?

—Bueno. No es la astrología como la comprenden los humanos. Junto con su pariente más avanzada, la astronomía, solo es un mecanismo útil para descubrir los momentos en los que las energías del universo confluyen y los cuadros sirven de umbrales. Y sí… Ahora estamos atravesando uno de ellos.

—¿Y Julián? ¿Dónde está?

—Quieres decirle que el gran pez está a punto de regresar, ¿eh? —respondió con renovado gesto de suficiencia—. Eso ya lo sabe. A este lado, este tipo de cosas no nos sorprenden. Todos estamos entrelazados.

—Pero… ¿puedo verle? —insistió.

—A Julián de Prada le pasa lo mismo que a ti: lleva más tiempo del recomendado moviéndose en eso que vuestros físicos llaman el mundo newtoniano. Ha estado demasiado ocupado en vigilarnos, tratando de comprender nuestra lógica y determinar cómo saltábamos de un universo a otro. Pero él ha sido todo el tiempo uno de nosotros, un maestro, sin saberlo. Tampoco ha sabido hasta ahora que, en el plan que rige nuestra misión, debía actuar como contrapunto. En el universo todo yin tiene su yang, toda luz su oscuridad. Sin la una, la otra carece de sentido. Si nos ha hecho la guerra es porque siempre debe existir un lado oscuro para que el luminoso destaque. Pero ahora eso va a cambiar para él. Lo merece. Al caerse a este lado, su misión va a reprogramarse.

—¿Q-qué le has hecho?

—No tienes de qué preocuparte, querido. Todo lo ha decidido por su propia voluntad —dijo mientras volvía la mirada a *La fragua de Vulcano*—. Fue él quien me vio desaparecer ante este lienzo y regresó después para hacer sus averiguaciones. Quiso atraparme en el museo. Y esa pulsión, focalizada en el momento adecuado, ha sido la que le ha hecho atravesar la membrana. En el fondo —sonrió—, todo en el universo se mueve gracias a las mismas fuerzas opuestas: atracción, repulsión, polo negativo, polo positivo…

—Gravedad, electromagnetismo, interacción nuclear débil, interacción nuclear fuerte. He leído sobre eso.

—No son más que palabras, Jon. Lo que hay detrás de ellas abarca más que lo físico; también lo psíquico. Por eso la obsesión de Prada ha terminado atrayéndolo hacia nosotros. Y tu fijación con él, también a ti.

—Pero ¿dónde está ahora?

—Te lo acabo de decir: pasando por un proceso de *reprogramación.* Tiene habilidades que admiramos y que harán de él un buen maestro. Solo debe desprenderse de esa obsesión por el control de las creencias de los humanos antes de que volvamos a enviarlo a la Tierra.

Einar miró a Belfegor sin saber qué otra cosa decir.

—¿Y yo? Yo no soy como vosotros. ¿Qué vais a hacer conmigo?

—No te equivoques —respondió—. Nosotros somos como tú. Y tú serás como nosotros. En tu caso, necesitaremos que sigas en el mundo del que vienes, cumpliendo con el plan.

—¿Qué plan?

—El plan maestro, querido.

—Nunca he oído hablar de él. ¿En qué consiste?

—En reivindicar nuestra existencia.

41

—

A este lado de la membrana, las cosas fluían con otra lógica.

Ángela había tomado asiento en uno de los pupitres de la biblioteca del Casón. Tenía aspecto de estar derrotada, como si acabara de comprender el error que había cometido.

Necesitaba hablar.

—Oh. —Me miró angustiada—. No sé por qué no te lo conté. No lo sé… Perdóname.

—Entonces, ¿estamos aquí por culpa del señor X?

Qiao asintió.

La pobre trató de armar su relato a trompicones. La cita por internet. La explicación de la bóveda. La idea de una pintura mágica conectada a las estrellas. El horóscopo… No debió de resultarle fácil, sobre todo porque cada una de sus palabras parecía ahora teñida de temor. Por suerte, al ir verbalizando las circunstancias de su encuentro, no solo se disipó la inquietud que le había dejado aquella visita, sino que comprendió algo que dejó al padre Durand más perplejo aún que a mí: que Jon Einar debía de estar trabajando para aquel hombre siniestro.

—¿Cómo no me he dado cuenta antes? —se reprochó, mirándome con los ojos muy abiertos—. ¿Cómo si no pudo saber el señor X que yo tuve un encuentro con Fovel? Cuando lo dijo no quise creerlo. Eso es algo que solo conocíais Jon Einar y tú…

—¿Einar? *Pourquoi* Einar? —se extrañó Durand, que empezaba a encajar sus propias piezas del puzle.

Qiao lo miró culpable:

—Yo se lo dije el viernes, padre. Nos tomamos un café, charlamos… y se lo conté todo. Fue cuando lo despedí en el museo y lo dejé a usted con los Boscos, ¿se acuerda?

Durand asintió.

—¿Y sabe qué? El señor X también me habló del informe que usted está preparando para el Vaticano. Dios mío, Jon se lo dijo todo a ese hombre —exclamó.

Puede que lo que Qiao nos explicó esa tarde fuera perturbador, pero nos confirmó algo importante: que debíamos de estar muy cerca de resolver el acertijo del maestro. Hábil en el sacramento de la confesión, el padre Durand ayudó a Ángela a que terminara de vaciarse, pero en cuanto acabó de hacerlo le preguntó por un detalle al que no había dejado de darle vueltas.

—Entonces, *mademoiselle* Qiao, ¿ese señor X le dijo que estuvo también en el Prado viendo *comment disparaissait* Belfegor frente a *La fragua de Vulcano*?

Qiao asintió contrita:

—No llegó a darme el nombre de la persona que se volatilizó delante de sus ojos, padre, pero sí, estuvo allí, y es evidente que se refería a *su Belfegor* —dedujo—. También dijo que todo lo que estaba sucediendo en este museo era grave, que él vigilaba a esta clase de intrusos en el Prado, que buscaba detenerlos, neutralizarlos, y luego me enseñó la llave y el horóscopo de esta sala. Lo conectó todo de un modo extraño…, pero verosímil.

—*Voilà. C'est très évident* que ese señor X comparte naturaleza con esos maestros. Y que hay una guerra entre ellos, tal y como dijo Belfegor.

—¿Una guerra?

Mi pregunta no obtuvo respuesta.

Dos reveladores documentos aparecieron en ese momento en el móvil. Lerroux me los hizo llegar en cuanto hubo escaneado el primero y compuesto el segundo a imitación de aquel para que lo entendiera. El original era la interpretación que su padre había hecho del horóscopo del nacimiento de España en el Casón. Se trataba de un dibujo de los años sesenta, cuando los López aún vivían en Madrid. Lo elaboró siguiendo los modelos de horóscopos cuadrados habituales en la época en la que se pintó la bóveda. El segundo, en cambio, lo acababa de bocetar él, volcando los datos que le ofreció su computadora sobre las posiciones estelares del 21 de agosto de 2013. El día siguiente. La comparativa nos tuvo a Durand, a Qiao y a mí absortos delante de la pantalla durante un buen rato.

En ambos gráficos se apreciaban las posiciones del Sol y Venus en los mismos cuadrantes o casas del horóscopo. Lerroux había introducido las dos fechas en su ordenador y había confirmado el paralelismo. «Parecen cartas emparentadas, como si fueran de dos hermanos siameses», escribió. «He confirmado con el ordenador que, en ambas, la Luna forma un trígono con su propio nodo norte. Giordano no lo representó visualmente en su horóscopo porque en esa época no se estudiaban estos aspectos, pero le aseguro que ocupa la misma posición en las dos fechas. Además, hay una conjunción entre Marte y Júpiter que también se repite. *C'est incroyable!*». «¿Y todo eso qué quiere decir?», tecleé en el whatsapp de vuelta del mensaje. «Ni idea. Usted está ahí para investigarlo, ¿no?».

Fue una suerte haber recibido esa información en el Casón. Estar rodeados de tratados de pintura nos permitió descubrir que el peculiar horóscopo de Giordano no fue, ni mucho menos, el único que elaboró *Luca fà presto.* Hojean-

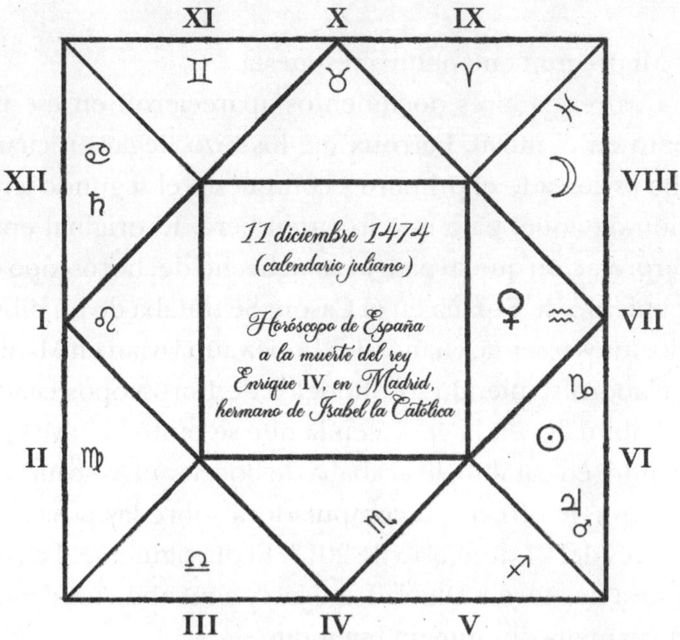

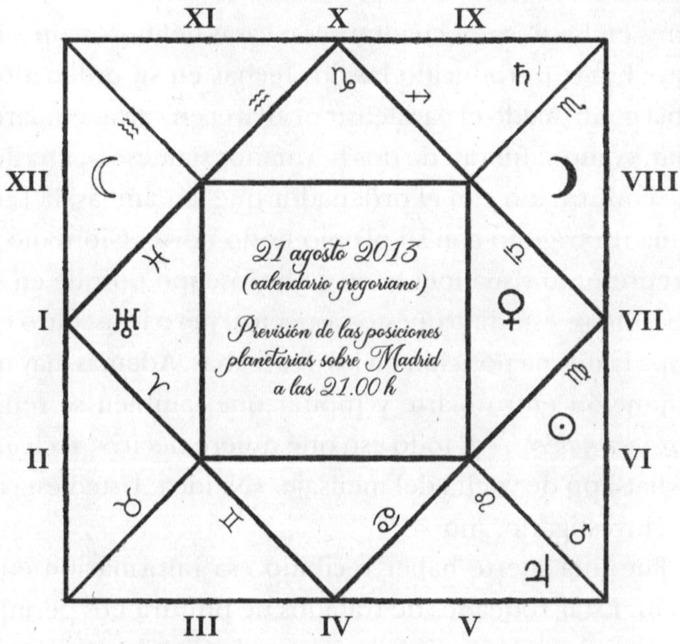

Los dos horóscopos de Antoine Lerroux. Arriba, el que su padre dedujo del diseño de Giordano. Abajo, el correspondiente al 21 de agosto de 2013. Nótense las posiciones de Venus y el Sol en los occidentes de ambas cartas.

do catálogos de su obra, dimos con un retrato de cierta envergadura conservado en Brescia que mostraba un Demócrito, uno de los padres clásicos de la teoría atómica, sosteniendo una carta astral parecida a la del Casón.[53] La obra estaba fechada hacia 1653, cuatro décadas antes de *la Apoteosis,* y aunque era mucho menos meticulosa que la de la bóveda, sugería una destreza astrológica particular.

—Está claro que este hombre estuvo interesado en las ciencias ocultas desde muy joven —barruntó Durand, asomado al mar de libros abiertos que habían ido adueñándose de los pupitres de la sala.

—Pero, mire, aquí dicen que fue alguien «carente de literatura». A lo mejor no sabía ni escribir —objeté.

Ángela me hizo un gesto de desaprobación.

—Eso no es posible. Los pintores eran parte de la élite intelectual de su tiempo.

—Pues este autor no parece muy de acuerdo —dije señalando el libro.

—¿Y ese cuadro? —indagó Durand, fijándose en el voluminoso tomo que Qiao hojeaba, abierto por una página a todo color.

—Oh, sí, acérquese, padre. —Lo que había llamado su atención era el perfil de un varón de mirada profunda que sostenía un matraz—: Es la imagen de un alquimista. Giordano lo pintó en 1660, y mire, aquí dice que es un autorretrato del propio artista.[54]

—¿Lo ve, padre? —dije—. Un ocultista disfrazado, puede que no muy docto, pero un ocultista al fin y al cabo.

53. Actualmente, el cuadro se encuentra en el Museo Cívico de Arte e Historia, en la Pinacoteca Tosio Martinengo, en Brescia, Italia.

54. Actualmente, el cuadro se encuentra en la Pinacoteca de Brera, en Milán, Italia.

—Ahora que lo recuerdo, el señor X me dijo que Luca Giordano fue alumno de Fovel —añadió Qiao—. No sé cómo diablos se entiende eso, pero a lo mejor él mismo le enseñó a codificar mensajes en esos horóscopos, como si fueran avisos. O quizá escondió en esos trazos algún detalle sobre por qué vino a España a pintar. Mire aquí también —añadió, abriendo otro de aquellos gruesos libros—: según este catálogo, el primer cuadro que Giordano envío a Madrid fue décadas antes de instalarse en la capital. Lo que mandó fue un *San Rafael con Tobías,* hoy en paradero desconocido. ¿Le dice a usted algo eso, padre? ¡No parece que sea un tema para impresionar a nadie!

Las pupilas de Durand casi atraviesan los cristales de sus gafas de cerca.

—¿Tobías? ¿El niño del pez? ¿Está segura, *mademoiselle*? —Le arrancó a Qiao el libro de las manos—. Belfegor me habló de esa escena en otros pintores.

Qiao y yo lo miramos extrañados.

—*Mon Dieu* —mascculló, libro en mano—. Caminamos en círculos, amigos. Todo en este hombre es sugerente. La llave, los velos entre mundos, *la Toison d'Or* o vellocino como anagrama... y ahora un niño con un pez como metáfora de los hombres-pez que precedieron a Fovel. Necesitaríamos a alguien que sepa unir estas piezas, que sepa mirar todo esto con ojos nuevos y descubra cuándo y por dónde regresará el maestro.

—A lo mejor lo que precisamos son los ojos de un niño que lo mire todo como si fuera nuevo —sugerí, recordando Vultus de pronto.

—*C'est exactement ça, monsieur!* Aunque mucho me temo que no tenemos un *enfant* al que acudir.

—Yo sí. Dos, para más señas —dije.

42

—

Esa tarde llegué a casa después de lo que esperaba. Qiao había pedido a la seguridad del Casón que alargara un poco la hora de cierre. Salimos de allí al filo de las nueve y media. Ya anochecía, así que decidí regresar a pie, atravesando el Retiro para despejarme un poco. La sensación de caminar a la fresca, entre aspersores de riego silbando por todas partes, me ayudó a ordenar algunas ideas.

No me podía quitar de la cabeza al padre Durand y la mirada que acababa de echarme cuando le dije que tenía dos niños, un chico y una chica, de la edad en la que eran representados los Tobías. No me explicó entonces por qué le interesaban tanto esas representaciones, pero me hizo prometerle que al día siguiente, 21 de agosto, en la fecha marcada por el horóscopo del Casón, mi hijo Martín estaría con él bajo la bóveda, tratando de abrir —comoquiera que fuese— aquella llave o romper la membrana de esos mundos esféricos del techo que nos habían tenido horas mirándolos.

Alcancé el otro lado del parque a tiempo para cenar. Mi casa estaba cerca.

Eva y los niños se habían pasado el día de tiendas, eligiendo sus mochilas de las Tortugas Ninja y el material de papelería que iban a necesitar para la vuelta al cole. Yo estaba agotado, con la cabeza revuelta, pero necesitaba explicarles que la operación Vultus no había terminado aún. Sentados a la mesa, les conté lo que había visto esa tarde y, mientras Martín pareció entusiasmarse con la propuesta de encarnar a un personaje bíblico por unas horas, Sofía se iba enfadando sin que yo lo advirtiera. El niño era así. Bastaba que le pidieras que se disfrazara de algo —aunque no hubiera oído hablar jamás de Tobías ni de su pez—, para que se lanzara a ello sin preguntar.

—¡Todo le toca a *Matín*! ¡No es justo! —rezongó Sofía, yéndose a la cama casi sin cenar.

A la mañana siguiente, cuando despertamos, la niña hizo algo que, sin embargo, iba a cambiar toda la historia que cuento en este libro.

—Papá... —Vino a verme al cuarto de baño mientras me afeitaba, preparándome ya para regresar a la bóveda de *Luca fà presto* con su hermano—. Esta noche he hablado muy seriamente con Pali y tengo algo que decirte.

En realidad, dijo *sediamente*, con aquella media lengua que ya casi había perdido en Cantabria. La miré con ternura, apagué la radio, que emitía las primeras noticias del día, y me interesé:

—Ah, ¿sí? —La besé en la mejilla—. ¿Y qué te ha dicho Pali?

—Que te *etás* equivocando, papá.

La niña estaba realmente circunspecta.

—¿Y eso?

—Pali dice que si *quies* ver al hombre del museo *debeías* ir al museo.

La niña soltó aquello con su mirada de lista y el pelo revuelto cayéndole a tirabuzones sobre el rostro. Se había puesto en jarras y movía uno de sus piececitos descalzos de arriba abajo, como si estuviera echándome una bronca.

—Pero, cielo, tenemos que ir al Casón. Está al lado.

—El museo es el museo.

—¿Y tú cómo sabes eso? —rodeé el tema, que ya veía se estaba poniendo delicado—. Volveremos a casa pronto, cielo.

—Pues Pali dice *tabién* dónde puedes *encotralo* —prosiguió a lo suyo—, pero si no me llevas contigo, no pienso decírtelo.

—¿Encontrarlo? ¿A quién?

—Al hombre del museo —insistió.

Sofi se moría de celos.

Dejé la maquinilla de afeitar en la encimera y, poniéndome a su altura, con la cara todavía embadurnada de espuma, la abracé, prometiéndole que la llevaría —a ella sola, naturalmente— a ver *Frozen* al cine en cuanto la estrenasen en otoño.

—Pali me ha dicho otra cosa *pa* ti —añadió, nada convencida con mi oferta.

—¿El qué, hija?

—Dice que no vayas a ver a ese hombre con el cura. Con el cura no, no, no —dijo, dándose media vuelta, airada.

Me quedé perplejo, mudo. Con cara de tonto.

Yo no había mencionado en ningún momento que hubiera estado con un sacerdote, menos con mi vieja amiga Ángela Qiao en el Casón. En la cena solo les hablé de la bóveda y de lo que habíamos visto, sin decir ni palabra de quiénes estábamos allí. ¿De dónde se había sacado lo de que iba a ver a un cura?

—Vaya, tanto experimento con los niños y con su percepción, ¿y ahora no vas a hacer caso a Vultus? —me picó Eva en cuanto se lo conté delante del café de la mañana.

—Vultus —murmuré—. ¿Tú crees que…?

—¿A qué hora es tu cita? —preguntó.

—A las diez. Dentro de cuarenta minutos.

—Si quieres, podemos hacer una cosa —se ofreció—:

yo me llevo a Martín al Casón y tú te vas con Sofía al Prado. Si descubrimos algo, te llamamos. Como mucho, llegarías en cinco minutos a nuestro lado. Pero como no te lleves al museo a Sofi, ella y Pali no te lo van a perdonar jamás. Lo sabes, ¿verdad?

La oferta de Eva lo cambió todo.

Telefoneé a Qiao avisándola de que mi mujer y Martín se presentarían en la puerta de la biblioteca según lo previsto y yo me dirigí al edificio principal del Museo del Prado con Sofía vestida como una turista ibicenca, con unas graciosas gafas de sol que le había comprado su madre la tarde anterior.

—Pali está *cotento,* Pali está feliz —repetía, saltarina, cogida de mi mano.

Entramos en el Museo del Prado por la puerta de los Jerónimos a eso de las diez y media de la mañana. El día estaba despejado, los cielos de un azul deslumbrante y la pequeña, orgullosa de haberme ganado el pulso y de participar en la aventura.

—¿Y bien? —le dije nada más dejar atrás el mostrador de consigna y embocar las galerías de pintura—. ¿Ahora adónde me llevas? ¿Dónde crees que está el hombre del museo?

—¡Sígueme, *ahoa* verás! —exclamó.

Deambulamos un buen rato por las salas de la planta baja. Pasamos delante de la *Gioconda* recién restaurada, que en esos días era la sensación del museo; nos detuvimos fugazmente en las pinturas románicas arrancadas de los muros de la ermita soriana de San Baudelio de Berlanga, riéndonos de las trazas de su elefante, y hasta nos sentamos en el suelo, delante de *La Anunciación* de Fra Angelico, para contarle las plumas de oro al arcángel. Yo no dejaba de mirar de reojo el móvil, aguardando cualquier señal del Casón.

—Mamá *etá* bien —me miraba sabionda la peque—. Pero *Matín* se va a aburrir más que yo.

Fue al levantarnos de la sala de pintura renacentista y pasear distraídos hacia el ala este del museo cuando ocurrió. Yo no terminaba de dejar el móvil en el bolsillo y Sofía no dejaba de mirarme, como esperando que lo olvidara.

—Vale, papá —dijo de repente—. Voy a *decite* dónde está el hombre del museo.

—Vaya... —sonreí—. Pensé que lo estábamos buscando.

—Pero, papá, tenemos que *encotrar* a un señor que tiene una llave —dijo nada más entrar en las salas del siglo XIX.

Que Sofía mencionara un señor con una llave me descolocó tanto como su alusión al cura de esa mañana. Estábamos rodeados de visitantes y allí no había nadie que respondiera a esa descripción.

—Aquí no veo a nadie con una llave, cielo. ¿Es alguien que conocemos?

—Es un señor con llave, te lo prometo —sonrió—. Tenemos que *encotrarlo*.

Yo la miré sorprendido, aunque después de que se hubiera graduado con honores en la operación Vultus no me atreví a cuestionarla. Sofía era una niña a la que había que escuchar.

—¡Ah! ¿Te refieres a un señor de verdad o uno de un cuadro, cielo? —repregunté para asegurarme.

La niña me miró como si fuera tonto.

—¡Pues claro que es un señor en un cuadro, papá! Por eso hemos *venio* al museo.

Dejé que me tomara de la mano y me guiara entre pinturas por el ala dedicada al siglo XIX. Por un segundo dudé de su sentido de la orientación, pero no la corregí. Un señor en un cuadro con una llave debía de ser —pensé— Justino de Nassau, el personaje central de *La rendición de Breda* o *Las lanzas,* el enorme lienzo en el que Velázquez reconstruyó la entrega de esa ciudad holandesa a los tercios españoles. Pero no era hacia allí adonde me llevaba.

Cuando alcanzamos la sala que quería, vi que en las paredes colgaban algunos de los retratos más notables de la institución.

—¿Es aquí? —me extrañé—. ¿Estás segura?

Sofi se soltó, correteando hasta el fondo de la estancia. Habíamos estado algunas veces en esas salas, comentando los peinados de las señoras y los bigotones de los caballeros, pero no pensé que esos lienzos le hubieran causado un impacto esencial. Casi todas aquellas maravillas eran obra de un discípulo aventajado de Goya, un valenciano llamado Vicente López Portaña.

¿Cuál de ellas le habría llamado la atención?

De los pinceles de Vicente López había brotado el icónico retrato del autor de *Las majas,* sin duda el mejor de su producción, pero también los profundos semblantes de maldad de las efigies de Fernando VII, al que la historia bautizó como «el Rey Felón» por vender su país al invasor napoleónico, o, en justo contraste, la condescendiente aproximación a su segunda esposa, María Isabel de Braganza, que apoyaba su mano izquierda sobre los planos del futuro Prado. Famoso era el rumor de que la soberana había sacado de palacio casi todos aquellos cuadros porque su marido apreciaba más el papel de las paredes que los lienzos de sus antepasados.

—¿Está aquí? —insistí, extrañado.

—Sí, papá.

—¿El hombre de la llave?

—Que sí, papá —asintió convencidísima.

Sofía se aproximó entonces a uno de los cuadros y empezó a hacer aspavientos para que me acercara.

—¡Es este! ¡Míralo! ¡Ven! —leí en sus labios.

Luis Veldrof, aposentador real y conserje del Real Palacio.
Vicente López Portaña (ca. 1823). Museo del Prado, Madrid.

La obra pendía en una de las esquinas de la sala. Aunque tenía cierto empaque, era fácil pasarla de largo si uno no se fijaba bien. De lejos intuí que mostraba a un caballero de pelo cano que nos miraba de frente. Iba vestido con uniforme de gala. A esa distancia parecía que estaba asomado a una ventana dorada. No lo reconocí, pero me percaté de que su mano derecha estaba a punto de salirse del cuadro, apuntándonos con una enorme y elaborada llave de hierro.

—¿Lo ves? ¡Te lo dije! —exclamó, ufana, al verme llegar.

—¿Es este?

—El hombre de la llave. Se *paece* a tu maestro, ¿verdad?

Miré de reojo a la niña, extrañado por la ocurrencia.

—Que sí, papá —insistió—. El maestro del que nos hablaste en Cantabria. A ese *dotor* que te enseñó los cuadros del museo. ¿Se *paece* o no?

Lo cierto es que no me fijé en el retratado. Cosas de adulto. Lo que hice fue inclinarme sobre la cartela como si leerla me ayudara a sacarla de su error: «Luis Veldrof, aposentador mayor y conserje del Real Palacio». La placa concedía la autoría a Vicente López Portaña y fechaba el lienzo hacia 1823.

—No, no es él —dije señalando la inscripción en la pared, henchido de esa suficiencia que a veces derrochamos con los más pequeños—. Mira. Este es el jefe de los mayordomos del rey, nada más. Luis Veldrof.

Me precipité.

Creo que a cualquiera le hubiera pasado lo mismo. Habría llegado, como yo, con su idea preconcebida frente al cuadro y habría depositado toda su confianza en el texto oficial del museo, cegándose a cualquier otra aproximación.

—¡Pues qué pena que no sea, papá! —protestó Sofía.

—¿Y por qué?

—Po fi, míalo ota vez.

—Vámonos, anda. —Tiré de ella, alejándola de allí.

—¡*Peo* si es el señor que me regaló a Pali! ¡*Quieo velo,* papá!

Frené en seco.

—¿Qué has dicho?

—Que ese señor es el *ánel* que me regaló a mi amigo Pali, papá.

Retrocedimos sobre nuestros pasos para acercarnos otra vez al lienzo. Tras leer de nuevo el nombre del retratado, aferrándome a él como si fuera el salvavidas de mi visión adulta, alcé la mirada hacia aquel rostro que tenía a solo dos palmos de mí.

—¿De *vedad* no lo reconoces? —insistió Sofi—. Pues él me dijo que te conocía, y a Martín y a mí *tamién*...

Me quedé lívido.

Una descarga de confusión y electricidad me atravesó al contemplar, con la calma adecuada, aquella pintura.

—Veldrof —balbucí—. Vel-dr-of... Dios mío, Sofi. ¡Es un anagrama!

—¿Un qué, papi? —Me miró desconcertada.

—Un anagrama, hija, una palabra que se obtiene mezclando en distinto orden las letras de otra. Como *monja* y *jamón, toro* y *roto.*

Sofía se encogió de hombros.

—¿Y qué puedes hacer con las *letas* de ese hombre, papá? ¡Es raro! ¡No se me ocurre nada!

Sonreí conmovido.

—Veldrof, cariño... Vel-dr-of... Cámbiale el orden a las letras. Dr-of-Vel... Dr-fo-vel. ¡Doctor Fovel! Y además... —me contuve un segundo antes de verbalizar lo que estaba pasándoseme por la cabeza en ese momento—, ahora que lo miro bien, tienes razón, cariño: se parece mucho a mi maestro.

—¡Te lo dije, papá!

43

El descubrimiento de Sofía me dejó perplejo como nunca lo había estado en mis cuarenta y dos años de vida. Quizá no fue tanto por el hallazgo del cuadro en sí y su más que plausible conexión con Fovel, como por el hecho de que el cerebro de una pequeña de apenas siete años hubiera logrado pespuntear de un modo tan creativo y autónomo unos hilos que flotaban desordenados a su alrededor y con los que apenas había tenido contacto. Su intuición fue su última aportación a la operación Vultus. Una contribución tan genial como inesperada. No podía dejar de pensar que el Museo del Prado, que acoge casi dos mil cuadros en su exposición permanente, además de otras treinta y una mil pinturas y esculturas en sus múltiples peines o depósitos, tuviera un retrato así. El suyo era un acierto que se salía de toda lógica: de ese ingente patrimonio pictórico solo un lienzo, uno, retrataba a un hombre con el rostro del maestro que yo había visto en 1990. Y solo un cuadro, uno solo, un nombre con el que se podía formar el apellido que él me dio en aquellos encuentros. Además, por si esto fuera poco, el retratado sostenía una llave en la mano que encaraba hacia el espectador, en actitud de abrir algo. «Tengo la llave». Y lo habíamos encontrado justo el día cuya configuración astrológica estaba dibujada en el Casón del Buen Retiro.

Tantas coincidencias no podían ser puro azar.

Pero había algo que aún me inquietaba más: Sofía debía de haber visto ese lienzo en una o dos ocasiones a lo sumo y en ninguna de nuestras visitas al Prado se había detenido frente a él. El retrato estaba integrado en la colección del siglo XIX y esa no era el área que más frecuentáramos. En alguna ocasión habíamos ido a contemplar el fabuloso cuadro de Antonio María Esquivel y Suárez de Urbina que muestra a una niña con un loro gris posado en su mano izquierda, pero era la excepción. El resto de las obras de esa ala estaban copadas por muertos, fantasmas o escenas de una solemnidad tal que aún estaban muy lejos de conmover a mi hija.

Tenía que aceptar que, de modo inconsciente, la niña se había detenido en la obra de un artista que, en su momento, fue considerado el pináculo evolutivo de los Goya, Velázquez, Giordano del acertijo. Vicente López fue el sucesor natural del primero de ellos: un pintor de una técnica admirable que, como le ocurrió a Giordano, terminó olvidado por la posteridad bajo el peso de sus colosales predecesores.

—¡Tenemos que llamar a mamá para contarle esto! —dije echando mano al móvil, que casi había olvidado.

Eva seguía, seguramente, en el Casón, con Durand, Qiao y Martín.

—Papá. —Sofi tiró de mi brazo, mirándome de nuevo con la cara seria de esa mañana temprano—. Papá, no llames a mamá.

—¿Cómo? —Puse cara de no entender.

—Pali me dijo que te *cotara* lo del hombre solo a ti.

—¿Solo a mí?

—Pali me dijo que el ángel quiere *vete* a ti, solo a ti, hoy.

Sofía lo dijo tan seria, que corté la llamada a Eva.

44

—

Fueron varias las mentiras piadosas que Sofi y yo tuvimos que contar ese día. Sospechando que la pequeña de la casa estaba actuando de puente entre un mundo invisible y el nuestro, convertimos aquel paseo por el Prado en el último de nuestros juegos.

Cuando salimos del museo recogimos a Eva y Martín del Casón. Como había imaginado Sofi, su hermano se había aburrido como una ostra. El padre Durand pasó la mañana grabando la bóveda de Giordano desde todos los ángulos posibles, esperando a que ocurriera algo, mientras Qiao aprovechó aquellas horas para buscar nuevos detalles del *San Rafael y Tobías* perdido de Luca Giordano que no la llevaron a ninguna conclusión.

La decepción se reflejaba en los rostros de todos.

—¿Y vosotros qué habéis visto en el Prado, cielo? —interrogó Eva a la pequeña.

—Nada.

—¿Nada?

—Solo un elefante muy feo —precisó, mirándome de reojo—. Me ha dado hambre, pero papá no me ha *coprado* un donut sin *gujero* porque dice que le vas a regañar.

Todos reímos.

Decidimos ir a comer a un discreto restaurante cerca del museo, Murillo Café, para, al menos, no dar por perdida del todo la jornada y sobrellevar el desencanto de la profecía incumplida para aquel 21 de agosto.

Luc Durand no estaba solo decepcionado. También estaba estresado. Se pasó la mitad del almuerzo hablándonos de la presión que estaba recibiendo de Roma para concluir su informe y de como debía ponerse a ello de inmediato si quería cumplir con las órdenes de sus superiores. En los postres se las arregló para cambiar la reserva del vuelo a París que le había retrasado el propio museo tras el incidente del viernes. Al final, logró hacerse un hueco en un avión que salía en dos horas y media. Qiao estaba alterada igualmente. Creía haber perdido demasiado tiempo y energía en aquella locura por culpa de un Julián de Prada al que, en el fondo, no debía nada. En su mesa la esperaba el papeleo del incidente —partes policiales, seguros médicos, alguna denuncia— y estaba sola para resolverlo todo.

A eso de las tres, sin tiempo para que llegaran los postres, Durand y Qiao nos dejaron solos en la mesa. Los cuatro nos miramos casi aliviados por volver a estar en familia.

—Pali dice que vayamos al cine esta *tade*... —dijo entonces Sofi.

—¡Qué buena idea! —la secundó Martín—. ¡Ponen *Los Pitufos 2*!

—Pues esa no es mala. Hace calor y en el cine estaremos fresquitos. ¿Buscas en el móvil dónde la echan? —me preguntó Eva.

Iba a teclear el título de la película cuando la pequeña miró a su madre muy convincentemente.

—Pero papá tiene que ir al Prado esta *tade*. Además, ¡no le gustan los pitufos!

—¿Eso es verdad? —sonrió Eva.

—No es eso, cariño..., pero sí debería ir al Prado.

—Pali se lo ha dicho, mami —confirmó Sofi a su manera.

45

—¿Pali?

Le debía una al mejor amigo de mi hija —un compañero sorprendente, de madera, inerte, que ella abrazaba como si fuera de la familia—. Lejos de sentirme ridículo por hacer caso a una fantasía como esa, intuí que algo en mi inconsciente me había dado permiso para aplicar la única clave eficaz en aquel embrollo: era Vultus, la mirada del niño.

El asunto que necesitaba cerrar pasaba por examinar de nuevo el retrato de Luis Veldrof. Mirarlo como lo hizo Sofi esa mañana, sin prejuicios. De todas las lecciones aprendidas en aquellos días, ninguna me había impactado tanto como la que me había llevado ante aquel hombre de mirada firme que sostenía una llave en la mano derecha. Mi pequeña había obrado un prodigio colosal, pero necesitaba que mi mente lo confirmara. El juego de palabras Veldrof / Dr. Fovel me martilleaba tanto como el semblante de aquel hombre.

Antes de que Eva y los niños tomaran su taxi para ir al cine, arañé unos minutos en busca de referencias de aquel cuadro. No encontré casi nada sobre Luis Veldrof —o Weldroff, según otras fuentes—, salvo que Pío Baroja lo había citado de pasada en una de las novelas del ciclo *Memorias de un hombre de acción.*[55] El aposentador real fue un personaje discreto en la agitada corte de Fernando VII y su profesión como gentilhombre de cámara lo había hecho acreedor de todas las llaves de palacio. Esa, por supuesto, era la explicación vulgar al retrato, pero ¿había otra?

Leyendo alguna vieja *Gaceta de Bellas Artes* digitalizada, descubrí también que la responsabilidad de Luis Veldrof fue siempre la de vigilar el patrimonio de la Casa Real. Aquel hombre decidía dónde debían colgarse los cuadros o en qué habitación podía instalarse un reloj u otro. Veldrof era el guardián del canon real... y quizá también de su *arcanon,* pensé. Aquel retrato era el premio a una carrera larga; un favor concedido por el propio monarca a un vasallo fiel.

La cuestión era: ¿me diría algo más el cuadro si volvía a verlo?

No tardé ni cinco minutos en estar de nuevo plantado ante él. Eran ya las cuatro de la tarde cuando accedí a la sala en la que pendía. Seguía colgado junto a otros notables retratos de Vicente López Portaña, pero aquel me pareció el más extraordinario de todos.

Ocupaba un lugar secundario, en un rincón.

Incluso desde lejos era el que más destacaba. Irradiaba una luz especial. El perfil del caballero se recortaba sobre un fondo liso, ligeramente alumbrado desde atrás.

Observado con calma, su semblante transmitía la emoción de la alerta.

Parecía estar llamando mi atención.

A esa hora no éramos muchos los visitantes que reco-

55. Veldrof aparece citado explícitamente solo en una de las veintidós novelas de ese ciclo, en *Crónica escandalosa.* Publicada en el tomo III de la serie *Memorias de un hombre de acción,* Pío Baroja. Fundación José Antonio de Castro. Madrid, 2007.

rríamos la estancia y tuve claro que solo él y yo nos observábamos.

No sé cuánto tiempo me quedé allí mirándolo.

Primero de lejos, luego acercándome con reverencia, dejándome llevar por un magnetismo invisible que cegaba mis sentidos para con el resto de las obras que lo acompañaban.

Cada detalle del lienzo era un interrogante. Su brazo izquierdo, posado sobre la empuñadura de la espada, parecía a punto de desenvainarla. ¿Contra quién? Aquello era como el fotograma de una película. El bicornio que portaba bajo aquel mismo brazo debía de ser el mismo que le había dejado la marca blancuzca que lucía en la parte alta de la frente. Ese era su uniforme de gala. En el pecho, una medalla. En la mano, la misteriosa llave. Y su boca, a punto de abrirse, parecía querer susurrar algo.

«¿Qué es?», le pregunté acercándome al lienzo. «¿Qué quieres decirme?».

A corta distancia, la abotonadura y los brocados de la casaca me parecieron un laberinto a explorar y el encaje del pañuelo que le brotaba del cuello un mapa del tesoro.

—Reconózcalo, vamos: es un escondite magnífico.

Una leve sacudida me arrancó del trance. Una voz grave de varón había sonado a mis espaldas, fuerte y clara. Pensé que alguien quería estropearme el momento.

—¿Cómo di…?

Aparté la mirada del cuadro sin llegar a completar la pregunta. A apenas un par de metros de donde estaba, como si acabara de atravesar el aire de la sala desde sabe Dios dónde, lo vi. Era el hombre del cuadro.

—¡Hola, viejo amigo! —sonrió.

Qué impresión. ¡Era Luis Fovel en carne y hueso!

Estuve a punto de perder el equilibrio.

Me ajusté las gafas para asegurarme de que no estaba alucinando, pero las manos apenas me obedecieron. El frío que se adueñó de mí en ese instante me hizo pensar en un espejismo. Me mordí el labio, incrédulo. Fovel estaba allí plantado, en mitad del museo, perforándome con su mirada oscura y profunda, como si en realidad llevara un siglo sin moverse del lugar y simplemente hubiera decidido hacerse visible.

—Al fin has encontrado mi sitio. Te felicito, Javier. —Volvió a sonreír.

—Ha... ha sido mi hija pequeña... —balbucí sin perderlo de vista.

—Tú también eras casi un niño cuando nos encontramos —sonrió—. Esa es la mirada que hace que puedas verme ahora, Javier. Sofía es una niña muy especial. Dale las gracias por devolvértela.

De pronto —qué raro—, me di cuenta de que estábamos solos. Y de que el eterno murmullo del museo había desaparecido. No sé describirlo mejor: aquello fue como si una enorme campana de cristal nos hubiera caído encima, apartándonos de la realidad. Como si me hubiera precipitado dentro de un sueño lúcido sin ser consciente de haber cerrado los ojos. ¡Pero no soñaba!

—¿Doctor Fovel? —dije como si necesitara asegurarme.

—O Veldrof, sí.

—Cuán-cuánto tiempo —tartamudeé.

—«Como decíamos ayer...».

—¿Cómo ha sabido que yo...?

—Lo sé todo, Javier. Conozco cuanto ocurre en este lugar y cuanto sucede a mis interlocutores.

Hacía veintitrés largos años que no veía al maestro. Yo ya no era el adolescente de 1990 con el que se había tropezado a apenas dos salas de distancia, sino un hombre adulto, cambiado por fuera y por dentro. Pero él no había cambiado nada. De hecho, era el reflejo exacto del *aposentador* que estaba contemplando en el lienzo, aunque vestido con el mismo abrigo de paño largo, oscuro, con el que lo recordaba. Un abrigo, por cierto, imposible para una tarde de agosto como aquella.

—Te preguntarás por qué estoy aquí, querido —leyó en mi mente, abotargada por la visión—. No pude contarte muchas cosas sobre mí cuando hablamos por última vez, pero ahora sí puedo hacerlo. Y aunque quizá no darás crédito a muchas de mis revelaciones, lo que te confiaré hará que la misión que te encomendé hace más de veinte años se complete ahora. Contarás lo que te diga. Lo harás llegar al mundo.

Detecté cierta condescendencia en sus palabras. Y también una urgencia mal disimulada. La misma que Vicente López había captado en el torso rotado del retrato, que se volvía hacia el espectador en un movimiento solo detenido por la pintura. Y en aquellos ojos redondos y abiertos en los que se mezclaban piedad y severidad.

—¿De veras es… es usted? —Lo señalé en el cuadro.

—Oh, desde luego —asintió—. ¿Recuerdas el día que nos conocimos? Te dije que yo era el doctor Luis Fovel. Y tú me preguntaste si era médico —me tuteó.

—«Solo de nombre», respondió. Lo recuerdo bien.

—Qué puedo decir, me encantan las adivinanzas.

—Ahora sé que, añadiendo la abreviatura de doctor a su apellido, se desvela el del hombre del cuadro: Veldrof. Luis Veldrof. Pero ¿por qué me engañó?

—No te engañé, Javier. Te di la información correcta, pero tu mente lineal no la procesó en el orden adecuado.

—Visto así…

—Con ciertas pinturas sucede algo parecido a lo que te

ha pasado con mi nombre —se explicó—: tienes frente a ti lo necesario para interpretarlas y a menudo incluso reconoces los textos en los que se inspiran o conoces a las personas que posaron para el pintor. Puede que hasta sepas de la época o del lugar que representan o del sentido de ciertos iconos, pero solo quien sabe secuenciar esos elementos en el orden correcto logra al fin comprenderlas y… *activarlas.*

Fovel subrayó su última palabra con intención.

—Activarlas —repetí. En mis labios, aquella palabra sonó a pregunta.

—El arte se activa con la visión de quien lo mira, querido. Ese es el único y verdadero secreto de la pintura. El arte es un espejo que te devuelve lo que le das. Si buscas belleza, eso recibirás. Pero si esperas de él respuestas para algún misterio y le formulas las preguntas correctas, se te abrirá como si fuera una puerta y te conducirá más allá de lo que nunca hayas imaginado.

—Pero no todo lo que llamamos arte esconde esas puertas… —recordé de sus viejas lecciones.

—Así es. ¿Te acuerdas del *arcanon* del que te hablé cuando nos conocimos?

—El canon de los arcanos, la lista de cuadros con secreto de este museo, claro.

—Aquí, en el Prado, el *arcanon* abarca una selección muy especial. Es una lista que no aparece en ningún inventario oficial. Pero su elenco de umbrales no es único, no atañe solo a estas salas. También abarca obras del Louvre, de los Uffizi, de la National Gallery de Londres, de los Museos Vaticanos, del Metropolitan de Nueva York y de muchas de las grandes pinacotecas del planeta. Es como si ellas mismas conformaran un museo dentro de todos los museos que integra cuadros a los que une una sola pero fundamental característica: son obras de invocación. Lienzos, tablas o esculturas creados para solicitar la ayuda de fuerzas invisibles de las que se espera una intervención en la vida de los humanos; obras que se sacaron del lugar para el que fueron concebidas, pero que conservan intacto su poder. Cuando alguien las mira con los ojos adecuados, se activan y lo empujan a la dimensión perceptiva para la que fueron creadas.

Al escuchar aquello, una vieja inquietud regresó a mi mente. Fue una duda extraña, lo admito. Quizá impropia de un momento como ese. Pero sentí que debía verbalizarla antes de que a aquel hombre se le ocurriera desaparecer ante mis ojos, quién sabe durante cuántos años más.

—Dígame, doctor, ¿me respondería a algo que hace años que quiero preguntarle? —tanteé sorteando el desconcierto que me producía estar de nuevo frente a aquella especie de genio de la lámpara.

—Me has encontrado; mereces respuestas —respondió.

Busqué sus ojos oscuros para reunir la osadía que necesitaba.

—¿Es usted humano, doctor? —dije, conteniendo la respiración.

La frente angulosa de Fovel se plegó como si fuera un pentagrama de arrugas y aquel interrogante, liberado con apremio, quedó flotando en el aire durante un instante.

—¿Hu-ma-no, yo? —silabeó despacio, como si necesitara reposarlo—. Lo soy... y no lo soy, querido.

Puse cara de no entender.

—Oh —resopló—. ¿Crees en los ángeles, hijo?

Volví a estremecerme. El padre Durand me había formulado la misma pregunta el día anterior en la rotonda del hotel Palace.

—Ya sé, ya sé —se respondió, entrecerrando los ojos y

moviendo la cabeza de lado a lado—. Cuando se habla de ellos todo el mundo piensa en esos cuerpos alados que pintores y escultores representaron por todas partes. Sin embargo, debes saber que a quien primero se le ocurrió mezclar un humano con un pájaro, en la más remota prehistoria, no tenía en mente la imagen literal de los ángeles. Lo hizo más bien como una marca que se incrustó en la memoria atávica de pueblos ya extinguidos y se usó solo para identificar a los maestros.

—¿Los teriántropos son los maestros? —musité, cerrando otro círculo en mi cabeza.

—Los teriántropos son el símbolo más viejo de los maestros, querido —precisó, enfatizando cada palabra—. Hubo una época en la que los hombres creyeron que lo superior, lo sabio, venía de las alturas. Fue el tiempo en el que recibieron a sabios que les enseñaron las bases de su cultura. Por eso pintaron tantos antropomorfos con capacidad de volar. Pero aún hubo otra época, todavía más remota, en la que los humanos más antiguos estaban seguros de que ese conocimiento solo podía proceder del fondo de los mares. Por eso existen tantos vestigios prehistóricos que los muestran con aletas. Escúchame bien: unas y otras, alas y aletas, no son sino meros atributos gráficos. Si se aplicaron al arte fue para invocar a los que os lo enseñaron todo.

—En estos días, un sacerdote ha estado buscando hombres-pez en el Prado.

—Siempre hay quien nos busca, Javier —sonrió—. Pero, créeme, sería mejor que buscara ángeles.

—Sofía me dijo que usted es el ángel que le regaló a Pali. ¿De veras es usted uno de ellos?

—*Ángel,* querido, es una palabra griega que significa 'mensajero'. En ese sentido, sí lo soy.

—¿E inmortal?

Fovel abrió sus ojos oscuros, asombrado ante mis preguntas. Pero tenía una buena razón para ello: me era absolutamente imposible olvidar aquellas fichas de la Real Biblioteca del Monasterio de El Escorial que me mostró en 1990, cuando lo conocí, el difunto padre Castresana. Las mismas que mencioné en *El maestro del Prado* y que él había firmado en años tan dispares como 1902, 1918, 1934, 1949, 1952 o 1970. Aquello se había convertido en una discreta obsesión personal. Un hombre con idéntica firma llevaba todo el siglo XX solicitando libros en una misma institución.

—¿Inmortal? —repitió, divertido—. En realidad, me muevo en el tiempo, querido. Es uno de mis dones.

—Pero...

—Si te tomas la molestia de comprobarlo con alguien que conozca los cielos,[56] en esas fechas que te preocupan —dijo leyéndome la mente de nuevo— se produjeron alineaciones planetarias como la que ayer encontrasteis en el Casón. No es astrología como la entendéis; en realidad, son momentos planetarios en los que la flecha del tiempo fluye de una manera especial hacia la Tierra y permite que alguien como yo se acerque a ella. Algún día será un saber que integraréis en vuestra ciencia...

56. En efecto. Consultado este extremo con las efemérides astrológicas de esos años, hay algo que los vincula con el horóscopo de España. En 1902, el planeta Urano transitó por el signo de Sagitario, que es el que teóricamente corresponde al momento *natalicio* del país. Júpiter y Neptuno volverán a hacerlo en 1970. Aunque singularmente significativos son los tránsitos detectados en la línea del ascendente de España en el signo de Leo: en 1918 será visitada por Saturno y Neptuno, en 1949 por Saturno, en 1952 por Plutón y en 1990 por Júpiter. Ninguna de estas efemérides aclara por qué Fovel eligió esos momentos para manifestarse, pero apunta a que sus visitas coincidieron con *situaciones cósmicas* tan significativas para el país como la que refleja el horóscopo del Casón.

Arqueé las cejas, estupefacto.

—¿Por eso dejaste el acertijo para que te encontráramos en un viejo libro de astrología?

—¡Nada menos que en el *Pronóstico acerca del rey Felipe II,* de Matías Haco! Uno de los incunables más valiosos de esa biblioteca —respondió, nostálgico—. ¿Sabes por qué lo dejé ahí? Porque ese libro, redactado por el médico personal del emperador Carlos V, contiene efemérides celestes que su hijo Felipe II consultó a menudo. Fechas y cartas astrales que marcaban posiciones planetarias clave. Yo sabía que quien lo encontrara terminaría ante el horóscopo del Casón y también que serías tú, Javier.

—¿Lo sabías? ¿Cómo? —dije, perplejo.

—¡Ah! He visto muchas veces ese gesto de sorpresa y lo comprendo. —Una sonrisa amplia iluminó su rostro—. La mente humana todavía no está preparada para asimilar el funcionamiento del universo, aunque debes saber que existen formas de vida que están por encima de las limitaciones del tiempo y del espacio. Yo mismo pertenezco a una de ellas: procedo del futuro, de un momento alejado de este en el que la especie humana se ha integrado tanto con las máquinas y la tecnología que ha perdido la necesidad de emocionarse y de buscar la iluminación interior. En uno de los futuros posibles que le esperan a tu especie, creeréis que todo lo proveerá el avance material y os olvidaréis del arte y de sus posibilidades de moldear la realidad. Mi lucha es contra ese futurible. Pero, en cambio, en otros futuros vi cosas buenas, entre ellas tu resolución del enigma.

—¿Vienes del... futuro? —Intenté procesar aquello.

—De uno de los futuros posibles, sí —insistió él—. El universo es un multiverso sujeto a múltiples probabilidades. Pero tú y yo ahora habitamos solo en una de ellas. ¿Lo comprendes?

Un viajero del tiempo era lo último que esperaba. Fovel me miró muy serio, dándome un momento para asimilarlo.

—No me malinterpretes, Javier —dijo al fin—. No estoy diciendo que intuya, presienta ni vea el futuro. No es eso. Vengo de un tiempo que está desarrollándose cuatro siglos por delante del tuyo —remarcó sin pretender convencerme— y soy capaz de proyectarme a cualquier momento del pasado: desde la Mesopotamia de Oannes al siglo de los maestros de la teosofía. La época a la que pertenezco es tan remota que todo lo que allí sucede te parecería de otro planeta. En mi tiempo hemos diseñado un plan de emergencia para mantener viva la visión trascendente y mágica de los humanos porque nos lo jugamos todo. Los maestros somos peregrinos del tiempo: nos instalamos entre vosotros, vamos de una alineación cósmica en otra acercándonos a artistas y a creativos para inculcarles nuestras nociones. No queremos que perdáis ese puente ni con él la futura comprensión global del multiverso, porque de hacerlo lo perderíamos también nosotros.

—Me encantaría creerle, pero suena tan tan…

—No te pido que me creas —atajó—. Tú has preguntado y yo te respondo. Pero debes saber que, en uno de esos posibles tiempos futuros, en la opción más nefasta de todas, a tu especie no le importará el arte. Sus integrantes serán como muertos vivientes. De hecho, estoy aquí para evitar que esa opción se convierta en el tiempo dominante. El único propósito de los míos es sembrar en tu presente una conciencia del arte que trascienda lo estético y que de modo imperceptible mantenga activas las puertas del *arcanon*. Eso habrían querido también nuestros antiguos maestros.

—¿Ustedes también han tenido maestros? —indagué sorprendido, acordándome de los más antiguos, los que me enseñó Antoine, los que descubrí en los mitos de los dogones, los antropomorfos de Lascaux…

—Esa es una buena pregunta. No todos los maestros instructores del pasado somos nosotros proyectándonos desde el futuro. Hay otros de los que ignoramos su procedencia. Aparecen en épocas remotísimas, como esas que tienes en la cabeza.

—¿Y sospechan de dónde vienen? ¿Tal vez de otro futuro? ¿De otra línea de tiempo?

—Por desgracia, no hemos desvelado aún ese misterio. Creemos que llegaron de otro mundo, que fueron los que pusieron en marcha nuestra especie, que nos crearon a su imagen y semejanza, exactamente como dice la Biblia, y que aguardan en algún recoveco del espacio-tiempo a que maduremos para quizá, un día, visitarnos como a iguales y explicarnos quiénes somos de verdad. Cuando eso llegue, Javier, nos explicarán cómo usaron el arte desde la prehistoria para esculpir nuestra mente y hacerla permeable, creativa y sensible. Quizá nos pedirán que continuemos con su trabajo, haciendo lo mismo nosotros en otros soles, expandiendo el gran tesoro de la conciencia humana.

—Entonces —lo miré intentando exprimirlo un poco más—, ¿fueron ellos los hombres-pez?

—Así es, querido. —Sonrió—. Cuando veas en alguno de esos remotos vestigios una cola de pez unida al cuerpo de un hombre, debes saber que estás ante una marca, una señal que te advierte de un origen que pertenece a otro dominio, a otro mundo.

Aquella idea —y, sobre todo, la certeza con que la expresó— electrizó mis neuronas durante una milésima de segundo.

—Pero si son sus herederos, ese símbolo también...

—También lo usamos y así os lo hemos transmitido, claro —asintió, solemne—. ¿Lo has visto en mi retrato? Es la firma secreta en este cuadro. La marca del *arcanon*. Yo mismo le pedí a Vicente que la pintara.

Puse cara de no comprender. El retrato de Veldrof no mostraba nada remotamente parecido a un pez. No había ningún tema acuático en la composición.

—Oh, ¿aún no te ha hablado nadie de la «segunda visión»? —me interrogó, con la fina ironía de quien parecía saber todo lo sucedido en los últimos días en el museo—. Javier, debes desprenderte de tu forma de ver lo obvio y concentrarte en lo sutil. Así comprobarás que no te miento; que ese símbolo está presente allá donde pueda ser reconocido por los iniciados en nuestro secreto.

—Pero eso es imposible —protesté, asomándome a los botones de la casaca o los bordados de los puños, intentando descubrir un tritón oculto en ellos—. Este es un retrato cortesano, un lienzo muy obvio... ¡Aquí no hay nada de eso!

—Esfuérzate, hijo. ¿Recuerdas cómo era el primer hombre-pez que viste?

—S-sí, claro —tartamudeé—. Pero es una imagen muy lejana. No creo que...

—Era Q, el dios anfibio dogón —verbalizó—. Lo viste siendo muy joven.

Asentí perplejo, no sé si sorprendido por el modo en que se adelantaba a mis pensamientos o por cómo los expresaba.

—Busca a Q en el cuadro con tu segunda visión —añadió, imperativo—. Hazlo ahora.

En aquel momento, yo todavía no sabía nada de ese concepto. Fue Einar quien se lo había explicado a Qiao y a Durand el día en que se conocieron y Belfegor quien lo enarboló en los Uffizi ante un grupo de estudiantes. No sería hasta meses después de esta conversación con Fovel, tratando de reconstruir los hechos para no olvidar ningún detalle, cuando pude hacerme una idea razonable de lo que era la segunda visión. Pero cuando el maestro me lo preguntó, estaba a oscuras. O casi. Antes de Fovel yo solo había oído hablar una vez de algo parecido. No le puse nombre, pero estaba relacionado con una anécdota sucedida en 1975 en la Capilla Sixtina. Ese año, un cirujano judío de Indiana, el doctor Frank Lynn Meshberger, se quedó atónito al contemplar *La creación de Adán* durante una visita turística. Situado en el techo de la Sixtina, es uno de los frescos más reconocibles del mundo. En él, un Dios barbudo y viril da vida a un Adán lacio, casi inerte, solo con alargar su dedo creador hacia él. A Meshberger le llamó la atención la extraña forma que presentaba la capa de Dios y el curioso trozo de tela que colgaba de ella. Abstrayéndose de la imagen obvia, se dio cuenta de que ese elemento podía entenderse como la representación de una sección transversal del cerebro humano. Descubrirlo fue una epifanía, un momento de comprensión total que lo llevó más allá de la propia pintura. Miguel Ángel, dedujo, había situado en el centro de su mayor obra de arte el *cerebro de Dios* como origen de toda la creación[57] y lo había disimulado en el contorno de su figura más emblemática.

Intenté, instintivamente, replicar aquella manera de mirar. Y así, entrecerrando los ojos y dando un paso atrás para abarcar el retrato de Luis Veldrof al completo, creí vislumbrar algo. No fue un detalle en el vestuario del aposentador real como pensaba, ni tampoco nada en su rostro ni en las manos. No fueron ni su silueta ni sus colores. Fue

57. Frank Lynn Meshberger, «An interpretation of Michelangelo's Creation of Adam based on neuroanatomy», *Journal of the American Medical Association*, 10 de octubre de 1990.

Detalles de la *Creación de Adán* de la Capilla Sixtina y del retrato de Luis Veldrof interpretables desde la segunda visión. En el primero, el manto de Dios oculta la sección transversal de un cerebro humano. En el segundo, los pliegues de las cortinas recuerdan al dios instructor Q, de la mitología dogón.

algo que apenas se adivinaba al fondo del retrato, sobre los cortinajes de seda que adornaban la escena.

Era una forma clara.

Un trazo.

Una sombra.

Un perfil dibujado en esa otra *capa de Dios.*

—Bien... —me animó Fovel, adivinando qué miraba.

De pronto, como si fuera una nube que adoptara una forma reconocible, surgió algo incontestable: una enorme y clara cola de pez dibujada en las arrugas de la seda... ¡Un perfil como el del Q de los viejos dogones!

—¿Qué? Has visto la cola ya, ¿verdad? —dijo dándose cuenta de mi asombro—. El arte, querido, cuenta más con los detalles que con las grandes obviedades. No olvides eso jamás. Por desgracia, no podré estar siempre a tu lado para recordártelo.

Aquella última frase sonó, de pronto, a despedida. Fovel me miró con una ternura que no esperaba mientras un rumor en la sala, sordo pero intenso, me hizo comprender que la campana de silencio que nos protegía iba a romperse de un momento a otro.

—Pero, maestro... —lo llamé así por primera vez—, ¿volveremos a vernos?

—No te preocupes, Javier. Tu nombre, como el de otros muchos, está escrito en el plan.

—¿Qué plan?

—El plan maestro. El que me ayudarás a transmitir al mundo. El plan que salvará nuestra especie del olvido del arte.

Y, diciendo aquello, desapareció.

46

La puerta de casa se abrió pasadas las once de la noche.

—Papá, papá… —Escuché el alborozo de los críos corriendo por el pasillo—. ¡La película ha estado genial! ¡Te la has perdido!

No respondí. No tuve fuerzas. Me había tumbado sobre la cama, vestido, con la mirada perdida en el techo y el corazón encogido por lo que acababa de suceder. Había visto a Fovel después de muchos años y todo lo que me había contado sobre él y su propósito revoloteaba en mi cabeza como si fueran ascuas.

Sofía irrumpió en el dormitorio y me abrazó, cariñosa.

—¿Has *vueto* a ver a tu maestro, papá? —Su pregunta sonó a afirmación. La miré como si aquel cuerpecito escondiera a una mujer sabia.

—¿Y tú cómo lo sabes?

La pequeña dio un brinco y se sentó a mi lado. Me incorporé para verla.

—Me lo ha dicho Pali. —Sonrió.

—¿De veras? ¿Y qué más te ha dicho?

—Que estés *tanquilo,* papi. Que todo es parte de un plan. —Aquello sonó muy serio—. ¿Qué es un plan, papá?

Me tuve que reír.

Nota final del autor

Si has leído esta historia hasta aquí como se leen las novelas, debes saber que una parte de las afirmaciones que contiene no son ficción. No lo son las obras de arte que articulan el relato, ni los escenarios, ni tampoco la mayoría de los personajes de la trama, a veces disfrazados tras nombres supuestos para preservar su anonimato.

Ese es el caso de Jon Einar, al que conocí hace unos años en Essen y me habló de algunas de las cosas que aquí se cuentan. Aunque muchas salieron de sus sueños —visiones oníricas, sueños lúcidos y reiterados—, él fue el primero en hablarme del plan. Lo entrevisté tiempo después de mi breve encuentro con el maestro, cuando nos vimos en Brujas.

Algo parecido sucede también con Ángela Qiao, construida a partir de las personalidades de varios amigos empleados del Prado. Todos siguen trabajando en el museo, atentos a cualquier nueva incursión de Fovel.

Y, por supuesto, tampoco es del todo ficticio el plan maestro ni las últimas páginas del informe que el padre Luc Durand entregó a la Santa Sede en el otoño de 2013 y que te confío como punto final a este tiempo que hemos compartido.

Ahora, tú ya formas parte de ese plan.

Anexo

—

Conclusiones del informe *Nolite timere* para el Instituto Pontificio de Arqueología Cristiana (IPAC).

Luc Durand, S. I.[58]

Hermanos:

No temas, «Nolite timere», es una expresión que se repite en varias ocasiones en los Evangelios. San Juan Pablo II la tomó de ellos en 1987, en una alocución ante los jóvenes de Chile, y la convirtió en una de las señas de identidad más valiosas de su pontificado. Conviene, sin embargo, recordar que, en origen, esa llamada no fue un lema ni una divisa, sino una frase usada de forma recurrente por los ángeles del Señor cada vez que se acercaban a un humano. Asimismo, urge recordar que fueron ellos —y no los profetas, sacerdotes, reyes o pastores de las Escrituras— los que siempre la pronunciaron ante personajes clave de nuestra historia sagrada, como si fuera un *mot de passe* que los identificara. Es significativo que la expresión la usaran gargantas que bebieron y comieron en las mesas de los patriarcas del desierto; gargantas que pertenecieron a cuerpos tangibles, tan físicos como los de cualquiera de nosotros.

58. *Societatis Iesu,* Compañía de Jesús.

En el capítulo segundo del texto de Lucas, una de esas criaturas se aproximó a un grupo de pastores que pernoctaban al raso cerca de Belén y, antes de confiarles la buena nueva que traía para ellos, les pidió que no tuvieran miedo. Todos le oyeron decir aquello. No fue una alucinación. Sus palabras fueron pronunciadas en voz alta, en un idioma de la tierra por alguien indistinguible de un palestino del siglo I de nuestra era.

En la Biblia, los ángeles no se presentan como seres alados con aureolas que flotan a dos palmos del suelo. Estos aceptan la hospitalidad de Abraham y su familia, allí son recibidos con alimentos y bebidas terrenales, son incluso objeto de deseo sexual por parte de los habitantes de Sodoma, que pretenden violarlos, y tienen la curiosa virtud de aparecerse en sueños a José o dejarse tocar, e incluso de pelear en un combate cuerpo a cuerpo como el que enfrentó al patriarca Jacob con un ángel. Todo está en la Biblia.

La expresión «Nolite timere» aparece también en el Evangelio de Mateo, quizá el más fiel de los sinópticos, cuando Gabriel se presenta ante Nuestra Señora y la tranquiliza con esa admonición.

Acogido, pues, a ese espíritu, ruego a sus eminencias que se aproximen a este texto y a sus conclusiones con la misma actitud.

I

No teman, sus eminencias reverendísimas, acercarse a las evidencias que se han adjuntado a estas líneas y que ponen de relieve la existencia de una realidad que intuíamos dentro de nuestra historia sagrada, pero que estábamos —y aún lo estamos, me temo— lejos de comprender del todo.

Si vuestras paternidades acudiesen a las fuentes de las que abrevan los textos sagrados del mundo entero, y no solo los cristianos o los judíos, se darían cuenta de que todos se fundamentan sobre una misma y simple observación: que los dioses que crearon al hombre en algún momento remoto nunca han dejado de vigilarlo.

Para ello han empleado una gran variedad de recursos: desde el envío de siervos, semidioses, intermediarios o ángeles que *descienden* a tierra con la misión de dialogar con algunos elegidos, al reclutamiento discreto de un puñado de hombres y mujeres sensibles, con capacidad de visión interior, para que actúen como canales entre lo divino y lo humano y guíen al resto hacia un conocimiento que a los demás nos parece imaginario.

Hace tres años, el IPAC me confió una investigación sobre los primeros, ya que la segunda categoría lleva décadas siendo estudiada por diversos dicasterios y son demasiados los sujetos a analizar. Se me dijo entonces que existía un desordenado conjunto de informaciones que apuntaban a la presencia ininterrumpida de intermediarios no humanos, desde antes del *anno domini (a.d.)* a nuestros días.

Su localización en diversas naciones confirma algo que ya intuíamos: que existen dos tipologías de ángeles o infiltrados. Una es física, conformada por individuos de una extrema longevidad que trabajan para mantener oculta su identidad y combatir a la segunda categoría. La otra la integran individuos de doble naturaleza, espiritual y material, que aparecen y desaparecen regidos por ciclos vinculados a fuerzas planetarias y cósmicas y que he podido estudiar.

Sus altezas eminentísimas comprenderán que estamos ante un campo de estudio innovador, al que habrá que aportar una terminología *ex novo* que permita definir los objetos y sujetos de estudio. Por esa razón, espero disculpen los términos necesariamente imprecisos con los que he redactado estas conclusiones.

II

Entre todas las historias que se extrajeron del Archivo Apostólico Vaticano, y que se pusieron a mi disposición para el presente trabajo, me llamó la atención la que vivió el obispo Federico Lunardi en Honduras. Permítanme referirme a uno de los nuestros. A comienzos de 1939, el padre Lunardi fue enviado a ese país centroamericano a predicar el cristianismo. Con empeño, fundó varias parroquias en lugares a los que apenas había llegado la fe. Fue durante esa encomiable tarea que tropezó con la arqueología local. Las ruinas mayas de Copán estaban prácticamente desaparecidas bajo un manto vegetal de siglos, pero advirtió que los pueblos que habitaban en los alrededores las conocían y contaban historias sobre las visitas que hacía a la región una misteriosa mujer «radiante» a la que llamaban Coamizagual.

A Lunardi le contaron que ese nombre significa 'tigre que vuela' y que aquella mujer se dejaba ver desde hacía generaciones, enseñándoles cosas tan dispares como sembrar o jugar a la pelota. Sus descensos se producían con arreglo a posiciones de los planetas y estrellas en el cielo que sus astrónomos se cuidaron de anticipar hasta la llegada de los españoles a América Latina.

La historia de Coamizagual no tendría mayor interés de no ser por su paralelismo con otros relatos de la región. Como los de la Ixchel maya o la Xochiquétzal azteca. Especial mención merece el Kukulcán, otro ser radiante predicho por astrónomos locales, que instruyó a los mayas para medir el tiempo. Les enseñó el movimiento de estrellas como las Pléyades o de planetas como Venus, del que incluso les reveló la duración de su año.

La exactitud de esas informaciones ha sorprendido incluso a nuestros modernos científicos. Kukulcán dejó dicho que el ciclo sinódico de Venus alrededor del Sol era de 584 días, lo cual es exacto. Los mayas dividieron ese ciclo en cuatro partes: 236 días en los que Venus era visto como estrella matutina desde la Tierra; 90 días para el paso del planeta por detrás del Sol; 250 días con Venus como estrella de la tarde y 8 días más de conjunción inferior de ese mundo, al pasar por delante de nuestra estrella. Todos fueron cálculos de una precisión absoluta. Sin embargo, sus enseñanzas no acabaron ahí. Kukulcán también fijó el año de la Tierra en 365,242 días mucho antes de los cálculos contemporáneos y reveló a los mayas que la Luna empleaba 29,5302 días en completar su viaje alrededor nuestro, un dato casi exacto. Al parecer, todo su interés era que los mayas conocieran los momentos de retorno periódico de esos maestros.

Las visitas de Coamizagual y Kukulcán se olvidaron. Aunque habría que decir que lo que se olvidó fueron solo sus nombres. Tras los mayas llegaron los aztecas y estos siguieron recibiendo las visitas de maestros instructores similares, siempre pronosticadas por calendarios y cálculos complejísimos.

Mi conclusión es que se trata de las mismas entidades, que tan solo variaron de denominación por efecto del paso del tiempo. Entre los predecesores de los aztecas, y por indicación de Quetzalcóatl, «la Serpiente Emplumada», se levantaron las pirámides de Teotihuacán, desviando su eje para hacerlo coincidir con el orto heliaco —o salida, dos veces al año y sobre el horizonte, del amanecer— de la constelación de las Pléyades. Para ellos, ese control de la mecánica celeste era fundamental, pues marcaba los tiempos en los que esos dioses maestros tenían abierto el umbral que usaban para acercarse a los humanos.

Parece un asunto prehistórico. Pero esa obsesión por el movimiento de ciertas estrellas nunca fue privativa de los mayas ni de otras culturas que también investigó el obispo Lunardi, como la de San Agustín, en Colombia, donde descubrió unos grandes ídolos de piedra que representaban seres mitad hombre mitad animal que lo espantaron.

Por desgracia, Lunardi falleció sin saber que, en la lejana África, otros misioneros (nosotros, los jesuitas) habíamos descubierto que los dogones conocían la existencia de un *hermano oscuro* de la estrella Sirio. O que los ibo de Sudáfrica, una tribu cercana a algunas de las cuevas más ricas en arte rupestre del continente, veneraron también a las Pléyades, a las que llamaban cariñosamente «la Gallina y los seis Pollitos», y vigilaban su desplazamiento por los cielos con idéntico fervor que los pueblos americanos. Estudiando a ojo desnudo ese cúmulo estelar, he deducido que sus siete grandes estrellas siguen marcando las fechas de retorno de los maestros. Los ibo las miraban como si supieran que ese remoto lugar del universo tenía alguna relación familiar con ellos.

El obispo al que me refiero confirmó también algo que no contó en su mejor libro, *Honduras maya* (1948), pero que, sin embargo, quedó almacenado en el Archivo Apostólico Vaticano. Todos esos dioses maestros eran capaces de regresar si un individuo joven, hombre o mujer, se acercaba con cierta actitud mental a los monumentos, escritos u obras de arte creados en su honor, con arreglo a momentos marcados por las matemáticas celestes. Descubrió estupefacto que los muchos trabajos humanos creados para preservar su memoria escondían un hilo sutil, una onda latente que solo buscaba hacerlos volver. Y se esforzó en sepultar sus hallazgos lo más profundo que pudo para no poner en peligro las tareas de evangelización a las que se había encomendado.

Si Cristo marchó para no regresar hasta el fin de los tiempos, desvelar la existencia de puertas de acceso a nuestro mundo por parte de otras divinidades era un asunto que tenía que silenciarse, pensó. Y seguramente pensó bien.

Todo esto, hermanos, como pueden suponer, me ha intrigado sobremanera. Y, contra lo que Lunardi dispuso al morir, comencé a buscar en todas partes qué obras podían ser esas que atraían a los viejos maestros de la Antigüedad. «Hemos estudiado el arte como un objeto, preocupándonos de inventariar cada una de sus muescas», escribió en uno de sus informes *riservattisimi*, «cuando lo que verdaderamente debería habernos ocupado es qué se puede hacer con ese arte y qué efectos tiene exponerse al mismo».

III

En mi última misión apostólica en París he invertido mucho tiempo en el Museo del Louvre, inventariando esta clase de *teléfonos* o *canales* antiguos de comunicación con los maestros. Si Lunardi estaba en lo cierto, son una suerte de tecnología durmiente, solo accesible a personas con cierta sensibilidad.

La gran institución cultural francesa me ofreció una magnífica oportunidad de acercarme a reliquias y obras de arte de casi todos los rincones de la tierra. Muchas eran sagradas para sus creadores y, por lo tanto, candidatas perfectas para albergar esa capacidad conectora que hiciera volver a sus inspiradores.

«Nolite timere» fue algo que tuve que repetirme a lo

largo de ese proceso en muchas ocasiones y aun así fui incapaz de sintonizar con ninguno de esos objetos.

Leyendo y releyendo a Lunardi y a unos pocos como él, terminé dándome cuenta de algo que ahora deseo subrayar en este documento: he confirmado que la conexión con los maestros es cosa de mentes jóvenes. Probablemente la razón resida en su química cerebral. No soy neurocientífico, pero sí he consultado a algunos durante mi trabajo y me han explicado que, hasta la pubertad, el cerebro humano funciona casi como una antena parabólica y es capaz de recibir ondas de muy amplio espectro. Con la edad, nuestras neuronas experimentan un proceso de selección natural, muchas decaen o mueren y varios millones de ellas se endurecen y pierden su función. Solo algunos sujetos las conservan unos años más y tengo para mí que son estos —y solo estos— los que pueden plantarse delante de una obra de arte e invocar inconscientemente a esos viejos e inmortales maestros.

Y aquí he visto un gran problema: desde hace años llevamos a nuestros jóvenes a visitar los grandes museos del mundo. Son millones los que se acercan a sus vitrinas para contemplar objetos sagrados sacados de contexto, creados originalmente para facilitar esa conexión. Advertí el peligro que eso suponía y, desde hace un año, he comenzado a predicar desde mi púlpito a favor de la devolución de obras de arte a sus lugares y templos, pensando en dispersar sus efectos. Un *youtuber* grabó semanas atrás uno de mis sermones y lo viralizó, forzándome a dar una respuesta pública. El asunto me obsesionó tanto que me debilitó psíquicamente. Empecé a tener pesadillas con aquello. De hecho, la flaqueza en la que cayó mi subconsciente fue aprovechada por esas criaturas o viejos maestros a los que me refiero. Debieron de saber de mí por mis paseos frecuentes entre sus *teléfonos* y decidieron invadir mi mente. Pueden hacerlo.

Por aquel entonces, yo ya había descubierto que habían sido representados por penúltima vez en una serie de obras maestras del arte siguiendo un curioso patrón evolutivo. Las imágenes más antiguas que conservamos —pinturas rupestres de hace entre setenta y ochenta mil años— los mostraron por primera vez como criaturas teratológicas: mitad humanas, mitad animales. Eran medio anfibios, peces incluso. Criaturas acuáticas. Curiosamente, los relatos escritos más antiguos que poseemos —de hace *solo* cinco mil años— ya hablaban de ellos. Como si hubiera existido una tradición oral ininterrumpida desde hace cientos de generaciones que se refería a «maestros del agua» y los sumerios hubieran decidido recogerla en sus primeras tablillas cuneiformes.

Ahí me pasó algo. Por alguna razón, sin ser joven ni estar predispuesto psíquicamente al contacto con aquellos maestros, uno se coló en mi psique. En todo momento me pareció alguien de carne y hueso, aunque se me mostraba como lo hizo Gabriel al José del Nuevo Testamento, indicándome qué piezas del arte antiguo debía escrutar.

Al principio, creí que aquello eran cosas de mi imaginación, de las horas que había dedicado a mi trabajo, del cansancio y la frustración por no comprender el alcance de aquellas informaciones, pero aquel maestro, que se hacía llamar Belfegor —como el mítico fantasma del Louvre, un disfraz como otro cualquiera—, pronto me hizo ver que la tradición de los peces sabios no murió en Mesopotamia. Los dioses mitad peces mitad hombres que salpicaron su arte estaban también en obras del Renacimiento elaboradas miles de años después. Sus parlamentos me hicieron fijarme en el Bosco y, como comprenderán, no me quedó otra opción que dirigirme a la mayor colección de obras de ese artista en el mundo: el Museo Nacional del Prado, en Madrid.

IV

En el Museo del Prado sucedió lo impensable: el Belfegor que se aparecía en mis sueños se me presentó físicamente para instruirme sobre cuadros de su colección que actúan como puertas a su mundo.

Allí supe que otro maestro como él se había aparecido antes a un adolescente que terminaría convirtiéndose en escritor y desvelando en un libro disfrazado de novela la existencia de un *arcanon* o lista precisa de las obras de arte que son puertas.

Ambas circunstancias —todavía tan recientes que no he terminado de asimilarlas— me empujan ahora a redactar tres conclusiones a modo de cierre de este informe. Entenderé que les causen sonrojo, incredulidad o incomodidad, pero comprenderán que no puedo dejar de compartírselas.

Primera

Los maestros existen. En Oriente Medio, cuna de nuestra cultura, el más antiguo del que tenemos constancia es Oannes «el Sabio». Lo mencionó el sacerdote babilónico Beroso el Caldeo en tiempos de Alejandro Magno en su obra *Babyloniaka.* En ella es descrito como una criatura anfibia que surgía de las aguas cada amanecer e instruía a las mentes más capaces de su ciudad hasta la puesta del sol. Según se desprende de ese texto, Oannes no fue un solo maestro, sino un equipo integrado por «hombres» y «mujeres» (permítaseme el entrecomillado) instructores.

Estos sabios han evolucionado en su aspecto exterior a lo largo de la historia. Tras una primera fase presentándose como entidades diferentes, buscaron pasar desapercibidos, tomando formas plenamente humanas. Existen numerosos ejemplos de esas manifestaciones. Un caso elocuente es lo que vivió el general George Washington en un momento crucial de la guerra de Independencia de los Estados Unidos. Varias crónicas aseguran que, en el invierno de 1777, mientras Washington descansaba en una cabaña en el frente, a altas horas de la noche, terminando de redactar unos despachos, una mujer vestida de blanco se le presentó al otro lado de la mesa. Era una dama refulgente, de aspecto etéreo, que en todo momento se dirigió a él sin despegar los labios. Al general le sorprendió su irrupción, pero no le pareció una amenaza. Hasta en tres ocasiones le pidió que se identificara. La mujer no lo hizo y se limitó a anunciarle algo que iba a dejarlo estupefacto. «Hijo de la República», le dijo, «mira y aprende». Entonces, algo parecido a una pantalla se abrió en medio de la habitación, como de la nada, y sobre ella pudo contemplar lo que entendió que eran imágenes del futuro de las colonias. Presenció como se construían pueblos y ciudades por todas partes y también vio la llegada de miles de hombres y mujeres a sus tierras venidos de lejos. Contempló también guerras y dolor y una palabra que se le quedó grabada a fuego: *unión.* «Mira y aprende», le insistió la mujer. Y Washington se vio a sí mismo venciendo sobre su enemigo.

La irrupción de aquella mujer —a la que nunca más volvió a ver y que desapareció convirtiéndose en pura luz— fue clave en la determinación con la que el general enfrentó los últimos meses de la guerra. Esa noche en Valley Forge cambió su vida.

¿A cuántas otras almas no se habrá aparecido esa mujer? Leída su descripción, no parece muy distinta a la Coamizagual que estudió el obispo Lunardi en Honduras. E incluso a otras mujeres *radiantes* de la mitología centroamericana denunciadas en lugares sagrados y hasta en museos como la casa de Frida Kahlo, en Ciudad de México, donde fue vista una de estas damas por última vez y cuyo caso estoy documentando aún gracias a una niña que ha sido testigo de ello y que ha acudido a su párroco pidiendo consuelo.

No hablamos, en fin, de mitos, sino de una realidad recurrente.

Tercera

En estas últimas semanas he descubierto varios rasgos por los que se puede llegar a identificar a estos maestros instructores, sabios infiltrados o forasteros misteriosos, como ustedes prefieran llamarlos.

Una de sus señas de identidad es su capacidad de desaparecer convertidos en un refulgente haz de luz. Eso habla de una naturaleza no humana que conecta con lo que intuimos de sus orígenes sobrenaturales. Sin embargo, también he observado que alrededor de estos maestros aparecen —como una fuerza de observación o de vigilancia— otros personajes cuyo rasgo común más destacable es su dificultad motriz. Todos cojean o tienen minusvalías que entorpecen sus movimientos y aun así son capaces de estar siempre cerca de donde surgen los maestros. Esta subcategoría es la que, al principio de este informe, atribuía a seres *físicos* de gran longevidad, con la misión inequívoca de ocultar su presencia en la Tierra y actuar desde la discreción.

Nos enfrentamos, pues, a una realidad inadvertida. *Nolite timere,* 'no temas', es lo que les pido para encararla. Confío en que la Santa Sede considere destinar recursos e inteligencia a su estudio y preste la atención debida al arte que custodiamos, pues una parte no desdeñable de este son las ventanas por las que estas *energías* —no sé qué otro nombre darles— se acercan a nuestro mundo. Ellos tienen un plan cuyo alcance se me escapa.

Dios les guarde.

Agradecimientos

—

Nunca he sabido cómo referirme a este libro ni a su predecesor, *El maestro del Prado.* Aunque la editorial, la crítica y la mayoría de los lectores lo llaman novela y los libreros lo colocan en sus estanterías de ficción, lo cierto es que sus personajes —salvo tres excepciones— beben del mundo real.

En la cultura anglosajona cuentan con la palabra exacta para esta clase de obras. Las llaman *faction.* Un híbrido intraducible entre *fiction* y *facts,* de narrativa y hechos probados, que las retrata bastante bien. El *faction* es una buena fórmula para trasladar conceptos complejos al gran público. De hecho, eso es lo que he pretendido hacer en estas páginas, aunque no lo hubiera logrado sin la ayuda de un numeroso grupo de personas.

En primer lugar, deseo agradecer a mi mujer y mis dos hijos todo el amor y la paciencia que me han dado en los años de gestación de esta trama. Sé que les he robado parte de nuestros recuerdos familiares y también algunas de nuestras anécdotas más íntimas. Junto a ellos, han sido muy generosos conmigo José Gabriel Astudillo y Lola Barrera, presidente y secretaria general de la Asociación Española de Pintores y Escultores (AEPE). Recuerdo bien el día que me asaltaron en plena calle, recién publicado *El maestro del Prado,* ofreciéndome sus propias soluciones al misterio de Fovel.

En la pinacoteca del Prado, su anterior director, Miguel Zugaza, y su actual responsable, Miguel Falomir, han atendido siempre mis extrañas preguntas con un interés y una atención encomiables. Sus equipos, integrados por conservadores, historiadores y comunicadores de excepción, llevan años ayudándome. Debo especial mención a Andrés Úbeda de los Cobos, uno de los mayores expertos mundiales en Luca Giordano; a Montse Pin, audaz coordinadora de eventos; a la restauradora Almudena Sánchez o a Fernando Sordo y Cristina González Serrano, dos de los más mágicos vigilantes de sala de la institución. Espero sorprenderles con esta historia. Y también a Paloma y a Encarna, las encantadoras bibliotecarias del Casón del Buen Retiro, siempre prestas a socorrerme cuando estoy al borde del abismo.

A quien profeso gratitud eterna es a Juan Eslava Galán, escritor imprescindible de nuestros días, pero también generoso primer lector de estas páginas, que las escrutó con el acierto del que sabe. En ese elenco de maestros incluyo asimismo a José Luis Corral y Marga Torres, medievalistas de cabecera; a Julio Antonio López, astrólogo e historiador al estilo de Antoine Lerroux; y a Iker Jiménez, Jesús Callejo, Sebastián Vázquez, Javier Pérez Campos o Nacho Ares, amantes de los misterios y del arte a partes iguales, cuyas palabras siempre han sido oportunas cuando las he necesitado.

Rincón especial tiene Carmen Calvo en esto. Fue ministra de Cultura de España (2004-2007), además de asumir otros puestos de responsabilidad importantes, pero sobre todo fue un vector importante para que pudiera acceder a algunas de las mejores colecciones de arte de este país. Quedo en deuda con Guillermo Solana, director artístico del Museo Thyssen-Bornemisza de Madrid, y con Montse

Aguer, directora de los museos de la Fundación Gala-Salvador Dalí. En sus casas también he vislumbrado maestros de los que espero ocuparme, con su ayuda, algún día.

Por último, aunque en absoluto menos importante, deseo dejar constancia del apoyo incondicional y la emoción que siempre he recibido del equipo de la editorial Planeta. Han respetado con paciencia mis años de silencio entre libro y libro, aguardando un gesto, una señal mía para regalarme todo su entusiasmo y buen hacer. En esa galaxia de almas maravillosas destaco a Belén López y Carlos Revés o a Ángeles Aguilera, Andrea Toribio y Clara Auñón —que han sido impecables en el impulso de este libro—; a Paco Barrera, a quien debía este último sueño que defender; a Javier Pastor y su equipo, que pelearán por este; a Marcela Serras, que sembró la semilla de *El maestro del Prado* el día en que me propuso escribir una sencilla guía de pinturas del museo, o a mi adorado equipo de comunicación planetario, con Laura Franch, Laura Verdura y Fátima Santana al frente, siempre dispuestas a todo.

Por último, no quiero olvidar a la familia de Antonia Kerrigan, quien, por desgracia, no ha podido leer estas líneas por haber cruzado la membrana para unirse al Olimpo de los maestros, pero que ha dejado a este lado a un equipo de musas maravillosas al frente de su agencia literaria, con Hilde Gersen, Claudia Calva y Sofía di Capita al timón.

El mundo del libro es tan mágico, tan lleno de encuentros *fortuitos* que cambian la trayectoria de una novela o de una vida, que es difícil recoger todos los matices en una página como esta. Sirva como ejemplo de esos tropiezos especiales el que viví una tarde de mediados de agosto de 2013. Sucedió en la cafetería del hotel Ritz. Una de sus empleadas me reconoció y me regaló un feo ejemplar de *El forastero misterioso,* de Mark Twain, que se había dejado olvidado un cliente.

—Usted le sacará partido. Para eso es escritor —dijo.

Y eso he hecho.

También a ella —cuyo nombre no anoté— le debo mucho. La anécdota representa a todas esas almas anónimas que tanto influyen en mi escritura con actos que parecen pequeños, pero que son cósmicos.

«Nadie entiende la física cuántica».

Índice onomástico

Índice

—

Otras obras de Javier Sierra
publicadas por Editorial Planeta

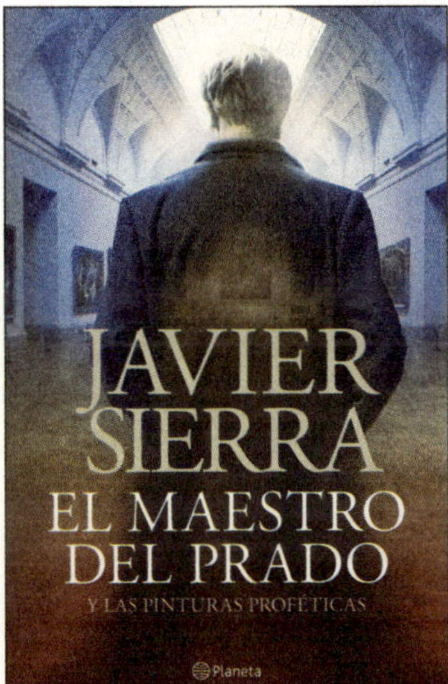

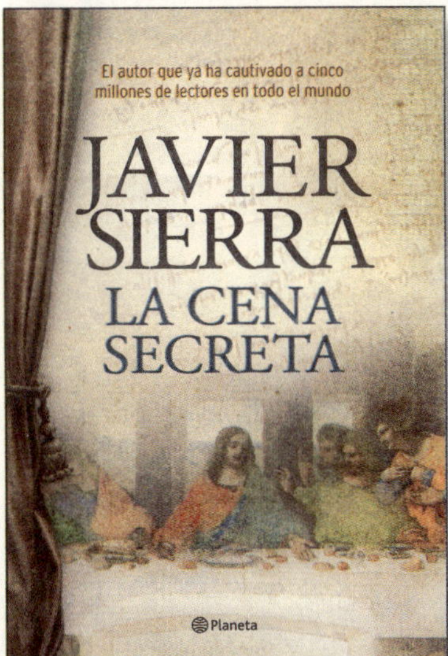

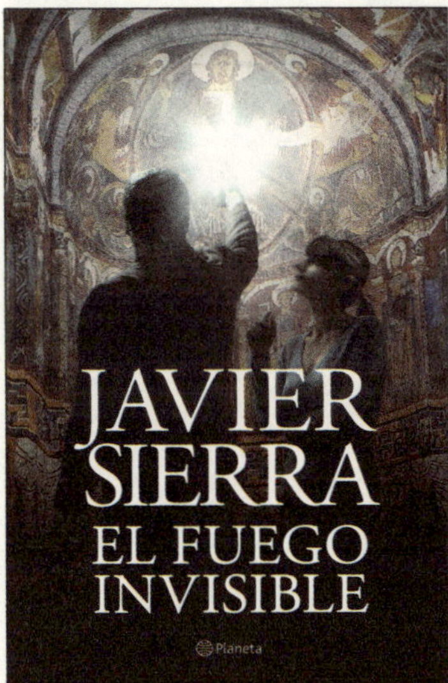